HEYNE
HARD
CORE

DAVID F. ROSS

SCHOTTEN DICHT

Roman

Aus dem schottischen Englisch
von Daniel Müller

Wilhelm Heyne Verlag
München

Die Originalausgabe erschien unter dem Titel THE MAN WHO LOVED ISLANDS bei Orenda Books, London.

MIX
Papier aus verantwortungsvollen Quellen
FSC® C083411

Verlagsgruppe Random House FSC® N001967

Neumarkter Str. 28, 81673 München
Redaktion: Thomas Brill
Lektorat: Markus Naegele
Umschlaggestaltung: Nele Schütz Design
Herstellung: Udo Brenner
Satz: Satzwerk Huber, Germering
Druck und Bindung: CPI books GmbH, Leck
Printed in Germany

ISBN: 978-3-453-27220-0

Für Karen ...
und die unbeugsamen Menschen
von Ayrshire.

»We're no longer as thick as thieves, no,
We're not as thick as we used to be.«

– The Jam, »Thick as Thieves«

»Sonst alles in Ordnung bei dir?«

»Aye. Ach, keine Ahnung, Mann. Bei dir?«

»Meine Alten haben sich getrennt. Scheint endgültig dieses Mal. Er ist wieder hoch in den Norden. Überrascht mich nicht, um ehrlich zu sein. Er braucht die Stadt halt wie der Fisch das Wasser.«

»Das tut mir leid, Joe.«

»Ach, drauf geschissen. Bringt mich nicht um den Schlaf, die Sache. Er und ich ... na ja, gab eigentlich nie so 'ne richtige Verbindung zwischen uns. Fußball, aber das war's dann auch schon. Nicht wie bei dir und dem ollen Harry.«

Die Worte waren wie von selbst aus seinem Mund gekommen, doch sobald er sie ausgesprochen hatte, bereute Joey Miller sie auch schon. Es fühlte sich noch zu früh dafür an. Er saß auf einer klammen Holzbank am Rand des Teichs im Kay Park, neben ihm sein bester Freund, Bobby Cassidy – ein Freund, den er seit fast vier Monaten nicht gesehen hatte.

»Das sollte jetzt nicht ... ach, Scheiße! Warum mach ich mir auf einmal wegen jedem Wort so eine Platte?«, entfuhr es Joey.

Bobby lächelte. »Schon in Ordnung, Mann. Ich weiß doch, was du sagen wolltest.«

»Also, was ist jetzt? Erzählst du's mir endlich, oder muss ich weiter rumraten?«, fragte Joey und kam damit auf den, zumindest aus seiner Sicht, eigentlichen Grund für ihr Treffen zu sprechen.

»*Was* erzählen?«

»Na, wo du seit Juli gesteckt hast, Mann!«

Joey war gereizt. Die ersten zehn Minuten ihres Wiedersehens hatten sie mit Nichtigkeiten verplempert und das Fernsehprogramm des Vorabends besprochen. Kein Wort über die großen Themen. Die Themen, die Bobby im Sommer arg zu schaffen gemacht hatten. Erst die Wiederauferstehung seines älteren Bruders Gary, von dem die Familie schon geglaubt hatte, dass er im Falklandkrieg gefallen war, dann, in derselben Woche, der plötzliche Tod seines Vaters. Das wäre für niemanden leicht zu verkraften gewesen. Anstatt sich jedoch an seinen besten Freund zu wenden, war Bobby einfach verschwunden, hatte sich de facto in Luft aufgelöst, sobald sein alter Herr unter der Erde lag. Selbst seine jüngere Schwester Hettie hatte danach nichts mehr von ihm gehört und sich Sorgen gemacht. Gary, sein traumatisierter und von eigenen Sorgen geplagter Soldatenbruder, zögerte nach der Beisetzung anfänglich, kehrte dann aber doch in die Mannschaftsunterkünfte seiner Einheit nach London zurück. Bobbys gebeutelte Mum Ethel befand sich seit der Hiobsbotschaft über Garys angeblichen Tod in einem Zustand glückseliger Ahnungslosigkeit: Vollgepumpt mit Unmengen an Beruhigungsmitteln, vegetierte sie seither in einer Art Wachkoma vor sich hin und bekam nichts vom weiteren Zerfall ihrer Familie mit. Diese Familie, deren Mitglieder sich einst so nahe zu stehen schienen, war jetzt nur noch ein Scherbenhaufen. Eigenartigerweise schien Joey der Einzige zu sein, der sich darüber Gedanken machte.

»Ich musste einfach weg, Mann. Bin hier nicht mehr klargekommen. War alles zu viel für mich«, sagte Bobby. »Tut mir echt leid, aber ich konnt's dir nicht erzählen.«

»Und wo bist du dann hin?«, fragte Joey.

»Benidorm«, antwortete Bobby.

»Für vier verschissene Monate?«

»Mehr oder weniger.«

»Muss ja der verdammte Oberhammer gewesen sein, dieses Benidorm«, sagte Joey. »Hast'n Job bei Judith Chalmers gelandet, oder was?« Der Ton hatte sich geändert.

»Lass gut sein, Joe. Das brauch ich gerade echt nicht, okay?« Bobby lehnte sich nach hinten und stützte den Rücken gegen die Latten der Parkbank. Er zog den Reißverschluss seiner schwarzen Harringtonjacke zu, um sich gegen die Kälte des einsetzenden Winters zu schützen. Dann verschränkte er die Arme und lehnte sich wieder nach vorn, die Ellbogen auf die Knie gestützt.

»Und ich dachte, wir wären so was wie beste Kumpels, Bobby. Hab mich wie ein beschissener Vollidiot gefühlt, als die Leute nach dir fragten und ich sagen musste, dass ich keinen blassen Schimmer habe, wo du dich rumtreibst.« Joey schaute zur Seite und bereitete sich darauf vor, seine Hauptbeschwerde vorzutragen. »Und dann die Sache mit Hammy, Mann! Ausgerechnet *Hammy*, diese Flachzange, erzählt mir, dass du mit Lizzie weg bist und dass er es weiß, weil er im August 'ne beschissene Postkarte von dir bekommen hat.« Joey war wütend, versuchte aber, sich zusammenzureißen.

»Dann wusstest du doch, dass ich in Spanien war, oder nicht? Ich kapier nicht ganz, was das Verhör hier soll«, sagte Bobby.

»Was ist mit *meiner* Postkarte, du Arsch?«, sagte Joey.

Bobby lachte, Joey hingegen war weiter ernst. Aus der Seitentasche seiner Harrington fischte Bobby eine gefaltete Karte hervor, auf der ein Cartoon zu sehen war: Eine blonde Diana-Dors-Doppelgängerin mit gigantischem Vorbau lag verführerisch lächelnd auf einem bunten Badehandtuch, während über ihr ein altersschwacher Wegweiser baumelte, der auf ihren Busen zeigte. »*Wish you were here ...*«, stand auf dem Schild. Joey riss Bobby die Karte aus der Hand und drehte sie um. Auf der Rückseite stand nur sein Name, darunter der Stadtteil, in dem er wohnte: Onthank.

»Hab sie nicht abgeschickt. Konnte mich einfach nicht an deine Adresse erinnern. Ich war ja fast nie bei dir, weil du immer bei mir rumgehangen hast.« Bobby klang versöhnlich.

Joey nicht. »Und was hast du die ganze Zeit über getrieben? Dich am Strand geaalt? Billige Sonnenbrillen verkauft?«

»Na ja, Lizzie konnte spontan 'ne Woche weg, und da ich mich gerade fies mit Gary gezofft hatte, dachte ich nur: ›Scheiß drauf, Alter!‹ Hab meine Tasche gepackt, Kohle und Reisepass eingesteckt und bin mit ihr los. Last-Minute-Flug, ziemlich günstig. Eigentlich wollten wir nur die eine Woche bleiben, aber dann war da diese Freundin von Lizzie, die in Benidorm über so'n Work-and-Travel-Programm gejobbt hat. Die hat ihren Boss gefragt, ob wir ein bisschen bleiben können, und der Typ hat jedem von uns einen Job gegeben. Ich konnte da sogar als DJ arbeiten. Es war der Wahnsinn, Mann. Solltest mitkommen, nächsten Sommer.«

»Und was ist mit Hettie?«, fragte Joey.

»Was soll mit ihr sein? Sie hat ihr eigenes Leben. Wir sind keine kleinen Kinder mehr.«

»Sie ist erst sechzehn, Bobby. Sechzehn! Und sie hat gerade ihren Vater und ihre beiden Brüder verloren.«

»Wie jetzt, sie hat gerade ihre beiden Brüder verloren?«, fragte Bobby. »Wir sind doch noch da, verdammt!«

»Aye. Sicher doch.«

Joeys Haltung begann Bobby zu nerven. »Jetzt mal Klartext, Joe, was soll der Mist? Diese Sorge um Hettie und so. Was geht'n dich das überhaupt an?«

Im Kopf hatte Joey die Antwort schon parat, sprach sie aber dann doch nicht aus. Mit der Wahrheit hätte er sich selbst in die Defensive gebracht, und dafür war er noch nicht bereit. Stattdessen entschied er sich für eine lange und unbehagliche Pause. Wie es aussah, hatte sich sein bester Freund in den zurückliegenden Monaten stark verändert. Waren sie vorher unzertrennlich gewesen, schien es jetzt, als gäbe es nur wenig, was sie noch verband.

»Mitgekriegt, dass Weller die Band aufgelöst hat?«, fragte Joey schließlich in einem Versuch, an alte Zeiten anzuknüpfen.

»Hat'n bisschen gedauert. Hammy hat's mir gesteckt, als er uns im September besucht hat ...«

»Hammy hat euch besucht?«, rief Joey, dessen Frustlevel explosionsartig nach oben schnellte. DEFCON 2 war erreicht: erhöhte Einsatzbereitschaft, Mobilisierung der Reserve. Spätestens jetzt hatte er das Gefühl, nach allen Regeln der Kunst verarscht worden zu sein. Und zwar zweimal.

»Nur um das klarzukriegen: Erst bist du nicht hier, um meinen Achtzehnten mit mir zu feiern, und dann erzählt dir Hammy *fuckin'* May vom Split zwischen Weller und The Jam?« Damit war das Maß voll.

»Na ja, ist eben nichts für die Ewigkeit.« Das klang härter, als Bobby es beabsichtigt hatte.

»Aye, sieht ganz so aus«, rief Joey.

»Ich glaub, ich geh jetzt mal besser.« Bobby stand auf und stellte sich vor Joey. »Dann sehen wir uns vielleicht am Wochenende, oder?« Joey antwortete nicht, schaute ihn noch nicht mal an. Bobby drehte sich um und machte sich auf den Weg Richtung Innenstadt.

Als er fünfzig Meter entfernt war, stand Joey auf, um seinem Freund nachzurufen. Aber wieder kamen die Worte nicht über seine Lippen. Er wollte Bobby sagen, dass er ihn vermisst hatte und dass er gern wieder zu einer Art Normalität in ihrer Freundschaft zurückkehren würde.

Stattdessen flüsterte er nur: »*Manches* ist sehr wohl für die Ewigkeit, Kumpel.«

»Doch ach! Es schwindet alle Schönheit sacht,
unmerkbar wie der Zeiger an der Uhr.«

– William Shakespeare, »Sonnet 104«

Hellwach.

Hellwach in einer fremden und doch nur allzu vertrauten Umgebung. Hellwach, obwohl du weißt, dass du es besser nicht sein solltest und alle Menschen in einem Tausend-Meilen-Radius schlafen, um Kräfte für die nächste Runde zu sammeln. Die nächste Runde Arbeit oder Spaß oder was auch immer sie tun, um sich selbst daran zu erinnern, dass sie am Leben sind. So sagt es mir zumindest mein verwirrtes Gehirn.

»Wie soll ich mich darüber freuen, allein mit meinen Gedanken zu sein, wenn sie doch nichts weiter tun, als mich zu quälen? Wenn sie mich im Schlaf heimsuchen, bis ich aufwache, und mich dann in den wachen Momenten peinigen, bis ich ihnen nicht mehr entkommen kann?«

Die unerträgliche Einsamkeit um drei Uhr morgens. Der verzweifelte Blick aus einem anonymen Hotelfenster. Ein mittlerweile fast schon planmäßiger Zwischenstopp während der x-ten Umschiffung einer unfassbar harten Matratze. Es ist die gleiche Aussicht wie vor einer Stunde. Und die gleiche wie in einer Stunde. Blinkende Lichter weisen auf Leben hin, aber da ist kein Leben. Noch nicht zumindest. Denn alle Welt schläft. Außer ich. So scheint es jedenfalls.

Ich habe erst vor zwölf Stunden eingecheckt, und doch kenne ich schon jeden Quadratzentimeter dieses Zimmers, als hätte ich es selbst entworfen und eingerichtet. Der pflegeleichte Parkettboden. Die in Beige, der Farbe des kleinsten gemeinsamen Nenners, gestrichenen Wände. Die aufgehängten Drucke, nahe Verwandte der Bilder in all den anderen Budget-Hotel-Zimmern (das Geschäft läuft nicht mehr so wie früher), in denen ich schon geschlafen habe. Rauchmelder. Sprinklerköpfe. Thermostate von Siemens. Allesamt ein Beleg dafür, dass es sich in diesen Hotels um die immer gleiche Einrichtung handelt. Ein alter Toshiba-Fernseher mit silberfarbenem Gehäuse, der ziemlich wackelig auf der Corian-Arbeitsfläche in der Zimmerecke thront. Flachbildschirm? Fehlanzeige. Dafür viele Sender in einer Sprache, die ich nicht verstehe. Mein verzerrtes Spiegelbild auf dem leicht gewölbten Bildschirm, als die Nachttischlampe wieder angeht. Furnierflächen, die Echtholz imitieren sollen, aber nicht so wirklich zueinander passen. Die Vision eines fremden Menschen von Komfort und Heimeligkeit.

Zwei weiße Tassen. Beide bereits mehrfach benutzt. Ein winziger Wasserkocher, der ebenfalls schon einiges geleistet hat. Leere Tütchen, ehemals mit Teebeuteln und Instantkaffee gefüllt. Nichts im Kühlschrank. Nichts zu tun. Zurück zum Fenster. Vergebliches Bitten, die Sonne möge doch endlich aufgehen. Einfach nur, um die Einsamkeit zu vertreiben. Zurück auf die unnachgiebige Pritsche. Licht aus. Ein weiteres Mal.

Schmerzen, reale und eingebildete, melden sich. Nachwehen der sechzehn Stunden, die es hierher gebraucht hat. Mahnungen, dass ich zu alt für diesen Quatsch bin. Dass Langstreckenreisen im Arbeitskontext Aufgabe und Privileg junger Männer sind. Leichte, aber präzise Jabs aus der Dunkelheit. Treffer, die das Punktekonto des irrationalen Teils meines Gehirns füllen. Der Teil, der subtil andeutet, dass ich meine Tochter möglicherweise nie wiedersehen werde, und es dann dabei belässt, auf dass sich dieser Gedanke in meinem Kopf festfrisst. Der Teil, der mich darauf hinweist, wie weit entfernt sie von mir ist, obwohl die Welt immer kleiner wird. Geschickt sät er die Samen des Zweifels aus, die im Handumdrehen zu wuchern beginnen, außer Kontrolle geraten wie mutierende Leyland-Zypressen. Je weiter ich von ihr entfernt bin, desto losgelöster fühle ich mich von ihrem Alltag, ihrem Leben. Andere Probleme. Andere Zeitzone. Eine halbe Welt weit weg. Aus den Augen … und so weiter und so fort. Der vernünftigere Teil meines Gehirns, der Teil, der mich funktionieren lässt, wehrt sich nicht. Er scheint das Einzige in und an mir zu sein, das tatsächlich schläft. Er hat kein Problem damit, dass die Irrationalität für die nächsten paar Stunden die Kontrolle übernimmt.

Licht an. Noch einmal. Konnte die Dunkelheit schon als Kind nicht leiden. Jetzt ist es wieder so. Ein erneuter Gang zu dem kleinen, von Rissen übersäten Waschbecken im Nebenraum dieser klimatisierten Gefängniszelle. Ein Weg, der selbst zu einer Art zirkadianem Rhythmus wird. Ein anderes Licht, scharf, stechend, verströmt von der horizontalen Röhre über dem kleinen Spiegel. Ein Spiegel, der mich daran erinnert, dass ich nicht mehr bin als der Sohn meines Vaters. Die gleichen scharf gezeichneten Falten um die Augen. Die gleichen grauen Schläfen. Die gleiche lederartige Gesichtshaut. Die gleiche Wampe, die ich alle paar Monate anstarre und wegzutrainieren beschließe, aber dann doch nicht angehe. Die Talfahrt hat begonnen. Ich kann die Uhr nicht mehr zurückstellen. Verschwunden das Gefühl von damals, als ich noch so gar nicht wie er aussah. Damals, als ich noch überzeugt war, eine andere DNA zu besitzen. Damals, als ich mir schwor, nicht die gleichen Fehler zu machen. Damals, als ich noch vorhatte, so zu werden, dass man mich nie mit ihm vergleichen würde. Sehnsüchtig nach Schlaf wird – zumindest vorerst – die Reue in das Unterbewusstsein verbannt.

Der Boden besteht nicht nur deshalb aus Parkett, weil er so einfacher zu pflegen ist, sondern weil Leute wie ich Pfade in einen Teppich trampeln würden. Draußen wird es dunkler. Ein Nebel legt sich über die Canyons der Stadt. Die Spitzen der Gebäude verschwinden. Bald schon werden ihre Bewohner unter der grauen Decke den Sonnenaufgang sehen, vor mir. Und darauf bin ich neidisch. Die Stunden in dieser Zeitzone vergehen schrecklich langsam. Träge nur zerrinnen sie, genauso wie es Dalí einst in seinem Bild darstellte. Zumindest während der schier endlosen Stunden der ersten paar Nächte.

Ich mache Musik an. Nichts Bestimmtes, einfach ein Friss-oder-stirb-Shuffle durch die scheinbar unendliche Sammlung auf einem mobilen Gerät. The Durutti Column mit »Otis«. Dann »We're All Going To Die«, dann »Dress Sexy At My Funeral« ... es mag nicht ihre Absicht sein, aber diese Songs ziehen mich nur noch weiter runter. Musik, die einst so wichtig für mich war, verstärkt nun meine schlechte Stimmung und verhöhnt mich mit ihren Botschaften:

»Said somethin' I did not mean to say ... all just came out the wrong way«.

Und er hatte recht damals vor all den Jahren: Nichts ist für die Ewigkeit.

Morgen wird es ein wenig einfacher sein. Ein wenig, bestimmt ...

TEIL EINS

FEGEFEUER DER TIEFSINNIGKEITEN

KAPITEL 1

Oktober 2014. Shanghai, China

Der Wendepunkt. *Endlich.* Er betrachtet noch einmal die Worte auf der gefalteten Seite des schwarzen DIN-A5-Notizbuchs. Die Tinte ist seit drei Tagen trocken, vielleicht auch schon seit vier. Er kann sich zwar nicht mehr daran erinnern, die Sätze überhaupt geschrieben zu haben, aber er fühlt jetzt eine Klarheit in seinen Gedanken, die zu dem Zeitpunkt, als die Feder das Papier berührte, noch in weiter Ferne lag.

Der Schlaf von Joseph Miller lässt sich nach wie vor nur als polyphasisch beschreiben, *bestenfalls* polyphasisch. Er schaut zu der großen Uhr in der Ecke des Zimmers – die Kopie eines antiken Modells, deren Minutenzeiger stillzustehen scheinen. Allein die Bewegung des fein gearbeiteten, emaillierten Sekundenzeigers weist darauf hin, dass die Uhr noch funktioniert. Für Joseph fühlt es sich an, als würde die Zeit sich in einem Maße verlangsamen, dass man meinen könnte, der Uhrenschlüssel wäre verloren gegangen. Tage sind wie Wochen. Eigentlich sollte es andersrum sein. In seinem Alter beklagen die Menschen für gewöhnlich die zunehmende Geschwindigkeit in ihrem Leben, haben das Gefühl, dass die Zeit sich zu beschleunigen scheint, während sie sich gleichzeitig unaufhaltsam von ihrem jüngeren Selbst entfernen.

Ihm jedoch kommt es so vor, als würde nach und nach alles zum völligen Stillstand kommen.

Das erneute Lesen der niedergeschriebenen Worte sorgt für eine vorübergehende Fokussierung. Er hat sich zu einer Aufgabe entschlossen, die ihn anfänglich zu überfordern schien. Eine Art Verantwortungsbewusstsein scheint zurückgekehrt zu sein. Er weiß, dass er das Beste aus diesem klaren Moment herausholen muss, bevor er wieder im Nebel versinkt.

»Mr. Miller? Mr. Miller, alles in Ordnung bei Ihnen, Sir?«

Joseph Miller schaut nach links, zur Quelle der Stimme, die die Stille so sanft durchbrochen hat.

»Mr. Miller, Ihr Büro in Schottland hat versucht, Sie zu erreichen.«

Es ist eine angenehme Stimme, wie Joseph findet: weiblich, jung, lebensbejahend, kalifornisch. Alles, was er nicht ist. Er findet es eigenartig, dass eine Hotelangestellte durch eine geschlossene Zimmertür hindurch nach dem Gast ruft. Die Zimmermädchen klopfen nur einmal und marschieren dann einfach rein. Die Rezeption meldet sich über den Zimmeranschluss, um über etwaige Nachrichten zu informieren. Er schaut zum Telefon. Es blinkt rot. Dann sieht er die Umschläge, die unter der Tür hindurch in sein Zimmer geschoben wurden – wobei er sich nicht daran erinnert, diese Tür überhaupt abgeschlossen zu haben. Fast kommt es ihm so vor, als hätte man die Frau draußen im Flur losgeschickt, um sicherzustellen, dass der Gast, vor dessen Zimmertür sie jetzt steht, nicht geflohen oder gar gestorben ist.

»Mr. Miller?«

Der Klang der Stimme lockt ihn zur Tür. Es ist, als gehöre sie einer homerischen Sirene: Er weiß um die Gefahren, die auf der anderen Seite lauern, aber er kann nicht widerstehen.

Die Stimme will nicht aufhören, lockt weiter: »Mr. Miller, Ihre Kollegen wollten Ihnen zum Geburtstag gratulieren ... und im Namen von DoubleTree Hotels möchte auch ich Ihnen alles Gute zu Ihrem Ehrentag wünschen.«

»Ja, sorry. Sekunde, bitte.« Joseph Miller räumt die Sammlung kleiner brauner Fläschchen und deren verschütteten Inhalt, größtenteils Pharmazieerzeugnisse unterschiedlicher Herkunft, beiseite. Dann schaut er in den Spiegel. *Spieglein, Spieglein an der Wand, wer ist das größte Wrack im ganzen Land? Sehr wahrscheinlich der menschliche Totalschaden, der mich da gerade anglotzt.*

Er schlüpft in ein weißes T-Shirt mit Kaffeefleck, an dessen Entstehung er sich nicht mehr erinnert, und zieht eine schwarze Levi's an. Kinn und Wangen sind von einer Woche Wildwuchs bedeckt. Als tourender Rockstar im besten Alter hätte man ihm diesen Look vielleicht durchgehen lassen, aber so ... Bisher hatte Joseph es trotz seiner psychischen Probleme und Panikattacken irgendwie geschafft, stets jünger auszusehen, als er eigentlich war. Bisher. Bis letztes Jahr, als das Grau wie eine Lawine über seine Schläfen hinwegjagte und seine Haut, seine Zähne und bizarrerweise auch seine Fingernägel zu verkümmern begannen, als wäre sein Körper ein Apartment im Besitz von Peter Rachman. Er dreht den Kaltwasserhahn auf, drückt mit den feuchten Händen seine wild in alle Richtungen abstehenden Haare glatt und presst einen tiefen Seufzer hervor.

»Es tut mir leid, wenn ich Sie gestört haben sollte, Mr. Miller.« Die bezaubernde Stimme gehört zu einer unerhört vital aussehenden jungen Frau: naturblondes Haar, das bis kurz über die Schultern ihres schwarzen Business-Outfits herunterhängt; Zähne, die wie Xenonscheinwerfer aus einem perfekt geformten Mund strahlen, und leuchtend blaue Augen, die auf Joseph hinunterblicken. Sie trägt Schuhe mit hohen Absätzen, in denen sie ein kleines Stück größer ist als er. Ihr blendend weißes Hemd ist gerade so weit geöffnet, dass es einen wundervoll geformten Busen erahnen lässt. Sie stellt sich als Megan Carter vor, Guest-Relations-Managerin. Aber so, wie sie es sagt, klingt es, als wäre hier jeder Hotelangestellte ein Manager für irgendwas. Ihm fällt auf, dass die Positionsbezeichnung auf ihrem Namensschild eine andere Reihenfolge hat. Sie wirkt nervös, als wäre es ihr erster Tag in dieser Funktion, und hält einen großen, mit Früchten gefüllten und Folie umwickelten Bastkorb in der Hand. Das Ganze ist mit einer lilafarbenen Schleife verziert, auf der in Silberlettern »Congratulations« steht. In der anderen Hand hält sie einen Stapel Nachrichten und Umschläge. Sie reicht ihm beides auf einmal.

»Tut mir leid, Mr. Miller. Wir wussten nicht, dass heute Ihr Geburtstag ist.«

»Wundert mich nicht. Wie hätten Sie das auch wissen sollen.« Die Worte klingen härter, als er es beabsichtigt hat. »Sorry, ähm … ich bin einfach ein bisschen … neben der Spur, wissen Sie?« Er bemerkt ihre Verwirrung. »Erschöpft. Jetlag und so.«

Sie lächelt. Er lächelt nicht zurück. Das letzte Mal ist so lange her, dass er nicht weiß, wie das gehen soll, dieses Lächeln, ohne unnatürlich zu wirken.

Ein paar träge Sekunden vergehen, ohne dass einer der beiden spricht oder sich bewegt. Der jungen Frau kommt die kurze Zeitspanne wie eine Stunde vor. Ihre Erfahrungen mit ungewöhnlichen oder schwierigen Gästen sind begrenzt. Sie ist erst seit einem Monat Manager of Guest Relations, und zwar aufgrund einer internen Beförderung, mit der die Hotelleitung auf die steigende Zahl von Kunden der Kategorie »weiß, angelsächsisch, protestantisch« reagieren wollte. Die Expo 2010 hatte während ihrer sechsmonatigen Dauer fast fünfundsiebzig Millionen Menschen nach Shanghai geführt – ein Besucherheer, dessen charakteristische Merkmale Double Tree genauestens analysierte. Die großen Anzeigenkampagnen, die anschließend von der Hotelkette in westlichen Medien geschaltet wurden, zeigten Wirkung, und so hatte sich dieses Hotel besonders gut entwickelt.

Megan Carter denkt an ihre Ausbildung. Für gewöhnlich gleiten die Gäste an ihrer aalglatten Ich-wünsche-Ihnen-noch-einen-schönen-Tag-Fassade vorbei. Sie gehen ihrer Wege, ohne weiter über die Guest-Relations-Managerin nachzudenken, und wenn sie es doch tun, dann höchstens, weil sie sich widerwillig eingestehen, dass Amerikaner tatsächlich die Kunst des Service perfektioniert haben. Eine subtile, flüchtige Interaktion: Das ist ihre Aufgabe, der Zweck ihres Daseins, und im Moment passt ihr das sehr gut. Denn so kann sie unter der gepflegten Fassade eine nicht allzu weit entfernte Vergangenheit verbergen, in der sie es mit einem kriminellen und gewalttätigen Ehemann, dessen fanatisch religiöser Mutter und ihrem eigenen, an ihrem Schicksal vollkommen desinteressierten Vater zu tun hatte.

Geheiratet hatte sie den Mann vor beinahe sechs Jahren. Madison Megan Carter und Vincent Antonio Sevicci: schon in Kindertagen ein Paar, später dann Prom-King und Prom-Queen an der Albany High School. Die Eheschließung, die zumindest äußerlich etwas vom amerikanischen Traum hatte, wurde im Beisein von Familienangehörigen, Freunden und Gemeindemitgliedern in der wundervollen Epworth

Chapel of the Holy Father vollzogen. Es war ein klarer Novembertag, derselbe, an dem ihr Heimatland zum ersten Mal in seiner Geschichte einen schwarzen Präsidenten wählte. Ein Tag historischer Umbrüche, voll von großen Träumen für viele, wenn auch nicht für alle. Noch bevor die Hochzeitsfotos geliefert waren, hatte der frischgebackene Ehemann ihr bereits das Auge blau geschlagen und das Schlüsselbein gebrochen. *Sie ist schon immer ein Tollpatsch gewesen*, lautete die allgemein akzeptierte Erklärung, wenn sie komplizenhaft den angeblichen Sturz von der steilen Kellertreppe in ihrem neuen Heim schilderte. Hatte sie denn die ganze Zeit über Scheuklappen aufgehabt?

Liebe kann wirklich blind machen, sagt sie sich jetzt, um die peinigende Erkenntnis zu verdrängen, dass ihre eigene Selbstüberschätzung der Grund für all dieses Elend gewesen ist. Sie hatte von seinen Verbindungen zu bestimmten Kreisen gewusst, aber die Italiener, so glaubte sie zumindest, achteten ihre Frauen. Nach der Hochzeit lud Vinnie über Monate hinweg seine Crew in den Keller des gemeinsamen Hauses ein. Ihr fiel der außerordentlich große Respekt auf, den ihr die Männer entgegenbrachten, wenn sie Pizza und Bier nach unten trug. Aber sie hörte auch Vinnies Kommentare, als sie wieder hochging, und das schallende Gelächter der Männer, das darauf folgte. Ihr fiel es schwer, diese Schroffheit zu ignorieren, wie die Frauen der anderen es zu tun schienen. Für ihr Schweigen wurden sie mit Pelzen, Juwelen und Bargeld bezahlt, aber diese Dinge interessierten Megan nicht sonderlich. Sie wollte nicht das Dasein eines preisgekrönten Schoßhündchens fristen. Sie wollte ihre eigene Identität, wollte ihren eigenen Träumen nachjagen und auch jene verwirklichen, von denen sie mal geglaubt hatte, es wären ihre gemeinsamen.

Sie ließ die von Kokain und Schnaps befeuerten Prügelorgien über sich ergehen, schluckte sein unberechenbares Verhalten, ebenso die vermutete, aber nie nachgewiesene Rumhurerei. Nach etwas mehr als einem Jahr dieses Elends, als sie verkündete, dass sie schwanger war, trat er ihr mehrmals in den Bauch. Vinnie war paranoid und überzeugt, das in ihr heranwachsende Baby sei nicht von ihm. Er war ein Psychopath. Unfassbar eigentlich, dass er diese Tatsache während ihrer Beziehung in der Highschool hatte verheimlichen können. Andererseits war er ein Meister darin, Dinge zu verheimlichen.

»Hör auf mich, Kleine. Entweder verschwindest du, oder er wird dich irgendwann verschwinden lassen.« So lautete der simple, aber intuitive Ratschlag einer erfahrenen Krankenschwester, die beschlagen darin war, in den Gesichtern von Patientinnen mit Hämatomen und Prellungen zu lesen. Vinnie hatte die Seite ihres Krankenbetts nur für einen Moment verlassen, um zur Toilette zu gehen, aber dieser Moment und diese Worte hatten gereicht.

Als sie das Baby verlor, war das Maß voll. Der Schlussstrich, den sie ziehen wollte, musste definitiv und endgültig sein. Nur auf diese Weise wäre der Tod des Kindes nicht vollkommen umsonst. Und so räumte Megan eins von Vinnies Bargeldlagern aus und ließ die Summe mit der Hilfe eines ihr nahestehenden und vertrauenswürdigen Ex-Kollegen aus der Bank, in der sie früher einmal gearbeitet hatte, auf einem Privatkonto verschwinden. Gemeinsam erschufen die beiden eine neue Identität für Megan, beschafften ihr die notwendigen Papiere und fälschten genügend Referenzen, damit sie problemlos Arbeit im Ausland finden und eine Aufenthaltserlaubnis bekommen konnte. Von all dem bekam Vinnie nichts mit, obwohl es direkt vor seiner römischen Nase geplant wurde.

Und dann, eines Tages, als Vinnie und seine Crew gerade einen Deal in Miami zum Abschluss brachten, verschwand sie einfach.

Obgleich Zivilisten, insbesondere Ehefrauen, seit jeher als unantastbar in diesen Kreisen galten, vermuteten die »Ehrenmänner«, denen Vinnies Mannschaft unterstand, anfänglich einen Angriff von Rivalen hinter Megans Verschwinden. Was die Flüchtige am Ende verriet, war das ausgeräumte Bargeldlager. Vinnie hatte das Geld weiterhin im Keller gewähnt, tief vergraben unter mehreren Schichten Erde und Dreck.

Auch heute noch schaudert es sie, wenn sie an ihre Tat zurückdenkt. Und es läuft ihr kalt den Rücken hinunter, wenn sie sich vorstellt, wie er in seiner Raserei die Einrichtung kurz und klein schlägt und sich dabei wünscht, es wäre ihr Gesicht.

Vielleicht ist er ja auch schon tot. Der im organisierten Verbrechen so fundamentale »Sinn für die Familie« hat schließlich auch seine Grenzen. Wenn das von ihr entwendete Geld für seine Vorgesetzten gedacht war, besteht durchaus die Chance, dass weder Ehre noch Familienbande ihn zu retten vermochten. Die Angelegenheit ist nicht gerade einfach für sie: Sie will ihn zwar nie im Leben wiedersehen, aber das bedeutet nicht, dass sie sich seinen Tod wünscht.

Vier Jahre sowie einige Umwege und Zwischenstationen später ist sie hier in Shanghai angekommen und hat ihren zweiten Vornamen zu ihrem ersten gemacht. Ein ganzer Ozean trennt sie von ihrem früheren Leben. Und sie wird niemals zurückgehen.

KAPITEL 2

Juni 1986. Benidorm, Spanien

»Ich hab echt langsam genug von diesem Scheiß hier, Bobby.«

»Wie bitte? Was ist denn mit all diesen anregenden Konversationen, dieser humorvollen Schlagfertigkeit der Gäste? Wie kann man davon je genug haben?«

»Lass stecken. Bitterbösen Sarkasmus krieg ich auch in Ayrshire rund um die Uhr.«

»Tja, dann ist unsere Zeit hier vielleicht langsam abgelaufen.« Bobby Cassidy hatte seinen letzten Kommentar leise ausgesprochen, war sich aber sicher, dass Lizzie King, mit der er seit vier Jahren zusammen war, ihn gehört hatte. Sie ließ sich jedoch nichts anmerken. Bobby hatte dieser Tage häufig das Gefühl, dass sie sich schon wie eins dieser ewig verheirateten Ehepaare aufführten. Von ihr ignoriert zu werden war vor diesem Hintergrund nichts Besonderes mehr.

Bobby und Lizzie hatten viel gemeinsam durchgemacht, seit sie sich 1982 in Kilmarnock kennengelernt hatten. Damals war Lizzie eine zentrale Person für den Beginn von Bobbys DJ-Karriere gewesen: Sie hatte ihn für die Party zu ihrem achtzehnten Geburtstag angeheuert – Bobbys erstes Booking überhaupt, der erste Schritt, um zusammen mit seinem damals besten Freund Joey Miller den großen Traum von einem mobilen DJ-Business zu verwirklichen. Dann, während der surrealen Ereignisse des Sommers 1982, war sie ihm eine Stütze gewesen, eine Schulter, an der er sich ausheulen konnte, und dafür würde er ihr bis in alle Ewigkeit dankbar sein. Mit der Zeit stellte sich eine übermäßige Vertrautheit zwischen Bobby und Lizzie ein – eine Folge der klaustrophobischen Arbeits- und Lebensbedingungen der gemeinsam in Benidorm verbrachten Sommermonate –, und dieses Übermaß an Vertrautheit begann nun von beiden seinen Tribut zu fordern.

Vier Jahre zuvor waren sie nach Spanien gegangen, um der Situation zu Hause zu entfliehen, wenngleich auch aus unterschiedlichen Gründen. Bobby versuchte dem immensen Druck zu entkommen, der ihm nach dem frühen Tod seines Vaters und den belastenden Umständen der Rückkehr seines Bruders aus dem Falklandkrieg zu schaffen machte. Lizzie floh vor den Verhältnissen in der viel zu engen Sozialwohnung ihrer Eltern und dem tristen Schicksal schottischer Fabrikarbeiter, das auch für sie vorherbestimmt zu sein schien. Sie wollte ein Leben ohne die immergleichen Streitereien darüber, ob diesen Monat zuerst die Miete und dann der Buchmacher bezahlt oder ob ihr arbeitsloser Vater endlich mal etwas Produktiveres mit seiner Zeit anstellen würde, als Lizzies Stiefmutter zu schwängern. Gäbe es bei *University Challenge* die Spezialkategorie Fortpflanzung, Frank King hätte in der beliebten Quizshow problemlos alle Fragen und Rätsel gemeistert. Sicherlich, Lizzies Familie bestand aus guten, wohlmeinenden Menschen, aber suboptimale Lebensentscheidungen und die Konsequenzen der brutalen Einschnitte der Thatcher-Politik hatten ihr Dasein in eine freudlose Plackerei verwandelt, einen ständigen Kampf um das Allernotwendigste. Obwohl sie damals erst achtzehn gewesen war, hatten die Umstände Lizzie bereits zermürbt. Sie hegte keine unrealistischen Träume, strebte nicht nach einer Karriere als Stewardess, wollte sich aber sehr wohl das Leben in einem etwas farbenfroheren Teil der Welt ansehen – selbst wenn dieser viele Ähnlichkeiten mit ihr vertrauten Orten in England aufwies. »Im Grunde ist es wie Blackpool, bloß mit mehr Sonne und 'ner größeren Auswahl an Geschlechtskrankheiten«, hatte ihr ein Freund mit Arbeitserfahrung in der spanischen Tourismusbranche das Urlaubsdomizil Benidorm beschrieben. Damals hatte ihr das ausgereicht. Benidorm verhieß mehr Möglichkeiten zur persönlichen Entwicklung als all diese unwürdigen Arbeitslosenprogramme der Tory-Regierung zusammengenommen.

Im August 1982 waren Lizzie und Bobby spontan für ein paar Wochen in den Süden geflogen, um im darauffolgenden Jahr die komplette Saison in Benidorm zu verbringen. Die Tage waren lang, die Arbeit erschöpfend, aber größtenteils unterhaltsam: Lizzie arbeitete als Animateurin bei Twenty's, Bobby als Barkeeper-Gehilfe. Trotzdem feierten die beiden – wie alle anderen auch, die mit ihnen in Benidorm arbeiteten –, als würde es kein Morgen geben. Bobbys enger Freund Hamish May kam öfter zu Besuch: eine Woche hier, ein verlängertes Wochenende da. Joey Miller jedoch, seit Schulzeiten Bobbys bester Freund überhaupt, lehnte die Einladungen in den Süden stets ab, sodass Bobby irgendwann auch nicht mehr fragte. Lizzie mochte Joey, aber sie sah auch, dass er für Bobby zu einer ständigen Erinnerung an all die Dinge geworden war, vor denen dieser zu fliehen versuchte: zum einen Bobbys depressiver und traumatisierter Bruder Gary, der am Wahnsinn des gerade überlebten Krieges verzweifelte, zum anderen seine jüngere Schwester Hettie, ein moralisches Gewissen auf zwei Beinen, das Bobby jetzt, da er sein Leben ohne derartige Einschränkungen genießen wollte, gar nicht gebrauchen konnte.

Bobby Cassidy und Lizzie King spazierten ohne festes Ziel am Strand entlang. Bobby linste verstohlen auf seine Uhr. Er wollte unbedingt wieder zur Bar zurück, in der das Viertelfinale der Fußballweltmeisterschaft übertragen wurde. Er hatte zweitausend Peseten auf einen Sieg der Argentinier gegen die englische Auswahl gesetzt. Hamish – oder Hammy, wie er selbst genannt werden wollte – wartete dort sicher schon auf ihn mit der ersten Runde eiskalter San Miguels. Für Bobby fühlte es sich an, als wären er und Lizzie beim letzten Walzer angelangt, aber noch zögerte er, der Partnerschaft den Gnadenschuss zu verpassen. Wenn überhaupt, dann würde es Lizzie sein, die der Beziehung das Kissen aufs Gesicht drücken musste, um sie beide von diesem Elend zu befreien.

Obwohl die Sonne schon längst verschwunden war, lagen immer noch zahlreiche Urlauber am leicht abfallenden Sandstrand. Es war eine bunte Mischung aus Leuten, die entweder wie Madonna – sowohl wie der junge Popstar aus New York als auch wie die christliche Ikone – oder wie Andrew Ridgeley von Wham! auszusehen versuchten. Netzhemden dominierten. Ältere Männer trugen sie, weil sie das schon immer getan hatten. Jüngere Männer, weil sie gerade *de rigueur* waren. Während ein paar Unangepasste weiße Espadrilles zur Schau stellten, wiesen andere mit teils krebsroten, teils sich pellenden Hautarealen die klassischen Symptome derer auf, die den orangefarbenen Himmelskörper zu lange herausgefordert hatten – als könnten sie gar nicht glauben, dass dieser in der Lage war, ihre blassblaue britische Haut vollends zu versengen. Dann gab es noch die, die so aussahen, als wären sie gerade aufgeschlagen und hätten aus Ermangelung einer überdachten Unterkunft nun vor, Abend und Nacht im Sand zu verbringen. In vielen Fällen war die Übernachtung unter den spanischen Sternen eher eine pragmatische als eine romantische Angelegenheit.

Wie schon so oft in den letzten drei Jahren spazierten Bobby und Lizzie zwischen den potenziellen Strandschläfern entlang, beobachteten und schwiegen.

Irgendwann beendete Lizzie die Stille. »Können wir jetzt bitte mit dem komischen Gehabe aufhören? Wir müssen reden«, sagte sie. »Ich hab dich seit zwei Wochen kaum zu Gesicht bekommen. Und es gibt da ein paar Sachen, über die wir nachdenken müssen.«

»Und dafür musstest du dir ausgerechnet den heutigen Abend aussuchen?« Bobby kam es so vor, als stünde der für die Aufrechterhaltung des Beziehungsgleichgewichts erforderliche Aufwand in umgekehrt proportionalem Verhältnis zu der Freude, die er aus der Partnerschaft zog. Sie waren beide erst zweiundzwanzig Jahre alt, aber ihre Gespräche erinnerten ihn stark an die hässlicheren Momente zu Hause im McPhail Drive, wenn sein Dad Harry und seine Mum Ethel wegen seinem Bruder Gary gestritten hatten. Wie konnte das sein?

»Ich arbeite eben, Lizzie. Genau wie du! Dass es so laufen würde, wusstest du aber schon, bevor wir herkamen. Ist eben auch nicht alles eitel Sonnenschein hier unten«, sagte er mürrisch.

Dabei war es das sehr wohl einmal gewesen. In ihrem ersten Jahr als arbeitstätiges Pärchen im Urlaubsdomizil waren die beiden glücklich und unzertrennlich. In ihrem Leben passierte etwas. Zugegeben, das Gehalt entpuppte sich als genauso bescheiden wie die Behausung, die sie mit sechs anderen Animateuren teilen mussten, aber das schien zweitrangig. Lizzie war häusliche Enge gewohnt. Immerhin bot das Leben in ihrem neuen Mauseloch nicht nur Sonne satt, sondern auch die Möglichkeit, mit Bobby zusammen zu sein. Zum Saisonende 1982 wurde es dann noch ein bisschen enger, als Hammy May zu Besuch kam. Hammy war ein schlauer junger Mann. Ohne große Mühe hatte er all seine Highers mit Bestnoten bestanden, worauf ihm sein stolzer Vater eine ganze Reihe von Karriereoptionen im Diplomatischen Korps, in dem dieser selbst tätig war, in Aussicht stellte. Einzige Voraussetzung: Hammy würde sich auch an der Uni wacker schlagen. Vor ihm lag ein vergleichsweise privilegiertes Leben. Alles, was Hammy tun musste, war, sich anzustrengen und dem Brotkrumenpfad vor seiner Nase zu folgen.

Hammy mochte zwar den Pioniergeist von Stanley May geerbt haben, hatte aber eine grundsätzlich andere Vorstellung davon, wie er diesen einsetzen würde. Obwohl er von einer Vielzahl renommierter Universitäten Zulassungsbescheide erhielt, schlug er sämtliche Angebote aus und entschied sich stattdessen dafür, fünf Monate im Jahr für ein skrupelloses Urlaubsunternehmen als Handlanger in spanischen Beachclubs zu jobben.

Am Ende jeder Sommersaison kehrten sie in ein freudloses und langweiliges Kilmarnock zurück, das im Vergleich zum pulsierenden Leben an der Costa Brava so wirkte, als hätte man den Gebäuden und auch den Menschen jegliche Farbe und jegliches Leben geraubt. Die drei Freunde quartierten sich im Haus der Cassidys ein, das nun vollkommen frei von früheren Familienstreitereien war. In einem unbedachten Schritt, der die Kluft zwischen Bobby und seinem Bruder weiter vergrößerte, verriet der Jüngere der beiden die Prinzipien des Vaters und verwandte einen Teil des Erbes darauf, das Council House der Familie mithilfe der von Margaret Thatcher aufgelegten Right-to-Buy-Initiative zu kaufen. Später argumentierte er, es sei eine Investition gewesen. Bobbys jüngere Schwester Hettie war im Sommer 1983 ins Studentenwohnheim Dowanhill in der Nähe der Glasgow University gezogen, während sein angeknackster Bruder Gary bereits ein Jahr zuvor in die Mannschaftsunterkünfte seiner Einheit in London zurückgekehrt war.

Lizzie war anfänglich wenig begeistert von Hammys Anwesenheit und dessen Rolle als drittes Rad am Wagen des Pärchens, aber das gab sich relativ schnell. Ihr Freund war ein Mensch, der sich nach enger und bedingungsloser Freundschaft sehnte, ja, möglicherweise sogar von ihr abhängig war. Auch ihre Liebesbeziehung zu ihm musste einen stets optimistischen und frohgelaunten Charakter haben. Raum für eine kritische Betrachtung vergangener Ereignisse gab es nicht. Bobby war ein lakonischer junger Bursche mit einem fest auf das Hier und Jetzt gerichteten Blick. Ein unerschütterlicher Optimismus und eine Konflikt vermeidende Grundeinstellung waren die Eigenschaften, die man für eine Position an seiner Seite mitbringen musste. Da sowohl Hammy als auch Lizzie diese für das Zusammenleben mit Bobby unverhandelbaren Bedingungen verstanden, fanden alle bald in ihre Rollen hinein.

Nach nur fünf Wochen als Handlanger in der Strandbar des Hotels erhielt Bobby seine große Chance. Lizzies Freundin, eine gelegentliche Sexpartnerin von Sergio, dem Entertainment-Beauftragten des Hotels, legte bei diesem ein gutes Wort für Bobby ein, der sich daraufhin im Rahmen einer unbezahlten Probewoche als DJ beweisen durfte. Er bekam einen Tages-Slot im Hotel und dazu freie Hand, seine eigene Musik zu spielen, ohne Druck und in einer risikoarmen Umgebung. Sein Verdienst nach der bestandenen Probezeit war zwar erbärmlich, aber der DJ-Job stellte einen Fortschritt dar und war um Längen besser, als sich fünfhundert Mal am Tag den Spruch »Hey, Jungchen, machste mir mal eben noch 'n Slow Comfortable Screw Against a Wall klar? Aber *pronto, pronto, please*!« anhören zu müssen. Bobby liebte seine neue Arbeit. Ihm lief ein wohliger Schauer über den Rücken, wenn die Klänge von Afrika Bambaataa, Man Parrish oder Indeep aus den beeindruckenden Lautsprechern der Hotelanlage wummerten. Dass das Publikum größtenteils desinteressiert war, konnte ihm nicht den Spaß verderben. Zudem gab ihm dieser Job die Möglichkeit, weiter an seiner Technik zu feilen und die Übergänge zwischen den Songs zu üben – eine Chance, die er bei der klassischen Klientel der Heatwave-Disco-Gigs, fast ausnahmslos Gäste von Geburtstags- und Hochzeitsfeiern, nie gehabt hatte. Er experimentierte völlig unbefangen und ließ auch mal New Orders energiegeladenes und von New York beeinflusstes »Confusion« in einen geschmeidigen Pop-Klassiker wie »Little Red Corvette« von Prince übergehen.

Als bald darauf Derek Dees, der semi-legendäre DJ des Valentino's, so der Name der Hotelbar, die Turntables verließ, um einen vielversprechenderen Posten anzutreten, meldete sich Bobby, nach gerade mal einem Monat als DJ-Lehrling noch einigermaßen nervös, als Kandidat für die Nachfolge des alten Vinyl-Magiers. Damit waren die Tage der eigenen Playlist zwar gezählt, aber Bobby tauschte gern die Freiheit des Experimentierens gegen einen Stammplatz auf der

Mainstage des Valentino's. Equipment und Soundqualität waren ab diesem Moment vom Feinsten, das Programm, in dessen Rahmen Bobby fortan auflegte, dafür allerdings etwas ungewöhnlich. DJ Bobby trat nämlich im Vorprogramm einer bizarren Zaubershow auf, in der eine geschickte Spanierin mit dem Künstlernamen Sticky Vicky sich die eigenartigsten Gegenstände aus der Vagina zog. Anfangs mochte Lizzie den Worten von Bobby nicht glauben, als dieser von den Tischtennisbällen, Eiern, Würstchen und sogar Rasierklingen erzählte, die diese Frau mit viel Eleganz aus den Tiefen ihres Unterleibs zutage förderte.

»Das müsst ihr euch ansehen«, sagte er zu der skeptischen Lizzie und dem sprachlosen Hammy. »Sie zieht sich das Zeug aus der Muschi, als wäre sie eine verdammte Balletttänzerin. Als wäre es ... Kunst oder so was.«

Hammy war fest entschlossen, sich selbst ein Bild zu machen. Als Hotelangestellten standen ihm und Lizzie Freikarten zu, und so machten sie sich gleich an ihrem nächsten arbeitsfreien Abend auf den Weg zu einer der täglich sechs Vorstellungen von Vicky Leytons halbstündigem Erwachsenenkabarett. Vor der Show spielte Bobby eine extralange Version von Whams »Club Tropicana« in Endlosschleife.

An ihren freien Tagen nahmen Bobby und Lizzie an den gelegentlich stattfindenden Booze-Cruises – im Grunde Bootsfahrten mit Saufgelage – teil und gingen nachts oft noch eine Runde im Mondschein schwimmen. Hammy vergnügte sich anfänglich ausgiebig an unterschiedlichen Stränden mit unterschiedlichen Touristinnen. Doch irgendwann schien die Gefahr der »tödlichen Ignoranz« in Bezug auf ein neuartiges Immunschwächesyndrom einfach zu real, um diesem Zeitvertreib weiterhin derart intensiv nachzugehen.

Obgleich die drei erst vor Kurzem das Teenageralter hinter sich gelassen hatten, waren sie sich absolut sicher, dass die gegängelte Hamsterrad-Existenz in der Heimat, dieses von Plackerei und Thatchers erbärmlichen und immer weiter sinkenden Almosen geprägte Dasein im grauen und elendigen Kilmarnock, nur etwas für Idioten war. Und zwar für die Idioten, die den Levante-Lifestyle nur einmal im Jahr und selbst dann nur für höchstens eine Woche und probehalber genießen konnten.

Doch gerade als es so aussah, als würden sie vorankommen, schien ihr Glück zu Ende zu gehen. Lizzie wurde schwanger und musste zurück in die überfüllte Wohnung der Eltern. Bobby, der einen Vertrag bis Saisonende im November 1984 unterschrieben hatte, fällte, ermutigt durch Hammy, die egoistische Entscheidung, in Spanien zu bleiben. Wenig überraschend, war dieser Moment für das junge Paar der Anfang vom Ende. Drei Wochen nach ihrer Rückkehr nach Schottland hatte Lizzie eine Fehlgeburt. Bobby und Hammy kamen zum Saisonende nach Hause, aber Lizzie blieb bei ihrer Familie, bis es im Frühjahr 1985 wieder gen Süden ging. Es schien zwar, als hätte das Pärchen den Beziehungskummer gut verkraftet, aber zumindest für Bobby fühlte es sich nie wieder so an wie früher. Zu viel hatte sich verändert. Mit einem Mal gab es da diese Erwachsenenprobleme, ernsthafte Themen, die es Bobby unmöglich machten, seinen unbeschwerten Peter-Pan-Lifestyle weiterzuleben. In seinen Augen hatten sie auch Lizzie verändert. Er sah sie nun anders als früher und konnte ihr gegenüber nicht einmal zugeben, dass er eigentlich erleichtert war. Stattdessen lautete sein Rezept: Distanz vergrößern und emotionale Konfrontationen vermeiden.

Und jetzt, vier Jahre nachdem sie in die unkomplizierte, warme Welt der Ferienhauptstadt der Costa Blanca eingetaucht waren, schien dieser Ort mit einem Mal all das verloren zu haben, was ihn einst so attraktiv für die beiden Jugendlichen gemacht hatte. Lizzie, von der Bobby einmal geglaubt hatte, dass sie die Liebe seines Lebens sein würde, eröffnete ihm bei ihrem Strandspaziergang, dass sie wieder schwanger war. Als sie die Worte aussprach, erhob sich ein lautes Grölen aus den Kneipen an der Strandpromenade. Diego Maradona hatte gerade den Ball über den Kopf von Peter Shilton hinweg in das englische Tor gedonnert. Kurz nachdem er sich durch die gesamte englische Abwehr getanzt hatte, um eines der sagenhaftesten WM-Tore aller Zeiten zu schießen, war die Beziehung zwischen Bobby Cassidy und Lizzie King Geschichte. Mit beißendem Spott eröffnete sie ihm, dass das Baby dieses Mal nicht von ihm war, sondern von Javier, dem Chefanimateur des Hotelkomplexes, in dem sie alle arbeiteten. Hammy meinte später, Bobby hätte Glück gehabt und wäre gerade noch mal mit einem blauen Auge davongekommen. Aber es brauchte eine Weile – und den Umzug in ein anderes Resort –, bis Bobby dies genauso sah.

KAPITEL 3

Oktober 2014. Shanghai, China

Joseph Miller kann sich nicht vorstellen, dass er irgendetwas mit dieser atemberaubend schönen und kontrolliert wirkenden jungen Frau gemeinsam haben soll. Dabei gibt es da einige Dinge, neben Zeit und Ort, die sie verbinden. Auch er hat einst eine dunklere Seite seines Lebens in dem Streben nach geschäftiger Normalität im Berufsleben verbergen können. Die Anbahnung neuer Geschäftsbeziehungen erfordert hartnäckigen Optimismus. Niemand möchte beim Mittagsgelage auf einer Konferenz oder beim Business-Dinner von Familienproblemen hören oder sich mit den bedrückenden Gedanken depressiver Kollegen beschäftigen müssen. Es sind glamouröse Events für die Ging-mir-nie-besser-Brigade. Menschen, die glauben, Konjunkturschwächen würden nur die treffen, die nicht hart genug arbeiten wollen oder können. Diejenigen, die weniger Stehvermögen und kleinere Schwänze haben.

Joseph hat genug von diesem Master-Of-The-Universe-Bullshit, genug von der Schauspielerei.

Fast ein Jahrzehnt lang war er in dem von ihm mitgegründeten Architekturbüro für die Entwicklung des Auslandsgeschäfts verantwortlich gewesen. Er hatte vorausgesehen, dass das absurd schnelle Wachstum der Baubranche zu Anfang des Jahrhunderts genauso instabil war wie die Finanzphilosophien, auf denen der Aufschwung basierte. Die Boomjahre kreditbasierten Wirtschaftens konnten unmöglich für immer und ewig anhalten, auch wenn Tony Blair diesbezüglich einen ungebremsten Optimismus, täuschend echt und stets mit einem Lächeln garniert, ausstrahlte. Fachwissen ins Ausland zu exportieren – in Länder, deren öffentliche Infrastruktur weit hinter der Großbritanniens hinterherhinkte – schien eine gangbare Geschäftsstrategie zu sein. Seine Partner hatten seinen Ansatz unterstützt, aber darauf bestanden, dass *er* der hauptsächliche und alleinige Verantwortliche bei der Umsetzung dieser Strategie wäre. Für sie war es einen Versuch wert gewesen, ein Schuss ins Blaue, risikoarm und unverbindlich. Aber Joseph und sein kleines Team hatten Erfolg; bis zu einem gewissen Punkt zumindest. Anfänglich vermittelte ihm dieser Erfolg ein Gefühl von Freiheit. Freiheit von den Banalitäten der Unternehmensführung, mit denen er sich nicht mehr beschäftigen musste, aber auch Freiheit von den erniedrigenden Spitzen seiner Ex-Frau Lucinda und den finanziellen Handschellen, die sie ihm angelegt hatte.

Heutzutage merkt er allerdings, dass das Auslandsgeschäft ein Maß an energischer Geselligkeit erfordert, die ihm ebenso fremd ist wie viele der Sitten und Bräuche, von denen man erwartet, dass er sie kennt und befolgt. Mittlerweile steigt die Inlandsnachfrage wieder, während die Gewinne aus Auslandsprojekten sinken. Zudem gehen die gewagten internationalen Geschäfte, die Joseph von Libyen über den Nahen Osten und Indien bis in das Land der aufgehenden Sonne führten, nunmehr mit untragbaren finanziellen Risiken einher.

In der Anfangszeit folgte eine Geschäftsmöglichkeit auf die andere, die Entwürfe der Partner steigerten Profil und

Renommee des Planungsbüros, und aus einigen von ihnen entwickelten sich Projekte, die beachtliche Gewinne abwarfen. Aber dann kam der Arabische Frühling und veränderte die politischen und kulturellen Rahmenbedingungen für den Großteil ihrer Geschäftsmöglichkeiten im Ausland. Investoren und Banker aus Amerika taten mit ihren unverantwortlichen Praktiken ihr Übriges, um der dringend benötigten Konjunktur jegliche Grundlage zu entziehen. In den letzten fünf Jahren hatte die Firma an Boden verloren. Parallel dazu verlor Joseph jegliches Interesse. Seine ungeduldigen jungen Partner machten Letzteres als Ursache für Ersteres aus und begannen damit, ihn, den letzten verbleibenden Gründer ihrer Firma, zu marginalisieren.

»Sir, geht es Ihnen in Ordnung?« Eine neue Stimme. Nicht mehr so unbeschwert, dafür um einiges nachdrücklicher. Eine ungewöhnlich formulierte Frage.

»Ähm ... aye. Ja, sorry.« Joseph steht auf dem Flur. Die Hotelangestellte, deren Namensschild sie als Manager of Guest Relations auswies, ist verschwunden. Eine ältere asiatische Frau, sehr wahrscheinlich ebenfalls Gast dieses Hotels, beugt sich in Erwartung einer Antwort nach vorn. Er hat keine Ahnung, wie lange er schon hier steht. Seine Zimmertür ist geschlossen, der farbenfrohe Präsentkorb lehnt an der Wand. Die für ihn hinterlassenen Nachrichten stecken sorgfältig gefaltet in der Schleife des Korbs.

Sein Weg zur Rezeption, wo er sich eine neue Schlüsselkarte für sein Zimmer holt, wird von allerlei befremdeten Blicken begleitet. Ein kleines Kind fragt seine Mutter wiederholt, warum der Mann im Aufzug weder Schuhe noch Socken trägt. Die Mutter antwortet ihm nicht, die anderen Erwachsenen im Fahrstuhl ebenso wenig.

Später am Abend schlendert Joseph ohne festes Ziel durch die betriebsamen Straßen des Stadtteils Xintiandi. Er trägt polierte Schuhe und einen schwarzen Anzug von Calvin Klein, der frisch aus der Reinigung kommt. Ein strahlend weißes Hemd, am Hals geöffnet, macht die Verwandlung komplett. In diesem Aufzug fügt er sich nahtlos in das neue kosmopolitische Shanghai ein, so wie jeder andere selbstsicher auftretende Geschäftsmann um die fünfzig auch. Es ist eine in dieser Gegend stark vertretene Personengruppe. Wenn er sich Mühe gibt, kann die Maske immer noch sehr überzeugend wirken. Was gäbe er dafür, auch ihre einstige Kraft noch zu spüren. Wie schon so oft zuvor spaziert er durch die engen Gassen mit den sorgfältig rekonstruierten Fassaden. Für Joseph ist dieser Ort eines der besten Beispiele für urbanes Placemaking, das er je gesehen hat. Die Gegend verfügt über alle emotionalen Zutaten, die öffentliche Räume attraktiv machen: Sehnsucht, Romantik, Geschichte, Verbundenheit. Dummerweise basiert all das auf einer Lüge: Es ist nicht viel mehr als ein elaboriertes Bühnenbild, das wenig mit tatsächlicher Authentizität zu tun hat. Hinzu kommt, dass fast viertausend Shanghaier Familien auf rücksichtslose Weise umgesiedelt wurden, um Platz für diesen Ort zu schaffen. Diese komplexe Problematik aus Stil, Substanz und Kollateralschäden kennt er nur allzu gut. Er fühlt sich auf eigenartige Weise mit diesem Ort verbunden. Ein Fremder in einer fremden Welt, einer Welt, die so viel übernommen hat in ihrem beharrlichen Bestreben, westlichen Ansprüchen zu genügen, und sich gleichzeitig fast schon stoisch an Aspekten einer Kultur und einer Tradition festklammert, die zu den ältesten überhaupt gehören.

Er sitzt am Rande des Geschehens, beobachtet die Menschen, wie sie kommen und gehen. Sein Blick bleibt bei einem gut gekleideten Pärchen haften, das nur deshalb aus der Menge heraussticht, weil der große Mann an einen Rollstuhl gefesselt ist und von seiner eher schmächtigen Begleiterin unter großen Anstrengungen über das holprige Kopfsteinpflaster geschoben wird. Sie sieht erschöpft aus, er wirkt ob seiner Hilflosigkeit frustriert. Es ist nicht einfach, ihr Alter zu schätzen. Nach westlichen Standards würden sie jedoch nicht als alt gelten. Der Mann scheint fast vollkommen auf fremde Hilfe angewiesen zu sein. Die Frau steuert den Rollstuhl zu einem Tisch in Josephs Nähe und zieht die Feststellbremse an. Als sie sich setzt, breitet sich ein Ausdruck der Erleichterung auf ihrem Gesicht aus. Die beiden reden nicht miteinander, schauen sich auch nicht an. Ist er das Kreuz, das sie tragen muss? Rechtfertigt ihre Liebe füreinander ein derartiges Opfer? Oder gibt es Zweifel? Gibt es Momente, in denen sich beide nach der Erlösung sehnen, die ein aufs Gesicht gedrücktes Kissen brächte?

Die Frau kehrt mit zwei Getränken zum Tisch zurück: eins für sich, das mit dem Strohhalm für ihn. Bevor sie selbst trinkt, hält sie ihm den Halm hin. Sein Mund öffnet sich gerade genug, um ihn aufzunehmen. Als die Flüssigkeit von seinem Mundwinkel herabtropft, glänzt Frust in seinen Augen auf. Sie nimmt eine Serviette und tupft ihm das Kinn ab, wie es eine geduldige Mutter bei ihrem Baby tun würde. Der Anblick macht Joseph traurig. Trauriger noch stimmt ihn allerdings die brutale Realität seiner eigenen Situation. Bei dem Pärchen gibt es zumindest eine Zweisamkeit, so beschränkt diese zuweilen auch sein mag. Er öffnet sein Notizbuch und schreibt: *Vom Moment unserer Geburt an bereiten wir uns auf das Sterben vor. Manche machen das besser als andere. Das ist der ganze Trick.*

Joseph Miller denkt nur aus einem Grund so intensiv über diese Dinge nach: Er selbst hat noch keine Liebe erlebt, die das Feuer der bedingungslosen Hingabe in seinem Herzen entzündet hätte.

In kleinen Schlucken trinkt er von seinem Kaffee. Er klappt die zusammengefalteten Nachrichten auf, die man an der Rezeption für ihn auf Bögen mit dem DoubleTree-Logo ausgedruckt, kopiert oder notiert hat. Es sind besorgt klingende Zeilen aus der Heimat, aus Glasgow, die ältesten von ihnen einen Monat alt. Amanda, seine allzu treu ergebene Sekretärin, war ganz offensichtlich in seiner Wohnung. Manchmal macht er sich Gedanken darüber, ob sie nicht zu viel weiß und zu viel Zugang hat. In Wahrheit gibt es aber nichts zu verbergen. Sie ist eh über alles im Bilde. Es ist auch ein Schreiben der schottischen Labour Party dabei, deren Vertreter sich bei Joseph dafür bedankt, dass er beim Referendum über die Unabhängigkeit Schottlands mit »Nein« gestimmt hat, obwohl das nicht ganz richtig ist. Manchmal zieht er Vergleiche zwischen der Labour Party, der er einst so treu gefolgt ist, und den mobilen DJs des Vinylzeitalters: Beide befinden sich auf einer steil abfallenden Kurve, an deren Endpunkt Bedeutungslosigkeit und virtuelle Obsoleszenz warten. Unter den Nachrichten ist auch ein gescannter Brief vom britischen Gesundheitsdienst NHS. Was Glückwünsche zum fünfzigsten Geburtstag angeht, ist dieses Schreiben schonungslos direkt. Es fordert ihn dazu auf, einen kleinen Holzspatel in seine eigenen Exkremente zu stecken und die Probe an den Absender zurückzuschicken. Immerhin haben sie an seinen Geburtstag gedacht. Nette Leute. Aus der kleinen Personengruppe, die Joseph als seine Familie bezeichnet, hat sich wenig überraschend niemand zu einem Glückwunsch durchringen können. Diese Brücken sind seit langer Zeit schon zerstört. Die restlichen Schreiben haben alle mit der Arbeit zu tun. Eine Liste mit zahlreichen Anrufen und ausgedruckte E-Mails seiner jüngeren Partner, die sich offenbar Sorgen um seinen Geisteszustand machen, seitdem er Anfang September das »Reservat« verlassen hat. Wie es aussieht, hat Amanda seine Reiseroute anhand von Kreditkartenabrechnungen nachverfolgt. Dann ist da noch eine Nachricht von seinem ehemaligen Kollegen Carlos Martorell, der sich mittlerweile im Ruhestand befindet. Carlos ist einer der beiden Männer, mit denen er vor fast zwanzig Jahren das Unternehmen gründete.

Die Nachricht von Carlos weckt seine Neugier. Seit der Beisetzung von Andy Masson im Jahr 2004 haben die beiden Männer nicht mehr miteinander gesprochen. Masson war das dritte M in Martorell, Masson & Miller. Ihre gemeinsame Firma tauften sie M³ – zum einen, um nicht Gefahr zu laufen, durch die Reihenfolge der Aufzählung eine wie auch immer geartete Hierarchie zu suggerieren, zum anderen, um schwierigen Erklärungen zu dem an eine Varietékünstlergruppe erinnernden Namen aus dem Weg zu gehen. Joseph war der Impulsgeber für die Gründung ihres Architekturbüros und stampfte es zusammen mit seinem spanischen Universitätsfreund Carlos aus dem Boden. Ihm gefiel die Vorstellung, dass sie die Sache wie eine Band angingen, dass sie Werte und Prinzipien hatten, denen sie bei ihrer Arbeit folgten. Andy Masson war erst später dazugestoßen, als es Lennon und McCartney langsam dämmerte, dass sie noch einen pragmatischen George Harrison brauchten – jemanden, der ihrer kaum zu zügelnden Energie und Lust am Entwerfen und Planen die Frage nach der Machbarkeit entgegenstellte. Einen

Ringo Starr brauchte es nach Josephs Meinung dann aber nicht mehr. Es ging schließlich um Attitüde, um Kreativität. M³ schien ein cleverer und eleganter Name für ein gemeinschaftliches Planungsbüro zu sein. Zwölf Jahre lang hatte Andy sein tadelloses Urteilsvermögen und sein Business-Know-how in das Unternehmen eingebracht. Dann kam der Speiseröhrenkrebs und riss ihn im tragisch jungen Alter von gerade mal fünfundvierzig mit brutaler Geschwindigkeit aus dem Leben. Andy war älter als seine beiden Geschäftspartner gewesen. Er hatte seine Frau Carole geheiratet, als beide noch sehr jung gewesen waren. Die Ehe hatte stets den Eindruck einer außerordentlich glücklichen Verbindung gemacht. In der Firma hatten ihn alle gemocht, seine wohlüberlegte und gelassene Art hatte viele schwierige Meetings gerettet. In den späteren Jahren schien seine Rolle hauptsächlich darin zu bestehen, seine beiden Partner regelmäßig daran zu erinnern, *warum* sie sich eigentlich mal zusammengetan hatten.

Andys Tod änderte alles. Er war – mit Josephs Rückendeckung – die treibende Kraft hinter der Erarbeitung eines realistischen Plans zu ihrer Nachfolge gewesen: Junge, talentierte Architekten und Planer wurden ganz offen und direkt dazu ermutigt, sich über ihre mögliche Rolle hinsichtlich der Zukunft des Unternehmens Gedanken zu machen und Verantwortung zu übernehmen. Im Großen und Ganzen ließ man ihnen bei der Umsetzung der Projekte freie Hand. Auf diese Weise hatte Carlos mehr Zeit und Energie, um sich auf die Beziehungen zu den Kunden zu konzentrieren, und Joseph konnte sich intensiver um die eigentlichen Entwurfskonzepte kümmern. Eine Arbeitsteilung, die sich als Erfolgsrezept erwies: M³ gewann eine Reihe regionaler Architektur- und Planungspreise, erarbeitete sich eine mehr als solide finanzielle Grundlage und beschäftigte im Sommer 2004, als Andy gezwungen war, sich aus dem Tagesgeschäft zurückzuziehen, achtundfünfzig Mitarbeiter auf Vollzeitbasis.

In seiner Zeit als führende Kraft in der Managementetage des Unternehmens war Andy nur ein einziger Fehltritt unterlaufen: die Beförderung seines Sohnes Felix zum Teilhaber. Diese Entscheidung führte zum Ende der Freundschaft zwischen Joseph und Carlos. Denn Josephs Ansicht nach war Felix Masson nicht mehr als das geistlose Produkt eines Public-School-Systems, das weiterhin einen größeren Wert auf Beziehungen, Herkunft und renommierte Familiennamen als auf tatsächliches Talent legte – von der Fähigkeit, auch die Situation von Menschen aus anderen sozialen Schichten nachzuvollziehen, ganz zu schweigen. Die Tage vor Andys Beisetzung waren für alle Beteiligten belastend und von nur allzu verständlichen Spannungen geprägt. Die darauffolgende Ernennung von Felix als Nachfolger seines Vaters in der Position des Finanzdirektors erwies sich jedoch als besonders heikel, zumal sie nicht nur voreilig, sondern obendrein in dieser Form lediglich zwischen Andy und Carlos abgesprochen war. Joseph hatte man nur teilweise eingeweiht. Es war Carlos gewesen, der auf die Entscheidung gedrängt hatte, weil er glaubte, aus guten und gewichtigen Gründen zu handeln: Das Unternehmen stand kurz davor, eine seiner Schlüsselfiguren zu verlieren, und hätte eine beträchtliche Summe aufwenden müssen, um Andys Firmenanteile zurückzukaufen. Vor diesem Hintergrund hatte Andy dem Plan von Carlos zugestimmt, den Großteil seiner Anteile einfach auf Felix zu übertragen, damit dieser Carole über einen Zeitraum von fünf Jahren ausbezahlte. Von all dem erfuhr Joseph erst in Andys ausladendem Haus in West Kilbride, wenige Stunden nach dessen Beisetzung. Anstatt zu akzeptieren, dass Andy an der Planung und Umsetzung dieses Manövers beteiligt war, passte es Joseph weitaus besser in den Kram, sich fortan einzureden, dass der manipulative Carlos es auch auf sein Viertel der Unternehmensanteile abgesehen hatte.

Nach diesem Ereignis kommunizierten die beiden verbliebenen Gründer von M^3 nur noch per Fax, später auch per E-Mail, in seltenen Fällen via Textnachrichten. Ihre Büros befanden sich in unterschiedlichen Flügeln des Unternehmenssitzes, eines umgebauten Sandsteingebäudes im Zentrum von Glasgow, und bald schon wusste auch der Letzte in der Belegschaft, dass die beiden Chefs nicht miteinander sprachen. Obgleich es anfangs bizarr schien, passten sich die unternehmensinternen Managementabläufe an die Gegebenheiten an und ermöglichten die schizophrene Situation in der Chefetage, bis Carlos Martorell im Jahr 2007 einen Deal mit Felix aushandelte, um das Unternehmen verlassen zu können. Sein Ausscheiden ging mit einer Erhöhung der Zahl der Anteilseigner einher, die sich aus den jüngeren Belegschaftsmitgliedern rekrutierten. Joseph blieb zwar der Haupteigner, hatte allerdings gemäß des geänderten Gesellschaftervertrags nun einen zu kleinen Anteil, um die anderen Eigner blockieren zu können. Nachdem Carlos diesen Übergang organisiert hatte, verließ er das Unternehmen zu einem für ihn und seine stark im Wert gestiegenen Anteile sehr günstigen Zeitpunkt, dessen Wahl allerdings mehr mit Glück als mit Fachwissen zu tun hatte. Keine sechs Monate nachdem die Tinte auf seinem Scheck getrocknet war, brach die Bankenkrise über die Weltwirtschaft herein. *Der Wichser könnte in den Clyde fallen und würde statt zu ersaufen mit den Taschen voller Fische wieder rausklettern.* So oder so ähnlich lautete die auf einem populären Sprichwort basierende Zusammenfassung von Joseph in Bezug auf den Coup seines Ex-Kollegen, als Anfang 2008 die Aufträge auszubleiben begannen und der Aktienkurs von M^3 mit der gleichen Geschwindigkeit nach unten raste wie ein Basejumper mit defektem Fallschirm.

Joseph bekritzelt die Umschlaginnenseite eines der Moleskine-Notizbücher, die ihn auf seiner Reise in das Zentrum der Finsternis seiner Seele begleiten. Es entsteht ein kurviges Krakelobjekt, das er in den letzten drei Monaten schon viele Male in derart geistesabwesenden Momenten gezeichnet hat. Manchmal hat er in den wenigen Nächten, in denen er schlafen konnte, sogar von diesen Kringeln geträumt. Eigentlich waren die Tagebücher als Instrument für die Erfüllung einer ganz besonderen Aufgabe gedacht, zu der er sich vor Monaten verpflichtet hatte. Nach einer kräfteraubenden Krankheit hatten ihm seine jungen Partner die Möglichkeit eröffnet, eine längere Auszeit vom Alltagsgeschäft zu nehmen. Im Gegenzug sollte Joseph eine Art Firmenhistorie schreiben – einen Abriss über Hintergründe und Ausführung der neueren Projekte des Unternehmens –, bei der er sich besonders auf die vielen interessanten Bauten in all den fernen Ländern konzentrieren sollte, in die die Firma, größtenteils dank Josephs Arbeit, vorgedrungen war. Er vermutete zwar erneut niedere Beweggründe bei seinen Partnern, nahm das Angebot aber dankbar an.

Er denkt über das Briefing letzten Sommer nach. Möglicherweise hat Carlos Wind von seinem Auftrag bekommen und will nun aus Angst vor Indiskretionen Kontakt mit ihm aufnehmen. Indiskretionen über die Details ihrer nicht ganz unerheblichen Rolle bei der Bestechung eines ägyptischen Regierungsbeamten in den Anfangstagen ihrer Auslandsabenteuer, um nur ein Beispiel zu nennen. Derartige Ängste sind jedoch unbegründet. Josephs Tagebücher enthalten keine solchen Schilderungen. Sie erzählen nicht die Erfolgsgeschichte eines vergleichsweise kleinen, hart arbeitenden Planungsbüros aus Schottland, das am Vorabend einer weltweiten Wirtschaftskrise in Übersee triumphiert. Auch keine Geheimnisse, die noch lebenden Weggefährten zum Verhängnis werden könnten. Sie enthalten eine andere Art Geschichte: einen persönlichen Bericht über eine traurige Vergangenheit. Eine Zeit, in der alles aus den Fugen geriet. Eine Art Beichte. Eine Art Wiedergutmachung. Ein Klagelied über eine verloren gegangene Freundschaft. Vor langer Zeit schon hatte Joseph realisiert, dass diese Arbeit nötig ist, damit sein Geist endlich Ruhe finden kann. Der Schreibprozess wird keinen kathartischen Effekt haben, das weiß er, aber vielleicht vermag er die Erinnerung an die Person wachzuhalten, die er einst war oder geworden wäre. Es ist eine Geschichte, die er einfach aufschreiben muss.

KAPITEL 4

April 1987. Ibiza, Spanien

Bobby Cassidy war nie der Typ für persönliche und emotionale Konflikte gewesen. In derartigen Situationen hatte er stets seinen Instinkten vertraut und die Biege gemacht. Jetzt, mit mittlerweile dreiundzwanzig und seinem persönlichen *Passepartout* in Gestalt von Hamish May im Schlepptau, war er wieder einmal davongelaufen. Dieses Mal auf eine Insel, die Frieden, Liebe und hippieske Gelassenheit versprach: Ibiza.

»Die Möglichkeiten sind endlos«, sagte Bobby.

Hamish May hatte diesen Spruch bereits an die zehn Mal gehört, dabei war es noch nicht mal Mittag. In Bobbys Schwarzbuch klischeehafter Motivationsphrasen rangierte diese Floskel ungefähr auf einem Rang mit *Gott wird es dir vergelten.* Hammy hatte sich im Vorfeld des Trips energisch dafür ausgesprochen, mit dem Flugzeug auf die Insel zu reisen. Hintergrund war ein traumatisches Erlebnis vor einigen Jahren, bei dem man den bewusstlosen Hammy in ein kleines Ruderboot gelegt und selbiges aufs offene Meer hinaus hatte treiben lassen. Diese Erinnerung, in Kombination mit der schockierenden Nachricht vom kürzlichen Kentern der Herald of Free Enterprise vor dem belgischen Zeebrügge, hatte eine geradezu zementierte Furcht vor Schiffsreisen in ihm ausgelöst. Selbst sein übertrieben optimistischer Weggefährte hatte dieser Phobie wenig entgegenzusetzen. Und so hatte Hammy während der gesamten Überfahrt entweder starr auf den Horizont gestarrt oder aber, den Kopf gesenkt und seinen Mageninhalt entleerend, direkt durch seine Beine hindurch auf den Boden. Es sollte noch einige Stunden dauern, bis er wieder in der Lage war, die sich ihm bietenden Möglichkeiten, ganz gleich ob endlos oder nicht, zu würdigen oder gar wahrzunehmen.

Die beiden jungen Männer aus Ayrshire schulterten ihr Gepäck und traten aus dem Hafengebäude in das blendende Licht der Sonne hinaus. Seinem Ruf als Land der Ausschweifungen zum Trotz wirkte die weiße Insel auf den ersten Blick um einiges ruhiger als Benidorm, das sich für Bobby im Sommer zuvor durch die Trennung von Lizzie in einen unwirtlichen Ort verwandelt hatte.

»Hörste das?«, fragte Bobby, als sie in Ibiza-Stadt aus dem saunaartigen Taxi kletterten.

»Was'n? Die Musik?«, fragte Hammy.

»Nee ... na ja, auch die Musik, aber eigentlich meine ich den Sound der Leute.« Bobby sah, dass Hammy nicht ganz verstand, was er meinte. »Alle happy wie sonst was hier ... und alle mehr oder weniger in unserem Alter!«

Hammy lächelte. Mehr war nicht drin. Noch hatte er sich nicht auf den Vibe einlassen können.

Bobby war ihm einige Schritte voraus. »Benidorm ist was für Rentner, die sich Taschentücher um den Kopf binden. Beschissene SAGA-Touren mit Roastbeef-Bingo. Das hier ist 'ne ganz andere Nummer, Mann. Hier ist die coole Action, verstehste?«

Sie bezahlten den Taxifahrer, hievten ihre Rucksäcke aus dem Kofferraum und machten sich auf den Weg in das von der Sonne gebleichte Zentrum der Stadt.

»Cooles T-Shirt, Kollege. Wollt ihr zwei vielleicht 'n Bier?« Bobby blickte nach unten, als müsste er sich vergewissern, was für ein T-Shirt er überhaupt trug. »Choosing Life« stand darauf, und in seinem Fall traf das den Nagel auf den Kopf. Nachdem sie sich von einem euphorischen Strom junger, begeisterter Menschen aus aller Herren Länder durch das Hafenviertel hatten tragen lassen, standen Bobby und Hammy nun vor einer Reihe lebhafter Bars. Im Gegensatz zu Benidorm, das sich zu einer zunehmend konservativen Kolonie britischer Urlauber entwickelt hatte, war Ibiza ein berauschender Melting Pot – lebhaft, temperamentvoll, extravagant.

Der oberkörperfreie Australier mit den blonden Haaren, der sie angesprochen hatte, reichte ihnen zwei eiskalte Coronas und dazu ein paar Flyer. Im Gegenzug für das Bier nahm er Bobby das Versprechen ab, dass die zwei am Abend in die Bar zurückkehren würden.

»Das hier wird der Hammer, Mann«, sagte Bobby und stieß mit Hammy an.

Es war erst nachmittags, aber der Ort fühlte sich bereits so lebendig und pulsierend an wie Benidorm auf dem Höhepunkt eines betriebsamen Abends. Benidorm war wie ein altersschwacher Vampir und brauchte die Tagesstunden, um sich zu regenerieren. Ibiza hingegen machte, wie es aussah, erst gar keine Pause. *Zügellosigkeit* war schon lange der Zweitname der Insel gewesen; ihre neuartige Schmelztiegel-Kultur gründete auf den freigeistigen Lebensstilen von Menschen, die sich nicht mit Francos Herrschaft hatten abfinden wollen. In den Siebzigern waren die Hippies gekommen und hatten die Insel kolonisiert. Als sie wieder verschwanden, hatte sich ein Großteil ihrer entspannten DNA auf Land und Leute übertragen. Genauso wie Bobby, Lizzie und Hammy in den frühen Achtzigern dem Ruf der Costa Blanca gefolgt waren, hatten sich All-Inclusive-Urlauber, Yacht-Yuppies und Clubgänger auf fast schon spirituelle Weise zu Ibiza hingezogen gefühlt, als wäre der Ort eine Art Hedonisten-Mekka.

Bobby und Hammy schauten dem Strom der Leute auf der Straße zu. Herausgeputzte Party-Sternchen der ultraglamourösen Sorte mischten sich mit Surf-Vagabunden, und nicht einer von ihnen schien fehl am Platz. Fischnetzoptik, Spandexklamotten, Leopardenmuster: Was in Benidorm vulgär und unpassend wirkte, schien auf Ibiza, getragen von einigen der schönsten Frauen und Männer, die Bobby je gesehen hatte, geradezu visionär.

»Hier geht's nicht darum, *was* du trägst, sondern darum, *wie* du es trägst, verstehste?«, sagte Bobby beiläufig.

»Wenn du meinst«, sagte Hammy. Er kratzte seinen ungepflegten Gingerbart und schaute an sich herunter: rotschwarz gestreiftes T-Shirt Marke Dennis the Menace und abgeschnittene Jeans. Er sah aus wie Shaggy aus *Scooby-Doo*. Hammy war sich nicht ganz sicher, ob Bobby ihm gerade einen Seitenhieb versetzt hatte, beschloss dann aber, kein Fass wegen des Kommentars aufzumachen. Das Bier hatte seinen aufgebrachten Magen einigermaßen beruhigt, und so schien es ihm ratsam, alles zu vermeiden, was ein erneutes Aufsteigen von Galle und Magensäure provozieren könnte.

»Alter, schau dir doch nur mal die Leute an. Das ist doch absolut fantastisch. Die beiden da zum Beispiel.« Bobby wies in Richtung eines grandios aufgebrezelten Pärchens mit Wangenknochen so imposant wie die der Porträtköpfe von

Mount Rushmore. Beide hatten eine tiefbraune Hautfarbe, wirkten so androgyn wie Bowie und strahlten dabei eine unheimliche Selbstsicherheit aus. Für einen Moment glaubte Bobby, eine der zwei Figuren wäre Grace Jones.

Die nächsten Stunden vergingen wie im Flug: Hunderte von Menschen mit ähnlich beeindruckendem Look liefen an der Bar vorüber.

»Holy fuck! Diese Straße hier ist ein verdammter Laufsteg!«

Ein Skinhead-Girl auf Rollschuhen brauste vorbei. Die paillettenbesetzten Boots an ihren Rollerskates reichten ihr bis über die Knie. Darüber prangte ein kunstvoll gestochenes Tattoo von Che Guevara auf ihrem Oberschenkel. Die Denim-Hotpants, deren fransiger Rand das berühmte Barett des Revolutionärs verdeckte, war so eng, dass man meinen konnte, sie wäre auf ihren Hintern gemalt worden. Die Krönung ihres Outfits war ein bizarr wirkender BH in der Form von zwei spitz zulaufenden Kegeln. Das Mädchen sah unglaublich aus, wirkte aber nicht im Geringsten deplatziert.

Bobby machte sich mittlerweile Gedanken darüber, wie es angehen konnte, dass Hammy und er überhaupt in dieses wundersame Land der unfassbar gut Aussehenden hatten einreisen dürfen. Während er motiviert und voller Tatendrang war, grübelte Hammy über praktischere Belange nach: Konnten sie es sich überhaupt leisten, mehr als einen Tag an diesem Ort zu verbringen? Damit die ganze Sache nicht als Kurzurlaub endete, würden sie sich Jobs suchen müssen; ebenso eine bezahlbare Unterkunft. Selbst im Paradies musste sich die Arbeiterklasse um einen produktiven Lebensinhalt bemühen, um die Chance zu haben, mit den Bessergestellten an einer Tafel zu speisen. Ihre Suche begann in Jugendherbergen, Bars und auf Campingplätzen. An Orten wie diesen gab es immer Möglichkeiten für Auswärtige, niedere Jobs zu ergattern, mit denen sich die Einheimischen nicht gern abgaben. Emigration basierte seit jeher auf universell gültigen Überzeugungen und Träumen wie diesen. Warum sollte sich die schottische Diaspora nur auf den amerikanischen und westpazifischen Raum beschränken? Bobby Cassidy und Hammy May fühlten sich wie Pioniere. Sie begannen ganz unten, aber ihr Ehrgeiz kannte – ebenso wie der der schottischen Ingenieure, die der Welt einige der wichtigsten Erfindungen aller Zeiten geschenkt hatten – keine Grenzen.

* * *

»Wirst es nicht glauben, Alter, aber gerade hat mir so ein Scouser einen ausgegeben, um den zweiten Sommer der Liebe mit mir zu feiern.« Bobby lachte, als Hammy mit drei Gläsern zurückkehrte. »Dabei weiß ich noch nicht mal, wann der erste war!«, sagte er. »Muss ich wohl gerade auf dem Topf gehockt und einen Riesenschiss in die Schüssel gedrückt haben.« Bobby ließ den Blick über die vor ihnen liegende Bucht schweifen, wo teure Yachten auf und ab wippten, als würden sie dem omnipräsenten Soundtrack der Insel folgen.

Alles in San Antonio besaß einen synkopierten Rhythmus. Mittlerweile waren neun Monate seit der ersten Landung von Bobby und Hammy auf Ibiza vergangen, aber der Ort hatte für die beiden nichts von seiner berauschenden und süchtig machenden Attraktivität verloren. Im Winter hatte Bobby einige Zeit in Kilmarnock verbracht und dort oft in Mickey Martins renoviertem Metropolis-Club gearbeitet. Die stattlichen Feiertagslöhne bescherten ihm ein gutes Polster für die

Rückkehr auf die Balearen und damit verbunden auch die willkommene Möglichkeit, sich einmal mehr vor der Konfrontation mit den Geistern seiner jüngeren und länger zurückliegenden Vergangenheit zu drücken. Auch Hammy hatte in der Heimat gearbeitet und auf dem Friedhof in der Grassyards Road als Totengräber geschuftet. Damit waren die beiden gut bei Kasse. Zwar nicht so gut, um im VIP-Bereich des Pacha Krug-Champagner zu schlürfen, aber doch gut genug, um die Reize der Insel an ihren arbeitsfreien Tagen ausgiebig genießen zu können.

Ein Kellner mit dunklen Haaren und Bart kam zu ihrem Tisch und stellte zwei neue Biere vor ihnen ab.

»Scheiße, Hammy, wenn dein Scouser ein Hinterlader ist, bist du auf dich allein gestellt«, sagte Bobby.

»Mit besten Grüßen von der Lady da drüben«, sagte der Kellner und nickte in Richtung eines Tisches im hinteren Teil der Bar. »Wohl bekommt's.« Gekonnt umschiffte der Kellner die vollbesetzten Tische – wie George Best einst gegnerische Verteidiger und rufschädigende Gerichtsverhandlungen – und sammelte dabei so viele leere Gläser ein, wie sein rundes Tablett tragen konnte.

Bobby sah an ihm vorbei zu der Dame. »Weißt du vielleicht, wer das ist?«

»Keine Ahnung, Mann«, sagte Hammy, »aber sie sieht ziemlich heiß aus. Wenn sie ein paar Sexsklaven für ihren Keller der Sünde sucht, bin ich definitiv dabei.«

»Schon klar, Alter, aber das kann ich mir beim besten Willen nicht vorstellen«, sagte Bobby.

»Vielleicht auch besser so«, sagte Hammy. »Bei dem Klientel hier ist es gut möglich, dass *sie* eigentlich ein *Er* ist und 'ne beschissene Anakonda zwischen den Beinen hat!«

Beide lachten.

»Warte mal. Ich glaube, die kommt zu uns rüber.« Hammy legte sich die hohle Hand über den Mund, hauchte hinein und holte schnüffelnd durch die Nase Luft.

Bobby starrte ihn an wie einen Geisteskranken.

»Was denn?«, sagte Hammy, der offensichtlich ganz zufrieden mit dem Ergebnis seines Geruchstests war. »Man kann nie wissen.«

»Hi, ich bin Laurie. Laurie Revlon«, sagte Laurie Revlon und fuhr ihren langen, sonnengebräunten Arm aus. Die Nägel am Ende ihrer dünnen, krallenartigen Finger waren perfekt manikürt. Die aneinanderstoßenden Goldringe an ihrer Hand wirkten wie ein glitzernder Schlagring aus dem Hause Tiffany & Co.

»Hallo«, sagte Bobby.

»Ich hab dich neulich an den Decks im Santorini's gesehen. Du bist echt gut.« Laurie Revlon schien es ernst zu meinen mit ihrem Lob für Bobbys DJ-Künste.

Bobby genoss die Bauchpinselei, hatte aber keine Ahnung, wohin diese Unterhaltung führen sollte. Laurie Revlon hatte die unliebsame Angewohnheit, sich beim Reden ständig umzublicken, als würde sie jeden Moment einen noch interessanteren Gesprächspartner hinter irgendeiner Schulter entdecken können. Da jedoch die meisten Leute aus London diese Marotte hatten, konnte Bobby ihr keinen Vorwurf machen.

Den DJ-Job im Santorini's, von dem Laurie sprach, hatte Bobby eher zufällig an Land gezogen. Es war vor drei Monaten gewesen: Während ein ausgedehnter Remix von D Mobs »We Call It Acieed« lief, hatte Pedro, der feierwütige Stammdiscjockey dieses kleinen Drittliga-Clubs, sich mit einem

Mund voller Alkohol im Feuerspucken versucht. Dummerweise hatte er vor der Nummer gerülpst und so den leicht brennbaren Alkohol auf seiner Brust verteilt. Als er dann das Feuerzeug ins Spiel brachte, ging sein üppiges Brusthaar in null Komma nichts in Flammen auf. Die feiernde Masse auf der Freiluftterrasse des Santorini's grölte und jubelte. Erst als die Security-Typen mit Feuerlöschern herbeieilten, dämmerte den Gästen, dass die brennende Brust von DJ Pedro *nicht* zur Show gehörte. Geistesgegenwärtig ergriff Bobby Cassidy seine Chance und bot dem Eigentümer des Clubs an, sich an den folgenden drei Abenden probeweise und ohne Bezahlung hinter die Decks zu stellen. Seither war *er* der Stamm-DJ des Santorini's.

Einen Monat nach dem Unfall lief Pedro den jungen Schotten noch einmal über den Weg. Seine Sicht auf das selbstverschuldete Dilemma war bewundernswert locker: Er hegte Bobby und Hammy gegenüber weder Groll noch Neid. Im Laufe des Gesprächs zeigte er den beiden sogar seine Narben. Die Brandwunden waren nicht gut verheilt. Eine tiefe Furche verlief durch das verbleibende Haar auf Pedros Brust. Sie erinnerte an die Spuren eines Napalmangriffs im vietnamesischen Dschungel. Hinzu kam die sich schuppende Haut, die seinen gebräunten Oberkörper wie ein versifftes Maurerradio aussehen ließ.

Es war eine glückliche Wendung für Bobby, wenn auch eine Wendung auf Kosten eines Mitglieds der internationalen DJ-Bruderschaft. Er und Hammy packten die Gelegenheit beim Schopf. Fortan sorgte Bobby, der als DJ eine einmalige Atmosphäre zu schaffen vermochte, regelmäßig für ein volles Haus im Santorini's und für respektvoll hochgezogene Augenbrauen bei den Talentscouts von Laurie Revlon. In Bobbys Set gab es weder Filler noch Faxen und auch keine Theatralik – nichts, was ihm in irgendeiner Weise hätte schaden können –, sondern einfach nur eine absolut solide Songauswahl und gute Mixe. Er setzte auf einen anderen Vibe, als Pedro es getan hatte, und konzentrierte sich auf den chilligen Ambient-Sound, der gerade aufkam. Sein Slot begann um zwei Uhr morgens und dauerte drei Stunden. Zu den festen Größen seines Sets gehörten die cooleren Nummern von Soul II Soul und Inner City, aber auch neue, schrägere Songs wie »Me, Myself & I« von De La Soul. Auch mit dem Markenzeichen von DJ Pedro, der »Erection Section«, die aus langsamen Schmusesongs bestand, machte Bobby Schluss. Die Häufigkeit, mit der Pedro »Careless Whisper« für ein daran vollkommen desinteressiertes Publikum aufgelegt hatte, ließ Bobby vermuten, dass sein Vorgänger an den Tantiemen von George Michael beteiligt gewesen war.

»Du heißt Bobby, richtig?«, sagte Laurie Revlon.

Bobby nickte.

»Ich wollte dich fragen, ob du vielleicht für mich arbeiten willst.«

»Ähm … weiß nicht so richtig. Eigentlich bin ich ganz zufrieden da, wo ich gerade auflege«, sagte Bobby. »Demis hat mir im Santorini's eine Chance gegeben, verstehst du? Wäre also nur recht und billig, wenn ich ihm auch für den Rest der Saison die Stange halte.«

Wenn das eine Verhandlungsstrategie sein soll, dachte Hammy, *dann ist sie verdammt nochmal beschissen.*

Hammy räusperte sich übertrieben laut und beugte sich zu seinem Freund hinüber. »Was soll'n der Scheiß, Alter?«, flüsterte er. »Du redest hier von Demis Dimitri … nicht von Brian Clough oder so! Du schuldest Dimitri gar nichts. Ist nicht so, als hätte dich der Penner aus der Reservemannschaft der Doncaster Rovers geholt und in seine Startelf fürs Pokalfinale gesteckt. Hör dir wenigstens mal an, was die Schnalle zu sagen hat.«

Laurie hatte ihn gehört und schenkte ihrem jungen Fürsprecher mit dem gingerfarbenen Haar ein Lächeln.

»Versprich mir einfach, drüber nachzudenken. Mehr will ich gar nicht.« Laurie Revlon reichte ihm eine Visitenkarte. »Ich werde nächste Woche wieder hier sein. Wenn du dich blicken lässt, gehe ich davon aus, dass du Interesse hast. Wenn nicht, dann nicht. Deal?«

»Aye ... guter Vorschlag. Und danke noch mal. Cool, dass dir gefällt, was ich auflege.«

Laurie Revlon zog eine Augenbraue nach oben und stolzierte davon, ihr Hinterteil wogend wie das von Joan Collins, ihr Mund voll und schmollend wie der von Brigitte Bardot. Auf ihrem Weg hinaus warf sie Gästen an fünf verschiedenen Tischen Handküsse zu. Ganz offensichtlich war sie auf der Insel vielen Menschen bekannt, wenn auch nicht den zwei Schotten, mit denen sie gerade gesprochen hatte.

Laurie Revlon kam aus einer anderen Welt, aus der vor Testosteron explodierenden Welt des englischen Profifußballs, und hatte es in selbiger zu einem beachtlichen Vermögen gebracht. Angefangen hatte sie im Teenageralter mit einem Praktikum als Büroassistentin in einer der unteren Spielklassen. Von dort hatte sie sich stetig nach oben gearbeitet, geschlafen und geheiratet, bis sie irgendwann die einflussreichste Spieleragentin überhaupt war. Ein Bestechungsskandal, in dem es um die medizinischen Berater von Inter Mailand ging, zementierte ihren Ruf als skrupellose Managerin. Die Geschichte hatte sich in den frühen Siebzigern abgespielt, als Laurie, damals gerade Mitte zwanzig, für den Transfer von Terry Dooley zu dem italienischen Club die weltweit erste Ablösesumme in Höhe von einer Million Pfund aushandeln konnte. Terry Dooley galt weithin als das größte Talent, das der englische Fußball seit dem Weltmeisterschaftstriumph 1966 hervorgebracht hatte. Unter den Fans machten Gerüchte die Runde, denen zufolge Laurie Revlon den kontroversen Wechsel nach Italien eingefädelt hatte, um Dooley vor dem Einfluss einer Reihe intriganter Männer zu schützen, die sich angeblich bei Gruppensexorgien mit Minderjährigen vergnügten. Viele dieser Männer bekleideten, wiederum angeblich, leitende Positionen im englischen Fußballverband. Terry Dooley war drogensüchtig, hauptsächlich konsumierte er Alkohol und Kokain, bestand aber wundersamerweise die medizinische Untersuchung in einem Mailänder Krankenhaus. In der anschließenden Saison der Serie A absolvierte er jedoch nur zwei Partien. Laurie Revlon wurde im Rahmen von Betrugsermittlungen seitens der UEFA gegen Dooleys englischen Club und Inter Mailand der betrügerischen Absprache beschuldigt. Später wurde die Anklage aus Mangel an Beweisen fallen gelassen. Der Spieler im Zentrum des Skandals hatte Leeds United in der vorherigen Saison zur Meisterschaft verholfen, war in zweiunddreißig Länderspielen aufgelaufen und kurz zuvor sogar zum Kapitän der Nationalmannschaft berufen worden. Es gab keinerlei Anhaltspunkte dafür, dass an diesem Transfer etwas faul sein könnte. Am letzten Spieltag der italienischen Fußballsaison 1976 fand man Terry Dooley tot in einem Straßengraben in Bergamo. Eine Obduktion wies große Mengen von Alkohol und Heroin im Körper des Verstorbenen nach. Die offizielle Einschätzung des verantwortlichen Gerichtsmediziners sprach trotzdem von einem »Unfalltod«. Terry Dooley war vierundzwanzig Jahre alt.

Lange Zeit schien es, als hätte Laurie Revlon überall ihre gepflegten Finger im Spiel, wo es Geld zu verdienen gab. Trotzdem gelang es ihr, größtenteils unter dem Radar zu bleiben. Nach der Sache mit Terry Dooley war sie noch einige Jahre im Profifußballgeschäft tätig, hatte den Blick aber schon auf einträglichere Betätigungsfelder gerichtet. So gründete sie später ein Unternehmen für Sportveranstaltungen und organisierte eine Reihe von Boxweltmeisterschaftskämpfen in England. 1982 verlagerte sie ihr Hauptquartier nach Spanien und trug nicht unwesentlich zum Erfolg der Live-Aid-Konzerte in London und Philadelphia bei. 1985 zog es sie auf Europas Partyinsel Nummer 1, wo sie eine moderne Villa mit blütenweißer Fassade und Blick auf die Bucht von San Antonio erwarb.

»Fuck, Alter! Was für ein großartiger Arsch, hä?«, sagte Hammy. »Da braucht's ein erfahrenes Bergrettungsteam, um dich aus dieser Kluft wieder rauszuholen. Ich würd ihr definitiv einen wegstecken!«

Bobby lächelte verzagt. Es war eine eigenartige Begegnung gewesen, wie er fand. In den letzten beiden Feriensaisons waren sie fast ununterbrochen im Nachtleben von San Antonio unterwegs gewesen – Bobby hatte als Club-DJ gearbeitet, Hammy als Mädchen für alles auf einem Campingplatz, wo sie die Sommer über zelteten. Mit der Zeit hatten sie die Einheimischen kennengelernt und es auf die Gästelisten der größeren Erstliga-Clubs wie Amnesia und Ku geschafft. Trotzdem hatte keiner von ihnen je den Namen Laurie Revlon gehört. Bobby war klar, dass ihr Party-Lifestyle eine gewisse Kurzsichtigkeit mit sich brachte, aber er fand es trotzdem eigenartig, dass ihnen die attraktive Fünfundvierzigjährige mit der magnetischen Ausstrahlung, der hochaufgeschossenen Figur, dem Marilyn-Monroe-Hintern, der blonden Kreppeisen-Frisur und dem weißen Businesskostüm noch nicht über den Weg gelaufen sein sollte.

* * *

»Ihr besser vorsichtig, hä?«

Das am selben Abend folgende Gespräch mit Demis Dimitri war genauso eigenartig wie das Treffen mit Laurie Revlon. Bobby hatte sich auf eine schwierige Diskussion mit seinem gegenwärtigen Arbeitgeber eingestellt, und anfangs war die Unterhaltung tatsächlich angespannt gewesen. Als Bobby dem griechischen Club-Inhaber dann auf die Frage antwortete, wo er denn nun anheuern wolle, verschärfte sich der Ton der Unterhaltung noch einmal zusätzlich.

»Die frisst euch mit Haut und Haare und spuckt euch dann wieder aus, wenn ihr nicht vorsichtig«, sagte Demis.

»Das hört sich wie ein Traum für mich an!«, sagte Hammy und lachte.

»Ihr müsst hören auf Demis.« Er sah sich um, schaute hinter sich und lehnte sich nach vorn. Bobby und Hammy taten es ihm gleich. »Laurie Rev-*lon* ist hinterfotzig wie sonst nix!«, flüsterte er.

Als sie auf dem vom Vollmond beleuchteten Feldweg zum Campingplatz zurückgingen, hatte Bobby einen nachdenklichen Ausdruck auf dem Gesicht.

Hammy konnte die Stimmung seines Freundes nicht nachvollziehen. »Der ist doch nur angepisst, weil du bei ihm in den Sack haust. Lass dir bloß nicht diesen Voodooscheiß einreden, hörst du? Du weißt doch, wie diese Griechenfotzen alle sind. Die kloppen ihr beschissenes Geschirr kaputt, wenn sie feiern, Mann!«

»Aye, vielleicht haste recht.«

»Ist so! Nix da mit *vielleicht*. Diese Revlon-Schnalle wird dir sehr wahrscheinlich 'ne tolle Chance bieten. Was Großes, Mann. Größer als das Santorini's auf jeden Fall.« Der Zeiger von Hammys Stimmungsbarometer kletterte in Richtung Höchstwert. »Erinnerste dich noch, als du zum ersten Mal bei Metropolis aufgehört hast? Wie du Doc Martin verklickert hast, dass der Laden nicht groß genug für dich war?«

»Aye, weiß ich noch, aber das war anders.«

»Nein, das war's nicht, Mann! Es ging um Ehrgeiz, Träume, Ambitionen. War damals so und ist auch heute so«, sagte Hammy und legte den Arm um Bobby. »Na los, Mann ... die Chance darfst du dir nicht entgehen lassen!«

Bobby lachte. Er hatte Hamish May viel zu verdanken. Dessen unnachgiebiger und allen Widrigkeiten trotzender Optimismus hatte Bobby schon Anfang 1983 getröstet, als der familiäre Stress nahezu unerträglich für ihn geworden war. Dieser Optimismus hatte ihn auch auf Kurs gehalten, als seine Beziehung mit Lizzie King an der ostspanischen Küste in die Brüche ging. Hamish May war der sprichwörtliche Fels in der Brandung. Und auch wenn ein Teil von Bobby sich immer noch wünschte, all diese Erlebnisse mit Joey Miller teilen zu können, so wusste er doch, dass es keinen besseren Weggefährten als Hammy gab. Hammy war immer für ihn da, ging mit ihm durch dick und dünn, in guten wie in schlechten ...

»Hammy, wo zum Teufel willst du hin?«, rief Bobby, als er bemerkte, dass sein Freund den Weg verlassen und eine andere Route eingeschlagen hatte.

Aus einiger Entfernung antwortete ihm eine Stimme durch die Dunkelheit. »Runter zu den Wohnwagen, für einen flotten Dreier. Ein paar Puppen aus Dublin haben mich eingeladen. Offensichtlich ist ein Fick mit mir ihre ultimative Fantasie.«

Bobby seufzte.

»Wir sehen uns morgen früh«, rief Hammy. »Vielleicht gönnst du dir ja 'ne Runde fünf gegen Willi, hä? Stell dir einfach vor, wie Missus Revlon deine Eier mit Honig beträufelt und dann mit 'nem Topfreiniger sauberschrubbt.« Nach und nach verhallte Hammys Lachen.

Bobby grinste. Er erinnerte sich an die Zeit, in der auch er von dieser draufgängerischen Lebensfreude erfüllt gewesen war und sich für alles Mögliche begeistern konnte. Die Zeit vor dem Falklandkrieg.

KAPITEL 5

Oktober 2014. Shanghai, China

»Ähm, entschuldigen Sie bitte ...«

Megan Carter, die Guest-Relations-Managerin des Hotels, dreht sich um. Es ist eine einstudierte Pirouettenbewegung, graziös wie die von Margot Fonteyn, der bekannten Balletttänzerin.

»Hallo, Sir. Was kann ich für Sie tun?«, sagt sie.

Joseph hat den Eindruck, dass diese Frau permanent lächelt – als wäre sie die Personifizierung einer Brian-Wilson-Melodie. Für einen kurzen Moment sorgt ihr Anblick dafür, dass er vergisst, was er eigentlich sagen wollte.

»Sir?«

»Aye ... also, eigentlich wollte ich mich nur für neulich entschuldigen. Sie wissen schon, die Sache mit dem Präsentkorb und so.«

Der Ausdruck auf ihrem Gesicht verändert sich nicht. Joseph fragt sich, ob es möglich ist, dass sie eine Zwillingsschwester hat. Vielleicht erkennt sie ihn aber tatsächlich nicht. Gut möglich, schließlich sieht er heute eher wie Charlie Watts und nicht wie Keith Richards aus.

Dann wird ihr göttliches Lächeln ein wenig weicher. »Absolut kein Problem, Sir. Um ehrlich zu sein, hatte ich da auch nicht gerade meinen besten Tag und muss mich ebenfalls bei Ihnen entschuldigen.«

Es ist nicht die Antwort, die er erwartet hat. Er ist überrascht.

Sie erkennt sein Unbehagen und ist mit einem Schlag wieder ernst und sachlich. »Wissen Sie, das hätte ich jetzt vielleicht nicht erwähnen sollen. Tut mir leid.«

»Nein, hören Sie, das ist vollkommen in Ordnung. Ich war unhöflich zu Ihnen, und das tut mir leid. Das wollte ich Ihnen nur sagen.«

Ihr poliertes Lächeln kehrt zurück. Auch Joseph lächelt ein wenig. Das hat er schon lange nicht mehr getan. Mittlerweile hat er zwar vergessen, wie oft ihm schon irgendwelche einfältigen Arschgeigen erklärt haben, dass ein Stirnrunzeln weniger Muskeln beansprucht als ein Lächeln, aber angesichts des eigenartigen Gefühls, das die nach oben zeigenden Mundwinkel in seinem Gesicht verursachen, ist vielleicht doch etwas an der Sache dran. Langsam wendet er sich ab. Er will noch etwas sagen, hat aber keine Verbindung zu dieser Frau, mehr als ein paar belanglose Wörter sind nicht drin.

»Wenn Sie noch etwas brauchen, geben Sie mir Bescheid, Sir. Ich heiße übrigens Megan.«

Joseph dreht sich wieder zu ihr um. Er steht nun gut drei Meter von ihr entfernt. *Mein Gott, was ist diese Frau schön.*

»Danke. Mach ich. Bye.«

»Einen schönen Abend noch, Sir.«

Kurze Zeit später sitzt er auf seinem Bett. Nachdem er eine E-Mail seiner heuchlerischen Geschäftspartner gelesen hat, die in reichlich oberflächlicher Art und Weise ihre Sorge über sein Wohlergehen zum Ausdruck bringen, hat er für ein Zimmer-Upgrade bezahlt. Und was für eins. Verschwunden ist das ihm sonst eigene Verantwortungsbewusstsein in Bezug auf die Spesenrechnungen des Unternehmens. Er wickelt eines der zwei Schokoladentäfelchen aus, die auf Kissen so weiß wie die Zähne der Osmonds platziert waren. Für ein Hotelzimmer ist das Bett absurd groß: anderthalbmal so breit wie lang. Ein Bett, das sich für römische Orgien eignen würde, Joseph aber lediglich als Zeichen seiner Einsamkeit und nicht als Symbol für die Aufwertung seines Aufenthalts gilt.

Er schiebt sich nach oben und lehnt sich gegen das Kopfende, wo sechs weiche Kissen ein Nest für seinen Körper bilden. Die nächsten fünfzehn Minuten verbringt er damit, die Kanäle des an der Wand montierten Flachbildschirms durchzuschalten. Chinesisches Fernsehen ist eine verwirrende Mischung aus Talking Heads, übertrieben theatralischen Melodramen und Liveübertragungen von Tischtennisturnieren, allesamt präsentiert mit pulsierendem Surround-Sound und allerlei Infografiken. Es gibt ein paar westliche Kanäle, größtenteils 24/7-Nachrichtensender, die alle halbe Stunde dieselben Meldungen bringen und diese trotzdem als »topaktuell« verkaufen. Joseph denkt an die Tage zurück, als Nachrichten nur zu bestimmten Uhrzeiten ausgestrahlt wurden. Einige der Meldungen aus seiner Jugendzeit haben einen bleibenden Eindruck bei ihm hinterlassen. Die Nachrichten selbst waren damals eng mit Auftreten und Charakter des Sprechers verbunden, der die jeweilige Meldung verlas. Da waren die Moderatoren, die ziemlich reißerisch die aktualisierten Opferzahlen des Yorkshire Rippers verkündeten, als wäre dieser ein besonders erfolgreicher Bowler in einem surrealen Cricket-Match. Da war die Stimme des Schauspielers, mit der die Kommentare von Politiker Gerry Adams nach einer »weiteren irischen Barbarei« synchronisiert wurden.

Da war der Sprecher des Verteidigungsministeriums, Ian McDonald, der niederschmetternde Statistiken zu den Vorgängen auf den Falklandinseln verlas, unter anderem auch eine, bei der fälschlicherweise Gary Cassidy mitgezählt worden war.

Wie sich die Dinge doch verändert haben. Jetzt sind die News praktisch überall. Es gibt kein Entkommen mehr. Sie finden den Empfänger und befallen ihn wie Bakterien. Sie banalisieren wahre Tragödien, indem sie diese zwischen belanglose Promi-Skandälchen quetschen. Joseph kommen die großen Medien der Gegenwart so vor, als befänden sie sich permanent im Schockzustand oder wären ständig abgrundtief empört. Wie er findet, fehlen jedoch Mitgefühl und Empathie, sodass man diese Emotionen nur schwerlich ernst nehmen kann.

Das Geschehen auf dem Bildschirm bereitet ihm Kopfschmerzen. Er schaltet das Gerät aus. Megan, die blonde Guest-Relations-Managerin und für ihn das Gesicht des Hotels, taucht in seinem leeren Kopf auf, gleitet wie Honig, der von einem goldenen Löffel herabtropft, in seine Gedanken. Er schließt die Augen. Er denkt darüber nach, wie ihr nackter Körper wohl aussehen würde, wenn sie jetzt vor ihm stünde, am Fuß seines inselgroßen Betts. Er kann nicht anders, als sich vorzustellen, wie sie es mit ihm teilt: zwei Gestrandete, zwei ehemalige Passagiere auf dem Schiff des modernen Lebens. Seine Hand umschließt jetzt seinen Schwanz. Er hat nicht mal mitbekommen, dass sich eine brauchbare Erektion entwickelt hat. Südlich des Bauchnabels spürt er dieser Tage weniger – eine Nebenwirkung der ACE-Hemmer, die er wegen seines schwindelerregend hohen Blutdrucks nehmen muss. In seiner Fantasie streichelt Megan gerade ihre goldenen Oberschenkel und schiebt sich mit einem Stöhnen die Hand zwischen die Beine. Er masturbiert, versucht angestrengt, sich zu konzentrieren, aber sein Schwanz erschlafft, verliert die Härte, die er eben noch hatte. Es liegt an den Schuldgefühlen, diese Frau derart zu benutzen, auch wenn sie nicht mal etwas davon ahnt. Dann spritzt er ab, aber nicht kraftvoll und euphorisch, sondern erfüllt von Scham und Resignation.

Er atmet tief und keuchend, als hätte er gerade einen Langlauf absolviert oder einen steilen Anstieg erklommen. Als er aufsteht, rollt er über die kleine Pfütze, die er auf dem Laken hinterlassen hat, und geht direkt ins Bad. Die Lampe über dem Spiegel schaltet sich automatisch ein und taucht ihn in warmes Licht. Er wischt sich das klebrige Ejakulat vom Bauch, dann die Tränen aus seinem Gesicht.

* * *

Der weitläufige Empfangsbereich wirkt wie das Innere einer ausgehöhlten, mehrstöckigen Hochzeitstorte. Ein aufwendig gearbeitetes Atrium, das sich alle drei Etagen verjüngt, scheint über der Lobby in den Himmel zu klettern, sodass man die Kuppel am oberen Ende kaum noch ausmachen kann. Joseph legt den Kopf in den Nacken und schaut noch einmal hinauf. Das Gebäude ist eine eigenartige Mischung aus zeitgenössischer und klassischer Architektur, ein Flickenteppich unterschiedlicher Stile. Nichts in China wirkt authentisch. Die Volksrepublik ist ein Land, dem es an Identität mangelt und das hartnäckig versucht, sich in etwas zu verwandeln, das es nicht ist. Der Anblick weckt in Joseph für einen Moment lang die Sehnsucht nach seinem Zuhause, nach der Umgebung, die ihm mit ihrer Bodenständigkeit und Starrköpfigkeit so vertraut ist. In Schottland kennen selbst die Gebäude ihren Platz und wissen, was sich gehört. Er schaut auf seine Uhr. Das Datum flimmert. Es ist der 13. Oktober, vier Tage nach seinem Geburtstag und eine ganze Woche nach seiner Ankunft in Shanghai. Er überschlägt, wie spät es in Barcelona ist, nimmt den Zettel zur Hand, der in dem Präsentkorb steckte, und streckt seinen Arm aus, um die darauf notierte Nummer lesen zu können. Dann gibt er die Zahlen in sein Telefon ein und lauscht dem Klang des Freizeichens.

»*Hola.*«

»Hallo, Sophia? Sophia, hier ist Joseph ... Joseph Miller. Ist Carlos da?« Joseph spricht langsam und deutlich, entschärft die Ecken und Kanten seines westschottischen Dialekts. Sophias Englisch ist passabel, aber die beiden haben seit Jahren nicht miteinander gesprochen, sodass ihm eine möglichst korrekte Aussprache angemessen scheint.

»*Hola*, Joseph. Wie geht es dir?« Ihre Stimme wirkt überrascht, aber ihr Ton ist herzlich.

Joseph entspannt sich ein wenig.

»Carlos hat einen Arzttermin und ist nicht zu Hause, in Moment, aber ich sage ihm, du hast angerufen«, sagt sie. »Er wird sehr zufrieden sein, mit dich zu sprechen.«

»Wie geht's ihm denn so? Ich habe eine Nachricht von ihm bekommen. Bin gerade in China drüben, weißt du, was für die Firma recherchieren und so. Und da war ich nicht sicher, ob er überhaupt weiß, dass ich nicht in Glasgow bin«, sagt Joseph und wird mit jedem Satz schneller.

»Ja, er weiß das. In letzter Zeit ihm geht es nicht so gut. Seine Haut macht Probleme. Und so fällt ihm alles schwerer, das Malen und auch die andere Sachen, die er liebt.«

»Das tut mir leid, Sophia. Kannst du ihm bestellen, dass ich mich demnächst noch mal melde? Ich muss für ein oder zwei Tage nach Huangshan, aber wenn ich zurück bin, rufe ich ihn an«, sagt Joseph.

»Das mache ich, Joseph. Er will mit dir sprechen, weißt du? Er hat Angebot für dich«, sagt Sophia.

»Weißt du, worum's geht?«, fragt Joseph. Die Nachricht seines ehemaligen Firmenpartners wird von Mal zu Mal rätselhafter. Unerwartet kam sie in jedem Fall.

»Das soll dich Carlos lieber selbst erklären«, sagt Sophia. Aus der knappen Antwort kann Joseph nichts herauslesen – sie klingt weder positiv noch negativ.

»Okay, Soph. Dank dir. Dann bestell ihm schöne Grüße. Ich melde mich.«

»Okay. Bye, Joseph.«

»Bye.«

Das Gespräch, so wie es verlaufen ist, hat Joseph ins Grübeln gebracht. Er hatte nicht vorgehabt, sich bei einem seiner gegenwärtigen Partner zurückzumelden. Dass ihn jetzt, nach all der Verbitterung, ausgerechnet Carlos Martorell kontaktiert, ist ein klares Indiz, dass etwas Bedeutsames geschehen ist. Was auch immer es ist, es wird warten müssen. Joseph hat nämlich versprochen, Chan Li zu besuchen, seinen ersten chinesischen Kunden, für den er in der aufstrebenden, aber weiterhin hinter den großen Metropolen zurückstehenden Stadt Huangshan am Fuße der Gelben Berge ein preisgekröntes Kulturzentrum entworfen und geplant hat. Mr. Li spricht kein Englisch, und Joseph hat das bisschen Mandarin, das er vor fünf Jahren gelernt hat, restlos vergessen. Aber es besteht eine Art Verbindung zwischen den beiden Männern, und so freut sich Joseph darauf, seinen Auftraggeber wiederzusehen und das Gebäude in Augenschein zu nehmen, das er für ihn konzipiert hat.

Er nimmt seine Papiere, schiebt sie in seinen kleinen Koffer und macht sich auf den Weg. Über den glänzenden Marmorfußboden der Lobby hinweg geht er in Richtung einer kleinen Armee lächelnder Hotelportiere, die sich am betriebsamen Eingang versammelt hat. Es ist fünf Uhr nachmittags, Menschen aus aller Herren Länder kommen und gehen. Joseph ignoriert das mannigfache »Good Evening, Sir« des kleinen Heers rot uniformierter Angestellter und verlässt das Hotel, um sich ein Taxi zum Flughafen zu nehmen.

Draußen erregt ein Wortwechsel links von ihm seine Aufmerksamkeit. Megan Carter, der Ehrengast seiner spontanen Masturbationssession, ist an der Auseinandersetzung beteiligt. Sie wird von einem Mann beschimpft, einem korpulenten Kerl in ausgeleierten Shorts mit Blumenmuster. Hinter ihm stehen drei ähnlich gekleidete Typen, lachen und feuern ihn an. Die Guest-Relations-Managerin muss sich sichtlich anstrengen, um bei dem Streit, in dem es offensichtlich um die Ausstattung eines Leihwagens geht, die Fassung zu bewahren. Joseph wird Zeuge, wie der englische Kunde sich gehörig im Ton vergreift, als er sich über die Tatsache beschwert, dass der Leihwagen entgegen seiner Buchung kein Automatikmodell ist. Die entschuldigende Antwort von Megan kann er nicht richtig hören – dafür steht er zu weit entfernt, und sie spricht zu leise –, nur das zunehmend von persönlichen Beleidigungen durchsetzte Gemecker des Geezers mit dem Cockney-Akzent. Megan hebt den Kopf und schaut zur Seite, direkt zu Joseph. Sie sieht nicht, wie der Mann vor ihr den Arm ausfährt und die Hand so erhebt, als würde er ihr Schläge androhen. Nicht sofort zumindest. Als sie die Geste ihres Gegenübers bemerkt, zuckt sie zusammen, und ein von tiefer Angst und Panik geprägter Ausdruck verzerrt ihr Gesicht. Sie weicht hastig zurück, verliert das Gleichgewicht und stolpert über eine kleine, perfekt gestutzte Plastikhecke. Als sie auf der anderen Seite landet, schlägt ihr Hinterkopf auf dem glatten Betonboden auf. Die Freunde des Cockney-Prolls lachen. Er dreht sich zu ihnen um und verbeugt sich. Instinktiv lässt Joseph seinen Koffer fallen und läuft zu Megan. Der Aggressor hat ihn sofort im Visier.

»Und wer zum Teufel bist du jetzt? Ihr beschissener Dad?«, sagt er und baut sich vor Joseph auf. »Oder eher ihr verkackter Opa?«

Wieder brüllen seine drei Kollegen los. Spätestens jetzt ist klar: Sie sind alle betrunken.

»Ne *Lassie* schlagen, hä? Jetzt fühlst du dich wahrscheinlich groß und stark, oder?«, sagt Joseph und ist einigermaßen schockiert von seiner Direktheit. Aus seiner Perspektive hat es so ausgesehen, als hätte der Mann Megan tatsächlich geschlagen.

»Wird echt immer besser, Boys! Der Typ hier is 'ne Schottenschwuchtel«

»Dann verpass der Fotze eben 'ne Abreibung, Jack, und lass uns abhauen, hörst du?« Cockney-Jack lehnt sich nach vorn, verlagert das Gewicht auf den vorderen Fuß und bereitet sich darauf vor, Joseph eine Linke zu verpassen. Doch als sich hinter Joseph die Verstärkung der roten Armee sammelt, löst sich die Situation rasch auf.

Josephs Puls rast, sein angeborener Bluthochdruck schnellt Richtung Höchstwert. Die vier Engländer besteigen ihren geliehenen Hyundai mit Knüppelschaltung. Während der Wagen auf die Straße zurücksetzt, verabschiedet sich Jack mit einem lautlosen »Dich mach ich alle!« durch die Windschutzscheibe.

»Alles in Ordnung? Megan heißen Sie, richtig?« Joseph hilft ihr auf die Beine.

Sie zittert und ist mehr als nur ein bisschen peinlich berührt. »Ähm ... sorry, Mr. ... ähm, Miller. Ja, natürlich ... es geht mir bestens. Vielen Dank.«

Megan geht es ganz offensichtlich alles andere als bestens. Ihre schwarze Jacke ist am Ärmel aufgerissen, und zwischen den blonden Strähnen auf ihrem Kopf ist Blut zu sehen. Für Joseph scheint es, als hätte es mehr mit dieser Auseinandersetzung auf sich, als auf den ersten Blick zu erkennen ist. Zwei Portiers eilen herbei, um Josephs Tasche aufzuheben, aber keiner von beiden macht Anstalten, sich um die mitgenommene Kollegin zu kümmern.

»Da sollten Sie einen Arzt draufschauen lassen«, sagt Joseph und deutet auf das Blut an Megans Hinterkopf.

»Mach ich. Danke ... danke sehr, Sir.« Sie schaut ihm direkt in die Augen, und er schämt sich wegen seiner intimen Fantasien von vorhin.

»Joseph. Nennen Sie mich doch einfach Joseph«, sagt er.

»Okay.« Sie lächelt. Es ist ein zaghaftes Lächeln. »Joseph. Ich heiße Megan.« Sie schüttelt seine Hand. Ihre Berührung ist weich wie Alabaster, aber ihre Finger zittern. Sie wendet sich von ihm ab und geht zum Hotel zurück. Als sie die Schiebetüren am Eingang erreicht, hält sie inne und dreht sich noch einmal zu ihm um. Sie winkt ihm zu, dann geht sie hinein.

KAPITEL 6

August 1990. San Antonio, Ibiza

»Ich will dem Space den Kampf ansagen«, sagte Laurie Revlon.

Sie hatte ein Treffen ihrer Schützlinge einberufen, um ihre ehrgeizigen Pläne für das nächste Jahrzehnt vorzustellen. Bobby hatte sich nach hinten gesetzt. Er sah gelangweilt aus. Zwei italienische und drei englische DJs, die erst vor Kurzem ins Team gekommen waren, saßen in der vorderen Reihe. Bobby wusste, dass das ein Fehler war. Ab und an ließ Laurie eine Tirade vom Stapel, und wenn das geschah, waren es stets die Leute in der vordersten Reihe, die als Blitzableiter herhalten mussten.

Die Saison lief seit fast vier Monaten, Bobby arbeitete exklusiv für das Unternehmen von Laurie Revlon. Auf den Tag genau ein Jahr zuvor hatte er einen absurd komplexen Vertrag unterschrieben, ohne ihn vollständig zu lesen.

»Sie zahlt dir siebenhundertfünfzig Pfund die Woche, du Klappspaten!«, hatte Hammy gesagt. »Dafür bekommt sie von mir aus das Recht, über deine lebenswichtigen Organe zu verfügen. Und gern über meine noch dazu! Ist nicht so, als würden andere Clubs gerade bei dir Schlange stehen, Kumpel. Und der Mo Johnston der DJ-Welt bist du auch nicht. Unterschreib den Scheiß einfach, Mann.«

Bobby hatte den Gedanken amüsant gefunden, dass seine Wechselabsichten für derart viel Aufsehen und Bestürzung sorgen könnten wie die Entscheidung des bekannten schottischen Stürmers, Celtic den Rücken zu kehren, um beim Erzrivalen Rangers anzuheuern. *Vielleicht*, so ging es ihm durch den Kopf, *könnte das eines Tages ja tatsächlich mal der Fall sein*. Hammy, der de facto Bobbys Rechtsbeistand war, hatte nur wenig Sinn darin gesehen, das Kleingedruckte en détail zu studieren. Laurie Revlon hatte Bobby vier Mal so viel wie in seinem vorherigen Job geboten – und das für zwei Nächte weniger hinter den Decks! Ein Wahnsinn, die Entscheidung hinauszuzögern. Also hatte Bobby unterschrieben.

»Wir wollen das Revolution im Winter erweitern. Und zwar werde ich einen großen Bereich mit Freiluftterrassen und einem Pool in der Mitte anbauen lassen. Der Pool wird eine Wellenmaschine haben. Wir müssen einfach mehr Leute anziehen. Das Amnesia bringt es mittlerweile auf fünftausend Gäste pro Abend. Die Musikszene verändert sich in atemberaubendem Tempo, und wir müssen ganz vorn mit dabei sein.« Laurie Revlon sprach ruhig, aber bestimmt.

Die neuen Jungs reagierten mit enthusiastischem Kopfnicken.

»Die chilligen Zeiten sind vorbei, Gentlemen. Nichts mehr mit tranigen Hippie-Beats zum Sonnenuntergang. Da draußen findet gerade eine Hardcore-Rave-Revolution statt. In Zukunft wird es nur noch um Power und Energie gehen: Musik mit Power, Drogen mit Power … und DJs mit Power.« Sie schaute zu Bobby, der momentan gerade mal so viel Energie wie eine Zwei-Watt-Glühbirne ausstrahlte. »Ab nächsten Monat wird unser Laden rund um die Uhr geöffnet sein«, erklärte Laurie. Sie richtete den Blick auf die Italiener. »Schlafen ist keine Option mehr.«

Bobby sah, wie einer der Jungs aus Rom lautlos die Worte »keine Option mehr« wiederholte, als wäre er hypnotisiert. *Der wird es weit bringen*, dachte Bobby.

»Und wir werden unsere eigenen Mixe machen ... und sie auf unseren eigenen CDs rausbringen.«

War der Anfang des Meetings noch relativ uninteressant gewesen, hatte die letzte Bemerkung der Chefin Bobbys Aufmerksamkeit erregt. Mit einem Mal war er ganz Ohr, mindestens so sehr wie die eifrigen Italiener. Es war Bobbys Traum, seine eigenen Mixe erstellen und aufnehmen zu können, wie es Gerüchten zufolge auch aufstrebende Acts wie Ace Faces, Terry Farley und Danny Rampling bereits taten.

Eigentlich lief es für Bobby ganz gut in Laurie Revlons Maschinerie. Sie ließ ihn im neuen Revolution Club auflegen und hielt für gewöhnlich einen gewissen Abstand. Sie hatte eine große Mannschaft an Mitarbeitern und Gefolgsleuten, die sich um den Kontakt mit den DJs kümmerten. Im Großen und Ganzen konnte Bobby auflegen, was er wollte. Der Club hatte einige Startschwierigkeiten gehabt. Er befand sich in einem umgebauten Hangar in einem entlegenen Teil von San Rafael, einem Vorort von San Antonio. Eine Reihe von technischen Pannen hatten dem Club gleich zu Beginn einen negativen Ruf beschert, den man in einer zentraler gelegenen Location schnell hätte korrigieren können, nicht aber in einem Außenbezirk. Der weite Weg in Kombination mit dem Risiko weiterer Pannen schreckte gleich am Anfang der Saison viele Clubgänger ab. Sie blieben lieber bei den altbewährten Locations. Aber Laurie Revlon kannte die richtigen Leute. Der Club wurde für eine Woche geschlossen und generalüberholt. Als er wieder öffnete, funktionierte die zuvor launenhafte Elektrik des Ladens tadellos. Mit der Hilfe einer kleinen

Armee von Wildplakatierern und PR-Leuten kehrten die verschwitzten Clubgänger und die betrunkenen Touristen bald schon in beachtlicher Anzahl zurück. Bobby legte dienstags, mittwochs, donnerstags und samstags auf.

Auch Hammy wurde befördert und bekam ein Namensschild, das ihn als »Stellvertretenden Campingplatzleiter« auswies. Grundlage für diese Personalentscheidung war sein beherztes Einschreiten bei einer Schlägerei zwischen drei Engländern und einem Deutschen, der, wie sich anschließend herausstellte, der Sohn eines Freundes des Campingplatzbesitzers war. Hammy hatte bei der Schlichtung der einseitigen Auseinandersetzung ein blaues Auge kassiert, dafür aber auch eine Gehaltserhöhung von umgerechnet fünfzig Pfund pro Woche bekommen.

Lauries Vorhersage schien sich zu bewahrheiten: Es war nur allzu offensichtlich, dass sich die Dinge veränderten. Ehemals streng voneinander getrennte Musikgenres begannen sich zu vermischen und gemeinsam in unbekanntes Terrain vorzustoßen. New Order zum Beispiel – die ähnlich wie Echo and the Bunnymen und The Cure bis dahin vor allem von einem Indie-Publikum gefeiert wurden – waren extra nach Ibiza gekommen, um eine LP namens *Technique* aufzunehmen. Dem Zufall geschuldet, dass der Sänger der Band, Bernard Sumner, eines Tages im selben Hotelfahrstuhl wie Bobby stand, wurde Letzterer einer der ersten DJs auf der weißen Insel, die eine White-Label-Promoversion der unfassbar guten ersten Albumsingle »Fine Time« ergattern und auflegen konnten.

Tatsache war: Die innovativen Balearen-DJs galten als Mitbegründer eines musikalischen Paradigmenwechsels. Der Einfluss von Andy Weatherall und Terry Farley auf »Loaded«, der neuen Single von Primal Scream, kündigte eine neue Marschrichtung für Gitarrenbands an: Dance-Einflüsse waren en vogue. Diese DJs benutzten coole Samples aus den ungewöhnlichsten Quellen und verarbeiteten sie auf eine Art, die den Sound des eigentlichen Songmaterials der Band vollkommen veränderte. Weatherall zum Beispiel setzte einige von Peter Fondas Dialogzeilen aus dem Film *Die wilden Engel* an den Anfang des siebenminütigen »Loaded«. Den Groove des Songs verstärkte er mit Vocals von den Emotions und einem Schlagzeugloop aus einem Stück von Edie Brickell. Rollte dieser Sound aus den gigantischen Lautsprechertürmen des Revolution hinaus in die warme Sommerluft von Ibiza, dann war das ein transzendentales Klangerlebnis. Diese musikalische Entwicklung wurde vom Aufkommen einer neuen Philosophie begleitet, in deren Mittelpunkt der DJ als fantasievoller Innovator stand. In puncto Materialauswahl gab es keine Grenzen mehr für ihn, stattdessen bediente er sich fortan in einer Audiobibliothek, die alle jemals gemachten Aufnahmen umfasste. Auch »Fools Gold« von den Stone Roses war, obgleich selbst produziert, eine weitere dieser zehnminütigen Sound-Expeditionen, die Bobby, besonders in Kombination mit gewissen Stimulanzien, an einen vollkommen anderen Ort zu katapultieren vermochten. Einen Ort, an dem diese Musik das Einzige von Bedeutung im Leben zu sein schien.

»Fools Gold« war stark von dem Young MC-Track »Know How« beeinflusst, den die Dust Brothers produziert hatten. Neben einer Gitarrenlinie aus »Theme From Shaft« von Isaac Hayes enthielt er auch das Break aus »Apache« von der Incredible Bongo Band. Die repetitiven Lyrics wiesen nicht nur Referenzen zu Humphrey Bogarts Film *Der Schatz der Sierra Madre* auf, sondern auch zu »These Boots Are Made For

Walkin'« von Nancy Sinatra und zu »Venus In Furs«, dem von Marquis de Sade inspirierten Song von The Velvet Underground.

Einige Monate zuvor, genauer gesagt im Mai, war Bobby als Teil einer VIP-Gruppe nach England geflogen, um dort dem legendären Open-Air-Konzert der Stone Roses auf der Insel Spike Island beizuwohnen. Die Londoner Independent-Labels hofierten Laurie Revlon als potenzielle Investorin und ließen sie mit einem Learjet einfliegen, in dem noch einige Plätze frei waren. Es war ein unglaubliches Erlebnis. Überall standen Champagnerflaschen und mit Kaviar bestückte Silbertabletts herum. Alle waagerechten Oberflächen des Flugzeuginnenraums waren von weißen Miniatur-Bergketten aus kolumbianischem Marschierpulver bedeckt. Und bei unfassbar gut aussehenden Unternehmenshostessen konnte man sich enthusiastisch performte Blowjobs abholen, ganz ähnlich, wie man auf konventionelleren Flügen von den Stewardessen Bonbons für den Druckausgleich bekam. Wie Bobby auf dieser Reise erfuhr, gab es mindestens drei mögliche Interpretationen von »Jack Daniel's and Coke, bitte!«. Laurie saß den ganzen Flug über im vorderen Teil der Maschine, wo sie seelenruhig mit einem diamantenbesetzten Stift in ein schwarzes, ledergebundenes Notizbuch schrieb, als wäre sie die Puffmutter eines fliegenden Bordells und würde gerade Termine für den »Alles geht«-Abend vergeben. Als der kleine Jet landete, sah der Innenraum aus, als wäre der Pilot kopfüber durch einen Tornado geflogen und hätte anschließend Keith Moon an Bord gebeten, damit dieser der Inneneinrichtung zu dem Prädikat »Ergebnis eines orgiastischen Exzesses« verhalf. Bobby hatte die Details der Reise wohlweislich vor Hammy geheim gehalten. Der war ohnehin schon gekränkt gewesen, nicht eingeladen worden zu sein. Zu erfahren, dass er die Chance verpasst hatte, sich in dreißigtausend Fuß Flughöhe von einer nackten Frau, die aussah wie die Zwillingsschwester von Cindy Crawford, die Eier ablutschen zu lassen, hätte ihm den Rest gegeben. Es war die Zeit bacchantischer Exzesse einer auf Maß- und Zügellosigkeit aufgebauten Branche. Als Bobby dann den Auftritt der Stone Roses vom links neben der Bühne befindlichen VIP-Bereich aus verfolgte und dazu die achtundzwanzigtausend Zuschauer sah, die durch einen sonderbaren, grünlichen Graben von der Bühne getrennt waren, fand er Gefallen an dem Spektakel. Ihn faszinierte die Vision, die dem Gig zugrunde zu liegen schien: Es fühlte sich an, als wollte man mit diesem Auftritt Geschichte schreiben und etwas erschaffen, das selbst noch die Enkelkinder in Staunen versetzen würde. Die surreale Komponente dieses Ereignisses wurde für Bobby noch einmal verstärkt, als er zum Ende des Konzerts Stein und Bein hätte schwören können, Joey Miller inmitten der durchnässten Masse erblickt zu haben, die von einem Spalier knallharter Security-Typen zurückgehalten wurde, während die VIPs zu ihren Limousinen eilten. Der Mann im Publikum hatte wirklich nach Joey ausgesehen, aber eigentlich war das unmöglich. Er hätte ihm sicher zugerufen oder gewinkt.

Bobby begann diese Songs zu dekonstruieren: Er ergründete den faszinierenden Mix aus Indie, Dance, Soul, Rap und HipHop, der diese Stücke ausmachte. Er notierte Gedanken und Ideen, füllte unzählige Notizbücher mit ihnen. Und er verbrachte immer mehr Zeit in den Clubs, um sich diejenigen anzuschauen, die weiter oben in der DJ-Nahrungskette standen. Das ausgiebige Clubbing war auch der Grund für seinen erschöpften Zustand bei diesem Meeting. Bobby war zu einem Sammler geworden, einem Forscher, einem Alchemisten – alles in einer Person. Der Clash von klassischem Soul, Indie-Attitüde und der durch Punk inspirierten Aneignung cooler Filmmotive war die Zukunft dieses Sounds. Mit einem Mal schien er zu begreifen, was richtiges DJing überhaupt bedeutete. Es ging ums Experimentieren; darum, soundtechnische Risiken einzugehen und diese Wagnisse in Musik einzubetten, die sich immer weiter von ihren Ursprüngen entfernte. Es ging darum, die Bewegungen Tausender Clubgänger zu orchestrieren, auf dass sich ihre Körper in einem koordinierten Rhythmus wiegten. Bobby Cassidy hatte das Gefühl, ein Lehrling zu sein, der von den wichtigsten Personen im Musikbusiness darin unterrichtet wurde, wie man die Knöpfe, Regler und Fader richtig bewegte ... seine Mentoren waren die DJs der Balearen.

Die zwei jungen Männer aus Kilmarnock liebten Ibiza in dieser frenetischen Zeit: das sich ändernde musikalische Spektrum, die modische Rückbesinnung auf eine glamourösere Ära, die Abkehr vom Vagabunden-Vibe der Hippies und den Rausch der Drogen, die einfach alles möglich erschienen ließen. Sie waren sechsundzwanzig Jahre alt, und das Leben war verdammt nochmal wunderbar.

KAPITEL 7

Oktober 2014. Huangshan, Provinz Anhui, China

Das Wort »Demokratie« zu definieren kann ein schwieriges Unterfangen sein, denn die Bedeutung ändert sich in Abhängigkeit von der Region, auf die man es anwendet. Im Westen wird Demokratie gemeinhin als eine Regierungsform verstanden, in der das Volk über gewählte Vertreter die Macht ausübt. Damit einher geht ein nachweisliches Bewusstsein für soziale Gerechtigkeit. Selbst nach einer derartigen Eingrenzung kann Demokratie weiterhin ein äußerst abstraktes Konzept darstellen. In China – das sich gerade von einer eher verschlossenen und weiterhin relativ unbekannten Gesellschaft in ein Land verwandelt, das vermehrt mit dem Rest der Welt kommuniziert und interagiert – geht es möglicherweise weniger um Demokratie und stattdessen mehr um persönliche Freiheit.

Joseph hält es für angemessen, seinen Aufzeichnungen einen persönlichen Abriss über seine Zeit in China hinzuzufügen. Zum einen stellt diese Erfahrung einen bedeutenden Teil seiner eigenen Geschichte dar, zum anderen spielt sie, wie er jetzt akzeptiert hat, eine nicht unwesentliche Rolle für seinen Absturz in die Depression. Er hat sich einige Drinks genehmigt; wie umgestoßene Kegel liegen die winzigen Flaschen auf dem Klapptisch vor ihm. Aus seinen Kopfhörern dröhnt »Bigmouth Strikes Again«.

Vor meinem ersten Chinabesuch im Jahr 2009 waren meine Ansichten über das Land größtenteils von vorurteilsbehafteten Medienberichten geprägt. Ich hielt China für einen kommunistischen Staat, ganz und gar mit sich selbst beschäftigt, in dem die individuellen Rechte und Freiheiten, die ich als selbstverständlich ansah, nichts galten. Schaut man sich allerdings China im Jahr 2014 an, so fällt auf, dass die Chinesen heutzutage sehr viel mehr Rechte und Freiheiten haben als noch ihre Eltern in den 1980er-Jahren: Leben, Lieben, Arbeiten, Konsumieren, Genießen, Reisen, Reden, Glauben – viel hat sich geändert. Jetzt, da China Japan überholt und sowohl zu einem führenden Player in der neuen Weltordnung als auch zum Epizentrum des weltweiten Wirtschaftswachstums wird, stehen die grundlegenden Freiheiten und Rechte, die es braucht, um im urbanen China der Gegenwart zu überleben, allen Bürgern der Volksrepublik zur Verfügung. Gleichzeitig wird jedoch zunehmend offensichtlich, dass das Maß an persönlicher Freiheit direkt proportional zu Reichtum und Macht der betreffenden Person ist. In diesem Sinne ist China, wie es sich gegenwärtig entwickelt, der westlichen Zivilisation sehr viel ähnlicher, als es die USA und ihre Verbündeten zuzugeben bereit sind.

»… by rights you should be bludgeoned in your bed …«

Wenn der Kapitalismus als Wirtschaftssystem auf dem privaten Besitz von Land, Kapital und Produktionsmitteln basiert, lässt sich mit Fug und Recht behaupten, dass sich China mit rasantem Tempo in Richtung dieses Modells entwickelt. Die größten Unterschiede sind gegenwärtig noch in den Problemen hinsichtlich des privaten Landbesitzes und der persönlichen Entwicklungsmöglichkeiten zu finden. Am Ende der Kulturrevolution im Jahr 1976 war aller Grund und Boden in China de facto Staatsbesitz. Das Recht auf Privateigentum war verschwunden, Landkäufe und -verkäufe waren illegal. Da China ideologisch gesehen im Kern immer noch sozialistisch ist, bleibt das Land zum größten Teil weiterhin Staatseigentum. Mittlerweile haben private Bauunternehmer allerdings die Möglichkeit, die Nutzungsrechte für ein Stück Land zu erwerben. Es ist eine subtile, aber sehr interessante Veränderung hinsichtlich des zugrunde liegenden Ansatzes: Aus einer im Sozialismus verankerten Praxis hat sich eine »Kultur des Nutzungsrechts« herausgebildet. Für gewöhnlich werden derartige Nutzungsrechte in erster Linie wohlhabenden Bauunternehmern zugeschlagen – ein weiteres klares Zeichen für den Übergang vom Kommunismus zum Kapitalismus. Nichtsdestotrotz gewinnen andere Faktoren, abseits von Unterschieden hinsichtlich der Kosten und Grundstückswerte, zunehmend an Bedeutung, was eindeutig darauf hinweist, dass sich die Zeiten für China verändern. Da das Land in sozialer und ökologischer Hinsicht einen hohen Preis für seine Fortschritte bezahlt, wird es vom Rest der Welt mit argwöhnischen Blicken betrachtet, bei denen neben der Sorge um die mangelnde Mündigkeit und die Menschenrechte der Chinesen auch der Neid auf das beispiellose Tempo des chinesischen Wirtschaftswachstums eine große Rolle spielt.

Joseph grübelt einen Augenblick über diesen komplexen Widerspruch nach. Lucinda Burroughs, seine Ex, ist China sehr ähnlich, findet er. Von allen bewundert für ihre Energie, ihren Ehrgeiz und ihre No-Nonsense-Attitüde in Bezug auf … ja, worauf eigentlich? Ihn? Die Menschen, die für sie arbeiten? Die gottverdammte Weltherrschaft? Sie ist allseits gefürchtet – eine Tatsache, die sie genießt und als positiv ansieht. Und sie ist ein durch und durch mieses Stück. Wie hatte er nicht sehen können, was sich hinter der Fassade und dem Make-up verbirgt?

»… I'd like to smash every tooth in your head …«

Diese Veränderungen haben für einen wenig nachhaltigen Boom auf dem Immobilienmarkt gesorgt, der zu dem Phänomen der chinesischen Geisterstädte führte. In der Inneren Mongolei zum Beispiel hat man die Stadt Kangbashi in einem halsbrecherischen Tempo hochgezogen. Nach nur fünf Jahren stand die hochmoderne Stadt voller »architektonischer Wunder« (nicht meine Worte), Parks und Skulpturen. Eine Sache fehlt Kangbashi allerdings: die Menschen. Heute gilt die Stadt als Symbol für die fast zwanghafte Fixierung auf ein ständig steigendes Bruttoinlandsprodukt, das zwischen Quantität und Qualität nicht unterscheidet. Ganz ähnlich liegt der Fall der riesigen Drei-Schluchten-Talsperre, die in China als historische Ingenieursleistung und vollkommener wirtschaftlicher und gesellschaftlicher Erfolg angesehen wird. Sicherlich, die Talsperre produziert Strom, verbessert die Schiffbarkeit des Jangtsekiang und senkt durch Anlegen von Hochwasser-Rückhaltereservoirs die Häufigkeit von ernsten Überschwemmungen flussabwärts. Um all das zu erreichen, mussten allerdings 1,25 Millionen Menschen ihre Wohnorte verlassen. Im Nachgang des Großprojekts gab es Behauptungen, dass die Mittel für die Umsiedlung einer Vielzahl der betroffenen Bauern »verschwunden« seien und diese somit keinerlei Entschädigung erhielten.

Wie und wo genau diese Ausführungen in die Memoiren passen, mit denen er seiner Tochter alles erklären will, weiß er noch nicht. Er weiß noch nicht mal, ob sie seine Zeilen überhaupt lesen wird, denn der Graben, der sie trennt, ist mittlerweile verdammt tief. Bekommen wird sie sie auf jeden Fall. Er hofft, dass sie alles aufbewahrt und eines Tages vielleicht auch liest. Dann wird sie verstehen. Das ist sein größter Wunsch.

»... Bigmouth strikes again ...«

Für viele Länder, die mit dem Tempo von Chinas rasantem Wachstum mitzuhalten versuchen (und dabei versagen), sind Aspekte wie Marktregulierung, Gesetze, Umwelt und allen voran Humankapital allesamt höchst aktuelle und bedeutsame Themen. Viele erwarten daher, dass China schrittweise seine ökonomischen Strukturen anpassen und die von ihm verursachten Umweltbelastungen reduzieren wird. Tatsächlich gibt es eine Reihe von kleinen, aber nichtsdestotrotz hoffnungsvollen Zeichen, dass Chinas Führung zukünftig nicht mehr das Wachstum um jeden Preis suchen wird. Wie Präsident Hu Jintao betonte, muss Wachstum dem Ziel einer »harmonischen Gesellschaft« dienen. Harmonie bedeutet in diesem Fall auch eine Beseitigung des Armutsgefälles zwischen Stadt und Land sowie, allgemeiner betrachtet, zwischen den ärmeren Regionen im Landesinneren und den Küstengebieten.

Es sind diese äußerst komplexen Widersprüche in Chinas rasanter Entwicklung, die das Land zu einem faszinierenden Arbeitsplatz für Architekten machen. Die Suche nach architektonischer Identität vor dem Hintergrund einer rasch fortschreitenden Globalisierung ist ein relativ verbreitetes und nicht auf China beschränktes Phänomen. Allerdings sieht sich China mit einem ganz besonderen Dilemma konfrontiert, wenn es um die Frage geht, wie sich die Architektur seiner Städte entwickeln soll. Die chinesische Kultur ist eine der ältesten und reichhaltigsten der Welt. Viele Elemente des alten China – Buddhismus, Taoismus und Konfuzianismus – spielen immer noch eine wichtige Rolle in seiner Gesellschaft. Für einen großen Teil repräsentieren sie das eigentliche China und werden als Möglichkeiten der Abgrenzung der chinesischen Kultur gegen Importe aus anderen Teilen der Welt gesehen. Wenig überraschend führen diese Haltungen zu einer Fixierung auf die Vergangenheit. Andererseits haben der wirtschaftliche Boom und die Art, wie das Land auf globale Mechanismen reagiert, die Sehnsucht nach einem neuen China aufkommen lassen. Ein China, das sich zumindest teilweise von alten und restriktiven Traditionen löst.

»… and I've got no right to take my place with the human race …«

Er ist überrascht, wie einfach die Worte fließen. Nachdem er eine längere Verzögerung vor dem Abflug mit vier Gin Tonic überbrückt hatte, begann der Stift fast wie von selbst über das Papier zu gleiten. Die winzige Portion Reis mit Hühnchen, die er an Bord zu sich nahm, hätte sicherlich einen guten Teil des Alkohols aufgesogen und neutralisiert, wären da nicht vier weitere Gin Tonic gewesen, die er anschließend in sich hineinkippte. In gewisser Weise entsprechen diese Ausführungen dem, was seine jüngeren Partner erwarteten, als sie ihn über Art und Umfang der gewünschten Firmenhistorie brieften. Im Vergleich mit den Ausführungen über seine Zeit in Tripolis, Delhi und Kairo sind sie im Grunde jedoch nur Allegorien für die komplexen Widersprüche in ihm selbst und das Gefühl der Isolation, das ihn umtreibt. Den Großteil dieser Worte hat Joseph auf dem kurzen Flug vom Shanghai Pudong International Airport zu seinem weit weniger imposanten regionalen Verwandten, dem am Fuße des Huangshan-Gebirges gelegenen Huangshan Tunxi International Airport, verfasst. Dass der

Kontrast dieser beiden Komplexe – Ersterer ein moderner und glänzender Tempel, der sich vor dem westlichen Materialismus verneigt und für den effizienten Transport von Reisenden geschaffen ist; Letzterer eine sehr viel ältere und heruntergekommene Kompromisslösung mit wenig Platz – eine Metapher für seine Beziehung zu den beiden jungen Frauen sein könnte, die in zunehmendem Maße seine Gedanken okkupieren, ist ihm nicht entgangen.

Er lächelt verzagt. »MR. JOSPEH MILLOR« steht auf dem ausgedruckten DIN-A4-Blatt, das ein reichlich atypischer Chinese, eine Art Oddjob mit schwarzem Anzug, in den Händen hält. Die meisten Chinesen sind eher schlank, aber der Mann, der ihn abholt, fällt in die Kategorie Sumoringer. Joseph weiß, dass es aussichtslos ist, ein Gespräch anzufangen oder den Fahrer auch nur nach dem Namen zu fragen. So weit entfernt von den großen Metropolen sprechen nur sehr wenige Menschen Englisch. Ein grüßendes Nicken und ein kurzes Lächeln, während ihm die Wagentür aufgehalten wird, mehr Kommunikation wird es zwischen den beiden nicht geben. Als er vor einigen Jahren zum ersten Mal in die chinesische Provinz vorstieß, war diese Nicht-Kommunikation einer der Aspekte, die ihm am meisten gefielen. Obwohl Joseph jetzt entspannt genug wäre, um sich darauf einzulassen, ist er nicht mehr gezwungen, die international anerkannte Sprache der Businesswelt zu sprechen und Bullshit zu reden.

Die Hotels von Mr. Li sind zwar von bescheidener Größe, dafür aber äußerst komfortabel eingerichtet. Teure Gemälde, Keramiken und Möbel schmücken die Zimmer, die um einen zentralen Gesellschaftsbereich mit gewölbter Decke, Mahagoniverkleidung und allabendlichen Bühnenaufführungen angeordnet sind. An den Rändern dieses zentralen Bereichs befinden sich private Esszimmer mit großen, runden Glastischen. Selbst wenn die Jalousien dieser Esszimmer geöffnet sind, damit man dem Schauspiel auf der Bühne folgen kann, nerven die allgegenwärtigen Flachbildschirme an den Wänden mit ihren Kopfschmerz verursachenden Grafiken gewaltig. Das chinesische Theater, diese magische Mischung aus Dekoration und Illusion, ist eine faszinierende Angelegenheit. Und obwohl Huangshan sich auf ein vermehrtes Touristenaufkommen vorbereitet hat, seitdem die Magnetschwebebahn die Anreisezeit aus Peking und Shanghai um zwei Drittel verkürzt hat, finden derartige Aufführungen in der gesamten Region weiterhin vor größtenteils leeren Rängen statt. Josephs Gastgeber scheint vom ausbleibenden Tourismus wenig beunruhigt. Trotz neuer Gesetzesbestimmungen aus Peking, mit denen die bisher massiven Profite kommerzieller Bauunternehmer in ganz China gedrosselt werden sollen, ist Chan Li derzeit in der gesamten Anhui-Region im großen Stil mit Landgrabbing beschäftigt. Sein neuestes Faible: Golfclubs.

»Mr. Li will, dass Sie ihm Schottland zeigen«, sagt der Dolmetscher, während sie Platz nehmen.

»Sagen Sie Mr. Li bitte, dass es mir eine Ehre wäre, ihn nach St. Andrews oder Turnberry zu begleiten«, antwortet Joseph, wohl wissend, dass neunundneunzig Prozent der Versprechen, die man gegenüber ausländischen Kunden macht, nie eingelöst werden. Er neigt seinen Kopf leicht und spricht direkt zu seinem Gastgeber, der zu seiner Rechten sitzt. Joseph versucht sich an die Regelung zur Sitzordnung zu erinnern: Wo wird wer in Abhängigkeit von seiner Beziehung zur wichtigsten Person des Essens platziert? Er geht davon aus, dass der Mann rechts neben Mr. Li der Geschäftsführer seines

Unternehmens ist. Die anderen beiden Männer in seiner Nähe sind jünger als der Rest und in Anbetracht der großen äußeren Ähnlichkeit zweifelsohne Verwandte von Mr. Li. Die restlichen fünf Gäste, zu denen auch die einzige Frau der Runde gehört, müssten demnach Unternehmensmitarbeiter sein. Für den Dolmetscher ist kein Platz am Tisch. Er muss stehen.

Sein Gastgeber erhebt sich. Zeit für einen Toast. Angestoßen wird mit kleinen Gläsern und farblosem Schnaps, der aus den vielen auf dem Tisch verteilten Glaskrügen stammt. Joseph ist den anderen einige Runden voraus. Als er die chinesische Trinkkultur kennenlernte, faszinierte sie ihn – all diese Rituale und Bräuche und dazu noch das Konzept des Gesichtgebens. Mittlerweile findet er das alles ermüdend. Wenn getoastet wird, muss man unbedingt daran denken, zurückzutoasten, andernfalls macht man sich unbeliebt. Zudem muss man als Gast mindestens einmal während der Mahlzeit auf den Rand seines Glases klopfen, aufstehen und der ganzen Versammlung zutoasten ... andernfalls macht man sich unbeliebt. Die Chinesen trinken nicht in dem Maße, wie man es typischerweise von den Schotten kennt, aber sie sind weiß Gott hartnäckig, wenn es darum geht, ausländische Gäste mit ihrem farblosen, an Ouzo erinnernden und nach Anis schmeckenden Gesöff abzufüllen. Im Fall von Joseph dürften sie an diesem Abend leichtes Spiel haben.

Die das Essen betreffenden Bräuche, von denen man immer wieder hört, sind zum Glück alle falsch. Wird ein Teller nicht geleert, macht man sich dadurch nicht gleich unbeliebt. Es gilt lediglich als schlechtes Benehmen, wenn man die lokalen Delikatessen nicht wenigstens alle einmal durchprobiert. Die chinesische Küche mag allgemein gesund und bekömmlich sein, aber wenn man bei der Drehscheibe in der

Mitte des Tisches nicht aufpasst, landet man schon mal bei einer Suppe mit Schildkrötenpanzern oder auch bei frittierten Skorpionen. Es hatte mal ein Essen gegeben, bei dem Joseph seinen Augen nicht trauen mochte, als die neben ihm sitzende Dame ein Ei aufbrach und den darin schwimmenden Embryo hinunterschluckte. Bevor sie das Ei an den Mund führte, um es auszuschlürfen, zeigte sie Joseph den Inhalt. Er hätte schwören können, winzige Federn an dem kleinen Ding gesehen zu haben.

Die soziale Bedeutung der Nahrungsaufnahme ist ein Aspekt der chinesischen Kultur, der Joseph früher einmal fasziniert hat. Ganz gleich, was andernorts passiert, um zwölf Uhr mittags und um sechs Uhr abends wird alles für jeweils zwei Stunden unterbrochen. In dieser Zeit werden die eigentlichen Geschäfte abgewickelt. Mittlerweile findet er das ganze Bohei nur noch langweilig und ermüdend. Bis auf ein gelegentliches Nicken, ein paar höfliche Floskeln und wiederholte Aufforderungen, doch mehr zu trinken – allesamt über eine Drittpartie kommuniziert –, wird Joseph von seinen Gastgebern größtenteils ignoriert. Seine Gedanken driften ab, zurück zu Megan Carter. Er fragt sich, was sie wohl gerade tut, ob sie die Auseinandersetzung vor dem Hotel schon überwunden hat, ob sie vielleicht sogar gerade an ihn denkt. Ob sie möglicherweise …

»Mr. Li will, dass Sie jetzt mit den Söhnen gehen. Sie kümmern sich um Sie, Mr. Miller.« Der Dolmetscher lässt Josephs Träumereien wie eine Seifenblase zerplatzen.

Joseph hat gar nicht mitbekommen, dass das Dinner zu Ende ist. Chan Lis Söhne warten auf ihn. Einer von ihnen hält seinen Mantel, der andere seine Aktentasche. Mit etwas mehr Argwohn könnte man meinen, dass Joseph gerade entsorgt wird: mit netten Worten zwar und erst nachdem man ihn verköstigt hat, aber nichtsdestotrotz wird er entsorgt, ganz ähnlich wie dieser andere Anzug tragende Schotte im Dienste Ihrer Majestät aus einer früheren Generation. Aber nichts da, von wegen entsorgen! Sie wollen mit ihm ausgehen, in die Stadt, Huangshan-Style.

Joseph hasst Karaoke, fast schon leidenschaftlich. Die Leute hier können jedoch nicht genug davon bekommen. Dabei will er doch einfach nur das Gebäude sehen, das er entworfen hat. Er will sehen, wie es sich macht, wie die lokalen Baufirmen und Architekturbüros die Entwürfe seines Teams interpretiert und umgesetzt haben. Wurden seine Anweisungen eingehalten? Oder hat man sich über seine Spezifikationen und Materialempfehlungen hinweggesetzt und ein vollkommen anders aussehendes Gebäude gebaut? Hat es überhaupt Ähnlichkeit mit der ursprünglichen Vision in seinem Kopf? All diese Fragen müssen warten. Jetzt steht nämlich erst mal Unterhaltung auf dem Programm, ob er mag oder nicht.

Die KYTV-Leuchtreklame taucht die Umgebung am Flussufer in knalliges Neonlicht. Sie prangt auf einem zehnstöckigen Gebäude mit einer monolithischen Ostblock-Ästhetik. Das Geschäftsmodell von KYTV ist simpel: Auf mehreren Etagen können die Gäste singen, Sex mit jungen und scheinbar willigen chinesischen Mädchen haben und trinken, bis die Lichter ausgehen. Im Grunde also ein legales Bordell. *Im kommunistischen China kann jeder eine lohnende Arbeit finden – einen Weg, um zum Wohl der Gesellschaft beizutragen.*

Stolpernd folgt Joseph seinen Gastgebern in ein Privatzimmer, dessen Fußboden, Wände und Decke mit dickflorigem Teppich in beiger Farbe bedeckt sind. Nicht mal die Innenseite der Tür hat man ausgelassen. Ein U-förmiges Ledersofa, massiv und ebenfalls beigefarben, umschließt einen doppelbettgroßen Rauchglastisch, auf dem mehr Whiskyflaschen stehen, als Joseph zählen kann. Vor dem Tisch steht eine Karaoke-Anlage. Hinter der Anlage ist eine gut fünfzehn Zentimeter hohe Bühne mit einer kleinen Leinwand. Auf der linken Seite befindet sich ein Waschtisch aus Corian mit eingelassenem Becken und einem großen Vorrat an schwarzen Handtüchern, Gleitmitteltuben, Kondomen, Feuchttüchern sowie einer Auswahl an Dildos in S, M, L und XL.

Einer von Chan Lis Söhnen schenkt ihm einen doppelten Whisky ein. Joseph fühlt sich extrem unwohl. Draußen hatte er noch protestiert, wollte nicht hineingehen, aber vergebens. Er wurde zwar nicht gezwungen, das KYTV zu betreten, aber so angefühlt hatte es sich trotzdem. In seinem Kopf dreht sich alles. Die Drinks vermischen sich – Scotch, chinesischer Schnaps, Gordon's – mit verheerender Wirkung. Auf der Leinwand tanzt Taylor Swift und lockt ihn ans Mikrofon, er kommt jedoch nicht vom Sofa hoch. Dann führt Lis anderer Sohn fünf kleine chinesische Frauen ins Zimmer. Sie laufen hintereinander und sehen aus wie Schulkinder, die von ihrem Lehrer über die Straße geführt werden. Auf ihren Handgelenken stehen Nummern. Sie tragen lange, beigefarbene Kleider, deren Seitenschlitze bis zu den Oberschenkeln hinaufreichen. Die V-Ausschnitte sind so tief, dass sie erst unter den flachen, mädchenhaften Brüsten enden. Joseph ist übel. Die pixelige Taylor Swift singt immer lauter und eindringlicher – »Shake It Off« –, aber es gelingt ihm einfach nicht. Chan Li Jr. fordert die Mädchen auf, vorzutreten, eins nach dem anderen. Josephs Augen liefern nur noch verschwommene Bilder. Er zittert, schwitzt, ihm wird heiß. Als er aufschaut, kommt Nummer eins auf ihn zu: Es ist Megan Carter. Dann tritt

Nummer zwei vor: Hettie Cassidy. Ein stumpfer Schmerz steigt in seinem Nacken nach oben und konzentriert sich dann in seinem Unterkiefer. Jetzt kommt die dritte KYTV-Prinzessin ... Jennifer, seine Tochter. Sie beugt sich nach vorn, nimmt eine einstudierte Pose der Verführung ein und lächelt, aber ihre Augen sind tot. Sie sagt etwas, das er nicht versteht. Dann rast der Gallensaft in ihm nach oben, über den Adamsapfel hinaus. Er hört, wie Glas zerbricht und Menschen sich hastig bewegen. Sein Gesicht ist tief in diesem Teppich begraben, der sich anfühlt, als wäre es der selten gemähte Rasen eines Bolzplatzes. Seine Augen schließen sich. Nicht nur auf der Glasgow-Skala zur Beschreibung der Bewusstseinslage ist er ganz weit unten gelandet.

KAPITEL 8

September 1992. San Antonio, Ibiza

»Was hältst du davon, hierzubleiben, Bobby?«

»Was meinst du mit ... hierbleiben? Hier, bei dir?«

»Na ja, nicht *bei* mir natürlich, das wäre wirklich zu viel des Guten.« Bei dem Gedanken musste Laurie kichern. »Ich meine, den Winter über hierbleiben. Könntest an ein paar Aufnahmen arbeiten. Ich will, dass es unser Club mit dem Cream und dem Ministry aufnehmen kann. Deshalb möchte ich Anfang nächstes Jahr zur Promo für den Laden eine *Revolution Collection*-CD rausbringen.«

Bobby war begeistert. Er wusste, dass Laurie oben in den Bergen außerhalb der Stadt ein Studio einrichten ließ. Eingeladen hatte man ihn allerdings bisher noch nicht. Jetzt informierte ihn Laurie darüber, dass es fast fertig war und dass er, Bobby, wenn er den Winter über auf der Insel bliebe, einer der Ersten wäre, die das Studio ausprobieren könnten. Als Laurie ihn Jahre zuvor diesen komplizierten Vertrag unterschreiben ließ, hatte sie von neuen Möglichkeiten gesprochen und damit wahrscheinlich die Möglichkeiten dieses Studios gemeint. Sie hatte ihr Wort gehalten. Zum einen war mit der wachsenden Popularität des Clubs und seiner dortigen DJ-Sets auch sein Gehalt beachtlich gestiegen. Zum anderen sah es jetzt so aus, als sollte Bobby Cassidy seine große Chance im Studio bekommen. Das Einzige, was er nun noch zu tun hatte, war, Hamish May zu eröffnen, dass dieser allein nach Ayrshire zurückkehren musste.

»Was? Vergiss es, Alter!« Hammy war nicht happy über die Neuigkeiten. »Wenn du bleibst, bleib ich auch.«

»Aber im Winter macht doch der Campingplatz zu«, sagte Bobby.

»Dann besetz ich das Scheißding eben. Was diese klapperdürren Spinner auf dem Tian'anmen-Platz können, kann ich schon lange.« Hammy war entschlossen. »Ich hab mir nicht den ganzen Scheiß reingezogen, um jetzt in den Sack zu hauen, Mann!«

»Aber du hast keine Bleibe, Hammy. Den Winter über machen die hier alles dicht.«

»Na und? Wo willst du denn unterkommen?«

»Weiß noch nicht so genau. Vielleicht kann ich im Studio pennen. Da gibt's noch so 'ne Art Hinterzimmer. Laurie ist bestimmt froh, dass jemand den Winter über da ist, arbeitet, und auf das Studio aufpasst.«

»Okay, dann quartier ich mich da auch ein ... außer, du willst mir gerade etwas ganz anderes verklickern.«

»Nein ... nein, darum geht's nicht, Mann. Ich will nur nicht mein Glück herausfordern. Könnte ja sein, dass sie dann ihre Meinung ändert oder so, verstehste?«

»Alles klar, Alter.«

»Was soll das heißen: *alles klar*?«

»Mann, dann musst du eben mal dein scheiß Glück herausfordern! Ich werde auf keinen Fall ins verfotzte Killie zurückfahren, während du endlich aus dem Schützengraben kriechst und nach den Sternen greifst.«

»Aye, ist ja gut. Ich hab's kapiert. Ich sag ihr, dass du mein neuer PA bist.«

»Was soll das denn sein?«

»Mein scheiß PA eben. Mein *persönliches Arschloch.* Der Typ, der all die Arschloch-Jobs macht und sich nie darüber beklagt.« Bobby streckte seine Hand aus.

Hammy dachte kurz darüber nach und schlug schließlich ein. Beide Männer lächelten.

»Abgemacht«, sagte Hamish May. »Dann bin ich ab jetzt dein persönliches Arschloch.«

Wie vorherzusehen war, langweilte sich Hammy nach einer Woche in seiner neuen Rolle. Die Hände tief in die Taschen seiner Tarnhose gesteckt, latschte er mürrisch durch das Studio und furzte in die schalldichten Aufnahmekabinen, in denen sich der Gestank ewig hielt. Bald schon waren alle Anwesenden von ihm genervt. Es war das erste Mal, dass Hammy Zeuge wurde, wie ein Ort, dessen Identität von der Anwesenheit von Touristen abhing, in der Saisonpause vollkommen zum Erliegen kam. Es war, als hätte jemand vorübergehend das Lebenserhaltungssystem der Insel abgeschaltet und sie in den Kryoschlaf geschickt. Hammy fand die ganze Sache ziemlich deprimierend, tröstete sich aber mit dem Gedanken, dass der Kryoschlaf von Ibiza nicht mit Schnee, Eis und Matsch einherging wie der Winter daheim in Ayrshire. Während einer Aufnahmesession Mitte Januar verärgerte Hammy die Toningenieure, die an der Umsetzung von Bobbys Ideen arbeiteten, schließlich so sehr, dass sie das Studio verließen. Sogar internationale Geiselverhandlungen nähmen weniger Zeit in Anspruch als ihr sinnloses Rumgefummel an den Synthie-Sounds, hatte er ihnen gesagt.

»Scheiße, Hammy … jetzt halt mal langsam die Luft an, okay? Die Jungs kosten ein verschissenes Vermögen.«

»Kann dir doch latte sein. Ist eh nicht dein Geld. Warum also die Heulerei?«

»Ich muss diesen Track hier bis Ende des Monats fertig gemixt im Kasten haben. Aber das wird nichts, wenn du den Leuten hier alle naselang vor den Koffer scheißt.«

»Du schraubst doch schon fünf Wochen an diesem Ding rum. Verdammt, Bobby … ist jetzt wirklich nicht böse gemeint, Kumpel, aber das ist nicht gerade *Pet Sounds* oder so, sondern eine verschissene Rave-Nummer, bei der es eine halbe Stunde lang nur *Boom-Boom-Boom, Tiddly Bollocks, Boom* macht.«

Bobby musste über Hammys Imitation seines Rhythmustracks lachen. Im Grunde hatte er ja recht mit seiner Kritik, aber wenn man es nur laut genug aufdrehte und ein paar Ecstasy-Pillen einwarf, dann klang der Beat wie eine verschissene Sinfonie. Er hatte es ausprobiert.

»Was würdest du denn mit dem Track machen?«, fragte Bobby, hauptsächlich, um sich bis zur Rückkehr der Toningenieure die Zeit zu vertreiben.

»Ich würde ein paar Hammer-Vocals drauflegen und fertig«, sagte Hammy.

»Na dann mal los, Bono … ran ans Mikro.« Bobby zeigte durch die Glasscheibe in Richtung Aufnahmeraum. Dann drückte er einen roten Knopf und schob die Regler hoch. *Boom-Boom- Boom, Tiddly Bollocks, Boom.* Bobby musste noch einmal lachen. Warum war ihm das noch nicht vorher aufgefallen?

Die Aufnahme lief, aber von seinem Platz hinter dem Mischpult konnte Bobby nichts hören. Es sah zwar so aus, als würde Hammy in das kreisrunde Mikro singen – oder zumindest hineinsprechen –, aber da es den Großteil seines Gesichts verdeckte, hatte Bobby keine Ahnung, was sein Freund da eigentlich trieb. Er drehte die Gesangsspur auf. Hammy flüsterte etwas, das sich anhörte wie »Feed me to the Lebanon«. Als die Musik durch die zusätzlichen Spuren an Intensität zunahm, wurde auch Hammys Stimme lauter. Er sang nur zwei Zeilen. Als Bobby die erste davon verstand, die Hammy mit einer tiefen Brummstimme vortrug, ganz so, als wäre er ein schottischer Barry White mit Verstopfung und mordsmäßigem Kater, brach er in schallendes Gelächter aus. Sie lautete: »Dip me in chocolate …« Hammy setzte sie gekonnt auf die *Booms* des Rhythmustracks. Mit der quietschig-näselnden Stimme eines Schulmädchens fügte er beim *Tiddly Bollocks*-Break hinzu: »… and feed me to the lesbians.« Bobby war den Tränen nahe. Hammy, der Bobby nicht sehen konnte, wiederholte den Refrain wieder und wieder. Das Verrückte an der Sache: Es klang absolut passend, originell und einfach nur großartig. *Tunk mich in Schokolade ein und verfüttere mich an die Lesben.* Sicherlich, das Ansinnen war etwas anrüchig, und Genosse Joey Miller hätte die Lyrics sicher nicht abgesegnet. Aber erstens war Joey nicht da, und zweitens war das hier Ibiza, verdammt. Bei erfolgreichen Sommer-Dance-Hits zählte nur eins: hypnotische, repetitive und catchy Loops. *Wen kümmern da die scheiß Lyrics*, dachte Bobby. *Doch nur diese dauerdepressiven Vögel mit der leichenblassen Gesichtsfarbe. Typen, die nie über den Split von The Smiths hinweggekommen sind. Elende Loser wie Joey Miller.*

Auf der weißen Insel tanzte immer noch alles zu unwiderstehlichem Italo-House-Kitsch à la »Sueño Latino«, vor allem die im Kokain-Stupor gefangenen Figuren mit der sonnenverbrannten Haut, die am Playa Bella herumlagen. Laurie Revlon hatte die ganze Zeit über recht gehabt: Eine neue Welle kontinentaleuropäischer Musik dominierte mittlerweile die Läden, und wie das *Eurovision Song Contest*-Debakel Jahr für Jahr eindrucksvoll bewies, interessierten sich die Hörer derselbigen einen Scheißdreck für die Texte. Das waren die Leute, bei denen das dicke Geld zu machen war, nicht diese verlotterten Nirvana-Fans in ihren muffigen Studentenwohnheimzimmern in Großbritannien, die sich aus lauter Selbsthass am liebsten selbst umgebracht hätten. Bobby Cassidy war überzeugt, dass ihre Nummer das Zeug zu einem massiven Balearen-Dance-Hit hatte. Hamish May, der Mann, der am Morgen noch als das persönliche Arschloch eines anderen Mannes aufgestanden war, kroch abends als Popstar in spe in die Koje.

* * *

Das folgende Jahrzehnt waberte an Bobby und Hammy wie eine diffuse Nebelwolke vorbei und war geprägt von hedonistischer und drogeninduzierter Zügellosigkeit. Lediglich im ersten Viertel gab es zwei erwähnenswerte Höhepunkte. »Dipped in Chocolate« von MC Bobcat & The Rebel Hamster wurde zu einem der größten Hits des Jahres 1993. Obwohl die Nummer in Europa durch die Decke ging, wurde sie regelmäßig als der absolute Tiefpunkt aller britischen Musikproduktionen verrissen. Falls Bobby sich daran störte, so zeigte er es nicht. Am Ende des Jahres waren die beiden sieben Mal bei *Top of the Pops* aufgetreten. Auch beim Weihnachts-Special, bei dem Jimmy Savile mitten während des Auftritts auf Hammys Rücken sprang und so tat, als würde er ein Pferd reiten, waren sie dabei gewesen. Nach der Sendung bot Savile an, Hammy mit ein paar echten Lesben zusammenzubringen, aber der Mann aus Ayrshire war sich ziemlich sicher, dass es sich bei der Offerte um einen Witz handelte. Es gab nur eine andere Formation aus Bobbys und Hammys Heimatregion, die zuvor schon einmal ein derartiges Popstar-Level erreicht hatte: die archetypische One-Hit-Wonder-Band The Miraculous Vespas. Die Vespas hatten fast genau ein Jahrzehnt zuvor triumphiert und sich im Nachgang eines folgenreichen Unterweltskandals (inklusive Revierkrieg konkurrierender Gangs in Glasgow und Entführung eines Boy-George-Doppelgängers) ebenso wie ihr sehr junger, aber auch sehr verrückter Manager Max Mojo in Luft aufgelöst. Eine Schande, denn Bobby mochte Max – oder Dale Wishart, wie Max noch hieß, als Bobby ihn kennengelernt hatte –, und er hielt den einzigen auf Vinyl gepressten Hit der Vespas für einen fantastischen Song. Wäre es je zu einem Klassentreffen der 1982er Absolventen der James Hamilton Academy gekommen, hätten Bobby und Hammy ganz sicher in der Kategorie »Mitschüler, von denen man absolut nichts erwartet … und die trotzdem voll durchstarten!« abgesahnt – gesetzt den Fall, eine Auszeichnung mit einem derart sperrigen Namen hätte überhaupt existiert. Nicht, dass Bobby jemals ein dermaßen erniedrigendes Event wie ein Klassentreffen besucht hätte, aber irgendwo verschaffte es ihm doch Genugtuung, sich vorzustellen, dass man ihn in absentia ehrte.

1994 ging die Villa von Laurie Revlon – eine der bemerkenswertesten ihrer Art auf ganz Ibiza – an Bobby über. Es war Lauries Idee gewesen. Ein Manöver mit geringem Aufwand, um die spanischen Steuerbehörden auszutricksen, wie Hammy vermutete, aber das war Bobby egal. Die Überschreibung ging mit einem weiteren unfassbar umfangreichen und detaillierten Vertrag einher, der mehr obskure Fremdwörter zu enthalten schien als das Originalmanuskript von *Krieg und Frieden.* Auf Lauries Rat hin – sie war mittlerweile Bobbys Managerin und kümmerte sich um all seine finanziellen und »künstlerischen« Angelegenheiten – unterzeichnete er die Vereinbarung, ohne eine externe Rechtsberatung in Anspruch zu nehmen. Als Hammy sein Zimmer in der Villa in Augenschein nahm und von der Höhe des »Gehalts« erfuhr, das er zukünftig als persönlicher Assistent von Bobby einstreichen würde, verpufften seine anfänglichen Bedenken, und er nahm Abstand von der Behauptung, Laurie Revlon sei der Fagin der Gegenwart in Frauengestalt. Fortan lautete sein Mantra: Wir reiten diese Scheißwelle, solange sie rollt.

Als MC Bobcat ein Jahr später immer noch keinen Nachfolger zu seiner Hitsingle geliefert hatte, wurde Laurie ungeduldig. Seine Sets im Revolution zogen weiterhin viele Gäste in den Club, aber aus Sicht von Laurie und deren Berater stagnierte Bobby. Und es stimmte: Ihm fiel nichts mehr ein, er drehte sich im Kreis. In der Zwischenzeit waren die beiden Männer aus Ayrshire zu Klatschpressenfutter geworden. Obwohl sie mittels unbefristeter Aufenthaltserlaubnis auf einer zweitausend Meilen entfernten Insel wohnten, hatte die sensationsgeile britische Presse sie an den Eiern – und zwar jeden auf ganz eigene Art. Lizzie hatte, was Bobby mit Resignation und Bedauern aufnahm, dem *Daily Star* die faktisch nicht nachprüfbare Geschichte verkauft, dass MC Bobcat der wahre Vater ihres acht Jahre alten Sohnes sei. Um nach der Trennung noch anständig Salz in etwaige Wunden auf der Gegenseite zu streuen, hatte sie den Jungen Robert genannt. Die fahle Hautfarbe des Kindes ähnelte allerdings weder dem

Teint der Mutter noch dem des fälschlicherweise als Erzeuger deklarierten Bobby. Für den *Daily Star* schien das jedoch keine große Rolle zu spielen: Die Story lief über drei Tage. Als Bobby mit seiner beschämten Schwester Hettie über die Angelegenheit am Telefon sprach, entbrannte ein heftiges Wortgefecht zwischen den beiden. Das Ergebnis: Die gefrustete Hettie weigerte sich über mehr als zwei Jahre hinweg, mit Bobby zu reden. Trotz allem tat Lizzie Bobby irgendwie leid. Er kannte sie als einen durch und durch anständigen Menschen. Wahrscheinlich hatte sie nur eine Gelegenheit ergriffen, um ihrem Sohn und sich selbst ein besseres Leben zu ermöglichen. Wahrscheinlich hätte er unter ähnlichen Umständen genau das Gleiche getan. So oder so ähnlich redete es sich Bobby nach dem *Daily Star*-Debakel zumindest ein. Kein Grund, nachtragend zu sein. Dafür war das Leben zu kurz, und auch wenn Liam Gallagher die Leute etwas anderes glauben machte, es währte nicht ewig.

Hammy sah seinen unrühmlichen Moment im Scheinwerferlicht der Klatschpresse etwas anders. Sogenannte »Freunde aus Schulzeiten« – an die sich Hammy jedoch partout nicht erinnern konnte – erzählten den Damen und Herren aus der Fleet Street Märchen über seinen unersättlichen Appetit. *Er hat damals einfach alles in sich reingestopft*, sagte eine. *Ich habe mal gesehen, wie er für eine Wette zwei Dosen Hundefutter verschlungen hat*, berichtete ein anderer. Ein dritter dieser »Freunde« erzählte vom Verschwinden des Klassenmaskottchens zu Grundschulzeiten – und von dem nur allzu naheliegenden Verdacht, dass Hamish May ihn verspeist hätte. Die *Sun* machte darauf mit einer neuen Version ihrer erfolgreichsten Überschrift auf und titelte: »The Rebel Hamster Ate Our Hamster!« Das waren also Hammys viel zitierte fünfzehn Minuten Ruhm.

Anstatt sich jedoch an der Berichterstattung zu stören, aalte sich Hammy geradezu darin. Für einen Monat im Sommer 1995 waren T-Shirts mit der Hamster-Überschrift so allgegenwärtig wie die »Frankie Says Relax«-Shirts im Jahrzehnt zuvor.

Der Erfolg bescherte Bobby zwar ein Leben in Komfort und Luxus, hatte aber auch einen hohen Preis. Die Motivation kam ihm abhanden. Hatte er zuvor noch ohne Unterlass gearbeitet und sich andere Leute an den Decks angesehen, um seine DJ-Fähigkeiten weiter zu verfeinern, als handle es sich dabei um eine komplexe Kunst mit einer Unmenge an Details, ging er die Sache nun an wie eine dieser armen Seelen zu Hause in Kilmarnock, die um sechs Uhr früh zu ihrer Schicht in der Johnnie-Walker-Fabrik schlurften und acht Stunden lang Etiketten auf die Flaschen pappten. Wie schnell doch alles zur Routine geworden war. Die Verachtung, die »Dipped in Chocolate« erfuhr, hatte ihm zugesetzt. Seine Haut war nicht so dick wie die des Rebel Hamster. Im Gegenteil, sie war hauchdünn. Bobby hatte entdeckt, dass Ruhm ein zweischneidiges Schwert war. *Hideous tricks to be played on the brain*, fürwahr. Vielleicht hatte Morrissey ja am Ende doch recht gehabt. Er sehnte sich danach, etwas Lohnenswertes zu tun und Musik zu erschaffen, die andere Menschen bewunderten und die sie mit Stolz erfüllte. Andere Menschen wie Hettie, Gary ... und auch Joey Miller.

Und dann, gerade als Bobby schon dachte, Laurie Revlon würde als Nächstes die Peitsche auspacken, um ihn unter Gewaltandrohung an seine lebenslangen vertraglichen Verpflichtungen zu erinnern, geschah ein Wunder. Ein wirkliches Wunder.

Max Mojo stand an der Zugbrücke vor Bobbys Villa und klingelte. Die Geschichte der Miraculous Vespas war zu einer

Legende mit Kultstatus geworden – in erster Linie, weil Max, der mysteriöse und amtlich gestörte Manager der Band, zusammen mit Clifford X. Raymonde, dem erfahrenen Produzenten des einzigen Single-Hits der Vespas namens »It's A Miracle (Thank You)«, irgendwann wie vom Erdboden verschwunden war. Die Vierercombo selbst hatte sich aufgelöst. Ihre Mitglieder hatten sich zu einem würdevollen Stillschweigen in Bezug auf die letzten Tage der Band entschlossen, ein Schritt, der die Faszination vieler Menschen für die Vespas abermals steigerte. Trotz allem hielten sich in der Branche hartnäckige Gerüchte über eine legendäre Vespas-LP, deren Originalbänder allerdings bei dem Brand, der Raymondes Studio in Ayrshire zerstört hatte, verloren gegangen waren.

»Mach mal auf, Mann«, brüllte Bobby Cassidy, obwohl er näher an der mit Monitor und Türöffner ausgestatteten Gegensprechanlage saß als Hamish May. »Wer is'n das überhaupt?«

»Ich geh ja schon, du fauler Sack!«, schimpfte Hammy. »Und falls du's vergessen hast: An deinem Bauch baumeln genauso zwei Beine ... auch wenn du sie mittlerweile fast nicht mehr benutzt.«

»Bla, bla, bla. Sag mir einfach, wer da klingelt, Mann!«

»Irgend so ein alter Wichser. Kann ihn nicht erkennen. Die Kameralinse muss dreckig sein.«

»Dann geh raus und mach das scheiß Ding sauber, verdammt!«

»Ach du meine Fresse ...«, sagte Hammy.

»Was'n los?«, fragte Bobby.

»Die Visage von dem Wichser da vor der Tür sieht aus wie der nach außen gestülpte Hodensack von 'nem neunzigjährigen Jamaikaner!«

Bobby antwortete auf Hammys Beschreibung mit einem vergnügten Grunzen. Dann stand er auf, um sich die Sache selbst anzuschauen. Der Bildschirm der Gegensprechanlage lieferte zwar nur verzerrte Schwarz-Weiß-Bilder, aber die lederartige Haut des Mannes vor der Tür, der direkt in die Kameralinse schaute, war gut zu erkennen.

»Bisschen alt fürn Fensterputzer. Und zu abgehalftert für einen aus der Mormonen-Drückerkolonne«, lachte Bobby.

»Aye. Und entweder taub oder zu bescheuert, um zu schnallen, dass er auf den Knopf drücken muss, damit er mit uns reden kann. Schau dir doch nur mal diesen Spacko an.«

Lachend sahen sie zu, wie der Alte vor der Tür gestenreich sein Anliegen vortrug und durch den fehlenden Ton wie ein Schauspieler aus einem Stummfilm wirkte.

»Cassidy, jetzt mach die verkackte Tür auf und lass uns rein, du Arschkrampe!«

Bobby sprang von der Gegensprechanlage zurück. Er kannte die Stimme, aber sie gehörte nicht zu dem Mann, den sie auf dem Bildschirm sahen, sondern zu Max Mojo, der sich hinter dem Alten versteckt und ganz offensichtlich die Funktion des Knopfes unter der Klingel verstanden hatte.

Max Mojo und Cliff »X-Ray« Raymonde waren wie aus dem Nichts vor den Toren der Casa Cassidy aufgetaucht. Im Gepäck hatten sie die »verlorenen« Bänder eines Albums, das viele hören wollten, aber noch mehr für nichtexistent hielten. Es dauerte eine Weile, bis X-Ray die Tapes gesichtet und geordnet hatte. Der Vorschuss von Laurie Revlon half natürlich, die Möglichkeiten des Revolution Studios ebenfalls. Jedem, der die Aufnahmen zu hören bekam, wurde klar, dass es sich um eine unglaubliche Platte handelte. Um die Bühne für die Veröffentlichung der für immer verloren geglaubten

LP zu bereiten, wollte Max Mojo seinen alten Kumpel Bobby Cassidy bitten, einen Remix von »It's A Miracle« anzufertigen und die Band auf diese Weise als Teil der gerade angesagten Balearen-Indie-Beat-Szene zu vermarkten.

Nachdem Laurie ihren vertraglichen Segen für das Unternehmen gegeben hatte, zauberte Bobby aus der Vespas-Single einen Überhit. Zuerst schraubte er das Tempo nach oben, ebenso die Tonhöhe. Dann fügte er eher ungewöhnliche Samples aus »Promised You A Miracle« von den Simple Minds hinzu und mischte Dialogfetzen aus dem Scorcese-Streifen *Taxi Driver* in den Song, die er großzügig über die Backbeats des Stücks verteilte. Der Remix wurde als 12-Inch-Single veröffentlicht und sah so spartanisch wie ein klassisches Bootleg aus: Die Platte steckte in einer simplen, blau-transparenten Plastikhülle mit einem gelben Titelsticker auf der Vorderseite. Zugedröhnt bis unter die Schädeldecke, schwadronierte Max von einem von Peter Saville designten 4-D-Cover, damit »die Leute da draußen die Musik durch verschiedene Zeitzonen hindurch erfahren können«. Dieser Vorschlag wurde aber schnell abgelehnt. Offiziell aus Kostengründen. Inoffiziell, weil keine Sau wusste, was Max damit überhaupt meinte. Die Platte hatte keine B-Seite, dafür aber einen in die Auslaufrille geritzten Spruch, der Grant Delgado, den temperamentvollen Sänger und Songwriter der Band, versöhnlich stimmen sollte: »Anti-Complacency League, Baby! (Slight return)«. Der Song war ein Erfolg auf ganzer Linie, sowohl bei den Kritikern als auch im Radio, und erweckte Bobby zu neuem Leben, beruflich wie persönlich. Joey Miller hätte die Platte geliebt, da war Bobby sich absolut sicher.

KAPITEL 9

Oktober 2014. Shanghai, China

Joseph ist sich nicht ganz sicher, wo er ist, und schaut sich um. Ein großer, aufgeräumter Raum, der so wirkt, als wäre er nach Feng Shui harmonisiert. *Der Himmel wird's wohl eher nicht sein*, schießt es ihm durch den Kopf. *Eher schon das Gegenteil.* »IKEA vielleicht?«, flüstert er zu sich selbst.

»Ah, Mista Miller. Ich hoffe, es geht Ihnen jetzt besser.« Die Stimme kommt von einem Ort hinter ihm. Joseph ist ziemlich überrascht, dass der Raum hinter ihm weitergeht und dass dort sogar jemand steht. Langsam hebt er Kopf und Oberkörper an, stützt sich auf seinen Ellbogen und lässt sich dann wieder in die weichen Kissen sinken.

»Wo bin ich?«, fragt er mit krächzender Stimme. Ein bekanntes Gesicht tritt in sein Blickfeld. Der Dolmetscher.

»Sie sind in der Klinik von Mr. Li. Sie sind gestern Abend gestürzt.«

»Scheiße, ja, letzte Nacht ...« Mit einem Mal kommen die Erinnerungen zurück und preschen durch seinen Schädel wie Formel-1-Wagen auf dem Weg in die erste Kurve. Einige von ihnen rasen ineinander und gehen in Flammen auf, was seinem benebelten Gehirn arg zusetzt. Erneut schaut er sich hastig um. In einem Aufwachraum ist er nicht. Unerlaubte

Eingriffe wurden also offenbar nicht vorgenommen. Er trägt einen Seidenpyjama, der ihm nicht gehört, scheint aber davon abgesehen unversehrt zu sein.

»Was ist passiert?«, fragt er besorgt.

»Der Doktor denkt, Sie hatten eine Panikattacke, Mr. Miller«, sagt der Dolmetscher. Joseph ist beschämt. »Er sagt: ›Zu viel Alkohol, nicht genug Schlaf.‹ Er meint … ähm …« Der Dolmetscher sucht nach einem Wort. Er schaut zur Decke, als könnte es dort geschrieben stehen. Dann fällt es ihm ein. »Dehydrierung.«

Joseph seufzt und weiß nicht so recht, was er als Nächstes tun soll. Langsam setzt sein Gehirn die Puzzleteile zusammen, und ein vollständiges Bild der Ereignisse des Vorabends entsteht. Er wird Mr. Li nicht mehr wiedersehen, dessen Söhne auch nicht. Nicht mal, um sich zu entschuldigen oder seiner Dankbarkeit Ausdruck zu verleihen. Ab jetzt wird er es nur noch mit niederem Personal zu tun haben. Er hat Mr. Li und dessen Familie zwar keine Schande bereitet, aber es ist zu einem Gesichtsverlust gekommen: In erster Linie hat Joseph selbst sein Gesicht verloren, und zwar vor den Betreibern des KYTV.

»Der Doktor kommt noch mal vorbei, um Ihnen den Tropf abzunehmen. Dann gehen Sie, okay?« Es ist sehr nett ausgedrückt, aber in Josephs Ohren klingt es so, als hätte der Dolmetscher klare Anweisungen erhalten: »Geh sicher, dass der Fotzkopp uns hier nicht im Haus verreckt, und dann setz den Penner vor die Tür!« Joseph schaut auf seine Hände. Im Raum steht zwar kein Tropfständer mehr, aber auf seinem Handrücken sitzt unter einem Pflaster eine kleine Plastikkanüle für den intravenösen Zugang. Bisher ist sie ihm gar nicht aufgefallen. Er steht auf, ist aber so wackelig auf den Beinen, dass der Dolmetscher ihm eine helfende Hand hinhält. Als Joseph keine Anstalten macht, danach zu greifen, zieht er sie erleichtert zurück. Mit vorsichtigen Schritten geht Joseph zu der Tür, hinter der er die Dusche vermutet. Sein staksender Gang hat etwas von Bambi auf einem zugefrorenen Teich. Als er die Tür erreicht, umklammert er die Klinke förmlich.

»Wo sind meine Klamotten?«, fragt er. Mit einem Nicken weist der Dolmetscher in Richtung Bad. Er lächelt zwar ununterbrochen, aber für Joseph ist klar: Der Mann kocht innerlich vor Wut, sich um diesen oberpeinlichen Schlamassel kümmern zu müssen.

Die kurze Fahrt zum Flughafen verläuft schweigend. Der Flug zurück nach Shanghai dauert nicht lange, ist aber ziemlich turbulent. Joseph, der normalerweise keine Probleme beim Fliegen hat, fühlt sich nach der Landung elend und desorientiert. Am Gepäckkarussell eilt er zur nächstgelegenen Toilette und übergibt sich heftig. Ein Taxi setzt ihn am Hotel ab. Nachdem er den Fahrer bezahlt hat, merkt er, wie dehydriert und erschöpft er ist. Er setzt sich auf einen Sockel an der Gebäudewand und öffnet eine Flasche Wasser. Dann greift er in die Tasche seines Jacketts, zieht sein Handy hervor und wählt eine Nummer.

»Carlos? Bist du das? Hier ist Joseph.«

* * *

»Megan, es tut mir sehr leid, dir das mitteilen zu müssen, aber wir haben von einem unserer Gäste eine sehr ernste Beschwerde über dich bekommen.«

Megan hat es bereits geahnt. Offensichtlich hat Cockney-Jack – von der Befürchtung getrieben, Megan würde den

Vorfall nicht auf sich beruhen lassen – zum Präventivschlag ausgeholt. Dieses Wissen macht es ihr allerdings auch nicht leichter, sich damit abzufinden beziehungsweise die Angelegenheit mit ihrem Arbeitgeber zu besprechen. Beim Umgang mit Kundenbeschwerden folgt die DoubleTree-Hotelgruppe einem standardisierten und sehr strikten Verfahren.

Megan sitzt in einem klimatisierten Büro, vor ihr Alison Wang, die neue Leiterin der Personalabteilung, die gerade ihre Brille zurechtrückt, sich noch einmal aufrecht hinsetzt und dann ihre wohlüberlegte Entscheidung verkündet. Cockney-Jack und seine Kompagnons haben Briefe an die Hotelleitung geschrieben, in denen sie behaupten, Megan habe ihre freundliche Bitte bezüglich des von ihnen bestellten Mietwagens ignoriert. Darüber hinaus sei sie, so die Erklärungen der vier Männer auf den Papierbögen mit dem DoubleTree-Logo in der Kopfzeile weiter, sehr ausfallend geworden und habe mit unflätigen Ausdrücken, ja, sogar Drohungen um sich geworfen. In ihrer Aufregung sei sie dann über eine Hecke gefallen und habe einen der Gäste, der ihr eigentlich nur auf die Beine helfen wollte, bezichtigt, sie gestoßen zu haben. In all den Jahren, in denen ihre Firma sie in diesen Hotels unterbringe, so die knapp gehaltenen Ausführungen der vier Männer, seien sie noch nie auf derart inakzeptable Weise von einem Hotelangestellten der DoubleTree-Gruppe behandelt worden. Abschließend fordern Cockney-Jack und Co. in ihren Schreiben personelle Konsequenzen; andernfalls werde ihr Unternehmen seine Mitarbeiter zukünftig in einem anderen Hotel unterbringen. Die Aufnahmen der Überwachungskameras zeigen tatsächlich Megans Sturz, die bedrohlich wirkenden Gesten der Gäste werden als Ursache desselbigen jedoch ausgeschlossen. Ein chinesischer Hotelangestellter, ein Zeuge des Zwischenfalls, hat die Darstellung von Cockney-Jack bestätigt. Megan ist erschüttert, dass ein Kollege ihr derart in den Rücken fällt, aber sie weiß nicht, dass die Aussage gekauft ist. Um die Beschwerdeführer zu besänftigen, wird sie zwei Wochen beurlaubt, mit Lohnfortzahlung. Zudem senkt man die nicht unerhebliche Rechnung der vier Engländer um die Hälfte. Das Unternehmen, für das sie arbeiten, ist ein wichtiger Kunde der DoubleTree-Gruppe.

* * *

»Megan?« Die Stimme überrascht sie. Sie klingt vertraut und hat einen besorgten Ton. Megan schaut auf. Es ist Joseph Miller. »Alles in Ordnung? Sie sehen aus, als hätten Sie gerade geweint.«

»Ich ... ähm ... ja, es geht mir gut. Ich habe nur gerade ein paar unschöne Nachrichten erhalten«, sagt sie.

»Aye, ich auch.« Er schenkt ihr ein Lächeln und hofft, dass er sie damit etwas aufmuntern kann. Wie eine professionelle Schauspielerin, die das Kommando *Action!* hört, strahlt sie mit einem Mal Gefasstheit aus. Aber auch Joseph ist geübt in dieser Art der Täuschung.

»Lassen Sie mich das machen«, sagt Joseph. Er sieht, wie mitgenommen sie hinter ihrer Fassade ist, während sie versucht, die schwere Glastür des Seiteneingangs aufzuschieben, durch den Joseph gerade gekommen ist. Er begleitet sie hinaus zum überdachten Bereich vor dem Hotel, wo unzählige Touristen und Geschäftsleute nahe dem Taxistand um eine möglichst aussichtsreiche Position ringen. Das Konzept des Anstellens scheint in dem sonst so straff organisierten Land vollkommen unbekannt zu sein. Es wird eine Weile dauern, bis sich der Pulk gereizter Menschen auflöst. Er bietet Megan an, sie ein Stück zu begleiten und ihre Taschen zu tragen.

Zögerlich, weil gegen ihre Gewohnheiten, nimmt sie das Angebot an.

Sie gehen langsam. Die hohe Luftfeuchtigkeit ist erdrückend. Die für diese Jahreszeit untypische Hitze hält schon den ganzen September über an. Es wurden schwere Gewitter angekündigt, aber die nahende Sturmfront ist vor der Küste des ostchinesischen Meeres ins Stocken geraten, als würde sie sich erst mal überlegen müssen, in welche Richtung sie weiterzieht.

»Cappuccino?«, fragt er.

»Ja, gerne. Danke«, sagt sie. Sie gehen in ein kleines Café. Megan bestellt und entdeckt einen freien Platz am Fenster. Joseph sagt, sie solle sich setzen, und bezahlt. Er wischt sich mit einer Serviette den Mund ab und kauft sich eine dieser kleinen Blechdosen mit Pfefferminzpastillen. Das Wasser hat nicht geholfen; immer noch ist sein Rachen vom faden, metallischen Geschmack der Magensäure erfüllt.

»Und wie geht's jetzt für Sie weiter?«

»Ähm, ich bin jetzt erst mal zwei Wochen beurlaubt. Danach muss ich mich beim Regionalmanager vorstellen, wenn er wieder da ist.«

»Ist der auch im Urlaub?«

»Nein«, sagt sie und lächelt. »Die Leute hier scheinen niemals Urlaub zu machen. Er ist drüben auf den Philippinen und bildet dort Hotelangestellte aus.«

»Ah, okay, verstehe«, sagt er. Er hebt seine Tasse an und führt sie zum Mund. Auf dem Weg verschüttet er ein paar Tropfen, die auf seiner Hose landen. »Fuck!«, flüstert er. »Machen Sie denn manchmal Urlaub?«, fragt er. »Irgendwohin fahren, um rauszukommen?«

Auf dem Weg zum Café hatte Joseph angeboten, mit dem Hotelmanagement zu sprechen, um den dreisten Falschaussagen etwas entgegenzustellen. Megan hatte jedoch abgelehnt. Joseph ist erstaunt darüber und versteht nicht, warum sie es so bereitwillig zulässt, dass diese Lügen ihre Reputation beflecken.

»Nein«, sagt sie. »Ich meine, ich habe schon Pausen, aber es gibt keinen Ort … ähm, eigentlich bin ich zu Hause immer am glücklichsten«, sagt sie.

»Und wo ist dieses Zuhause genau?«, sagt er und lächelt.

Sie erstarrt.

Einen Moment überlegt er, ob er etwas anderes gesagt hat, als er glaubt, gesagt zu haben – etwas, das für sie bedrohlich geklungen haben könnte. »Ähm, tut mir leid. Ich wollte nicht …«

»Nein. Nein, es gibt keinen Grund, sich zu entschuldigen. Es liegt an mir. Ich habe hier nicht viele Freunde, wissen Sie. Das hier … also dieser Ort hier, das ist für mich kein Zuhause. Mit der Zeit gewöhnt man sich daran, sich selbst genug zu sein.«

»Aye«, sagt Joseph, »das kenne ich nur zu gut.«

»Arbeiten Sie in Shanghai?«, fragt sie ihn.

»Nein. Na ja, also nicht so richtig zumindest«, sagt er. Es entsteht eine unangenehme Pause. Ihre Unterhaltung gleicht einem Irrgarten: Beide hasten darin umher, ohne zu wissen, wohin sie der Weg überhaupt führt. Hin und wieder laufen sie zufällig ineinander und rempeln sich an. Dann versuchen sie sich an die Route zu erinnern, auf der sie vorher waren – vor dem letzten Zusammenstoß oder der letzten Sackgasse –, und beginnen wieder von vorn.

»Dann wohnen Sie allein?«, fragt er und bereut seine Worte sofort. Sie klingen wie ein Anmachspruch aus den frühen Achtzigern.

Sie antwortet nicht. Man könnte meinen, sie spielten Schiffe versenken.

»Was machen Sie eigentlich? Ich meine zu Hause?« Ihre Fragen sind ein Abwehrmechanismus, um die seinen nicht beantworten zu müssen. Sie fasziniert ihn. Mittlerweile ist ihm klar, dass sie irgendetwas Wichtiges über sich selbst verheimlicht. Sie lehnt sich zurück. Ihre verschränkten Arme lösen sich nur dann, wenn sie nach der Tasse greift.

»Ich bin Gestalter, also Architekt, meine ich, allerdings weiß ich gerade nicht, wie lange noch«, sagt er. »Haben Sie immer schon im Hotelgewerbe gearbeitet?«

»Nein.« Eine Pause, dann: »Nicht immer. Was meinen Sie damit, dass Sie nicht wissen, wie lange Sie noch Architekt sein werden?« Sie ist wirklich eine Herausforderung.

»Ach, ich glaube, meine Partner wollen mich aus der Firma drängen«, sagt er.

»Oh, das ist ja schrecklich.« Ihre Worte klingen so unverbindlich, als hätte sie sie nur gewählt, weil es eben das ist, was man in diesen Situationen so sagt. Sein niedergeschlagener Ton hat die Richtung vorgegeben.

»Aye, aber egal. Ist sowieso eher was für junge Männer«, sagt er. »Ich bin dafür mittlerweile zu müde. Zu viele Wehwehchen und Zipperlein, verstehen Sie? Mental und körperlich. Ist nicht leicht, das rasante Tempo heutzutage mitzuhalten.«

Sie entspannt sich, wenn auch nur ein wenig.

Er erzählt weiter. »All die Reisen und das Leben in Hotels ... das kann ziemlich einsam sein. Und jünger wird man davon auch nicht. Schauen Sie mich doch nur mal an: gerade dreißig und schon so fertig auf den Knochen!«

Er lächelt. Sie auch. Ihr Gesicht leuchtet dabei auf.

»Seien Sie nicht so hart zu sich selbst. Sie sehen sehr gut aus …« Ihre Stimme versackt. Nicht etwa, weil sie es nicht glauben würde, sondern weil sie kaum fassen kann, dass sie das gerade gesagt hat.

Er macht einen verdutzten Eindruck. Er ist ein Mann, der es nicht gewohnt ist, wie auch immer geartete Komplimente zu erhalten.

Sie wird rot. »Ähm … ich meine ja nur … also … für Ihr Alter eben. Für einen Mann, der gerade fünfzig geworden ist …«

Sie lacht. Er ebenso. Er findet ihre tollpatschigen Versuche, flirtverdächtigen Small Talk zu betreiben, irgendwie charmant. Und er lacht, weil er es keinen Deut besser kann.

»Aye … schon in Ordnung. Ich weiß ja, was Sie meinen. Der George-Clooney-Effekt und so. Typen im sogenannten besten Alter mit schwarzem Anzug, weißem Hemd und angegrautem Haar, nicht wahr? Clooney hat unsere Altersgruppe zurück ins Spiel gebracht.«

Sie lächelt noch einmal. Ihr Gesicht strahlt Wärme aus.

Er bestellt noch zwei Cappuccini. Sie setzt sich auf eines der braunen Ledersofas, streift ihre Schuhe ab und zieht ihre Beine hoch auf die Sitzfläche, sodass sie seitlich neben ihr liegen. Als wäre ein Gewicht von ihnen abgefallen, senken sich ihre Schultern. Die Einsamkeit hat einen unglücklichen Tropf aus ihm gemacht. Ihre Reaktion auf diesen Lebensstil ist ihm ganz und gar rätselhaft. Fast wirkt es, als würde sie sich genau danach sehnen. Er probiert eine andere Strategie.

»Was werden Sie tun, wenn das Gespräch mit dem Regionalmanager schlecht läuft?«

Sie schaut ihn an, als würde sie seine Worte und den Ton, in dem er sie ausgesprochen hat, erst nach versteckten Fallen und Tretminen durchkämmen müssen.

»Möglich, dass ich dann weiterziehe. Ich bin jetzt schon eine ganze Weile hier, wissen Sie. Sicher, es ist eine schöne Stadt, aber es gibt andere.«

»Wie lange?«

»Was meinen Sie?«

»Wie lange sind Sie schon hier?« Er ist sich bewusst, dass sie sein Gesicht gerade nach Hinweisen auf seine Aufrichtigkeit durchsucht. Sie verbirgt etwas, definitiv, etwas aus ihrer Vergangenheit. Es geht ihn zwar nichts an, aber er will trotzdem wissen, worum es sich dabei handeln könnte. Sein eigenes Leben ist auf so brutale und irreparable Weise kaputt, dass ihm das Wühlen in der Dysfunktionalität einer anderen Person wie eine bequeme Möglichkeit erscheint, sich nicht mit dem eigenen Scherbenhaufen auseinandersetzen zu müssen, zumindest zeitweise nicht.

»Wovor laufen Sie davon, Megan?« Er ist selbst überrascht von der Direktheit seiner Frage.

Sie nimmt die Beine vom Sofa und schiebt die Füße direkt in die am Boden stehenden Schuhe. Was waren die letzten dreißig Minuten eigentlich? Ein sanfter Lügendetektortest, bei dem sie nun mit der Reaktion auf die letzte Frage durchgefallen ist? Hektisch rafft sie ihre Sachen zusammen – ein Handy, ein kleiner Spiegel, eine Brille, ein Lippenstift, ein Päckchen Taschentücher – und wirft alles achtlos in ihre Tasche. Er greift ihr Handgelenk. Instinktiv verkrampft sie, hält aber trotzdem seinen Blick. Sie ist geschockt, aber nicht etwa, weil er sie anfasst, sondern wegen etwas anderem. Er hat irgendetwas an sich. Irgendetwas Besonderes, das ihn von den Männern unterscheidet, die sich in den letzten fünf Jahren um sie bemüht haben.

»Sie tun mir weh«, sagt sie leise.

Er lässt sie los.

»Tut mir leid. Ich wollte Sie nicht ... ähm, anfassen ...« Er rutscht ein Stück zurück. »Wissen Sie, ich kenne dieses Verhalten nur zu gut. Ich weiß nicht, warum, aber Sie fliehen vor etwas oder jemandem.« Er bemerkt das chinesische Pärchen am Nachbartisch. Als er Megans Hand gepackt hat, haben die beiden ihr Gespräch unterbrochen. Jetzt schauen sie zu ihm hinüber. Wahrscheinlich grübeln sie gerade über die Art ihrer Beziehung nach: verzweifelter Vater und respektlose Tochter? Übergriffiger Arbeitgeber und verärgerte Angestellte? Eine Affäre zwischen einem alten Mann und einer jungen Frau, die gerade beendet wurde? Sie werden sich nicht einmischen, gewiss nicht, aber öffentlich gezeigte Emotionen erregen immer Aufmerksamkeit, selbst in Metropolen.

Megan wirft dem chinesischen Pärchen einen Blick zu, mit dem sie zu verstehen gibt, wie peinlich ihr die Sache ist, aber dass kein Anlass zur Sorge besteht. Das Pärchen wendet sich ab. Möglicherweise haben sie sich mittlerweile auf eine der drei Beziehungsoptionen festgelegt, anmerken lassen sie sich jedoch nichts.

Er spricht weiter. »Vor ein paar Jahren habe ich einen sehr engen Freund verloren. Seither lasse ich mich eigentlich nur noch treiben. Die Gewissensbisse waren brutal. Und obwohl ich es nicht hätte verhindern können, fühlte ich mich schuldig und tue es immer noch. Ich hätte mehr unternehmen sollen. Ich hätte die Zeichen erkennen sollen. Ich hätte zuhören sollen, als er sich mitzuteilen versuchte.« Er lehnt sich zurück. »Ich bin in China, weil ich dieses bescheuerte Buch schreiben soll, eine Art Monografie über die Projekte unseres Architekturbüros. Alles, was ich bis jetzt zu Papier gebracht habe, dreht sich jedoch um diesen Freund von mir und wie es zu diesem Ende kommen konnte. Es ist mein Versuch, es einer anderen Person begreiflich zu machen.« Er trinkt einen Schluck aus dem Wasserglas, das zu dem irrsinnig teuren Kaffee serviert wird. »Vorhin, als ich Sie am Hoteleingang getroffen habe, da hatte ich gerade ein Telefongespräch mit meinem ehemaligen Firmenpartner hinter mir. Er hat sich aus den Geschäften zurückgezogen und lebt jetzt in Barcelona. Er hat mir erzählt, dass die Firma, die wir zusammen vor mehr als zwanzig Jahren gegründet haben, an ein amerikanisches Unternehmen verkauft wurde und dass meine jetzigen Teilhaber, die allesamt durchtriebene Mistkerle sind, mich rausschmeißen werden. *Unfreiwilliger Ausschluss mit einmaliger Abfindungszahlung* nennt sich das dann.«

Sie glaubt, ein reumütiges Lächeln über sein Gesicht huschen zu sehen, aber vielleicht täuscht sie sich auch.

»Meine einzige Tochter habe ich schon seit Jahren weder gesehen noch gesprochen, weil ihre Mutter, dieses elende Miststück, sie komplett manipuliert und gegen mich aufgewiegelt hat.« Seine Schilderungen klingen wie Spitzenmaterial für den schlimmsten Bluessong aller Zeiten, aber er ist noch nicht fertig. »Jedes Muskelzucken halte ich für den Beginn eines Herzinfarkts, jeden noch so kleinen Magenkrampf für ein Krebsgeschwür, jeden Kopfschmerz für einen Hirntumor. Ich habe regelmäßig Panikattacken und werfe mehr Pillen ein als die Jungs von Grateful Dead zu ihren Hochzeiten.« Seine Augen werden feucht. »Und ich habe jeglichen Kontakt zu den einzigen Menschen verloren, die mir je etwas bedeutet haben. Die Einzigen, denen ich all das hätte anvertrauen können.« Er seufzt. »Jeder läuft vor irgendetwas davon, Megan.« Er reibt sich die Augen.

Sie beugt sich langsam nach vorn und nickt. »Vor sechs Jahren habe ich meinem Ehemann vierhundertfünfzigtausend Dollar gestohlen. Jeden Tag, den wir verheiratet waren, hat er mich beleidigt oder geschlagen. Irgendwann hat er mich so verprügelt, dass ich unser Baby verloren habe. Er gehört zu einer Familie, organisiertes Verbrechen und so. Ein Teil des Geldes, das ich mitgenommen habe, stammt von dieser Familie. Davor laufe ich davon.«

Touché.

KAPITEL 10

August 2006. Ibiza, Spanien

»Komm in die Pötte, Mann. Wir müssen los. Ich will diesen Geppetto nicht warten lassen.«

»Dann nimm halt das Auto.«

»Nee, ich will zu Fuß gehen. Wir bewegen uns eh viel zu wenig. Schau uns doch nur mal an. Nicht mehr lange, und wir sind so fett, dass man uns rollen kann, verdammt. Allein die Wampe, die du angesetzt hast ... siehst aus wie Jimmy Stevenson.«

»Was soll der Vergleich mit Jimmy? Der Mann hat einen Van gefahren, ich bin persönlicher Assistent. Oder soll ich jetzt auch noch deinen Chauffeur spielen?«

»Hör zu, wenn ich was sage. Ich will gar nicht, dass du mich fährst. Also Schluss jetzt mit der Nölerei, und setz gefälligst deinen Arsch in Bewegung!« Bobby wurde langsam ungehalten. Das Interview war für zwei Uhr nachmittags angesetzt. Mittlerweile war es fast halb zwei. Man hatte ihm geraten, diesen Termin wahrzunehmen. Es sei eine lohnende Sache, hieß es. Sein Status als DJ und sein Hüftumfang hatten in den letzten Jahren eine umgekehrt proportionale Entwicklung durchgemacht. Mitte der Neunziger hatte er zwar mit seinem Remix der Vespas-Single bei den Kritikern einiges an

Boden gutgemacht und seinen durch »Dipped in Chocolate« komplett verhunzten Ruf aufpolieren können, aber danach war nichts mehr von ihm gekommen. Für Hammy war die Sache klar: Bobby war einfach stinkfaul. In Wirklichkeit lag die Ursache jedoch woanders. Bobby hatte mit den Folgen eines plötzlichen und dramatischen Verlusts seines Selbstvertrauens zu kämpfen – eine Entwicklung, deren Beginn mit den Gesundheitsproblemen von Laurie Revlon zusammengefallen war. Zehn Jahre zuvor war Laurie nach Afrika aufgebrochen, um ein Kind zu adoptieren. Ihre Bekannten, Elton und Madonna, hatten oft von dieser Möglichkeit gesprochen. Laurie wollte dann unbedingt die Erste sein. Sie reiste nach Makoko, dem schwimmenden Slum von Nigeria, und suchte sich dort einen sechsjährigen Jungen aus. Nachdem der offizielle Adoptionsvorgang hinter ihr lag und der Junge einen neuen Namen bekommen hatte (Laurence), wollte sie mit ihm auf die Balearen zurückkehren. Am Tag vor der Abreise erlitt sie jedoch einen Schlaganfall. Er war nicht schwer genug, um ihren Mutterambitionen ein Ende zu bereiten, machte allen Beteiligten aber trotzdem schlagartig bewusst, dass Laurie schon dreiundfünfzig Jahre alt war. Es bedurfte zusätzlicher Zahlungen, um die zuständigen Beamten in Lagos davon abzuhalten, sich den Fall noch einmal genauer anzusehen, wie es die Regel bei derartigen Erkrankungen der Adoptiveltern war. Der Schlaganfall setzte Laurie zwar nicht komplett außer Gefecht, aber ihre Pläne, endlich die Weltherrschaft an sich zu reißen, musste sie dennoch ein gutes Jahr lang zurückstellen.

In der Folgezeit wurde Bobby, nicht zuletzt aufgrund einer zunehmenden Trägheit, in Lauries DJ-Team nach unten durchgereicht. Jetzt hatte sich jedoch eine Möglichkeit ergeben, wieder von sich reden zu machen und an die Spitze zurückzukehren: eine Story in einem italienischen Dance-Magazin. Es sollte ein groß angelegter Rückblick auf Ibizas Superclubs Ende der Achtziger werden. Ein gewisser Giuseppe Gennaro war ausgesandt worden, um mit all jenen zu reden, die damals dabei gewesen waren – und noch lebten.

Der Fußmarsch von der Villa hinunter zu der kleinen Bar, in der das Interview stattfinden sollte, war beschwerlich. Volle dreißig Minuten auf schmalen Trampelpfaden. Die Hitze war sehr viel heftiger als angenommen. Bobby schwitzte wie ein Tier. Nach kurzer Zeit schon sah sein Hemd aus, als hätte man damit die Bierlachen im Saloon neben dem O.K. Corral aufgewischt. Wie sich bei der Ankunft herausstellte, hatte Giuseppe einen Fotografen mitgebracht, sodass Hammy losgeschickt wurde, um Bobby ein frisches Hemd zu holen und auch gleich den Wagen für die Rückfahrt mitzubringen. Hammy war verständlicherweise wenig begeistert, den steilen Berg wieder hinauflaufen zu müssen, zumal er ja von Anfang an vorgeschlagen hatte, das Auto zu nehmen.

»Hör auf zu heulen, du fauler Sack, und komm in die Hufe!«, schimpfte Bobby, bevor Hammy sich widerwillig in Bewegung setzte. »Das ist schließlich der Scheiß, für den ich dich bezahle, Mann!« Immer wenn ihn in den folgenden Tagen, Wochen und Monaten die Schuldgefühle quälten, betete er, dass Hammy schon außer Hörweite gewesen war und diesen letzten Satz nicht mehr gehört hatte.

»MC Bobcat, vielen Dank für dieses Interview. Wie geht es Ihnen?« Bobby war überrascht. Mit dem Drücken der Aufnahmetaste an dem kleinen Diktiergerät hatte der junge Italiener von lockerem Geplauder in einen professionellen Ton gewechselt. Auch dass Bobby nun mit seinem Künstlernamen angesprochen wurde, verwirrte ihn. Es war schon eine Weile her, dass ihn jemand so genannt hatte, und es klang ungefähr so angenehm wie Fingernägel, die über eine Schultafel kratzten.

Bobby antwortete nicht sofort. Eine junge Kellnerin brachte die Bestellung: Bruschetta und ein stilles Wasser für Giuseppe, einen Burger in Radkappengröße und ein Bier für Bobby. Beim Servieren scharwenzelte die Kellnerin um den gut aussehenden Journalisten herum, den zweiundvierzigjährigen DJ hingegen würdigte sie kaum eines Blickes.

»Mir geht's top, Giuseppe«, sagte Bobby. »Und selbst so?« Der Journalist nahm einen Schluck von seinem Wasser und ignorierte Bobbys Frage.

»Nach Ibiza sind Sie damals im Jahr …« Er schaute auf seine Aufzeichnungen. »… im Jahr 1987 gekommen, richtig? Wie war die Clubszene damals? Waren Sie sich der bevorstehenden … ähm … *Explosion* bewusst, die die Musiklandschaft für immer verändern sollte?« Giuseppes Englisch war hervorragend. Wenn er eine Pause einlegte, dann nicht, um nach einem entfallenen Wort zu suchen, sondern um den treffendsten Ausdruck auszuwählen. Wie es aussah, würde die Sache doch nicht der erwartete Spaziergang werden, von dem Laurie Revlons PR-Abteilung sprach, als sie Bobby über die Interviewanfrage informiert hatte.

»Es war eine unheimlich spannende Zeit«, sagte Bobby.

Obwohl er das Gespräch mitschnitt, machte Giuseppe jede Menge Notizen. Wahrscheinlich wollte er sicherstellen, dass die Antworten seines schottischen Interviewpartners daheim in Mailand korrekt transkribiert werden würden.

»Also, die Briten feierten damals alle im Star Club. Und da die meisten von denen in San Antonio untergebracht waren, haben auch wir da unsere Zelte aufgeschlagen«, sagte Bobby zwischen zwei Bierrülpsern. »Ibiza war damals wie ein Ort, der noch nach einer eigenen Identität suchte. Das Jahr drauf haben sich dann Oakenfold, Farley und Holloway im Amnesia ein paar Ecstasy-Pillen reingeklinkt ... und na ja ... der Rest ist Geschichte.« Mit beiden Händen packte Bobby den Burger.

Giuseppes Mund stand leicht offen. Er brauchte einen Moment, um sich wieder zu sammeln. »Zu welchen DJs haben Sie damals aufgeschaut?« Trotz der zufällig wirkenden Reihenfolge schien sich Giuseppe seine Fragen gut überlegt zu haben.

»Mein Held war einer von deinen Landsleuten ... Toni Oneto. Der hat damals echt coole Sets im Nightlife hingelegt, drüben auf der Westseite der Insel.«

Giuseppe war sich ziemlich sicher, dass Toni Oneto kein Italiener war, und nahm sich vor, die Sache zu überprüfen.

»Und natürlich Derek Dees. Der Typ war eine verdammte Legende, Mann.« Bobby bemerkte den fragenden Ausdruck auf Giuseppes Gesicht. Er hoffte, dass der Name seines DJ-Mentors aus Benidorm trotzdem in dem Artikel erwähnt würde. Sehr wahrscheinlich war Derek mittlerweile total abgestürzt und räumte Regale in irgendeinem Supermarkt ein. Aber mit ein wenig Glück würde er den Artikel entdecken und dank seines somit beglaubigten Status als ehemalige Legende das eine oder andere Freibier absahnen.

»Was sind die Unterschiede zu damals, im Schlechten wie im Guten?«, fragte Giuseppe.

»Keine Ahnung, Mann ... na ja, ich hatte vielleicht ein paar Haare mehr auf dem Kopf«, sagte Bobby und lachte.

Giuseppe lachte nicht, er notierte. Dass er nach einer Frage nicht mal von seinem Block aufblickte, um die Antwort abzuwarten, war schon ein wenig befremdlich.

»Mal sehen ... also, das Privilege hieß noch Ku, was übrigens ein ganz und gar beschissener Name ist, aber das nur nebenbei; George Michael stand noch auf Frauen und hat nicht jeden zweiten Tag ein Auto geschrottet; die englische Nationalmannschaft war immer noch scheiße; und ein DJ hat für das Auflegen von anderer Leute Musik noch nicht so viel verdient wie David *fuckin'* Beckham, nur weil er sich einen beschissenen Wickelrock anzieht und damit durch die Gegend stolziert!« Bobbys Stimme wurde lauter, seine allgemeine Verärgerung wuchs ebenfalls. Der Grund: Auf seinem Burger war Mayonnaise! Dabei hatte er ausdrücklich darum gebeten, sie wegzulassen. Sein Blutdruck schnellte in die Höhe. Hinzu kam, dass es heißer als in der Hölle war und Hammy, der ihm Wechselklamotten bringen sollte, immer noch nicht zu sehen war. Er kratzte die Mayonnaise von der Fleischscheibe, riss den Mund auf und schob sich den Burger so tief zwischen die Zähne, wie es ging.

»Was finden Sie heutzutage interessant an der Szene auf den Balearen, MC Bobcat?«

Da das Interview nicht live im Radio gesendet wurde, war es vollkommen unnötig, dass Giuseppe jetzt schon zum zweiten Mal Bobbys Künstlernamen erwähnte. Für Bobby schien es wie die Stichelei eines dreisten Journalisten, an der er mindestens ebenso heftig zu kauen hatte wie an dem Bissen, mit dem er gerade kämpfte.

»Gar nichts«, sagte er und hustete. Er nahm einen Schluck Bier. Aber das half nichts. »Da gibt's eine kleine Bar im Westen der Insel ... hieß mal Plastic Fantastic ... *hust* ... jetzt heißt sie nur noch Plastik ... *hust, hust* ... war mal ... *hust* ... ein toller Plattenladen. Jetzt machen die DJ-Wettbewerbe da ... *hust, hust, hust.*«

Ohne es selbst zu merken, lief Bobby rot an. Giuseppe hatte den Blick auf seine Notizen gerichtet.

»... *hust* ... ist wirklich geil. Verändert das Gesicht von San Antonio komplett ... *hust, hust, hust.* Ich würde da zu gern selbst mal auflegen ...«

Giuseppe blickte auf, denn das tiefe Brummen von Bobbys Stimme hatte sich in ein piepsiges Krächzen verwandelt. Er klang nun wie die böse Hexe des Westens in der Szene, in der sie vom Wasser getroffen wird und zerschmilzt. Sein Gesicht hatte die Farbe von roter Bete angenommen, er bekam keine Luft mehr.

Giuseppe sprang auf und riss Bobby von seinem Stuhl hoch. Dann packte er ihn von hinten und führte ein lehrbuchmäßiges Heimlich-Manöver durch. Nachdem er seine Hände dreimal gegen Bobbys Brustkorb gepresst hatte, flog beim vierten Mal ein Stück Gewürzgurke quer durch die Bar und knallte gegen die schwarze Tafel über dem Tresen, auf der das Menü aufgelistet war. Giuseppe ließ Bobby los, der darauf völlig außer Atem zu Boden sank. Während die anderen Gäste in der Bar applaudierten, witterte die junge Kellnerin ihre Chance und stürzte sich auf den italienischen Helden, um ihn zu umarmen – und Bobby dabei versehentlich auf die Hand zu treten.

* * *

»Dann habe ich noch eine letzte Frage an Sie, MC Bobcat: Wie fühlte sich das an, als Sie herausfanden, dass ›Dipped in Chocolate‹ vom *Mixmag* zum schlechtesten Dance-Song aller Zeiten gewählt wurde?«

Es war erst eine Stunde seit dem Moment vergangen, als ein Stück Gewürzgurke beinahe das Leben von Bobby

Cassidy beendet hatte. Dass auch dieses *Interview* seiner Gesundheit nicht guttat, stand mittlerweile außer Frage. Allerdings fühlte er sich Giuseppe Gennaro gegenüber nun verpflichtet, es zu Ende zu bringen. Auch für den italienischen Journalisten war das Gespräch nicht so verlaufen wie erwartet. Er hatte es Bobby gegenüber zwar nicht erwähnt, aber sein eigentlicher Auftrag hatte lediglich darin bestanden, ein paar einigermaßen brauchbare Zitate aus seinem Gesprächspartner herauszuquetschen, um die sehr viel breiter angelegte Reportage zu unterfüttern. Jetzt hatte Bobby ihm jedoch sehr viel mehr als nur ein paar O-Töne geliefert: Die Nahaufnahme eines abgehalfterten, wütenden und verbitterten DJs der Balearic-Beat-Szene und dessen von Enttäuschungen befeuerte Renitenz waren ein Glücksfall für Giuseppe. Er würde sie zum zentralen Thema des Artikels machen.

Es war kurz vor vier. Nachdem er die Antwort auf die letzte, brutale Frage im Kasten hatte, stieg Giuseppe Gennaro unverzüglich in das wartende Taxi. Bobby wusste, dass »Dipped in Chocolate« mit reichlich Spott und Hohn bedacht worden war, aber die Offenbarung des italienischen Journalisten hatte ihn mit der Härte eines direkt auf den Solarplexus gesetzten Hakens von Mike Tyson erwischt. In seiner Antwort auf die Frage hatte Bobby alle möglichen Leute angegriffen und beschuldigt – angefangen bei »dem hinterfotzigen kleinen Wichser David Guetta« bis hin zu »Thatchers verlaustem Stricher John Major«. Seine Worte waren ätzend und widerwärtig und erinnerten an die Kommentare von Profifußballern, die vollkommen pleite ihre Karriere beendet hatten – und zwar eine Saison vor Inkrafttreten des Bosman-Urteils oder kurz bevor Sky Sport auch die Taschen eher mittelmäßiger Spieler füllte. Bobby Cassidy war depressiv. Er wusste es, konnte es jedoch gegenüber anderen Personen nicht zugeben, am wenigsten gegenüber Hammy. Nach dem Triumph der remixten Vespas-Single, der mittlerweile zehn Jahre zurücklag, war es für ihn stetig bergab gegangen. Alle anderen hingegen ritten immer noch auf der Erfolgswelle, obgleich auch in unterschiedlichem Maße: Max Mojo besaß eine Villa in Südfrankreich und rief Bobby gelegentlich an, um ihn zu einem gemeinsamen Einstieg ins Filmbusiness zu überreden – wenn auch nur, um einmal im Leben die Chance zu haben, aus dem Haus zu treten und zu Fuß zum nebenan stattfindenden Filmfestival in Cannes laufen zu können. Cliff Raymonde, von dessen mahagonifarbener Hautfarbe Bobby mittlerweile nicht mehr weit entfernt war, hatte Lauries Studio übernommen und den Komplex um einen Wohnbereich erweitert, sodass es mittlerweile zu einem der besten seiner Art in ganz Europa gehörte. Lauries Business hatte sich den neuen Zeiten angepasst und war gewachsen. Das Revolution lief nach wie vor glänzend, allerdings hatte Bobby seit fünf Jahren dort nicht mehr aufgelegt. Der Grund: Bobby hatte am Abend des 11. September 2001 eine etwas ältere Nummer von Style Council gespielt, und zwar das angejazzte »Dropping Bombs on the White House«, und anschließend einen unpassenden Witz über das Mikrofon zum Besten gegeben. Obwohl kaum jemand im Club gewesen war, weil alle Welt zu Hause vor der Mattscheibe hockte und vergebens versuchte, eine sinnvolle Erklärung für die Bilder im Fernsehen zu finden, waren Beschwerden bei Laurie Revlon eingegangen. Hinzu kam, dass eine enge Freundin von ihr bei Silverstein Properties im achtundachtzigsten Stockwerk des nördlichen Zwillingsturms gearbeitet hatte. Drei Tage lang wusste Laurie nicht, ob sie überlebt hatte. Als die Revolution-Chefin schließlich erfuhr, dass ihre Freundin geschockt und traumatisiert war, aber immerhin rechtzeitig aus dem Gebäude hatte fliehen können, war Bobby schon für unbestimmte Zeit beurlaubt worden. Laurie mochte Bobby, aber sie würde ihn nie wieder in ihrem Club auflegen lassen.

Während er so über das zurückliegende Jahrzehnt nachdachte, ein Jahrzehnt, in dem sich der Himmel über ihm zunehmend verdunkelt hatte, kam eine unbändige Wut in ihm auf. Mit großen Schritten marschierte er den steilen Berg zur Villa hinauf und bereitete sich innerlich darauf vor, all die angestaute Wut über sein *persönliches Arschloch* auszuschütten. Wie es aussah, hatte Hammy ihn einfach in der Bar sitzen lassen. Wie würden nun die Fotos wirken, die zusammen mit diesem wichtigen und potenziell Karriere fördernden Comeback-Interview veröffentlicht wurden? Sie würden ihn als einen Mann zeigen, der fast das Opfer einer amoklaufenden Gewürzgurke geworden wäre: aus dem Leim gegangen, abgehalftert und verschwitzt, mit hochrotem Kopf. Die Suppe lief ihm aus allen Poren, die Raserei in seinem Inneren drohte ihn zu zerreißen.

Als er nach fünfzig Minuten die Einfahrt zur Villa erreichte, hatte er das Gefühl, sein Körper würde zerschmelzen. Der Aufstieg hatte ihn ganz gewiss ein halbes Dutzend Kilo Lebendgewicht gekostet, mindestens.

Fünfzig Meter vom Pförtnerhäuschen entfernt, in einer der engsten Kurven in den Bergen von Can Germa, lag ein Auto auf der Seite. Wasser und Öl tropften aus dem aufgerissenen Unterboden des Wagens, Dampf kroch unter seiner Motorhaube hervor. Ein junger Mann, ganz offensichtlich der Fahrer, pustete gerade in ein Röhrchen, das ihm ein noch jünger wirkender Polizeibeamter hinhielt. Die weibliche Beifahrerin saß zitternd auf einem Stein am Straßenrand. Eine noch frische Blutlache und Bremsspuren auf dem Asphalt ließen erahnen, was geschehen war.

Bobbys Herz blieb stehen. Hammy war nicht zur Bar zurückgekommen, um ihn abzuholen. Sollte er in den Unfall verwickelt worden sein? Unvorstellbar. *Er wird im Haus sein*, redete sich Bobby ein, als er die Einfahrt hinauflief. Aber was, wenn nicht? Sein Puls raste. Was zum Henker sollte er denn ohne Hammy machen?

KAPITEL 11

Oktober 2014. Shanghai, China

Er sitzt in ihrem Wohnzimmer. Es ist klein, bietet aber dank seiner Lage einen außergewöhnlichen Ausblick auf den Bund, die berühmte Uferpromenade der Stadt. Gerade jetzt, spät am Abend, wenn das grelle Neonlicht sich mit dem diffusen Schein der Natriumdampflampen vermischt und über das wogende Schwarz des Huangpu hinwegtanzt, ist es ein besonders beeindruckender Anblick. Die Wohnung wirkt wie eine Studie in Minimalismus. Keine Deko, keine Accessoires, nichts an den Wänden. Keine Spuren westlicher Konsumkultur, die von den Einheimischen in gleichem Maße bewundert und gefürchtet wird. Kein Fernseher im Wohnzimmer. Wozu auch? Er weiß, dass die Programme zum großen Teil nur durchschnittlich, wenn nicht sogar absolut nervtötend sind. Vielleicht reicht ja dieser Ausblick. Es ist kein Zuhause. Eher ein abgeschlossener, beheizter Raum, aus dem man innerhalb von fünfzehn Minuten verschwinden kann, ohne sonderlich viele Spuren zurückzulassen.

Megan schenkt ihm ein Glas Rotwein ein. Es ist groß genug, um daraus abzuleiten, dass sie froh wäre, wenn er eine Weile bleibt. Warum er eigentlich hier ist, weiß er nicht, aber da ist dieses instinktive Gefühl, dass er hier sein will. Nach dem

Debakel bei seinem Besuch in Huangshan fühlt sich dieser Moment – hier, in der Wohnung einer wunderschönen, jungen, Englisch sprechenden Frau – unglaublich tröstlich für ihn an. Joseph vermutet, dass auch sie sich nach irgendeiner Form von emotionalem Zuspruch sehnt. So etwas wie Freunde hat sie nicht. Er ist sich jedoch bewusst, dass sie sein Einschreiten bei der Auseinandersetzung mit Cockney-Jack eher auf väterliche Schutzinstinkte als auf sexuelle Anziehungskraft – wie er es sich kurzzeitig vorgestellt hat – zurückführt.

Sie kommt aus dem Schlafzimmer. Locker sitzendes weißes T-Shirt, gebleichte Jeans, weiße Converse, das blonde Haar zum Zopf gebunden. Sie sieht vollkommen anders aus, auf wunderschöne Art natürlich. In ihrem Arbeitsoutfit wirkt sie austauschbar. Attraktiv zwar, aber eben nur ein Spiegel des Unternehmens, für das sie arbeitet. Aufgeräumt, professionell, stilsicher, aber nicht außergewöhnlich. Ihm wird klar, dass sie nur innerhalb dieser Wände entspannen kann. Und nun hat sie ihn herein gelassen. Er grübelt darüber nach, wie viel Überwindung sie das gekostet haben muss.

Sie sitzt neben ihm auf dem Sofa, schaut hinaus zum Bund, wo die Zahl der Schiffe und Autos langsam größer wird als die der Passanten. Aus spätem Abend wird Nacht, dann früher Morgen. Sie unterhalten sich, stundenlang. Sie rät ihm, Kontakt zu seinem ehemals besten Freund aufzunehmen. Er bestärkt sie darin, nie wieder nach Hause zurückzukehren. Sie ist eine Nomadin, die Geborgenheit und Halt in der anonymen Einsamkeit dieses Lebensstils findet. Er hingegen hat das Gefühl, dass die Trennung von den Menschen und Orten, die ihn einst mit Leben füllten, wie ein schleichender Tod für ihn ist. Es mag ein schwieriger Schritt sein, aber sie ist sicher, dass er notwendig ist: Joseph muss sich mit Bobby Cassidy treffen. Um Buße zu tun für die Sünden der Vergangenheit, um Rechenschaft abzulegen, um wenigstens einen Teil des Bandes wiederherzustellen, das einst zwischen ihnen bestand. Möglich, dass dieser Schritt ihn auf eine Art glücklicher oder zufriedener macht. Einen Versuch sei es auf jeden Fall wert, meint sie. Er ist nicht ganz so überzeugt, muss aber zugeben, dass es sich erfrischend angefühlt und Spaß gemacht hat, ihr von einigen seiner Teenager-Abenteuer zu erzählen. Das letzte Mal, dass er so viel gelacht hat, ist lange her. Ihr geht es genauso.

Er schaut zu ihr hinunter. Sie ist eingeschlafen, ihr Kopf ruht auf seinem Schoß. Von Vinnie zu erzählen, dem tief sitzenden Schock über seine Verwandlung in Mr. Hyde, der von Angst erfüllten Ehe, der an Umwegen reichen Flucht in das eine Land, in dem er sie auf keinen Fall vermuten wird – das alles zu erzählen hat sie erschöpft.

Sie schläft.

Er kann nicht schlafen. Doch er ist glücklich, vergleichsweise zumindest. Seine Hand ruht auf ihrer Schulter. So klischeehaft es sich auch anhören mag, er glaubt, dass sie eine Vaterfigur in ihrem Leben braucht. Jemand, der sie darin bestärkt, dass sie damals die richtige Entscheidung getroffen hat und dass sie nie wieder zurückgehen sollte. Irgendwann wird ein neuer Cockney-Jack auftauchen und sie aus der Bahn werfen. Hoffentlich ist dann ein anderer Joseph Miller da, der sie vor ihren Zweifeln schützen wird. Er wünschte, er wäre etwas jünger, um derjenige sein zu können, der immer an ihrer Seite ist.

Sie schläft.

Er kann nicht schlafen. Und so sitzt er da, wach, und träumt vor sich hin. Er träumt, dass Gary Cassidy nie in den

Falklandkrieg gezogen wäre. Dass er und Bobby sich nie überworfen hätten. Dass Hettie Cassidy nie diesen Wichser Pete D'Olivera kennengelernt hätte. Und dass er nie mit Lucinda, der Hauptverantwortlichen für all seinen Gram, zusammengekommen wäre, sie nie geheiratet hätte. Aber ohne Lucinda wäre seine Tochter Jennifer nicht in sein Leben gekommen, wenn auch nur für eine kurze Zeit. Megan hat ihn darin bestärkt, dass es trotz all der blockierten Wege immer noch Hoffnung gibt, die Verbindung zu Jennifer wiederherzustellen. Hoffnung in Form der Worte, die er für sie aufschreibt.

Behutsam hebt Joseph den Kopf von Megan an und legt ihn auf dem Sofa ab. Die Sonne geht gleich auf. Sie rekelt sich. Er hat Angst, sie könnte beim Aufwachen verwirrt sein und Panik angesichts des Fremden in ihrem Apartment bekommen. Aber sie tut es nicht. Stattdessen schenkt sie ihm ein warmes Lächeln.

»Frühstück? Ich habe nicht viel im Kühlschrank, für ein Omelett sollte es trotzdem reichen.«

»Das wäre toll.« Er schaut zu, wie sie aufsteht, sich mit den Fingern durchs Haar streicht und zur Arbeitsfläche in der offenen Küche am Ende des Wohnbereichs geht.

»Mach dir Musik an, wenn du magst«, sagt sie.

Er nimmt ihren iPod zur Hand. Er ist an einen winzigen Lautsprecher angeschlossen. Mobilität – das Hauptmerkmal ihres Lebensstils. Er blättert durch ihre Playlisten. Es sind nicht besonders viele. Er stößt auf eine Motown-Gold-Collection und drückt auf Shuffle-Play.

»(Love Is Like A) Heatwave« von Martha & The Vandellas. *Verdammte Scheiße*, denkt Joseph Miller. Die Zeichen sind wirklich überall.

KAPITEL 12

Oktober 2014. Ibiza, Spanien

Bobby Cassidy starrt durch eine frisch geputzte, rahmenlose Fensterfront aufs Meer hinaus. Es ist ein Anblick, der ihm hilft, die Dinge klar zu sehen und klare Gedanken zu fassen – das erste Mal seit vier Monaten. Die letzten Tropfen auf der Scheibe geben sich der Schwerkraft geschlagen und gleiten langsam nach unten. Alles in dieser Jahreszeit scheint in diesem Tempo abzulaufen. Mit den Abschlusspartys am letzten Wochenende, die das Saisonende markieren, hat sich der Vibe der Insel verändert: Der von Stimulanzien befeuerte Rausch hat sich verabschiedet und ist hoch in die Berge geflüchtet, um Winterschlaf zu halten und die Batterien aufzuladen.

Bisher war Ibiza die perfekte Form der Isolation für Bobby: Dort lebte er abgeschieden und geschützt vor dem Großteil der Negativität, die weltweit Wirtschaft und Sicherheitslage geißelt. Auf Ibiza regierte bislang oberflächlicher Optimismus. Das hat sich jetzt geändert. Bobby vermisst die Euphorie der frühen Neunziger, aber er weiß nicht genau, warum. Es war eine Zeit der Exzesse mit einer Vielzahl junger Frauen, deren Namen und Gesichter er sofort wieder vergaß; ein emotionales Vakuum, das ihn an die Roulette-Tische trieb und zu selbstzerstörerischen Kartenrunden in den frühen Morgenstunden zwang. Manchmal hat er das Gefühl, er vermisst diese Zeit, weil er sie vermissen soll. Auch Gary vermisst er, weil ihm etwas in seinem Inneren sagt, dass er ihn vermissen soll. In seinen klareren Momenten erkennt er jedoch, dass diese Gefühle eigentlich Schuldgefühle sind, keine Nostalgie.

Für die Villa ist es die Zeit der Wartungen und Reparaturen, in der normalerweise die Folgen der rücksichtslosen Gleichgültigkeit, die sie über den Rest des Jahres hinweg ertragen muss, behoben werden. Früher liebte Bobby diese Zeit fast so sehr wie die Vorfreude auf die neue Saison Ende Mai. Aber das ist vorbei. Sein Körper schmerzt. Genauer gesagt, schmerzen seine Finger. Er streckt sie aus und versucht seine Hand flach auf das Fensterglas zu drücken, aber die kleinen Mistkerle wollen ihm nicht gehorchen. Andere Teile seines Körpers ebenso wenig. Wie Satteltaschen hängen die entspannten Muskeln schlaff an seinen Oberarmen herunter. Alles hängt herunter. Die Schwerkraft siegt wie Ali in Zaire. In den ersten Runden konnte Bobby ihr noch ganz gut Paroli bieten, aber jetzt ist er einfach nur platt von all der Anstrengung. Sein Tank ist leer. Er schaut zu den dunklen Wolken, die sich am westlichen Horizont zusammenziehen. Wenn man sie als Metapher sehen will, ist noch nicht ganz klar, ob sie ein Omen für die unsichere und schwierige Zukunft darstellen sollen oder eine Reflexion des unbefriedigenden und unglücklichen Jahres, das gerade abgelaufen ist. Es scheint, als stünden sie still. Unentschlossen und bedrohlich: eine ständig wachsende dunkle Masse, durchaus vergleichbar mit den assyrischen Heerscharen, die sich einst an ganz ähnlicher Stelle für eine Invasion sammelten.

»Der Sturm wird bald hier sein. Ich fahre in die Stadt. Paar Besorgungen machen, bevor es losgeht. Brauchst du irgendwas?« Die Stimme von Hamish May hallt den kargen, offenen Raum entlang, prallt wie ein Flummi von den Wänden zurück und tanzt auf dem kalten Terrazzo-Boden, bevor sie Bobby Cassidy erreicht.

»Nee«, sagt Bobby, ohne sich umzudrehen. Unwahrscheinlich, dass Hamish die Antwort hört, so klagend und kraftlos, wie Bobby sie aushaucht. Ein Quietschen sich entfernender Räder, dann fliegt die Tür zu. Bobby ist allein, allein mit seinen fiebrigen Gedanken.

Die Villa wurde 1994 sein Zuhause, damals, als es praktisch unmöglich schien, dass es noch ein besseres Leben geben könnte. Seit zwanzig Jahren wohnt er mittlerweile hier, zusammen mit Hammy – dem immer treuen Hammy –, dessen Leben Bobby grundlegend verändert hat, erst zum Besseren, dann zum Schlechteren. Er bekam das Haus, als das Geld zu fließen begann. Damals war er einer der Stars der Balearic-Beat-Szene. *Ja, ja, die Welt und die Auster*, denkt er. Die Villa, ein kühles, minimalistisches, modernes Gebäude, das sich aus den grünen Pinien- und Olivenhainen von Can Germa erhebt, wurde zur passenden Metapher für seinen Erfolg. Sie ist perfekt in die Berge der weißen Insel eingepasst und bietet einen Panoramablick auf die Bucht von San Antonio. Um das Haus zu betreten, muss man einer mäandernden und ständig enger werdenden Straße zum Zufahrtstor folgen. Auf der Spitze des Berges angekommen, betritt man das Gebäude dann quasi von oben, an seinem höchsten Punkt, über eine Zugbrücke, die über einen Respekt einflößenden felsigen Abgrund zum Dach des Hauses führt. Wer nicht schwindelfrei ist, bekommt beim Blick durch das offene Metallgitter des Brückenbodens Probleme. Das Haus ist von seiner Umgebung abgetrennt, als handle es sich um eine moderne

Festung. Wäre es zur Zeit der Besiedlung der Insel entstanden, hätten Bogenschützen und mit Fässern voll kochendem Öl bewaffnete Burgknechte seine Brüstungen bemannt. In den Anfangstagen schlugen Bobby und Hammy oft Golfbälle vom Dach der Villa ab und versuchten die Swimmingpools der benachbarten Häuser in der bergigen Landschaft unter ihnen zu treffen.

Die Glücklichen, die es in die Villa hinein schaffen, müssen vier Stockwerke nach unten steigen, bevor sie den weitläufigen Wohnbereich mit seiner ausladenden Terrasse erreichen, die im Grunde wie der Bug eines Schiffes aussieht. Das ist allerdings alles Vergangenheit. Der Party-Jetset macht sich nicht mehr die Mühe, den Berg zu erklimmen. Es gibt andere, bessere Spielplätze für diese Leute. Unterhaltsamere Gastgeber als diesen einsamen, depressiven fünfzigjährigen Club-DJ, der an einer vergangenen Ära klebt und unfähig oder unwillig ist, die alten Zeiten alte Zeiten sein zu lassen. Die Angst hat sich in diesem Hause breitgemacht, und wie es aussieht, hat sie vor, eine ganze Weile zu bleiben. War eine Einladung hinauf in die Berge einst ein Zeichen kultureller Akzeptanz durch die In-Clique, stellt sie mittlerweile eine Reise in die Vergangenheit dar und wirkt dabei wie ein unfreiwilliger Zwischenhalt auf der Tour zu den historischen Stätten Ibizas. Kulturelle Horizonterweiterung ist nicht die Art Sightseeing, für die Ibiza bekannt ist. Der Hedonismus lebt nicht in der Vergangenheit. Auch für die Zukunft interessiert er sich nicht sonderlich. Er ist voll und ganz auf das Hier und Jetzt fokussiert.

Bobbys Hier und Jetzt ist zu einem Gefängnis geworden, einer Haftstrafe für seinen Geist – abzuleisten im offenen Vollzug zwar und in einer paradiesischen Umgebung, aber er fühlt sich trotzdem wie ein Gefangener, ganz ähnlich wie die

Sträflinge der Teufelsinsel mit ihren relativen Freiheiten. Die Zugbrücke symbolisierte einst einen Lifestyle beneidenswerter Exklusivität, verstärkt jedoch mittlerweile nur noch die Isolation des Bewohners der Villa.

Früher wurde das Haus als »architektonische Ikone« gelobt – »eine kunstvolle Komposition aus Stahl und Glas«, wie in europäischen Architekturmagazinen zu lesen war –, beeinflusst von den Werken solcher Koryphäen wie Le Corbusier und den frühen Bauten des amerikanischen Modernisten Richard Meier. Durch Bobbys Verbindungen zur Musikindustrie wurde die Villa für andere, möglicherweise prosaischere Zwecke verwendet und diente unter anderem als Drehort für diverse Musikvideos. Anfänglich steigerte das den Wert des Gebäudes. So bot Simon Le Bon bei einem dieser Videodrehs Bobby drei Millionen Pfund für die Villa an. Als die weltweite Finanzkrise auch der vom Tourismus abhängigen Insel stark zusetzte, versuchte Hammy ihn zu überreden, noch einmal mit dem Sänger in Kontakt zu treten, um nachzufragen, ob dieser immer noch interessiert sei. Bobby legte jedoch ein erstaunliches Maß an Optimismus an den Tag und überzeugte Hammy, dass es richtig sei, die Villa nicht zu verkaufen, da alle Krisen dieser Welt, wie auch immer sie geartet sein mochten, irgendwann vorbeigehen würden. Das alles ist sechs lange Jahre her. Dem damaligen Optimismus erging es wie dem Haus, das Bobby und Hammy bewohnen: Desinteresse und Unachtsamkeit haben ihn zerbröseln lassen. Jetzt ist die Villa nur noch ein Mühlstein, der an Bobbys Hals hängt. Selbst die Kritiker haben mittlerweile ihre Einschätzung zu dem Gebäude und dessen einst verehrtem Architekten geändert. Nach dem Tod des Baumeisters gefundene Briefe entlarvten ihn als Anhänger des faschistischen Franco-Regimes. Seither wird sein berühmtestes Bauwerk, die momentan als Casa Cassidy bekannte Villa, unisono als »riesiger, weißer Kühlschrank mit steriler und einschüchternder Wirkung« verunglimpft, der »auf brutalste Weise und völlig unsensibel in einer arglosen Waldlandschaft abgestellt wurde«. Die von der Außenwelt empfundene Sterilität des Gebäudes scheint abzufärben: Zu der hastig organisierten Party aus Anlass von Bobbys fünfzigstem Geburtstag im Januar erschienen nur fünf Gäste. Alle waren männlich, zwei sogar älter als Bobby. Jeder Besucher konnte zwischen zwei Schlafzimmern wählen, zwei der Eingeladenen entschieden sich bereits, bevor es elf war. Das einzige weiße Pulver, das im Verlauf des Abends die Runde machte, war Aspirin in Granulat-Form. Einer der Gäste hatte Kopfschmerzen. In der frustrierenden Zeit nach dem Geburtstagsdebakel grübelte Bobby über die Möglichkeit einer Rückkehr nach Schottland nach, obgleich er mittlerweile genauso viele Jahre auf dem sonnenverwöhnten Felsklumpen im Mittelmeer verbracht hatte wie auf dem größeren und feuchteren im Norden, auf dem er aufgewachsen war. »Zuhause« ist für Bobby zu einem vagen und unerreichbar scheinenden Konstrukt geworden: ein Ort mit einer konkreten, greifbaren Vergangenheit, mit Freundschaften und Familienbeziehungen, die Kraft und Unterstützung geben, anstatt eine Qual zu sein. Hammys Freundschaft ist eine Konstante, aber Bobby ist sich im Klaren darüber, dass auch Hammy in der Falle sitzt und gefangen ist, und zwar aus weitaus offensichtlicheren und lebenspraktischeren Gründen als er selbst. Er schaut zu den Sturmwolken, die jetzt ganz sicher in seine Richtung zu ziehen scheinen, und sehnt sich nach dieser Vergangenheit und nach all den Menschen, die er so rücksichtslos und leichtsinnig aus seinem Leben verstoßen hat.

* * *

Der Regen hämmert gegen die Scheibe. Selbst für Männer, die in Westschottland aufgewachsen und daran gewöhnt sind, das ganze Jahr über mit nach vorn gerollten Schultern, eingezogenem Kopf und hochgestelltem Kragen gegen die Elemente anzukämpfen, ist es ein außergewöhnlicher Anblick. Ein Regen wie dieser, herübergetragen von der afrikanischen Seite des Mittelmeers, bricht nicht oft über die Balearen herein, doch wenn er es tut, bringt er das gesamte Leben auf der Inselgruppe zum Erliegen. Eigenartigerweise führt dieser Regen dazu, dass Bobby dieses vage Konstrukt eines Zuhauses noch mehr vermisst.

Obwohl erst fünf Tage seit Bobbys Saisonabschluss-Set im Las Dalias vergangen sind, hat die winterliche Alltagsroutine die beiden Männer bereits fest im Griff. Sie stehen gegen Mittag auf, danach kocht Hammy und fährt in die Stadt, um Besorgungen zu machen. Gegen vier Uhr nachmittags kehrt er zurück, und sie schauen gemeinsam fern, vier Stunden lang, bis es Zeit fürs Abendessen wird und im Allgemeinen auch Zeit, wieder ins Bett zu gehen. Bobby hat gerade den großen Flatscreen im Wohnzimmer eingeschaltet. Er zappt durch ungefähr dreißig Musikkanäle, die im Grunde alle Variationen ein und desselben Songs spielen. Alles hier klingt nach »Summer«, der Single von Calvin Harris, was sehr wahrscheinlich auch die ursprüngliche Intention des schottischen DJs war. Früher war Bobby Cassidy auch mal da, wo der Superstar aus Dumfries heute ist – wenn auch ohne die weltweite Medienpräsenz und ohne Gagen zu kassieren, wie sie *Los Galácticos* von Real Madrid einstreichen. Jetzt, am Ende des Sommers, hat Bobby genug von allem, was nach 128 bpm klingt. Es lief jeden Tag, den ganzen Tag, und überall – die Hymne der Insel, ein ganzes Jahr lang. Ein Jahrzehnt zuvor hatte ein jüngerer Calvin Harris, damals noch unter dem Namen Adam Wiles bekannt, Bobby mal nach einem Autogramm gefragt, was dieser ihm bereitwillig gab. Bei seiner letzten Stippvisite auf der Insel ignorierte der neue Calvin Harris Bobby jedoch, als dieser ein paar Worte mit ihm wechseln wollte. Beide Männer stammen aus Westschottland, aber offensichtlich, so empfand es Bobby damals zumindest, hatte einer von ihnen vergessen, was der allgemeine Anstand gebietet, wenn man aus derselben Gegend kommt. Mittlerweile hat Bobby nur noch zwei Worte für Calvin Harris übrig: *Fick dich (am besten mit der Nasenspitze eines deiner Privatjets, und zwar direkt in den Arsch).*

In letzter Zeit schauen sie immer wieder UKTV Gold – ein Kanal, auf dem in Dauerschleife Schwarz-Weiß-Klassiker laufen, die Bobby an die Sommerferien seiner Schulzeit erinnern.

»Hammy, mach hin, Mann. Die Sendung geht gleich los«, brüllt er.

»Jetzt mach mal halblang, du Kacklappen. Kannste nicht einfach auf Pause drücken?« Hammy rollt ins Zimmer.

»Mein Gott, wie oft soll ich dir eigentlich noch sagen, dass du die Räder von dem Scheißding ölen musst?«

»Danke für die Erinnerung. Ich wusste doch, dass ich was vergessen hab. Ich bin extra nach San Antonio runtergefahren, um das Öl zu kaufen«, sagt Hammy reichlich melodramatisch, »und dann rate mal, was passiert ist.«

Bobby seufzt.

»Na los«, sagt Hammy, »rate mal.«

»Lass mich mit dem Scheiß zufrieden«, sagt Bobby und stellt den Ton lauter.

»Obwohl ich Tag und Nacht in diesem verfickten Rollstuhl rumfahre und das ständige Gequietsche der Räder mir mega auf den Sack geht, hab ich glatt vergessen, das Öl zu kaufen, um das Wichsding mal zu schmieren … und zwar weil ich unterwegs war, um irgendwelchen Scheiß für *dich* zu besorgen!«

»Hör zu … tut mir leid. Okay?«, sagt Bobby genervt, aber er meint es so. »Das Ding braucht ein neues Rad. Hab ich dir schon vor einer Woche gesagt. Und ich hab auch ein neues bestellt, okay? Hab ich dir aber auch gesagt. Sollte am Freitag hier sein.«

»Okay, sorry, Mann. Kann mich echt nicht dran erinnern, dass du mir das gesagt hast.«

»Aye. Sicher doch. Der Klassiker.«

Die Saison ist erst seit ein paar Tagen vorbei, und schon gehen sich die beiden auf die Nerven. Bobby hat schwer zu knabbern, und Hammy weiß das. Hin und wieder gönnt sich Hammy eine Auszeit und trifft sich mit einer Frau aus der Klinik, in der er alle zwei Wochen Physiotherapie bekommt. Es ist eine Art Freigang aus dem Knast, den das Zusammenleben mit dem depressiven Bobby und dessen Elend für ihn bedeutet. Die Frau heißt Esta Soler: eine einbeinige *Señora* von fünfundfünfzig Jahren mit üppigen Kurven, die Ehefrau des Polizeichefs der Insel. Früher war Esta selbst Patientin der Klinik, in der sie heute freiwillig aushilft. Hammy hält es für besser, dass niemand von diesen Dingen erfährt. Durch Mitwisser steigt die Gefahr, erwischt zu werden, und das wäre in seiner Situation, in der weder Kampf noch Flucht eine Option darstellt, der absolute Super-GAU. Bobby ist in seiner hartnäckigen Selbstzentriertheit zu sehr mit seinem eigenen Niedergang beschäftigt, als dass ihm die kleinen

Details auffielen, die Hammy in Erklärungsnot bringen könnten. Und so tut er die scheinbare Vergesslichkeit von Hammy bei dessen täglichen Fahrten zum kleinen Supermarkt in San Antonio als genau das ab: Vergesslichkeit. Mittlerweile ist es drei Jahre her, dass Esta Hammy mit einem außergewöhnlichen Medikament bekannt machte: Viagra. Seither befindet sich Hamish May auf einer sexuellen Entdeckungsreise von ungeahnter Intensität, für deren Vielfältigkeit und Experimentierfreude er selbst am Hof von Ludwig XIV. Standing Ovations erhalten hätte.

Hammy manövriert seinen armlehnlosen Rollstuhl zu einer Stelle mit besserem Blick auf den Fernseher. Die niedrig stehende Spätnachmittagssonne ist zurückgekehrt. Sie trocknet die Pfützen des Gewitterregens, strahlt aber so ungünstig in den Raum hinein, dass man aus fünfzig Prozent aller möglichen Sitzpositionen absolut nichts auf dem Bildschirm erkennen kann. Die elektrischen Jalousien, mit denen sich dieses Problem per Knopfdruck beheben ließe, sind seit 2012 defekt. Bobby drückt einen Knopf auf der Fernbedienung, und die satten Töne der eindringlichen Titelmelodie hallen durch den kahlen, weißen Raum. Die heranrollenden Wellen, die schmucklosen Credits und die nicht ganz zu den Lippenbewegungen von Robert Hoffman passenden Worte: Es ist Zeit für *Die seltsamen und einzigartigen Abenteuer des Robinson Crusoe aus York, berichtet von ihm selbst.* Auch an diesem Tag, dem dritten in Folge, ist Bobby am Ende der fünfundzwanzigminütigen Episode in Tränen aufgelöst. Seinem persönlichen Freitag hingegen geht langsam, aber sicher die Geduld aus.

KAPITEL 13

Oktober 2014. Shanghai, China

Megan blickt auf die fünf Fragen, die mit schwarzer Tinte auf dem schweren, sorgfältig aus seinem Notizbuch herausgerissenen Blatt Papier geschrieben stehen. Es ist ein eigenartiges Gefühl für sie – unterhaltsam und nervenaufreibend zugleich. Er muss lachen, als sie sagt, das Ganze hätte etwas von der Vorbereitung auf einen Green-Card-Betrug, bei dem ein frisch vermähltes Pärchen versucht, sich möglichst schnell kennenzulernen. Sie hat nichts dagegen, ist aber einigermaßen schockiert darüber, wie offen sie zu einem Mann ist, den sie erst vor zwei Wochen im Rahmen ihrer Arbeit und nicht etwa auf eigenen Wunsch hin kennengelernt hat.

»Ach … du wirst mich auslachen«, sagt sie.

»Werde ich nicht. Ich schwöre«, antwortet er.

»Hm.« Sie ist nicht gänzlich überzeugt. »Okay, aber ich warne dich«, sagt sie und schwenkt nicht ganz ernst gemeint den Zeigefinger hin und her. »*Pretty Woman.*«

Er lacht. »Tut mir leid«, sagt er.

»Ich hab's dir doch gesagt.« Sie gibt ihm einen leichten Klaps aufs Knie. Es ist die vorletzte der für sie bestimmten Fragen – nach den Kategorien Essen, Ort und Musik noch eine ziemlich direkte und leicht zu beantwortende. Sie haben verabredet, vollkommen ehrlich miteinander zu sein. Trotzdem ist es ihr ein bisschen peinlich, da sie ihre Antwort für reichlich klischeehaft hält.

»Ich find den Streifen auch klasse«, sagt er.

»Tust du nicht«, entgegnet sie.

»Und ob ich das tue!«, sagt er. »Los Angeles, Sonne satt, riesige Schulterpolster, reiche Schnösel beim Polo und mittendrin Richard Gere, der sich einen Scheiß für alles interessiert, außer für diese Prostituierte vom Rodeo Drive ... wie kann man das nicht toll finden?«

»Stimmt. Das volle Programm in einem Film«, sagt sie und lacht. »Okay, jetzt bin ich dran. Da wir schon mal beim Thema sind: Was ist dein Lieblingsfilm?«

Es ist purer Zufall, dass auch sie die Filmfrage auf dem Zettel hat, obgleich an anderer Stelle. Die bisher an ihn gerichteten Fragen waren etwas komplexer als seine eigenen. So musste er ihr schöne Kindheitserinnerungen beschreiben und erklären, wovor er am meisten Angst hat. Er überlegt kurz, ob sich darin stereotype Geschlechterrollen spiegeln: *Sie* fragt nach Emotionen und Gefühlen, *er* versucht sein Gegenüber mittels einer Liste kultureller Prüfsteine kennenzulernen.

»Hm. Das ist schwierig. Da gibt es nämlich einige bei mir«, sagt er. »Zu viel Zeit allein mit dem DVD-Player, weißt du. Hunderte Streifen, unter denen ich wählen muss. Hm ... am Ende läuft es wohl auf zwei Kandidaten hinaus.«

»Ich habe nach *einem* Film gefragt. Du musst dich entscheiden, Joseph«, sagt sie.

»Schon klar. *Der Pate von Greenwich Village*«, sagt er.

»Kenne ich nicht. Wer spielt da mit?«

»Mickey Rourke«, sagt er.

»Der Bösewicht aus *Iron Man 2*?«

»Ähm … weiß nicht. Möglich, dass er da auch mitgespielt hat. Ich hab *Iron Man 2* nicht gesehen«, gibt er zu. »*Der Pate von Greenwich Village* ist ein Kultfilm aus den frühen Achtzigern. Geht um zwei Cousins: Einer ist der tatkräftige Draufgänger, der andere ein Sack heiße Luft. Aber die beiden haben eine starke Verbindung zueinander, Familienbande und so.«

Sie nickt.

»Die Figur von Eric Roberts, also der Sack heiße Luft, sorgt dafür, dass sie jede Menge Ärger mit den Gangstern aus der Nachbarschaft bekommen, und Mickey Rourke muss sie da wieder rausboxen. Tolle Story und ein großartiger Film«, sagt Joseph. »Erinnert mich daran, was Bobby und ich früher so getrieben haben. Alles war ein riesiger Spaß für uns, dabei waren einige Sachen wirklich gefährlich.«

»Vermisst du ihn?«

Es ist die einfachste Frage der Welt, aber trotzdem, sie rüttelt ihn durch, wirft ihn aus der Bahn. Vielleicht hat es damit zu tun, dass es in den vergangenen Jahren niemanden gab, der sich dafür interessierte, niemanden, der ihn gut genug kannte, um danach zu fragen. Seit mehr als fünf Jahren ist sie die erste Person, mit der er über Bobby, Gary und Hettie spricht.

»Aye, tue ich. Ich vermisse ihn wirklich«, sagt er, als würde er sich an einem besonders schmerzlichen Jahrestag eines gefallenen Kameraden erinnern.

»Du solltest dich bei ihm melden«, sagt sie. Es scheint ihr wie die logischste Sache überhaupt. Für sie ist klar, dass es das ist, was er braucht und tun muss. Sie erkennt aber auch, dass er aus Angst vor einer weiteren Ablehnung nicht in der Lage ist, den ersten Schritt zu wagen. »Du kannst in deine Vergangenheit zurückkehren. Ich kann das nicht. Nichts würde ich lieber tun, als meine Freunde wiederzusehen … sogar meinen Vater«, sagt sie. Ihre Augen werden feucht. »Der Tod meiner Mutter hat auch ein Stück von ihm getötet. Er kam nicht mit dieser Wut in seinem Inneren klar, dieser Ungerechtigkeit, dass ihnen die gemeinsamen Jahre gestohlen wurden.«

Joseph legt einen Arm um ihre Schulter und zieht sie näher zu sich heran. Es erstaunt ihn, wie schnell diese Körperlichkeit, die sich anfangs noch so eigenartig und unbehaglich anfühlte, zu etwas ganz Normalem zwischen ihnen geworden ist.

Auch sie ist überrascht davon.

»Tut mir leid«, sagt er. »Das sollte nur ein kleines Spiel sein. Ich wollte keine alten Wunden aufreißen.«

»Schon okay. Eigentlich ist es gut, sich zu erinnern. Findest du nicht auch?«, sagt sie. »Über viele Jahre hinweg empfand ich nur Groll für ihn. Ich konnte nicht verstehen, warum er sich nicht für mich einsetzte … warum er meinen Schmerz nicht sah. Dabei konnte er gar nicht anders. Er wurde selbst von Schmerz zerfressen.« Sie trocknet sich die Augen und ringt sich ein Lächeln ab.

Megan sieht bezaubernd aus, wenn sie so lächelt. Er hat in seinem Leben zahllose Pillen und Kapseln gegen Depressionen und Angstzustände geschluckt. Selbst zusammengenommen reichen sie nicht annähernd an die Wirkung dieses strahlenden Lächelns heran.

»Okay, nächste Frage«, sagt sie fordernd und tippt mit einem Stift auf den Tisch.

»Wie sieht das Rezept für wahrhaftiges Glück aus?«, fragt er. Diesen Joker hat er sich ganz bewusst für den Schluss aufbewahrt.

»Bedingungslose Liebe«, antwortet sie wie aus der Pistole geschossen und blickt ihm dabei direkt in die Augen, ohne auch nur einmal zu blinzeln. Ihre Antwort strotzt nur so vor Überzeugung und wirkt doch, als würde sie Überwindung kosten. Sie lässt seinen Serotoninspiegel in die Höhe schießen. Wieder lächelt sie. Und er fragt sich, wie es Menschen geben kann, die ihr absichtlich Leid zufügen.

* * *

Megan nimmt Josephs Hand. Höhenangst war früher kein Thema für ihn. Sie hat sich erst nach seiner Behandlung eingestellt. Seine Angstgefühle können ihn überall einholen, in fast jeder beliebigen Situation. Im Grunde ist er überzeugt davon, dass allerorts Gefahren lauern, hinter jeder Ecke, ganz gleich wie irrational sich das für einen vernunftbegabten Menschen anhören mag. Dieser Zustand der permanenten Angst bedingte die Zwangspause von der Arbeit und führte zu der Erkenntnis – seitens seiner Partner zumindest –, dass Joseph den Anforderungen des Architektenalltags nicht mehr gewachsen war. Nicht mal ein Jahr ist es her, dass er einen Urlaub von unbestimmter Länge antrat. Und nun das: Obwohl er bisher Angst hatte, dass sein eigener Schatten sich gegen ihn wenden könnte, ist er jetzt hier, schreitet über die dicke Glasplatte, die als Boden der Aussichtsplattform im einhundertsten Stock des Shanghai World Financial Centre Tower dient. Joseph trägt den Kopf buchstäblich in den Wolken. Und alles nur, weil *sie* seine Hand hält.

Er bewundert dieses Gebäude sehr. Dank der modernen Unsitte, jedem außergewöhnlichen Bauwerk einen Spitznamen aufzudrücken, ist es auch als »der Flaschenöffner« bekannt. Im Souvenirladen werden derart viele Flaschenöffner angeboten, dass Megan naiverweise annahm, sie hätten den

Architekten als Inspiration gedient. Im Gegensatz zu anderen Wolkenkratzern ist das Design dieses Turms nicht sonderlich prunkvoll. Er ist schlank, einfach, elegant, zumindest im Vergleich zu seinem direkten Nachbarn, dem Jin Mao Tower mit seinen aggressiven Kanten, Spitzen und Ecken. Joseph muss lächeln, als er in diesem Zusammenhang kurz über die Unterschiede zwischen Megan und seiner Ex Lucinda nachdenkt.

Megan erzählt, dass ihr, obwohl sie schon eine ganze Weile in Shanghai wohne, noch nie der Gedanke gekommen sei, die Stadt zu erforschen oder sich von der Spitze eines ihrer bemerkenswerteren Gebäude einen Eindruck von ihren unverstellbaren Ausmaßen zu machen. Das sei ihr wie eine Sache vorgekommen, die nur Touristen tun. Andere Leute eben, normale Leute. Der Vorschlag, mit dem Express-Fahrstuhl zur Aussichtsplattform hochzufahren, war von ihr gekommen. Als Joseph sagte, er würde es nicht bis ganz nach oben schaffen, meinte sie, sie passe schon auf ihn auf.

Seine Knie sind wackelig. Sie spürt das Zittern in seiner Hand und greift sie fester. Sie schauen auf die markante Biegung des Huangpu hinaus, lassen den Blick über die vier Brücken links und rechts streifen, die die neuen, wohlhabenden Viertel der Pudong New Area, in denen sie den Tag über herumspaziert sind, mit den ärmeren Bezirken am Westufer verbinden, wo viele der vom Ostufer zwangsumgesiedelten Menschen jetzt leben. Es ist eine der bevölkerungsreichsten Gegenden in Shanghai. Paradoxerweise liegt der Grund dafür in der hohen Zahl von Einwanderern, die wie Megan Carter in die Stadt kamen, um in dieser pulsierenden und mächtigen Wirtschaftsmetropole zu arbeiten.

»Und? Wie sieht's mit Reue aus?« Ihre Frage überrascht ihn.

»Reue? Dass ich hier hochgekommen bin? Nein, das geht schon. Meine Beine sind zwar ein bisschen …«

»Nein, das meine ich nicht. Das ist die letzte von meinen fünf Fragen.« Sie ist noch nicht dazu gekommen, sie zu stellen. Nach ihrer Antwort auf seine letzte Frage hatte er sich nach vorn gebeugt, um sie zu küssen. Sie drehte jedoch im selben Moment den Kopf zur Seite, sodass seine Lippen auf ihrem Ohr landeten. Ein seltsamer Moment, in dem er sich wie ein Idiot fühlte. Schlechtes Timing, wie bei so vielen Dingen im Leben. Als er dann seinen Kopf wieder zurückzog, berührte sie zärtlich sein Gesicht, hielt es für einen Augenblick und gab ihm einen kurzen, sanften Kuss auf den Mund. Keiner von beiden wusste danach so recht, wie weiter. Es entstand eine lange Pause. *2014, das Jahr des Pferdes? Wohl kaum. Eher das Jahr des schottischen Volltrottels.* Sie waren beide unsicher, unbeholfen. Gleichzeitig standen sie von der Bank auf. Das Sushi, das sie mitgebracht hatte, blieb halb gegessen stehen. Es war nicht wirklich sein Ding. Früher hatte er mal rohe Fischstäbchen essen müssen, weil sein Dad zu betrunken gewesen war, um sie richtig zuzubereiten. Er grinste bei dem Gedanken, dass sein traditionell eingestellter, engstirniger Vater ihn jetzt sehen könnte.

Er atmet tief ein und lehnt sich nach vorn, stützt die Stirn am Glas ab und schaut in die Tiefe, die ganzen fünfhundert Meter hinunter bis zur Erde. Er schnappt nach Luft, sie nimmt seine Hand.

»Reue? Ich bereue alles … alles Mögliche«, sagt er. »Ich habe so viele Menschen enttäuscht, habe so vielen keine Aufmerksamkeit geschenkt. Stattdessen habe ich auf diejenigen gehört, die ich hätte ignorieren sollen, und habe diejenigen ignoriert, auf die ich hätte hören sollen. Es ist alles im Arsch.«

»Ach was. Noch ist es nicht zu spät. Du hast immer noch die Chance, die Sache wieder geradezubiegen«, sagt sie.

Und fast glaubt er ihr.

»Du hast es selbst gesagt ... eigentlich tun dir deine Partner einen Gefallen. Sie haben dir die Freiheit geschenkt, Joseph. Jetzt hast du Angst davor, was es mit dieser Freiheit auf sich hat. Und das ist vollkommen verständlich. Ich habe Vinnie und seine Gangster zum Teufel geschickt und diese Existenz für das hier eingetauscht ... weil ich *frei* von all dem sein wollte. Auch du kannst diese Freiheit nutzen, und vielleicht findest du ein bisschen Glück und ein bisschen *Sinn.*«

Ach ja, der Sinn ... dieser enge Verwandte der Funktion. Funktion ist für Architekten sehr wichtig. Wenn etwas keine Funktion hat, ist es im Grunde sinnlos, nicht zu gebrauchen. Reine Dekoration. Sogar die Form passt sich der Funktion an. Aber was ist mit ihm? Was ist sein Sinn, sein Daseinszweck, jetzt, da die Konstanten Arbeit und Beziehung verschwunden sind? Er möchte ihr glauben. Er möchte bei ihr bleiben. Er möchte jünger sein, damit diese Vorstellung, die Vorstellung von ihnen beiden, nicht mehr so verdammt lächerlich wirkt.

»Aber das ist doch keine Freiheit, Megan. Du lebst wie in einem Zeugenschutzprogramm, nur ohne den Zeugenschutz. Was ist denn das für ein Leben?«

»Immerhin ist es ein Leben, denn alles, was ich früher getan habe, war zu *überleben.* Wir wohnten in einer Gegend, in der jeder wusste, was Vinnie mir antat, aber niemand hat jemals etwas gesagt. Ich wusste, dass er nicht die Cops rufen würde ... weder wegen mir noch wegen dem Geld. Das war meine Chance, und ich habe sie ergriffen. Ich bereue nichts.«

Er dreht sich um und schaut sie an. Es ist das erste Mal in den vier Tagen, die sie miteinander verbracht haben, dass sie so überzeugt klingt.

»Aber du meintest doch, dass du nicht hierbleiben würdest. Also läufst du im Grunde wieder davon, oder? Wie lange willst du das noch machen, Megan?«

»Ich komm schon klar. Die Sache mit diesen Briten hätte jedem passieren können. Das hat mich überhaupt erst darauf gebracht, mal wieder über einen Ortswechsel nachzudenken. DoubleTree ist in dieser Hinsicht wirklich toll. Die mögen Leute wie mich ... Leute, die ungebunden sind und gern umziehen. Wenn dann so etwas passiert, ist eine Versetzung ziemlich problemlos.«

»Na ja, wenn du meinst. Ich könnte das jedenfalls nicht«, sagt er. »Aber ich sollte lieber die Klappe halten, denn ich habe ja selbst nicht die leiseste Ahnung, was ich jetzt anfangen soll.«

»Du musst dich mit Bobby treffen«, sagt sie. »Du musst einen Abschluss für dich finden.«

Er lacht, worauf sie ihn verdutzt ansieht.

»Sorry«, sagt er, »aber das ist eine dieser klassisch amerikanischen Floskeln, oder? *Abschluss finden.*«

»Machst du dich lustig?«

»Nein, ganz und gar nicht. Ich lenke nur ab. Das machen wir Schotten immer so. Wir sind armselige Bastarde, mürrisch und verdrießlich.«

»Nein, so bist du nicht.«

»Woher willst du das wissen? Wie viele Schotten hast du denn schon kennengelernt?«, sagt er.

»*Ach* ... eine ganze Menge«, sagt sie und lacht.

»Sicher doch. Jetzt machst *du* dich lustig, oder etwa nicht?« Er lacht ebenfalls.

»Mel Gibson, Scotty aus *Star Trek*, Mrs. Doubtfire … der Fiese Fettsack in den *Austin Powers*-Filmen. Ich bin praktisch mit Schotten aufgewachsen.« Sie legt die Arme um ihn und drückt ihn.

Auf einer glänzenden Metallplatte sieht er ihre Umarmung wie in einem Spiegel. Es kommt ihm irreal vor und fühlt sich an, als würde er ein fremdes Pärchen beobachten, als würde er Impulsen folgen, die er nicht wirklich versteht. Joseph hat Angst, was passieren wird, wenn er sie loslässt. Gleichzeitig ist da dieses Gefühl, dass sein gesamtes bisheriges Leben eine Vorbereitung auf den nächsten Moment war, auf das, was er jetzt sagen wird.

»Warum kommst du nicht einfach mit mir … zurück nach Schottland?«

KAPITEL 14

Oktober 2014. Ibiza, Spanien

Die melancholischen Klänge von Sébastien Telliers »La Ritournelle« erfüllen das Haus. Es ist ein ausladendes, vielschichtiges Stück, das musikalische Äquivalent zu einem lange reifenden Whisky. Eine akustische Kuscheldecke. Bobby lässt den Song auf Repeat laufen, zum x-ten Mal rollt er aus den Sonos-Lautsprechern. Die Fenster sind weit geöffnet. Eine frische Brise weht durch die Villa, erkundet das Innere des Gebäudes, streift durch Räume und Flure. Es sieht ganz danach aus, als würde Bobby gerade eine Metamorphose der Kategorie »David Essex in *Stardust*« durchlaufen. Kein gutes Zeichen. Noch kann Hammy die Stimmungsschwankungen seines Freundes an der Art der musikalischen Untermalung ausmachen. Angesichts der Songauswahl der letzten paar Tage ist Bobby nur einen nostalgischen Trip von einer umfassenden Leonard-Cohen-Retrospektive entfernt.

»Scheiße, Mann, ist das frisch hier!«, sagt Hammy, als die Tür zu seinem Zimmer zuknallt. »Aber bei dem elenden Gestank in der Bude war's eh höchste Zeit zum Lüften.« Hammy denkt kurz darüber nach, ob Bobby am Abend zuvor noch ins Bett gegangen oder einfach an Ort und Stelle hocken geblieben ist, um weiter *Laurel und Hardy*-DVDs ohne Ton zu schauen.

»Willst du dir nicht mal neue Klamotten anziehen?«, fragt Hammy.

»Wozu?«, erwidert Bobby.

Auf dem Glastisch steht inmitten der Überreste des letzten Abends, hauptsächlich leere Bierflaschen und Chipstüten – eine halbvolle Schale mit Frühstücksflocken. Hammy schwant, dass Bobby davon ausgeht, er würde die Müllhalde beseitigen. Immerhin isst er noch. Das ist doch was.

»Jetzt zieh die versiffte Drecksbuxe aus, du Stinktier«, sagt Hammy und lacht. »Ich hol eben die große Zange, dann können wir das keimige Ungetüm in die Waschmaschine hebeln und per Kochwäsche desinfizieren. Hat sich bestimmt schon einiges eingenistet in dem Teil.«

»Die Unterhose ist noch in Ordnung. Ich zieh sie nicht aus.«

»Was soll der Scheiß, Bobby? Ich bin nicht hier, um dein Kindermädchen zu spielen. Also reiß dich gefälligst mal ein bisschen am Schlüpfer, und lass dich nicht so gehen, du alter Kacklappen!«

»Lass mich zufrieden«, antwortet Bobby.

»Schau dich doch nur mal an!«, schimpft Hammy. »Du siehst aus wie Catweazle bei einem Hugh-Hefner-Lookalike-Contest.«

Bobby weiß, dass er aufgegangen ist. Er liegt mindestens fünfzehn Kilogramm über seinem Normalgewicht. Die vielen Bodenspiegel in der Villa lügen nicht. Sein stetig dünner werdendes Haupthaar ist grau, der letzte Friseurbesuch schon Monate her. Durch die Bartstoppeln sieht die Kinnpartie so rau wie die Oberfläche des Mondes aus. Seit sechs Tagen trägt er ein und dieselben Klamotten: eine Unterhose und einen seidig-glänzenden Morgenmantel. Wie alles, was Bobby im Schrank hat, war beides mal weiß.

»Howard Hughes? Was soll das, Mann? Hast du mir was mitzuteilen?«

Bobbys Gesichtsausdruck wird noch etwas leerer.

»Fuck! Jetzt sag mir bitte nicht, dass du wieder mit dem Zocken angefangen hast!«

Bobby holt ein paarmal tief Luft und schüttelt langsam den Kopf.

»Dann bist du krank, oder was?«, fragt Hammy, obwohl er ziemlich sicher ist, dass er bemerkt hätte, wenn Bobby etwas Ernsteres als eine allgemeine Malaise plagen würde.

Bobby hat lange mit sich gerungen, ob er sagen soll, was er gleich sagen wird. Er weiß nicht, welche Konsequenzen der Inhalt seiner Offenbarung für sie beide haben wird. Er seufzt und steht auf.

Spätestens jetzt ist Hammy ernsthaft besorgt.

»Laurence hat uns für 2015 gecancelt. Der Streit mit der Fotze von Rough Guide letzten Monat hat das Fass zum Überlaufen gebracht. Ich bin erledigt.« Bobby setzt sich wieder. Das Gewicht der Worte scheint zu groß, um es stehend tragen zu können.

»Na und?«, sagt ein erleichterter Hammy. »Kein Weltuntergang, Mann. Wir kriegen schon einen anderen Gig. Irgendwas, was näher an San Antonio dran ist als dieser verwichste Hippiemarkt da draußen.«

»Vergiss es, Hammy. Ich bin am Arsch. Erledigt«, sagt Bobby. »Ich check den Vibe der Insel nicht mehr. Ich bin Schnee von gestern.«

Hammy schaut auf seine Armbanduhr. Eigentlich hat er keine Zeit für lange Plaudereien. Esta wartet auf ihn, mit einer »beeg, beeg sooprise«. Er rollt seinen quietschenden Stuhl zu Bobby, der wie ein gefallener Cäsar auf der weißen

Chaiselongue liegt. Es mögen nur ein paar Sätze gewesen sein, aber Tatsache ist, dass Bobby seit Tagen nicht mehr so viel am Stück gesprochen hat. Hammy ist klar, dass seine Rolle nun lediglich darin besteht, zuzuhören und seinem Schützling gut zuzureden. Wieder einmal.

»Ich glaub, ich will nach Hause, Hammy. Ist mir ernst dieses Mal. Unsere Zeit hier ist abgelaufen.«

So etwas hat er noch nie gesagt. Hammy ist etwas überrascht davon, wie selbstverständlich Bobby von »unserer Zeit« redet. Was ihn betrifft, ist diese Insel nämlich ihr Zuhause.

»Fühl mich schon seit Neujahr absolut scheiße. Und ich hab keine Ahnung, was ich hier überhaupt noch soll.«

Hammy weiß von diesen Gefühlen seines Freundes, hat sie aber bislang als Folge von Bobbys fünfzigstem Geburtstag und der schmerzhaften Arthrose in dessen Gelenken abgetan.

»Ich hab nachgedacht, Hammy. Über Hettie und Gary und sogar über Joey, den Arsch. Ich will sie alle wiedersehen.«

Hammy hat für einen Moment das Gefühl, Bobby hätte nicht nur die Beweglichkeit seiner Finger eingebüßt, sondern auch den Verstand verloren.

Dann korrigiert er sich: »Na ja, ein Wiedersehen mit Gary fällt natürlich aus, aber du weißt doch, was ich meine, oder?«

»Pass auf, Bobby ... ich versteh das. Du bist fünfzig, du fühlst dich beschissen und brauchst dringend mal wieder einen richtig guten Fick. Für Letzteres gibt's glücklicherweise 'ne einfache Lösung. So wie du momentan aussiehst, müssten wir dafür allerdings erst mal die verkeimteste Hafennutte der ganzen Insel ausfindig machen.« Seine Worte sind nicht gerade das Ergebnis einer detaillierten Psychoanalyse, aber Hammy geht davon aus, dass sie die Lage ganz gut zusammenfassen. »In Schottland gibt's absolut nichts für uns. Scheiße, Mann, die haben uns doch nicht mal wählen lassen, ob wir die Unabhängigkeit wollen! Und jetzt überleg mal bitte, wie heftig dich *das* schon angepisst hat.« Hammy seufzt. Das Gespräch läuft nicht so wie erhofft. Eigentlich will er nur noch weg. Er will in den üppigen Busen von Esta Soler eintauchen, will in dieser zügellosen Señora versinken. Er will sich wieder spüren und gut fühlen, so wie er es immer in ihren Armen tut. »Ich hab keine Ahnung, was das bringen soll, wieder nach Hause zu gehen ... ehrlich jetzt! Was soll das überhaupt noch für uns sein, zu Hause? Ich meine, Hettie wird sich eh nicht mit dir treffen. Und das weißt du auch. Und was Joey Miller angeht ... weißt du denn, wo der steckt?« Hammy sieht, wie Bobby kaum wahrnehmbar den Kopf schüttelt. »Und überhaupt, was soll *ich* eigentlich im bekackten Schottland machen, hä? Schau mich doch nur mal an! Is ja nicht so, als hätte dieser hinterfotzige Cameron-Bastard in die Jahre gekommenen Krüppeln wie mir ein kuscheliges Nest auf der Insel gebaut.«

Sein Freund hat sich stark verändert, aber nicht erst seit diesem Jahr. Er versucht den Gedanken zu verdrängen, aber Fakt ist, dass Bobbys Talfahrt an dem Tag begann, an dem ein betrunkener Autofahrer Hammy niedergemäht und seine Beine für immer unbrauchbar gemacht hat.

Das ist jetzt fast zehn Jahre her. Paradoxerweise haben der Unfall und seine Folgen ihn in gewisser Weise befreit. Bobby hingegen sitzt seither in einer Art Kerker. Hammy weiß, dass Bobby sich verantwortlich fühlt und dass ihn seither Selbstvorwürfe und Reuegefühle plagen, die sich auch noch verbündet zu haben scheinen und ihn von innen her aufzufressen drohen.

»Ich muss los, Kumpel. Physiotherapie und so … die Gelenke schmerzen wieder, weißt ja«, sagt Hammy und kneift demonstrativ das Gesicht zusammen, was Bobby noch nicht einmal mitbekommt. »Pass auf, wir setzen uns später hin und reden noch mal drüber, okay? Ich werd auch mal mit Laurie quatschen und zusehen, dass wir einen neuen Deal aushandeln. Du ziehst immer noch ’ne Menge Leute, Bob. Du bist schließlich MC *fuckin’* Bobcat, Alter! Du hast diese Insel zu dem gemacht, was sie ist!«

»Aye … das war vielleicht mal«, sagt Bobby betrübt. »Damals.«

Hammy macht sich auf den Weg, ohne dass einer der beiden noch etwas sagt. Er ist einigermaßen zufrieden mit der Situation, zufrieden, dass Bobby nur stumpf rumsitzen und Wiederholungen von irgendwelchen uralten Schwarz-Weiß-Serien anschauen wird, anstatt sich vom Dach der Villa in die Tiefe zu stürzen.

* * *

Esta Soler gehört zu den *Naranjas de Sangre*, einer kleinen Gruppe wohlhabender Frauen im besten Alter, die sich regelmäßig treffen, um Poker zu spielen, Zigarren zu rauchen und die Details ihrer jeweiligen außerehelichen Sexabenteuer auszutauschen. Es ist eine geschlossene Gemeinschaft, die ähnlich viele geheime Codes und Regeln hat wie der Orden, mit dem sie die orangene Farbe teilt. Weiter reichen die Gemeinsamkeiten beider Organisationen allerdings nicht, denn Esters Blutorangen haben nur ein Ziel: sexuelle Befriedigung. Hammy hat sich oft gefragt, wie eine kleine Gruppe von notorisch redseligen Inselkatholikinnen Stillschweigen über diese

Dinge bewahren kann. Wie es aussieht, haben nicht nur die Priester der Insel ein Beichtgeheimnis abgelegt. Auch über die Ehemänner der Damen hat er nachgedacht: Waren sie vielleicht allesamt derart verdorben, dass sie von dem Treiben ihrer Ehefrauen nicht nur wussten, sondern ihre Partnerinnen als willige Voyeure aktiv dazu ermutigten? Das Risiko, entdeckt zu werden, scheint für die temperamentvollen Damen jedenfalls Teil des Spiels zu sein. In seiner gegenwärtigen Form zählt der Blutorangen-Orden fünfzehn Mitglieder. Esta ist Organisatorin und Leiterin in Personalunion und befindet sich in der Mitte ihrer dreijährigen Amtszeit. Ihr obliegt es, die Herausforderungen für die Señoras zu bestimmen und ihnen dafür sorgsam ausgewählte Partner zuzuweisen – ganz so, als wären sie alle nur Mitglieder eines harmlosen Hausfrauenzirkels, die ihr monotones Vorstadtleben dadurch aufpeppen, dass sie regelmäßig Kuchenrezepte ausprobieren. Bei den von Esta vergebenen Aufträgen handelt es sich jedoch um von Mal zu Mal waghalsigere Sexabenteuer, über die die Frauen anschließend in den gemeinsamen Runden berichten wie die Teilnehmerinnen einer wissenschaftlichen Studie über das menschliche Sexualverhalten.

Esta und Hamish lernten sich zwei Jahre nach dem Unfall, also im November 2008, im schmucklosen Rehazentrum eines Krankenhauses in Alicante kennen. Bobbys Nachbar, ein deutscher Chirurg, hatte Hammy direkt nach der Tragödie am Unfallort aufgelesen, auf seinen Pick-up geladen und in die kleine Klinik von Ibiza-Stadt gefahren. Es war derselbe Nachbar, der drei Wochen zuvor das Haus neben Bobbys Villa als Ferienwohnsitz gekauft hatte und kurz nach seinem Einzug fast von Hammy mit einem nahezu makellosen Drive, ausgeführt mit einem 5er Eisen vom Dach der Villa, niedergestreckt worden wäre – derselbe Nachbar, dem nur ein laut vom Dach heruntergeschrienes »FORE!« das Leben gerettet hatte. In der Notaufnahme von Ibiza-Stadt ließ der diensthabende Arzt Hammy sofort nach Alicante fliegen, in ein Spezialkrankenhaus.

In der Folge verbrachte Hammy viel Zeit in ebenjenem Krankenhaus auf dem spanischen Festland und unterzog sich insgesamt dreiundzwanzig verschiedenen Operationen, mit denen die spanischen Chirurgen versuchten, die komplexen Schäden der Mehrfachfrakturen in Hammys rechtem Schien- und Wadenbein zu beheben. Eine Wundinfektion, ausgelöst durch im Krankenhaus grassierende MRSA-Bakterien, verkomplizierte den Heilungsprozess und sorgte für zusätzliche Gewebe- und Muskelschäden im rechten Bein. Ohne diese Komplikation hätte Hammy nach einer intensiven Rehabilitationsphase wahrscheinlich irgendwann wieder laufen können, aber so ... Neben seinen Eltern flogen auch andere Mitglieder seiner großen Familie wiederholt nach Alicante, um ihn im Krankenhaus zu besuchen. Auf diese Weise erhielten zerrüttet geglaubte Beziehungen eine zweite Chance, obwohl Hammy seinen Besuchern unmissverständlich klarmachte, dass er nicht vorhatte, nach Schottland zurückzukehren. Als Bobby für die schwindelerregend hohen Arztrechnungen aufkam, war das für Hammy nur ein Grund mehr, nicht mal in Erwägung zu ziehen, der weißen Insel den Rücken zu kehren.

»Eso me duele incluso a mi«, sagte Esta bei ihrer ersten Begegnung mit Hammy, nachdem sie eine Zeit lang den komplexen Narbenteppich auf dem nackten Unterschenkel ihres Gegenübers angestarrt hatte. Knieabwärts sah Hammys Bein aus wie ein Brett für das *Lustige Leiterspiel*.

»Ähm … tut mir leid, aber ich nix Spanisch«, antwortete Hammy lächelnd. Und dann: »Mit Englisch sieht's auch nicht viel besser aus, aber lassen wir das.«

Esta erwiderte sein Lächeln. »Ähm … dein Bein, tut weh, oder?«

»Aye. Tut scheiße weh. Schlimmster Schmerz aller Zeiten! Und dabei hat mich sogar mal ein ganz und gar nicht ungefährlicher Elektroschock niedergestreckt!«

Esta sah verwirrt aus, als würde sie darauf warten, dass spanische Untertitel auf Hammys Brust erschienen.

»Sorry«, sagte er, als ihm dämmerte, dass er viel zu schnell gesprochen hatte. »Schlimmster. Schmerz. Aller. Zeiten.«

Esta runzelte leicht die Stirn. Hammy befürchtete, sie verärgert zu haben, aber in Wirklichkeit brachte sie nur ihr Mitgefühl zum Ausdruck.

»Was ist mit dir?«, sagte Hammy und zeigte auf die Stelle, wo eigentlich ihr linker Unterschenkel sein sollte.

»Ähm … Infektion. Ganz schlimm!«, sagte sie langsam. »Bein musste ab.«

Hammy seufzte, Esta zuckte mit den Schultern. Wie es aussah, hatten sich da zwei Stehaufmännchen in einem Rehazentrum getroffen. Er war zu seiner ersten und, wie sich später herausstellte, auch letzten Physiotherapiesitzung gekommen, sie zum Anpassen einer neuen Prothese. Obwohl es in puncto Kommunikation einen großen Graben zu überwinden galt, unterhielten sich die beiden angeregt während des gemeinsamen Mittagessens – unter anderem auch über die historischen Ereignisse auf der anderen Seite des Atlantiks, wo Barack Obama zuvor als Gewinner der Präsidentschaftswahlen bekannt gegeben worden war. Als sich herausstellte, dass beide am selben Abend noch mit demselben Flug auf die weiße Insel zurückkehren würden, war die Überraschung groß. Auf Estas Anraten hin begann Hammy in Ibiza-Stadt mit Physiotherapiekursen, und zwar in jener Klinik, in der Esta ehrenamtliche Arbeit leistete. Nachdem sie ihn dort ein Jahr lang betreut hatte, weitete Esta das Kursangebot eigenmächtig aus und setzte Sexualtherapie aufs Programm. Hammy wusste um das tief in seinem Inneren verwurzelte Bedürfnis nach weiblicher Dominanz. Er hatte diese Neigung schon früher einmal an sich entdeckt, damals, bevor er Kilmarnock vor mehr als dreißig Jahren verlassen hatte. Auch wenn er sich selbst nie als Muttersöhnchen gesehen hatte, dämmerte ihm nun, dass er, dessen Vater nur selten zu Hause gewesen war, vielleicht doch eins sein könnte. Mit Bobby konnte er derartige Angelegenheiten nicht besprechen, da er Spott und Häme fürchten musste. Aber als Esta ihn in die Geheimnisse und Praktiken des Blutorangen-Ordens einführte, fand sie in Hammy einen außerordentlich eifrigen und willigen Schüler.

»Wo bist du gewesen?« Sie ist ein wenig verärgert.

»Ach, war wieder was mit Bobby. Er ist gerade ein bisschen …« Hammy führt mit dem Zeigefinger eine kreisende Bewegung an seiner Schläfe aus, reißt die Augen auf und lässt seine Pupillen in unterschiedliche Richtungen wandern.

»*¿Loco?*«, sagt Esta.

»Aye«, sagt Hammy lachend. »Fucking loco. Das trifft's perfekt.«

»Wir müssen machen schnell«, sagt Esta. Und Hammy weiß, dass er jetzt besser nicht widerspricht.

Nachdem er Estas schriftlichen Anweisungen folgend immer die PM-812 hochgefahren war, hatte er schließlich den vereinbarten Treffpunkt etwa vierzig Autominuten nördlich von Can Germa erreicht. Es ist ein entlegenes Gehöft, nicht weit entfernt von Sant Joan de Labritja. Hammy hat schon viel von der Insel gesehen, aber in dieser Gegend war er noch nie. Die Ordensdamen aus dem Süden der Insel nutzen diese Location im Norden für ihre Aktivitäten, dafür haben die Señoras aus dem Norden Treffpunkte im Süden. In letzter Zeit haben sich Esta und Hammy auch öfter in einer kleinen Bar in der Nähe von Bobbys Villa getroffen, um ihre nächsten Schäferstündchen zu planen. Esta hat bereits über eine Stunde am Treffpunkt gewartet, sodass Hammy ihren Anweisungen noch eifriger und williger folgt als sonst.

»In Hinterzimmer«, sagt sie und zeigt auf eine geschlossene Tür im rückwärtigen Teil des Gebäudes, vor dem sie stehen. Es ist ein Wellblechbau, der bis vor Kurzem noch als Stall für eine beachtliche Menge Nutzvieh diente.

Hammy überlegt kurz, was wohl mit dem Viehzeug und dessen Besitzer ist. Der Boden ist mit Dung bedeckt. Es sieht ganz danach aus, als würde sein Rollstuhl später eine Komplettreinigung benötigen. Er wahrscheinlich ebenso. In seiner Magengegend macht sich ein Gefühl angespannter Erwartung breit. Esta hat akzeptiert, dass Hammy nichts tun will, was ihm Schmerzen verursachen könnte – das ist nicht die Art Dominanz, nach der er sich sehnt. Aber als er sich der geschlossenen Tür nähert, ahnt er, dass bei ihrem heutigen Date eine wie auch immer geartete mechanische Vorrichtung eine Rolle spielen wird. Bei einem früheren Stelldichein war das Teleskoprohr eines Industriestaubsaugers zum Einsatz gekommen. Hammy hatte auf ein Safeword bestanden und sich für »Heatwave« entschieden. Während er jetzt auf die Tür vor ihm starrt und überlegt, was sich wohl auf der anderen Seite, in seinem potenziellen Zimmer 101, befindet, hofft er inständig, dass Esta sich das Wort gemerkt hat. Sein

Schwanz ist hart wie ein Brecheisen – allerdings nicht von der Vorstellung, gleich auf einen Mähdrescher oder ein anderes landwirtschaftliches Gerät geschnallt zu werden, sondern von dem Viagra, das er Estas Instruktionen folgend eingenommen hat. Die blauen Pillen, und nicht etwa die Angst vor Estas Rüge, waren auch der Grund für seinen hastigen Aufbruch aus der Villa. Hammy wollte nicht riskieren, dass Bobby, der sich ganz offensichtlich in der Frühphase eines Totalzusammenbruchs befindet, die sich in seiner Hose entwickelnde Prachtlatte entdeckte. Dafür eine plausible Erklärung zu finden wäre ihm reichlich schwergefallen. Und so hatte Hammy das Gespräch abgewürgt und sich zackig auf den Weg gemacht, während sein Schwanz sich dem Himmel entgegenzustrecken begann wie ein über das Ventil einer Heliumflasche gestülpter Raketenluftballon.

Das Hinterzimmer ist warm, aufgeheizt von der Sonne, die den ganzen Tag schon auf das Blechdach herunterknallt. Bis auf den Apparat in seiner Mitte ist der Raum relativ unscheinbar. Hammy hat keine Ahnung, wofür das Gerät normalerweise verwendet wird. Möglicherweise ist es eine Art Ballenpresse, aber auch das ist nur geraten.

»Das Bett ist für mich. Für dich die Gurte«, sagt Esta bestimmt.

Hammy schaut zur Decke hoch, von der zwei dicht nebeneinander hängende Seile herunterbaumeln. An ihren Enden befindet sich eine Art Sitz mit Geschirr, der die Konstruktion wie eine Schaukel aussehen lässt. Das »Bett« sieht aus wie eine bizarre Bahre, auf der man zum Tode verurteilten Schwerverbrechern die Giftspritze verabreicht. Hammy ist erleichtert, dass es nicht für ihn bestimmt ist. Vorsichtig hilft Esta ihm aus den Klamotten, bis er vollkommen nackt ist, und dann auf die Schaukel. Die Seile sind elastisch, sodass er auf und nieder wippt, während sie sich entkleidet. Dann lässt sie die Beine dieser modernen Streckbank auseinanderfahren, und Hammy dämmert, was sie vorhat. Auf der Schaukel sitzend, wird er von hinten in sie eindringen, während sie per Fernbedienung die Pritsche und damit ihre Vagina in die optimale Position manövrieren kann. Hammy findet es rührend, dass sich Esta ganz offensichtlich einige Gedanken gemacht hat, wie er sie von hinten *und* »im Stehen« vögeln kann. Seine dürren Beine sind komplett nutzlos und verfügen nicht annähernd über genug Muskeln, um ihn zu stützen. Sein Oberkörper hingegen ist größer und stärker als jemals zuvor. Die Proportionen stimmen nicht. Im Grunde sieht sein Körper aus wie der eines von Kinderhand gemalten Superhelden.

Esta nimmt ihre Prothese ab und kriecht auf die zweigeteilte Pritsche. Per Knopfdruck lässt sie die Hälften weiter auseinanderfahren, sodass sich auch ihre Beine spreizen. Mit einem weiteren Knopf der Fernbedienung fährt sie dann ihren prachtvollen Hintern in die Höhe.

»Okay, Hamma ... jetzt schieb rein«, brummt sie.

Hammy greift seinen pulsierenden Schwanz mit einer Hand und benutzt die andere, um die schaukelnde Gurte weiter nach vorn zu bewegen. Seine Füße berühren den Betonfußboden, sind aber maximal als Gegengewicht zu seinem Oberkörper zu gebrauchen. Langsam nähert er sich ihrem Hintern und gleitet in sie hinein. Mit den Händen greift er ihre Pobacken, zum einen, um sich abzustützen, zum anderen, um Schwung für die Stöße holen zu können.

»Mmm ... aaaaahhhhh«, stöhnt Esta. »Fester, Hamma ... und schneller!«

Jahrelang hat er davon geträumt, noch einmal Sex im Stehen zu haben, aber nicht mehr daran geglaubt, dass der Wunsch in Erfüllung gehen könnte. *Dieses verfickte Viagra ist echt unglaublich, Mann! Die Erfindung des beschissenen Jahrhunderts*, fährt es Hammy durch den Kopf, während er nach und nach seinen Rhythmus findet.

Esta beginnt ihm im Takt seiner Stöße ihren Hintern entgegenzudrücken. *Der Wahnsinn, diese Frau!* Kein Zweifel. Sie sind füreinander bestimmt.

Obwohl Hammy weiterhin Schwierigkeiten hat, auf seiner Schaukel gleichmäßig vor und zurück zu schwingen, und eigentlich auch keinen richtigen Halt findet, wächst sein Selbstbewusstsein. Er will seinen Riemen aus Esta herausziehen, um sich nach hinten abzustoßen und auf dem Rückweg mit dem ganzen Schwung der Schaukelbewegung wieder in sie einzudringen, als wäre er ein Trapezkünstler vom Schlag der Flying Wallendas. Sie stöhnt laut, als sein Schwanz aus ihr herausflutscht und Hammy sich von ihrem schwitzenden, gen Himmel gereckten Hinterteil wegdrückt. Er kichert, als er bei diesem Anblick an Billy Connollys besten Witz denken muss. Zu spät wird ihm bewusst, dass er sich zu stark abgestoßen hat und die Schaukel zu weit nach hinten zurückschwingt. Dummerweise rollt im selben Moment auch noch die Pritsche, deren kleine Räder Hammy erst jetzt bemerkt, leicht nach vorn. Dann baumeln auch schon seine spindeldürren Füße in der Luft, und er verliert das Gleichgewicht. Mit einer ruckartigen Bewegung kippt er vornüber und sieht dabei aus wie der Star eines ganz und gar nicht jugendfreien Marionettentheaters, der von einem total besoffenen Puppenspieler bewegt wird. Im nächsten Moment befindet sich Hammys Hinterkopf an der Stelle, die kurz zuvor noch sein

Schwanz besetzt hat, während seine kraftlosen Beine durch die Luft wirbeln und ihm das Blut aus dem Körper in den Schädel schießt.

»*Dios mio ... ¿Qué ha pasado? ¿Estás bien?*« Als Esta sich aus ihrer Position hochhievt, dreht sich der nun kopfüber in seiner Schaukel hängende Hammy wild im Kreis.

»Heatwave, Heatwave. HEATWAVE!«, ruft er.

Esta sieht, dass Hammys Schwanz immer noch knüppelhart ist. Sie lehnt sich nach vorn, greift mit einer Hand eins der Schaukelseile und holt ihm mit der anderen einen runter. Anschließend befreit sie ihn aus dem Schaukelgeschirr.

»Du bist echt ein Wahnsinnweib«, presst Hammy erschöpft hervor. Wie die Sandkörner einer umgedrehten Eieruhr läuft nun das Blut aus seinem Kopf wieder nach unten in seinen Körper. Die Schweißbäche auf seiner Haut strömen in dieselbe Richtung. Beide beginnen laut zu lachen, bis ihnen die Tränen in den Augen stehen. Er will nie wieder weg von hier, will nie wieder Esta und die Lebensenergie spendenden Abenteuer ihrer verbotenen Beziehung missen.

KAPITEL 15

Oktober 2014

Bobby Cassidy sitzt vor dem Fernseher und sieht sich selbst auf der Mattscheibe. Tränen rollen über sein pockennarbiges Gesicht. Einige werden an der Erhebung in Wangenhöhe langsamer, als wären sie Mitglieder eines Staffellaufteams und würden auf die Stabübergabe durch den Vorläufer warten, um dann weiter Richtung Kinn zu sprinten. Dort angekommen, tropfen ein paar der dickeren Tränen hinunter und erzeugen kleine Wellenkreise in dem vor ihm stehenden Whiskyglas. Er weiß nicht mehr, wie viele er schon hatte. Die Doku, die gerade läuft, ruft starke Erinnerungen an frühere – und viel glücklichere – Zeiten wach. Er hält die DVD-Hülle in der Hand. Der Film heißt *The Rise & Fall of The Miraculous Vespas* und erzählt eine ganz und gar außergewöhnliche Story – eine Story mit einem Postskriptum, in dem Bobby eine Schlüsselrolle spielte. Anfänglich hatte er nicht in der Doku auftreten wollen, irgendwann ließ er sich dann aber doch zu einem Interview überreden. Ein Gefallen für einen alten Weggefährten: Max Mojo hatte sich in den Kopf gesetzt, die Combo aus Anlass ihres dreißigsten Jahrestages mithilfe eines Jubiläumspakets und einer Doku wieder ins Gespräch zu bringen. Jetzt schaut sich Bobby einen Ausschnitt aus dem Interview an, das er

Max vor ein paar Monaten gegeben hat und an das er sich so gut wie nicht mehr erinnert. Die in den Neunzigern veröffentlichte LP der Vespas erreichte einen nahezu legendären Status und wurde von Größen wie Noel Gallagher und Alex Turner als maßgeblicher Einfluss für das musikalische Schaffen ihrer eigenen Bands bezeichnet. In der Doku rahmen die Interviewparts dieser Rocktitanen das Gespräch mit Bobby ein – dem vormals als MC Bobcat bekannten DJ aus Ibiza, der mit seinem Remix der Vespas-Single dafür sorgte, dass der Name der Band und die Musik ihrer zurückgezogen lebenden Mitglieder wieder in aller Munde waren.

Bobby hebt das Glas und spricht einen Toast. »Here's tae us, wha's like us, damn few … an' they're aw deid.« Er trinkt und fügt dann hinzu: »*Aw deid.* Alle tot. Fühlt sich jedenfalls so an.«

* * *

Joseph Miller packt den größeren seiner zwei silberfarbenen Hartschalenkoffer. Er kramt nach seinem Pass und findet ihn unter dem Bett. Er blättert ihn hastig durch, sucht nach dem Datum seines Einreisestempels, als würde er hoffen, er hätte sich bei der Dauer seines Visums verrechnet. Vielleicht könnte er ja doch noch einen Tag länger bleiben. Die Kosten eines gecancelten Fluges wären ihm diese Verlängerung allemal wert. So schwer es Joseph auch fällt, er muss sich eingestehen, dass Carlos Martorell recht behalten hat: Die Höhe der Abfindung, die Felix Masson ihm im Namen seiner neuen Partner anbot, war sehr fair, ja, geradezu großzügig. Genau wie Megan hat auch Joseph jetzt mehr als genug Geld, um sich das komfortable Leben zu leisten, das er sich immer erträumt hat. Das Dumme ist nur, dass er nicht mehr weiß, was dieses Leben eigentlich ausmacht. Ihr Lebensstil ist spartanisch, der zur Seite geschaffte Betrag nicht viel mehr als ein Notfallpolster. Seine finanziellen Mittel hingegen erlauben ihm jetzt ein Maß an Freiheit, das er nicht so recht zu nutzen weiß und das er mit niemandem teilen kann. Ein bitteres Paradoxon.

* * *

»Scheiße, Bob! Mann, wach auf!« Hammy versucht seinen Freund aufzuwecken. Eine unmittelbare Gefahr, dass er an Erbrochenem ersticken könnte, besteht zwar nicht. Aber die Art und Weise, wie er da so auf dem Sofa liegt – der Kopf baumelt im etwa gleichen Winkel von der Kante herunter, in dem Hammy neulich an der Decke eines Wellblechstalls schaukelte –, sieht nicht besonders gesund aus.

»Mensch, Junge, du kommst ja gar nicht mehr klar. Schau doch nur mal, wie du dich gehen lässt.« Hammy hebt Bobbys Kopf an. An der verschwitzten Hinterseite stehen die struppigen Haare im rechten Winkel vom Schädel ab. »Mein lieber Scholli! Du hast dir jetzt aber nicht die ganze Pulle Johnnie Walker reingezogen, während ich weg war, oder?«

»Ähm ... kein Ahnung. W'spät is?«, lallt Bobby. Speichel läuft ihm aus dem Mundwinkel.

Hammy wischt ihm das Gesicht trocken.

»Was fürn Tag is heute?«

Hammy lacht. »Mittwoch, du Knalltüte.«

Bobby schüttelt den Kopf. Dann hält er mit beiden Händen seinen Schädel. »Wo warste überhaupt?« Die Frage klingt, als würde er sich nicht wirklich für eine Antwort interessieren.

»Draußen. Bisschen rumfahren und so.« Hammy weiß, dass er mit ausweichenden Antworten wie diesen durchkommt.

Seit Monaten schon suhlt sich Bobby in einem Pfuhl von Selbstmitleid, der so tief ist, dass es ihn nicht die Bohne interessiert, was an der Oberfläche vor sich geht. Hammy ist einerseits erleichtert über diese Tatsache, aber seinen Freund jetzt in einer derart schlechten Verfassung zu sehen, macht ihn traurig. Am Morgen hat er Laurence Revlon bei Revolution angerufen. Hammy hat keine hohe Meinung von Laurence. Er hält ihn für ein arrogantes Arschloch, das nichts von der Klasse oder dem Weitblick seiner Mutter hat. Sie mag knallhart sein, aber sie ist stets fair. Laurence hingegen braucht nur den Mund aufzumachen, und Hammy krempeln sich die Zehennägel nach oben: die glasklare Aussprache der Elite-Internat-Bubis war ihm schon immer zuwider. Allzu oft muss er sich bei Gesprächen mit Laurence auf die Zunge beißen, da er den Fünfundzwanzigjährigen andernfalls in einer Tour anranzen würde, sich anderen Menschen gegenüber gefälligst nicht wie ein Vollwichser aufzuführen. *Als Reis-mit-Scheiß-Fresser aus einer nigerianischen Bretterbudensiedlung hältst du vielleicht besser den Ball flach, Kleiner, sonst überlegt sich's Mami irgendwann doch noch mal anders und schickt dich zurück nach Shanty-Town.* Hammy musste die Zähne aufeinanderpressen, als Laurence ihm am Morgen sagte, Bobby sei erledigt. Und er schwieg auch, als Laurence ihm beschrieb, wie der betrunkene DJ bei seinem letzten Set im Las Dalias Ärger machte, weil ein junger Mann ihn beim Auflegen hinter den Decks fotografieren wollte. Dieser junge Mann sei ein Redakteur des Rough-Guide-Reiseführers gewesen, so Laurence, der mit ausdrücklicher Erlaubnis der Clubbesitzer die weniger bekannten Locations des Revolution-Imperiums ablichten und in seine Reiseempfehlungen aufnehmen wollte. Als Laurence auf den eigentlichen Höhepunkt der Geschichte zusteuerte, glaubte er eine Art

Resignation in den Atemgeräuschen am anderen Ende der Leitung ausmachen zu können. Jedenfalls sei Bobby irgendwann wie von der Tarantel gestochen hinter seinen Plattentellern hervorgesprungen, hätte den jungen Mann vom Rough Guide quer durch den Club gejagt, zu Boden geworfen und dabei geschrien: »Alle in Deckung, Leute! Der Kerl hat einen Rucksack! Das Schwein ist von Al-Qaida!« Als Laurence geendet hatte, wusste Hammy, dass es vorbei war. Die nächste Instanz anzurufen und Widerspruch bei Laurie Revlon einzulegen war zwecklos.

Er schaut Bobby an. Er ist sich nicht sicher, was zu tun ist, aber dass er etwas unternehmen muss, wenn er auch zukünftig in dieses Paradies namens Esta Soler eintauchen will, ist ihm absolut klar.

»Hör mal«, sagt Bobby.

»Was denn?«, fragt Hammy. Vielleicht ist ja in diesem Moment endlich die Talsohle erreicht, vielleicht steht eine tiefgründige Einsicht bevor.

»Da war so'n Polizei-Heinz hier. Hat dich gesucht. Soler hieß der. Juan Soler.«

Hammy muss schlucken. »Wann?«

»Keine Ahnung, Mann. Weiß ja noch nich mal, was fürn Tag heut is«, sagt Bobby und lässt das Gesicht in die Hände sinken, während sein Schädel sich ob des in ihm tobenden Hangovers sanft von einer Seite zur anderen wiegt. »Was haste jetzt eigentlich vor?«

»Nichts.« Hammy hyperventiliert. »Hör mal, wegen dieser Sache, von wegen zurückgehen und so, ja? Also nach Ayrshire, mein ich. Vielleicht ist das gar keine so doofe Idee.«

* * *

Sie hat die Hände tief in die Taschen geschoben. An den Durchschnittstemperaturen von Josephs Heimatstadt gemessen, ist es nicht kalt. Trotzdem, so scheint es ihm, zittert sie ein wenig.

»Okay, das ist der Aufruf für meinen Flug«, sagt er.

»Joseph, hör mal, also die letzten paar Tage mit dir haben mir sehr gefallen. Es hat sich ein bisschen so angefühlt, als wäre ich ... keine Ahnung, zufrieden und happy einfach.«

»Dann komm doch rüber nach Schottland. Wir haben Unmengen von Hotels da, Premier Inns zum Beispiel«, sagt er. »Kann allerdings sein, dass du mit Lenny Henry in die Kiste steigen oder dir tagein, tagaus seine beschissenen Witze anhören musst, um einen Job bei denen zu bekommen.«

Megan lacht, obwohl sie keine Ahnung hat, wer Lenny Henry ist.

»Pass auf, denk einfach drüber nach, okay? Du weißt ja, wie du mich erreichen kannst. Kein Druck.«

»Okay«, sagt sie.

»Wir könnten in die Highlands hoch ... oder auf die Inseln rüber. Da interessiert's keine Menschenseele, wer du bist und was du machst. Absolut anonym da. So weit das Auge reicht, nur dumme Schafe, fette Kühe, Heidekraut und sonst ... gar nichts!«

»Hört sich fantastisch an«, sagt sie. »Vielleicht schau ich's mir eines Tages mal an.«

Sie klingt wie eine Mutter, die ihrem nörgelnden Kind ein Riesengeschenk verspricht, damit es endlich Ruhe gibt. Jetzt fühlt er sich noch unsicherer, noch alberner. Er weiß um ihr Nomadenleben: Sie zieht von einem Ort zum anderen, ohne viele Spuren zu hinterlassen. In ein paar Wochen wird sie ein neues Handy haben, eine neue Nummer dazu und sehr wahrscheinlich auch eine komplett andere Identität. Er wird nicht wissen, wo sie überhaupt ist. Und wiedersehen werden sie sich auch nicht. Denn sie blickt niemals zurück. »Don't Look Back« – einer seiner Lieblingssongs. Die Ironie tut fast schon weh. Sie beugt sich nach vorn und küsst ihn. Es ist ein Abschiedskuss, ein Kuss von einem Goodbye Girl. Das letzte Mal, dass ihm so schwer ums Herz geworden ist, war auf der Beerdigung von Gary Cassidy. Oder besser gesagt kurz nach der Beisetzung, als ihm klar wurde, dass er Bobby niemals wiedersehen würde. Aber jetzt ist er auf dem Weg Richtung Balearen! Nur zwei Stunden nachdem Megan ihn davon überzeugt hatte, mit Bobby in Kontakt zu treten, erhielt Joseph eine E-Mail. Seine ehemalige Assistentin in Glasgow hatte sie an sein Hotel in Shanghai weitergeleitet. Der Absender: Hamish May. Sie war als dringend markiert und beschrieb den Zustand von Josephs bestem Freund. Bobby sei in sehr schlechter Verfassung, so Hamish in der Mail, und habe bereits die Sterbesakramente erhalten. Sein letzter Wunsch sei es, ihn, Joseph, noch einmal zu sehen.

TEIL ZWEI

DER MANN, DER INSELN LIEBTE

»Mein ganzes Leben war ich einsam. Überall.
In Kneipen, im Auto, auf der Straße, in Geschäften, überall.
Es gibt kein Entrinnen vor der Einsamkeit.
Ich bin Gottes einsamster Mann!«

– Travis Bickle, *Taxi Driver*

KAPITEL 16

November 2014. Ibiza, Spanien

Joseph ist nervös. Es ist aber nicht der ihm nur allzu bekannte Zustand starker Angst, der ihn plagt, und er hat auch nicht das Gefühl, in Gefahr zu sein. Stattdessen kämpft er mit einer Art allgemeiner Unsicherheit. Was wird er seinem ehemals besten Freund sagen, wie wird er sich ihm gegenüber verhalten? Ihre letzte Begegnung ist sechs Jahre her und war ein von Kraftausdrücken, gegenseitigen Beschimpfungen und verbalen Blutgrätschen durchsetztes Desaster gewesen, ein Abschied. Wenn Bobby nur noch Tage bleiben, vielleicht sogar nur noch Stunden, wie soll man da nach all dem, was geschehen ist, eine Aussöhnung erreichen?

Joseph ist nicht nur nervös, sondern auch erschöpft. Er muss ständig an Megan denken. In der ersten Woche nach seiner Abreise aus China schrieb er ihr täglich Nachrichten. Die Antworten sind nach und nach sporadischer geworden. Wenige Dinge auf dieser Welt sind so erbärmlich wie das verzweifelte Streben eines Mannes mittleren Alters nach Jugend: der knallrote Porsche, der Pferdeschwanz, die SMS-Beziehung zu einer mehrere Jahrzehnte jüngeren Frau. Joseph Miller ist nicht gerade Rod Stewart oder gar Ronnie Wood. Er weiß, dass er wenig zu bieten hat, und er weiß, dass die Sache ein Ende haben muss.

Sein ohnehin schon fragmentiertes Schlafmuster wurde durch die E-Mail von Hamish May noch einmal zusätzlich durcheinandergewirbelt. Details über den Zustand von Bobby gab es wenige. Unter der von Hamish angegebenen Telefonnummer konnte Joseph niemanden erreichen, und Kontakt mit Hettie aufzunehmen ist nach wie vor keine Option. Er geht davon aus, dass sie das Kriegsbeil begraben hat und jetzt am Krankenbett ihres Bruders wacht, um bald auch diesen ohne Gewissensbisse begraben zu können. Hettie wiederzusehen wird ohne Frage eine schwierige Angelegenheit für Joseph. Damals, 2008, an jenem Katastrophentag in Bethnal Green, hatte er einen Narren aus sich gemacht, wieder einmal. Selbst der Lauf der Zeit wird sein schändliches Verhalten nicht vergessen machen.

Joseph wartet auf seine Tasche. Der Flug von Glasgow hatte Verspätung. Jetzt mischen sich die Gepäckstücke seines Fluges mit denen der gerade gelandeten Maschinen aus Frankfurt und Kopenhagen. Er hat keine große Tasche mitgenommen, denn er geht von einem eher kurzen Aufenthalt auf der Insel aus. Die eigentliche Bestattung würde sehr wahrscheinlich ohnehin in Kilmarnock stattfinden – und selbst wenn nicht, würde er lieber noch einmal extra anreisen, anstatt zusammen mit einem im Gram versunkenen Hamish May auf eine Beisetzung zu warten. Er hat sich für einen schwarzen Anzug als Reisekleidung entschieden – teils aus Respekt gegenüber Hettie, teils für den Fall, dass er schneller gebraucht wird als angenommen. T-Shirts, Jeans und Toilettenartikel befinden sich in der Tasche, die er beim Check-in aufgeben musste.

Die ankommenden Flüge werden schnell abgefertigt. Kopenhagen verschwindet von der Anzeigetafel und wird von

Madrid ersetzt. Dann kommt Frankfurt, an dessen Stelle bald Berlin rückt. Irgendwann wird Paris angezeigt. Glasgow ist schon lange nicht mehr im Spiel. Da sind ein paar Leute, deren Gesichter er wiedererkennt. Sie saßen mit ihm im Flugzeug und müssen sich nun ebenfalls langsam der Tatsache stellen, dass ihr Gepäck erst später mit einer anderen Maschine nachkommt.

Er geht raus in die Empfangshalle. Seine Tasche wird er morgen abholen müssen, da er den Mitarbeitern am Lost-and-Found-Schalter keine Anschrift zur Lieferung geben kann. Joseph hat Hamish per Sprachnachricht um eine Adresse gebeten und ihn auch nach dem Zustand von Bobby gefragt. Als Antwort kam nur eine Textnachricht mit der Information, dass Hamish ihn abholen würde.

Eine kühle Brise zieht durch die offenen Türen der Empfangshalle. Joseph schnauft. Für schottische Verhältnisse ist es noch warm, aber tatsächlich ist der Sommer auf Ibiza längst vorüber. Hammy trägt einen übergroßen Strickpullover und ein Basecap der New York Yankees. Obwohl er aussieht wie ein in die Jahre gekommener schottischer Folksänger auf einer Hogmanay-Party, bemerkt Joseph ihn nicht. Stattdessen blickt er von einem Kopf zum anderen, sucht unter den wartenden Menschen nach einem Rotschopf um die eins achtzig. Er hat Hammy seit zwanzig Jahren nicht mehr gesehen, und auch wenn ihm klar ist, dass sich das Äußere des ehemaligen Weggefährten verändert haben wird, so meint er doch, dass er selbst sofort wiederzuerkennen sein müsste. Angesichts der chaotischen Kommunikation nach der ersten E-Mail hält er es jedoch für möglich, dass Hammy zu spät dran ist oder sogar das Datum verwechselt hat.

»Hey, Mister, wie sieht's aus mit 'nem Fünfer fürn alten Krüppel? Ich pass auch auf Ihren Wagen auf.«

Hastig dreht sich Joseph um. Es ist Hammy, aber sein Kopf befindet sich nicht in der Höhe, in der Joseph ihn erwartet hat.

»Also ›beeinträchtigt‹ ist jetzt auch nicht so mein Favorit, aber ein großer Fortschritt zu ›behindert‹ ist es auf jeden Fall, verstehste?«

»Aye … kann ich gut nachvollziehen.«

Es ist ein leicht surrealer Moment für Joseph: Der an den Rollstuhl gefesselte Hammy fährt ihn in einem umgebauten BMW durch die Gegend und nennt ihn in einer Tour *Joey*, obwohl Joseph ihn explizit gebeten hat, es nicht zu tun. Zudem scheint Hammy fest entschlossen, Joseph weder mitzuteilen, wie es Bobby momentan geht, noch was ihm eigentlich passiert ist. Auch die Fragen zu seinem eigenen Schicksal – der Rollstuhl, die Beine etc. pp. – umkurvt er so geschickt wie Ingemar Stenmark einst die Slalomstangen auf der Skipiste und schwadroniert stattdessen lieber über die vermeintlich positiven Aspekte seiner Situation.

»Ich meine, wir haben ja jetzt sogar unsere eigene Olympiade! Ich sag dir, so eine ›Einschränkung‹ ist nicht mehr so schlecht angesehen wie früher noch«, sagt Hammy.

»Nein, schätze nicht.« Joseph hat den Eindruck, dass Hammy immer noch unter einer Art Schock leidet.

»Schau dir doch nur mal diesen Kerl von den X-Men an, wie der da mit seinem funky Rollstuhl durch die Gegend fegt. Nicht mehr lange, und die Kids werden sich nach einer Querschnittslähmung sehnen. Das wird so eine Art Lebensziel werden, kannste glauben.« Er hat den Bogen überspannt.

»Jetzt erzähl doch keinen Scheiß, Hammy! Kids, die wegen einem Schauspieler ihre Beine hergeben? Oder weil sie eine

Olympiamedaille in einem verschissenen Seifenkistenrennen gewinnen wollen? Ich glaub, es hackt!«

»Beine zu haben ist nicht alles, Mann! Schau dich doch nur mal selbst an ... hast beim Weg zum Auto schon die Fresse verzogen wie nichts Gutes. Deine Gelenke sind durch, was? Ich kann meine wenigstens schmieren, aber du musst bis ultimo mit deinen quietschenden Scharnieren durchhalten. Jede Wette, dass ich dich bei einem Rennen den Berg runter abhängen würde.«

»Aye«, sagt Joseph. »Mag sein. Aber im Gegensatz zu dir kann ich unten wenigstens anhalten, ohne mich auf die Fresse zu packen, du Knallkopf.«

Hammy lacht. Etwas widerwillig stimmt auch Joseph kurz darauf ein.

»Ist jedenfalls geil, dich wiederzusehen, Joey ... nach all den Jahren, Mann, wirklich geil.«

»Pass auf, ich hab's dir schon ein paarmal gesagt: Ich heiße Jose... ach, egal. Vergiss es.« Als sie die Ausläufer der Stadt hinter sich lassen und in die Berge hinauffahren, schaut Joseph auf das üppige Grün und das dahinter liegende Meer hinaus. Er ist einigermaßen überrascht von dieser Anmut, denn bisher hat er die Insel für einen aufdringlichen und vulgären Ort gehalten. In Wirklichkeit jedoch ist sie wunderschön. Nicht so schön wie Megan Carter, aber gut, auch die Natur hat ihre Grenzen.

»Verdammt, Hammy, wo fahren wir denn eigentlich hin?«

»Na zum Haus hoch, liegt oben in den Bergen. Du wirst es mögen, Mann. Architektonischer Augenschmaus und so.«

Joseph stellt sich vor, wie sein alter Freund Bobby reglos in einem Zimmer liegt, das mit Unmengen medizinischer Apparate vollgestopft ist; wie zahllose Infusionsschläuche in seinem Körper stecken, um ihn gerade noch so lange am Leben zu halten, dass diese Aussöhnung, diese eine letzte emotionale Aussprache noch stattfinden kann. Es läuft ihm kalt den Rücken runter. Vielleicht wäre es einfacher gewesen, Bobby in einem Hospiz oder auf einer Intensivstation zu besuchen – an einem Ort, der es beiden leichter macht, das Unvermeidliche zu akzeptieren.

Während sie langsam die schmale und kurvige Straße hinauffahren, zeigt Hammy auf das Haus, das in einer Lücke zwischen den Bäumen sichtbar wird. Joseph ist überrascht. Er kennt das Gebäude, hat in Fachzeitschriften darüber gelesen. Es verblüfft ihn, wie jemand durch das Auflegen von Schallplatten anderer Musiker so viel Geld verdienen kann – ganz besonders, wenn man bedenkt, dass Bobby nie ganz oben in der Nahrungskette stand. Er denkt über seinen eigenen Weg nach: Bürogehilfe, Fachhochschule, sieben Jahre Uni, und dann musste er sich trotzdem noch von der Familie seiner Ex-Frau Lucinda Geld leihen, um während der Wirtschaftskrise seinen Anteil am gemeinsamen Architekturbüro stemmen zu können. Jetzt, da er sie endlich los ist – und das Architekturbüro ebenso –, steht er finanziell gut da und hat ausgesorgt. Beim Anblick des Palasts seines ehemaligen Heatwave-Disco-Partners wirkt sein Vermögen jedoch eher blass. *Na ja, manchmal trügt der Schein.*

»Okay, hier kannst du rausspringen, Joey. Einfach über die Brücke und dann rein. Hab die Tür offen gelassen«, sagt Hammy. »Bobby ist drinnen. Ich muss eben noch das Auto zur Garage rumfahren, dann komm ich nach.«

Joseph zögert. Wie wird Bobby reagieren? Wird er ihn durch die Nebelwand der Medikamente hindurch überhaupt erkennen? Ergibt das denn überhaupt Sinn? Hier zu sein, in diesem Moment der Endgültigkeit? Das Ganze hat etwas Surreales an sich: als würde man ihn zwingen, sich auf LSD ein dreißig Jahre altes Familienvideo anzusehen.

Joseph schiebt die Tür auf. »Hallo«, sagt er, allerdings so leise, dass man selbst in ein paar Schritten Entfernung Mühe hätte, ihn zu verstehen. »Was für eine elende Scheißnummer, Hammy!«, flüstert er.

Das Haus ist beeindruckend. Es könnte eine umfassende Reinigung vertragen, keine Frage, aber was die Anordnung dieser fließenden Räume angeht, ist es einfach nur atemberaubend. Joseph Miller ist keiner dieser postmodernen Vertreter, die dem Gebäude jegliche Qualität absprechen, nur weil sein Erbauer ein Faschistenschwein war. Das wäre ungefähr so, als würde man leugnen, dass Oscar Pistorius irgendwann mal ziemlich passable Zeiten über die 400-Meter-Distanz hingelegt hat.

»Bobby? Wo steckst du, Mann?« Joseph geht auf der offenen Treppe zwei Stockwerke nach unten und schaut sich auf jeder Etage kurz um. Das Haus ist spartanisch eingerichtet. Das muss es auch, denn nur so kann es wirken. Das Hauptaugenmerk liegt nämlich auf der Qualität der Räume und auf dem glänzenden, vom Mittelmeer reflektierten Licht, das sie durchflutet. Ihm geht ein Spruch durch den Kopf, der ihn schon seit Ewigkeiten begleitet: *Nur Nutten und Architekten schauen sich die Decken an*. Er kichert kurz, verkneift es sich aber sofort, da es ihm unangemessen erscheint. Plötzlich bemerkt er Bewegungen hinter der Glasfassade des Hauses, die über drei Stockwerke hinweg einen wunderbaren Ausblick auf das Meer bietet. Obwohl es schon fast Winter ist, sind die Strahlen der Sonne noch stark genug, um ihn zu blenden. Sie werden von einem kleinen Pool reflektiert, der in die ausladende Holzterrasse hinter dem Glas eingelassen ist. Leider ist mit Josephs Gepäck auch seine Sonnenbrille verschollen, sodass er die Hand an die Stirn führen muss, um seine Augen vor dem Licht zu schützen. Ein schwerer Mann liegt bäuchlings auf einer pinkfarbenen Luftmatratze, die sanft auf der Oberfläche des klaren Poolwassers auf und ab wippt. Vielleicht ist der Mann ja Bobbys Pfleger. Sollte er dann aber nicht bei Bobby sein und an dessen Bett wachen, anstatt nur mit Badehose bekleidet im Pool zu entspannen? Vielleicht bedeutet das ja, dass es Bobby besser geht. *Vielleicht ist der selbstsüchtige Bastard aber auch schon abgetreten.* Josephs Puls beginnt zu rasen. Er schiebt die Glastür auf und ist ein wenig überrascht, dass sie sich fast lautlos öffnen lässt.

»Tschuldigung, Sir?« Joseph lehnt sich über die Poolkante.

Der Mann erschrickt und wirbelt so hektisch herum, dass die Luftmatratze kentert und er selbst im Wasser landet. Als er wieder an die Oberfläche kommt, hustet und spuckt er verschlucktes Wasser aus.

»Joey?«

Joseph ist sprachlos. »Bobby?«, sagt er dann. »Bobby *fuckin'* Cassidy?«

»Aye … aye, ich bin's, Mann! Was zum Teufel treibst du denn hier? Moment mal … ist irgendwer gestorben oder so? Etwa Hettie?«

Noch bevor sich Bobby das Handtuch am Beckenrand greifen kann, springt Joseph in kompletter Montur ins Wasser.

»Du verdammter Fotzkopf, du! Sterbesakramente, am Arsch!«, brüllt er, während das Wasser nur so spritzt. Einen Augenblick später hat er seine Finger um Bobbys Hals geschlossen und beginnt ihn zu würgen. »Du bist doch noch nicht mal katholisch, du Wichser!«, schreit er ihn an.

»Aargh … lass mich … aargh … verdammt nochmal, jetzt lass mich endlich los, du Wahnsinniger!«

Ein eiskalter Wasserstrahl geht auf die beiden nieder. Hammy sitzt am Rand des kleinen Pools, einen Schlauch in den Händen.

»Da wir die Eröffnungsplädoyers jetzt hinter uns haben, könntet ihr langsam mal mit dem Kindergartenscheiß aufhören und euch auf das Wesentliche konzentrieren, oder?« Zwar ohne das nötige Fingerspitzengefühl, aber definitiv mit der Autorität eines UN-Gesandten hat Hamish May die Friedensgespräche zwischen den zwei Männern eröffnet. Könnte er es sehen, Stan May wäre sicherlich sehr stolz auf seinen Sohn.

KAPITEL 17

November 2014. Ibiza, Spanien

»Okay, dann mal raus mit der Sprache!«, fordert Bobby. »Was zum Teufel hast du dir dabei gedacht, diesen Klappspaten hier anzuschleppen?«

»Ich hab mit Laurence gesprochen«, sagt Hammy. »Er hat mir alles erzählt, die komplette Story.« Bobby senkt den Kopf. »Du bist vollkommen durch, Mann. Stehst kurz vor einem Komplettzusammenbruch. Dauernd dieser Scheiß von wegen Bedauern und Reue und was weiß ich nicht alles. Das zieht dich nur noch weiter runter … und mich gleich mit. Die Maschine trudelt, Bobby, und wenn du sie nicht bald hochreißt, sind wir beide am Arsch. Ich hab Joey hergelotst, weil mir echt nichts anderes mehr eingefallen ist.«

»Und was soll er jetzt machen, Hammy?« Bobby sitzt am Küchentisch. Er presst eine Packung tiefgefrorener Erbsen gegen die stetig wachsende Schwellung unter seinem linken Auge, wo Joseph ihn mit einem unkoordinierten Schwinger erwischt hat.

Hammy sitzt am anderen Ende der massiven Tafel. Er hat auch für Joseph gedeckt. Seiner Meinung nach führt kein Weg an einem Gespräch vorbei. Joseph duscht derweil und sucht sich anschließend, trotz anfänglicher Proteste von Bobby, im

Schrank des Gastgebers ein paar Klamotten heraus. Er braucht etwas zum Anziehen, bis sein Gepäck am Flughafen eintrifft. Unterwäsche mochte sich Joseph dann aber doch nicht borgen. Stattdessen will er die eigene Boxershorts über Nacht in Bobbys Tiefkühlfach deponieren, sodass sie sich beim Recycling am nächsten Morgen einigermaßen frisch anfühlt.

»Ich bin total depressiv, Mann. Und ich komm einfach nicht aus dem Loch raus. Dass der jetzt hier auftaucht und mir seine Stararchitekten-Scheiße unter die Nase reibt, macht alles nur noch schlimmer. Der ist doch nur gekommen, um zu prahlen, wie geil doch alles für ihn gelaufen ist.«

»Stimmt nicht, Bobby. Er ist gekommen, weil ich ihm erzählt habe, du würdest jeden Moment ins Gras beißen«, sagt Hammy. »Der Kerl macht sich echt Sorgen um dich.«

»Und? Mein Leben ist trotzdem komplett scheiße, und ich hab keine Ahnung, was ich deswegen unternehmen soll.«

»Gern geschehen, Kumpel«, antwortet Hammy sarkastisch. Bobbys Selbstzentriertheit hat ein dermaßen hohes Level erreicht, dass fast nichts mehr zu ihm durchdringt. »Wie wär's denn, wenn du dich ein bisschen reinhängst und als Erstes die Sache mit Joey wieder geradebiegst? Du weißt doch sicherlich, was für ein Datum heute ist. Einen besseren Zeitpunkt als so einen Jahrestag gibt's wahrscheinlich gar nicht, um zu vergeben und zu vergessen.«

Hammy ist überrascht, als er später herausfindet, dass Joseph das genaue Datum vergessen hat, während Bobby seit zwei Wochen an nichts anderes mehr denkt. Er hätte schwören können, es sei genau anders herum.

Plötzlich bricht Hammy in Gelächter aus. »Meine Güte, Joey … haste vergessen, das Licht anzumachen, als du dir Klamotten rausgesucht hast?«

Joseph, der immer noch sauer ist, schlurft zum Küchentisch. »Sehr witzig«, sagt er.

»Eine Weste, Alter? Und eine lumpige Dreiviertelhose? Ibiza mag zwar eine Insel sein, aber deshalb bist du noch lange kein Schiffbrüchiger!« Hammy lacht noch einmal los.

Bobby schweigt.

»Mann, das sind seine verschissenen Klamotten, nicht meine! Musst dich also an ihn wenden«, antwortet Joseph. »Hat der eigentlich auch irgendwas, das nicht weiß ist – oder zumindest mal weiß war, als er es gekauft hat?«

»*An ihn wenden*? Hier platzt gleich der Mond, Alter! Reißt dein Maul auf wie nichts Gutes und bist dabei doch in *seinem* Haus«, sagt Bobby. »Uneingeladen noch dazu.«

»Uneingeladen? Wohl kaum, wenn dieser Lügenbaron hier mich hergebeten hat. Von wegen: *Komm schnell, Joey. Bobby braucht dich, Joey. Er macht's nicht mehr lange, Joey.* Ich sollte euch beide verklagen!«

»Ach, jetzt hör doch auf«, sagt Hammy. »Ist ja nicht so, als würdest du hier gegen deinen Willen festgehalten. Ist doch ein geiler Urlaubstrip für dich. Ich will dir ja nicht zu nahe treten, aber ehrlich gesagt siehst du verdammt beschissen aus. Als könntest du ein bisschen Zeit am Strand gebrauchen. Außerdem hab ich nicht gelogen. Schau ihn dir doch nur mal an!«

Bobby steht auf und tritt vom Tisch zurück.

»Passt auf: Ich werde heute Nacht hier schlafen müssen, weil ich kein Hotel gebucht hab. Außerdem ist mein Gepäck noch nicht da. Aber keine Bange, morgen früh nehme ich mir ein Taxi und bin verschwunden, bevor ihr zwei Trollos aufwacht«, sagt Joseph. Es sieht nach einer langen Nacht für ihn aus.

Eine Stunde vergeht. Es wird kaum ein Wort gesprochen. Dafür wird Whisky getrunken, und zwar jede Menge.

Irgendwann werden, was Joseph ziemlich ekelhaft findet, drei Portionen Instantnudeln serviert. Kein Wunder, dass Bobby um einiges fülliger ist, als Joseph ihn in Erinnerung hat. Sechs Jahre ist ihre letzte Begegnung nun her. Es war ein ganz besonderer Tag für viele Menschen.

Barack Hussein Obama sagte damals »Yes, we can!« zur US-amerikanischen Bevölkerung. Megan Carter sagte »Ja, ich will!« zu Vincent Sevicci. Hamish sagte »Ja, das mach ich!« zu Esta Soler. Und Joseph Miller sagte »Nein, das wirst du verdammt noch mal nicht tun!« zu Bobby Cassidy. Dann begannen die beiden sich zu prügeln und stürzten wild um sich schlagend und tretend in das offene Grab, in das sie kurz zuvor den Sarg von Gary Cassidy hinabgelassen hatten.

* * *

Es ist kurz vor elf. Hammy wusste vom ersten Moment an, dass die Stimmung angespannt und der Beginn zäh sein würde. Gleichzeitig hoffte er auf ein baldiges Tauen des Eises und eine Einstellung der Feindseligkeiten. Das Problem: Hammy war nicht auf Garys Beerdigung in London gewesen, sondern in Alicante, wo er seine neue Freundin kennengelernt hatte. Langsam dämmerte ihm, dass Bobbys knappe Schilderung der damaligen Ereignisse sehr wahrscheinlich nicht ganz den Tatsachen entsprach. Möglicherweise waren die damals auf dem Friedhof in Bethnal Green gerissenen Wunden doch zu tief, als dass man auf eine wie auch immer geartete Form der Aussöhnung hoffen konnte.

»Kriegt man hier irgendwo um diese Uhrzeit noch was zu trinken?«, fragt Joseph.

Hammy seufzt. Bobby ignoriert beide, setzt sich seine Bluetooth-Kopfhörer Marke Beats auf und schaut sich ein zuvor aufgezeichnetes Match des FC Barcelona an.

»Was für ein Kleinkind, hä?«, sagt Hammy und weist mit dem Kopf in Bobbys Richtung. »Bleib hier, Joey. Alk haben wir genug. Ist aber auch das Einzige, von dem wir hier genug haben. Der Spinner braucht dich wirklich, Mann. Er ist bloß zu stur, um sich das einzugestehen.«

»Nee, Hammy, geht nicht. Ich muss hier raus. Frische Luft schnappen und so. Also: Gibt's hier irgendwas in der Nähe oder eher nicht?«

»Aye, den Berg runter gibt's einen kleinen Laden. Hat die ganze Nacht auf, wenn jemand kommt, der trinken will. Gehört einem Typen namens Albert und seinen Eltern. Ich glaube, die machen das nur, weil sie selbst etwas Gesellschaft brauchen. Ist aber eine halbe Stunde Fußmarsch. Und bei den Straßen hier ...«, sagt Hammy und zeigt auf seine Beine, »... musst du höllisch aufpassen. Ist nämlich scheiß gefährlich.«

Als Joseph außer Hörweite ist, bittet Hammy Bobby, ihm nachzugehen. Aber am Ende macht sich Joseph allein auf den Weg. Er hat die Dreiviertelhose anbehalten, ihre Lächerlichkeit aber durch eines von Hammys dunkelblauen Sweatshirts reduziert. Dazu trägt er schwarze Sandalen, die vorne offen sind. Er hat sie sich beim Hinausgehen geschnappt. Sie sehen aus wie kaum getragen, wie die Sandalen von irgendjemandem, der sie in der Villa vergessen hat. Joseph ist überrascht, wie mild es draußen ist. Es muss um die zwanzig Grad warm sein – und das mitten in der Nacht, mitten im November.

Ein voller Mond und ein klarer Himmel sorgen für ausreichend Licht, sodass er problemlos den Weg zu der kleinen Bar am Straßenrand findet. Über dem Eingang hängt eine

Neonröhre, die das Namensschild beleuchtet: »Salazars«. Die Bar ist im Grunde nicht mehr als eine überdachte Fläche neben einem kleinen Haus. Schutthaufen und ein amateurhaftes Gerüst deuten auf Bauarbeiten hin, die aber so langsam voranzuschreiten scheinen, als hätte TV-Anwalt Petrocelli höchstpersönlich die Bauleitung übernommen. Hammy hat recht: Die Bar ist noch offen. Auf einer kleinen, freitragenden Holzterrasse sitzen mehrere Menschen zusammen, wahrscheinlich die Familie der Betreiber, und unterhalten sich angeregt auf Spanisch. Die zwei Frauen der Gruppe sind in Decken gehüllt. Einer der sechs Männer trägt weder Hemd noch T-Shirt. Er ist derjenige, der Joseph zuerst bemerkt und den Gast herzlich begrüßt.

»Einen Drink, Sir?«, sagt er.

»Ähm, aye. Jack Daniel's mit Cola, bitte.«

»Kommt sofort, Sir.«

»Und genehmigen Sie sich auch einen, okay?«

»Danke sehr, Sir. Das ist sehr nett von Ihnen. Ich bin übrigens Albert.« Er streckt seine Hand über den Tresen. Sein Englisch ist bemerkenswert und weist nur einen leichten Akzent auf.

»Angenehm. Ich heiße ...« Joseph zögert. »Joey. Joseph Miller.« Er lächelt.

»Freut mich, Sie kennenzulernen, Sir. Und auch, dass Sie meine Bar besuchen«, sagt Albert. »Kommen Sie aus Schottland?«

»Yeah. Bin heute erst angekommen.« Joseph versucht seinen Akzent zu unterdrücken und spricht etwas langsamer.

»Kennen Sie Hammy? Den Rebel Hamster?«

Joseph lacht. »Ja, ist ein alter Kumpel. Wir kennen uns schon Ewigkeiten. Sind zusammen zur Schule gegangen. Ich bin bei den beiden untergekommen.«

»Hammy ist ein guter Mensch«, sagt Albert. »Kümmert sich um Bobby und so. Wenn ich unterwegs bin, schaut er immer mit seiner Freundin vorbei und erkundigt sich, ob es ihnen gut geht.« Albert weist mit einem Nicken zu dem Tisch, an dem seine Eltern sitzen.

»Aye, stimmt, Hammy ist wirklich in Ordnung«, sagt Joseph. »Mit *Freundin* meinten Sie nicht zufällig *Freund*, also seinen Kumpel Bobby, oder?«

»Nein, ich meine eine Frau, eine Freundin. Bobby kommt schon länger nicht mehr hier runter, seit Jahren nicht mehr. Ich glaube, nach Hammys Unfall war er nicht mehr hier.«

Joseph ist einigermaßen überrascht, dass Hammy eine Freundin auf der Insel hat. Etwas früher am Tag hat er noch darüber nachgedacht, ob Bobby und Hammy mittlerweile wohl ein Pärchen sind – ein Pärchen mit einer Beziehung so dysfunktional wie die von Albert und Harold aus *Steptoe and Son*, aber eben doch sehr viel mehr als nur Mitbewohner. Wobei das jetzt keine Rolle mehr spielt. Durch die Neuigkeiten von Hammys Freundin fällt es Joseph noch schwerer, die Situation zu verstehen. Wenn Hammy eine Alternative hat und offensichtlich immer noch in der Lage ist, diese Alternative zu nutzen, stellt sich doch die Frage, warum er weiterhin im emotionalen Ödland von Bobbys Kühlschrank-Villa ausharrt.

Joseph reicht Albert einen Fünf-Euro-Schein. Der Barmann hebt die Hand, lächelt herzlich und sagt: »Machen wir später.«

Joseph geht zu einem Tisch in der gegenüberliegenden Ecke des überdachten Barbereichs, wo sein Blick auf eine teilweise von einem Vorhang verdeckte alte Jukebox fällt. Er sucht sich einen weichen Sessel und dreht ihn so, dass er auf das Meer hinausschauen kann. Albert und seine Familie nehmen ihr Gespräch wieder auf, als wäre Joseph gar nicht da. Er zieht einen Stift und einen Schreibblock hervor, beides stammt aus Bobbys Küche, und beginnt einen Text zu schreiben, den er später in seinen Laptop eingeben wird.

Es war nicht immer schlecht. So ist es meistens bei diesen Dingen. Manchmal ist man einfach zu sehr geblendet von der Enttäuschung und der Reue. Wie ein Waldbrand geraten sie außer Kontrolle, verdunkeln und zerstören alles, was es einmal an Gutem gab. Es ist verblüffend, wie schnell sich ein bodenloser Hass in einer Beziehung entwickeln kann. Irgendwann tut und sagt man Sachen, die man nur ein paar Jahre zuvor nicht für möglich gehalten hätte. Damals, als man noch ein gemeinsames Leben hatte, als man sich zusammen ein Leben aufbaute. Und am Ende lässt sich alles auf dieses überwältigende Gefühl der Enttäuschung runterbrechen. Auf dieses Gefühl, etwas verloren zu haben, das man nie wieder bekommen wird. Zeit hauptsächlich, aber auch Gefühle, die man investiert hat, für die es keinen Gegenwert gab und die im Nachhinein nutzlos scheinen. Und so heißt es am Ende dann: zurück auf Start.

Und doch waren da diese großartigen Momente, die wir miteinander teilten. Als wir lachten, bis uns die Bäuche wehtaten und Tränen die Wangen herunterliefen. Als wir glaubten, das Leben würde ewig währen, wir würden zusammen alt werden, weiter dieselben Dinge mögen, uns wegen derselben Unterschiede aufziehen. Die Erinnerungen an die albernen Namen, die wir füreinander hatten. Der Plan, zusammen all die Orte zu besuchen, die uns wichtig waren, etwas bedeuteten.

Das alles hatten wir, deine Mutter und ich, wenn auch nur für eine kurze Zeit. Und dann verpuffte es irgendwie. Ich nannte es ein Missverständnis, aber sie kannte die Wahrheit. Ich liebte einfach jemand anders.

KAPITEL 18

August 1984. Kilmarnock, Schottland

»Und, wie geht's dir, Hettie?«

»Ganz gut so weit … na ja, den Umständen entsprechend eben.«

Hettie Cassidy hatte aus der Ferne zugesehen, wie Joey Miller durch das Tor des Friedhofs gekommen war. Das Familiengrab der Cassidys befand sich ziemlich weit oben auf den steilen Hügeln von Strawberrybank. Von dort aus konnte sie seinen Weg mitverfolgen. Joey war komplett in Schwarz gekleidet, hatte Blumen in der Hand und kam in ihre Richtung. Es dauerte fünf Minuten, bis er sie erreichte. Trotz der spätsommerlichen Sonnenstrahlen trug er einen Trenchcoat. Er ging langsam – zum einen, weil es warm war, zum anderen, weil er sich nicht mehr daran erinnern konnte, wo genau man zwei Jahre zuvor Harry Cassidy begraben hatte.

»Tut mir echt leid, die Sache mit deiner Mam«, sagte Joey.

»Aye. Na ja … vielleicht war's auch besser so. Am Ende war es nur noch eine Qual«, sagte Hettie.

Es war offensichtlich, dass sie vor Kurzem noch geweint hatte. Trotzdem schien sie gefasster, als Joey es erwartet hätte. Er war etwas überrascht gewesen, sie an der Grabstätte anzutreffen, aber am Ende doch froh darüber. Joey wollte nicht zu tief bohren, aber das musste er auch nicht. Hettie erzählte von selbst.

»Am Ende waren da so viele Probleme«, sagte sie. »Es kam echt eine Sache nach der anderen. Die Lungenentzündung hat ihr dann den Rest gegeben. Sie hatte einfach keine Kraft mehr, sich dagegen aufzubäumen.«

Joey seufzte.

»Weißt du, Joey, manchmal bin ich nicht sicher, ob ich überhaupt verstehe, was in den letzten paar Jahren alles passiert ist. Beide Eltern tot, bevor sie fünfzig geworden sind.« Sie fing erneut an zu weinen und ging vor dem Grab in die Knie. »Es ist einfach nur ungerecht.«

Joey beugte sich zu Hettie runter, legte seinen Arm um sie und zog sie an sich heran. »Schon gut, Hettie. Mit der Zeit wird's besser werden, ganz bestimmt. Du musst jetzt versuchen, positiv zu bleiben, verstehst du?« Nutzlose Plattitüden, so schien es, aber andererseits sah es so aus, als würden sie Wirkung zeigen.

»Danke, Joey«, sagte sie und drehte den in seinem Mantel versunkenen Kopf zur Seite. Die Tränen hinterließen Flecken auf seiner Schulter. »Ach, was ist nur mit mir los? Schau doch nur, jetzt hab ich dich vollgesabbert.«

Joey lächelte. Hettie lächelte zurück. Er half ihr auf die Beine. Dann legten sie Joeys Blumen auf das Grab, direkt neben die, die Hettie mitgebracht hatte.

»Schöne Farben, oder?«, sagte er.

»Aye«, sagte Hettie. »Sie mochte Chrysanthemen. Danke, Joey.«

»Das Mindeste, was ich tun konnte, Hets«, sagte Joey. »Sorry, dass ich nicht bei der Beisetzung war.«

»Ja, die war wundervoll. Gary war ein bisschen ... pampig, weil Don McAllister das Begräbnis organisiert hat. Und dann hat er sich noch mit Bobby, dem Idioten, deswegen gestritten. Ehrlich gesagt, war ich McAllister ziemlich dankbar für alles. Er und Tante Mary haben sich ja auch um sie gekümmert ... also nachdem Dad ... du weißt schon. Und deshalb verstehe ich auch nicht, wie Gary überhaupt auf die Idee kommt, sich mit McAllister anzulegen.«

»Ach, weißt du, Gary muss ja selbst gerade mit einem Haufen Scheiß klarkommen. Ist bestimmt nicht einfach für ihn.«

»Dann hast du ihn getroffen?«, fragte Hettie überrascht.

»Aye, hab ich ... neulich erst«, sagte Joey zögerlich. Als Hetties Mum Ethel vor zwei Monaten gestorben war, war er unten in England gewesen und hatte so die Beisetzung verpasst. Trotzdem wusste er nur allzu gut, dass der Tod von Ethel Cassidy in etwa so war, als hätte jemand den Stift aus einer Handgranate gezogen. Keines der drei Geschwister war für die nachfolgende Explosion gewappnet gewesen.

Früher hatten die drei eine sehr enge Beziehung zueinander gehabt: Bobby und Hettie, die zwei entspannten Freigeister; Gary, ihr Schutzschild, als sich die Ehe der Eltern verschlechterte. Gary hatte auf Hettie immer so anders gewirkt, so robust und leistungsfähig, besonders im Vergleich zu ihr selbst und zu ihrem Bruder Bobby. In der emotional schwierigen Zeit nach dem Falklandkrieg – ein Krieg, in dem Gary kämpfte, verloren ging, als vermisst und sogar tot gemeldet wurde und dann doch wieder auftauchte, nur um sich zurück in der Heimat eines wahnwitzigen Medieninteresses erwehren zu müssen – hatte er sich sehr stark verändert. Er war nicht zu Hause geblieben, sondern in die Mannschaftsunterkünfte seiner Einheit nach London zurückgekehrt, sodass

Hettie ihn mehr als ein Jahr lang weder sah noch sprach. Dann, aus heiterem Himmel, kam er mit seiner Freundin Deb und dem gemeinsamen Sohn James nach Hause. Der Kleine hatte den Mittelnamen von Harry Cassidy bekommen: James. »Harold« war einfach zu förmlich, und die Kurzversion »Harry« klang in Debs Ohren wie der Name eines alten Mannes. Gary hatte seine Schwester nach der Geburt nicht angerufen, um ihr von dem neuen Erdenbürger zu berichten – und das hatte Hettie ihm unheimlich übel genommen. Gary reagierte darauf völlig untypisch und tat Hetties Kritik ab, als wäre es keine große Sache.

Als Hettie die junge Familie Ende 1983 endlich in Kilmarnock willkommen heißen konnte, schien Gary kleiner geworden zu sein, so als wäre er geschrumpft. Seine Haltung war gebeugt, er hatte zugenommen, die windhundartige Drahtigkeit war verschwunden. Zudem rauchte er in einer Tour und trank ganz offensichtlich zu viel. Witze, Neckereien, Albernheiten, wie sie früher normal zwischen Hettie und ihm gewesen waren, gab es nicht mehr. Stattdessen war er angespannt, gereizt, unruhig – und schaute ständig auf seine Uhr, als müsste er irgendwo anders sein. Auch Deb war ein wenig distanziert und nervös, aber ihre Unruhe schien mit der seinen zusammenzuhängen: als würde sie jeden Moment einen Ausbruch von Gary erwarten und verzweifelt versuchen, selbigen abzuwenden. Sie wirkten nicht wie das sich liebende, leidenschaftliche Paar, das Hettie bei der Nachricht über den Nachwuchs erwartet hatte. Während der fünf Tage, die sie in Schottland verbrachten, sprach Gary nur wenig. Wenn er sich doch mal äußerte, lag stets eine Art Verbitterung in seinen Worten, und die Handvoll Sätze, die aus seinem Mund kamen, waren von Zynismus und Sarkasmus durchsetzt. Als Hettie ihn so erlebte, leidend und gequält, tat er ihr leid. Sie spürte, dass er unter einem immensen Druck stand. Aber als sie ihn fragte, was die Army unternahm, um ihn zu unterstützen, antwortete er nicht. Sie wollte ihrem Bruder helfen, aber er ließ sie nicht an sich heran. Gary glich einem verschlossenen, abbruchreifen Gebäude, an dessen Außenwänden bereits die Abrissbenachrichtigungen klebten. Drinnen hockte jemand, den sie einst kannte und liebte, der aber zu viel Angst hatte, herauszukommen und ins Licht zu treten. Sie liebte ihn immer noch, hatte aber das Gefühl, ihn nicht mehr zu kennen. So wie die Dinge lagen, war an eine Intervention vorerst nicht zu denken. Nach fünf Tagen bestiegen Gary, Deb und der kleine James wieder den National Express Richtung Süden. Hettie sah sie erst am 20. Juni 1984 wieder, zwei Tage vor der Beerdigung ihrer Mutter Ethel.

»Meine Güte, was ist denn mit dir passiert?«, sagte Hettie, als sie die Ratscher auf Joeys Gesicht entdeckte, die sie vorher nicht gesehen hatte. Wie sollte sie auch? Er war aus westlicher Richtung gekommen. Jetzt standen die beiden so, dass sie die Sonne im Rücken hatte. Die Schrammen schienen zwar fast verheilt, aber es waren eine ganze Menge. Man hätte meinen können, er wäre ausgepeitscht worden.

»Ach, das … ich war mit unten in Orgreave. Deshalb hab ich's auch nicht zur Beisetzung geschafft. Bin mit ein paar befreundeten Jungs von der Labour Party runter. In Orgreave bin ich dann eingefahren und hab noch eine heftige Abreibung von den Bullen kassiert, bevor die mich laufen ließen.«

»Bobby meinte auf der Beerdigung, dass du ganz bestimmt mit in Orgreave bist«, sagte Hettie.

»Echt jetzt?«, sagte Joey. Er hätte nicht gedacht, dass Bobby bei der Beisetzung auch nur ein Wort über ihn verlieren würde.

Hettie behielt die Details von Bobbys Äußerungen lieber für sich. *Jede Wette, dass dieser Fotzkopp Joey Miller auch bei den Bergarbeiter-Riots dabei ist und gerade Polizeipferde mit Ziegelsteinen beschmeißt. Was für ein beschmierter Armleuchter, dieser Typ!* Sie war der Meinung, dass Joey nicht den genauen Wortlaut kennen musste. Auch dass Bobbys Kommentar der Auslöser für den Streit mit Gary gewesen war, mochte sie ihm nicht erzählen. *Wenigstens glaubt dieser ›beschmierte Armleuchter‹, der ja mal dein bester Kumpel war, an irgendetwas – und zwar so stark, dass er bereit ist, dafür zu kämpfen.* Bei der darauffolgenden Auseinandersetzung – der Auseinandersetzung zwischen einem wütenden und aggressiven Soldaten und einem großmäuligen Faulpelz und Teilzeit-DJ – konnte es nur einen Gewinner geben.

»Es war einfach nur schrecklich, Hets. Pure Gewalt, ausgeführt von den Bullen, legitimiert vom Staat. Wir waren nur da, um friedlich unser Streikrecht wahrzunehmen, aber man bekam schnell das Gefühl, dass die Polizei es von Anfang an als eine Art Schlacht angesehen hat. Die sollten ja eigentlich nur für Ruhe und Ordnung während der Demonstration sorgen, aber die waren komplett außer Kontrolle. Hunderte von diesen Mistkerlen kamen auf riesigen Gäulen angeritten und haben alles plattgemacht, was ihnen im Weg stand.«

»Ich hab's im Fernsehen gesehen, Joey. Es sah wirklich schlimm aus«, sagte Hettie.

»Ja, aber diese BBC-Wichser haben doch eh alles so zusammengeschnitten, wie es ihnen in den Kram passt. In den Nachrichten war zu sehen, wie die Streikenden Steine schmeißen und dann die Pferde in die Menge reinreiten. Aber so ist es nicht gewesen. Ich war doch da!« Joeys Stimme klang angespannt, als stünde er im Zeugenstand und müsste im Kreuzverhör seine Sicht der Dinge verteidigen.

»Paar Tage vorher war ich mit den Bergarbeitern in Maltby drüben. Da wurde ein junger Kerl namens Joe Green von einem Lastwagen überfahren. Nachdem der Bursche gestorben war, kam's mir so vor, als gäbe es kein Halten mehr, als würde es dann erst richtig losgehen«, sagte Joey.

Hettie war keine Befürworterin der Thatcher-Regierung, aber sie war auch keine Aktivistin. Die Ereignisse des Bergarbeiterstreiks hatten sie geschockt, aber sie schienen auch weit von ihr entfernt. Jetzt hatte sie das Gefühl, dass Joey über die Geschehnisse sprechen wollte, unbedingt und egal mit wem. Er tat ihr leid. Nicht nur sie hatte Bobby verloren. Ihm ging es genauso. Er schien ein wenig desorientiert, als würde er nach Halt suchen. Wahrscheinlich war er deshalb in England gelandet: der Versuch, eine kleine Bezugsgruppe durch eine andere, sehr viel größere zu ersetzen. Joey hatte sich schon immer nach einer Art der Zugehörigkeit gesehnt. Das war Hettie bereits damals aufgefallen, als er mehr Zeit bei den Cassidys verbrachte als in seiner eigenen Wohnung. Es kam sogar vor, dass Bobby und Lizzie ausgingen und Joey derweil in Bobbys Zimmer hockte und an den DJ-Plattenspielern übte.

»Ich sag's dir, Hettie, dieses Land ist komplett am Arsch. Schau dir doch nur mal dieses abgekartete Spiel von Bullen, Regierung und Medien an – die größte Verschwörung der Menschheitsgeschichte!«

»Da kommt man nicht gegen an, stimmt«, sagte sie.

»Aber das sollte uns ja nicht davon abhalten, es wenigstens zu versuchen, oder?«, antwortete er.

Sie machten sich auf den Weg, gingen nebeneinander her, Richtung Innenstadt.

»Und, wie läuft's an der Uni?«, fragte er nach einer Weile.

»Ganz gut eigentlich. Das erste Jahr war ein bisschen heftig. Die Fotografie hat mir von den bildenden Künsten am besten gefallen. Aber das hatte auch mit dem Prof zu tun. Der war einfach toll, und ich kam besser mit ihm klar als mit dem anderen. Aber ja, im Großen und Ganzen läuft die Uni gut. Ist auch super, aus Killie wegzukommen. Hier gibt's ja nur noch Trantüten, Versager und Mistkerle«, sagte sie lachend.

Er war sich nicht sicher, ob sie auch ihn damit meinte.

»Und was ist mit *dir*? Was treibst du so, wenn du nicht gerade Polizeipferde malträtierst?«

Es sollte ein Witz sein, um die Stimmung zu heben, aber er hatte das Gefühl, dass sie sich über ihn lustig machte. Es entstand eine lange Pause. Ihre Frage blieb unbeantwortet. Stattdessen sagte er: »Ich hab Gary, Deborah und den Kleinen neulich gesehen.«

Darauf war Hettie nicht vorbereitet gewesen. Nun wusste sie, dass sie ihn verletzt hatte. Der Kommentar über Gary war seine subtile Rache. »In Orgreave wurde ich ja festgenommen, von den Bullen im Knast verprügelt und dann einfach so wieder laufen gelassen. Die ganze Sache hat mich ziemlich mitgenommen, uns alle eigentlich. Danach wollte ich nicht gleich wieder nach Hause und bin erst mal nach London gefahren. Da bin ich zu den Mannschaftsunterkünften und hab mich mit Gary getroffen, weil ich mir dachte, dass *er* das alles bestimmt verstehen würde.« Eine weitere Stichelei, mit der er sie verletzen wollte. Doch als er ihre Reaktion sah, wünschte er sich, lieber nichts gesagt zu haben. »Gary hat nach dir gefragt, Hettie«, log er. »Meinte, ich soll mal nach dir schauen, verstehst du? Dass du zurechtkommst und so.« Eine Lüge folgte der anderen. »Ich soll dir sagen, dass es ihm gut geht und dass er Hilfe von der Army bekommt.« Fast schon eine Litanei. Joey versuchte verlorenes Terrain zurückzugewinnen, sich einzuschmeicheln. »Er hat mir das hier für dich mitgegeben.« Er gab ihr ein Polaroidfoto, das er aus seinem Portemonnaie gezogen hatte. Es war ein Foto von Gary, Deb und dem kleinen James. Er selbst hatte es für die drei geschossen, sie dann aber gebeten, es behalten zu dürfen.

Als sie das Bild betrachtete, weinte Hettie erneut. Aber nicht aus Freude über ihren kleinen süßen Neffen oder das Glück, das sie beim Anblick der jungen Familie am Beginn ihres gemeinsamen Lebens empfand. Hettie weinte wegen des gequälten und angespannten Ausdrucks auf dem versteinerten Gesicht ihres Bruders. *Der Mann, der nicht da war.* Ein junger Mensch, den die brutalen Ereignisse des Krieges traumatisiert hatten und der sich in der Folge nicht nur immer weiter von seiner Familie, sondern auch von seinen Kameraden entfremdete.

Wieder nahm Joey die jüngere Schwester seines ehemals besten Freundes tröstend in den Arm. Vielleicht würde sie später in London anrufen, vielleicht würde sein Lügennetz auffliegen. Es war ein Risiko, das er eingehen musste. Denn nun, da er sie verletzt hatte, wollte er nur noch eins: den Schmerz lindern.

KAPITEL 19

Juli 1985. Glasgow, Schottland

Die Tasche, die Hettie gepackt hatte, war eigentlich zu groß für eine Reise mit nur einer Übernachtung. Sie schob es auf ihre Nervosität. Normalerweise galt sie bei all ihren Bekannten als ein spontaner Mensch. Sie lächelte bei dem Gedanken daran, was diese wohl sagen würden, wenn sie sie jetzt sehen könnten. In den Tagen vor der Abreise hatte sie die Tasche unzählige Male gepackt, wieder ausgeräumt und neu gepackt. Jetzt fühlte sie sich endlich bereit. Sie musste aber noch auf Joey warten. Sobald er auf den Beinen war, sollte es losgehen, nach London. Sie stellte die Tasche nahe der Eingangstür ab und legte ihren Dufflecoat darüber. Dann ging sie in die Küche und setzte Wasser auf.

Sie hatte eine enge Beziehung zu Joey, aber entgegen der Annahme einiger Freunde, mit denen sie regelmäßig abhingen, waren sie kein Paar. Er bedeutete ihr viel, eine Beziehung wollte sie jedoch nicht. Sie kannte ihn seit ihrem zehnten Lebensjahr. Er war immer da gewesen, der beste Freund ihres Bruders; eigentlich ein No-Go für Teenagerinnen, zumindest was größere Gefühle anging, aber die hegte sie, wenn sie ehrlich war, ohnehin nicht für ihn. Und doch war er ihr in den schwierigen Monaten nach dem Tod ihrer Mum eine Stütze gewesen, ganz im

Gegensatz zu ihren zwei Brüdern. Außerdem teilte sie seine Leidenschaften, interessierte sich für Musik und Politik. Er nahm sie mit auf Livegigs und sorgte dafür, dass sie rauskam und Ablenkung hatte. Sogar seine Begeisterung für Science-Fiction machte Eindruck auf sie. Sie musste stets lächeln, wenn sie an seine von nerdigen Theorien geprägten Vorstellungen über die Zukunft dachte: selbstfahrende Autos und streichholzschachtelgroße Telefone, die man in der Hosentasche herumtragen und überall benutzen konnte. Da Bobby weit weg war, hatte Joey die Rolle des idealistischen Träumers an ihrer Seite übernommen. Hettie liebte ihn dafür, auch wenn in diesem Zusammenhang ein gewisser Opportunismus eine Rolle spielte. Er war derjenige, der ihr – in einer Zeit, in der sie als Achtzehnjährige nicht mehr an so etwas wie eine glückliche Zukunft zu glauben wagte – das Gefühl vermittelte, alles sei möglich.

»Bist du so weit? Wir müssen langsam los, oder wir verpassen den Zug.« Hettie klopfte kräftig gegen die Tür von Joeys Zimmer. Es war das vierte Mal an diesem Morgen. Ihre Stimme klang zwar nicht verärgert, aber sie hatte entschieden, Joey nur noch diese eine Chance zu geben. Sollte er bei ihrer nächsten Runde durch die Wohnung immer noch kein Lebenszeichen von sich gegeben haben, würde sie in sein Zimmer stürmen und ihn aus dem Bett zerren. Sicher, es war vier Uhr morgens und außerdem ein Samstag, aber andererseits war der geplante Ausflug allein Joeys Idee gewesen, die zeitige Abreise ebenfalls. Das Set von The Style Council, so hatte er gemeint, dürfe man auf keinen Fall verpassen. Mitgefühl, weil Joey »kein Morgenmensch« war, konnte er von Hettie also nicht erwarten.

»Okay, ich komme jetzt rein. Mir egal, ob du was anhast oder nicht!«

»Ich bin ja schon auf!«, antwortete er. »Meine Güte, ich hab dich doch gehört.« Langsam öffnete sich die Tür, und Joey kroch aus seinem Zimmer. Er hatte eine Jeans an und sehr wahrscheinlich auch eine Unterhose. »Fünf Minuten, damit ich mich frisch machen kann, okay?«

»Wie bitte? Joey, der Zug fährt um zehn vor fünf! Ich muss jetzt sowieso schon ein Taxi rufen.« Ihr zuvor noch spottender Ton klang jetzt leicht angesäuert.

Als die Badezimmertür ins Schloss fiel, ging sie zu dem Gemeinschaftstelefon im Flur ihrer Studenten-WG im Glasgower Stadtteil Dowanhill.

Joey Miller wohnte seit nunmehr sechs Monaten mit Hettie Cassidy und zwei anderen Studentinnen namens Alexa und Persephone in dieser Wohnheimeinheit zusammen. Alle schienen zufrieden mit dieser Kombination. Tony Macari, der Vormieter von Joeys Zimmer am Ende des Flurs, hatte sich irgendwann als gemeingefährlich und geisteskrank entpuppt. Nachdem er seine drei Mitbewohnerinnen über Wochen hinweg bestohlen hatte, war es zum Eklat gekommen, als die Mädchen ihn zur Rede stellen wollten. Während der Auseinandersetzung packte er Alexa, drückte ihr ein Küchenmesser an die Kehle und zerrte sie zur Wohnungstür. Obwohl an ihrem Hals immer noch leichte Spuren von der Attacke zu sehen waren, mochte sie partout nicht glauben, dass Tony ihr absichtlich Leid hatte zufügen wollen. Alexa hatte die Eigenart, immer nur das Gute in den Menschen zu sehen, und verschloss lange Zeit die Augen vor der Tatsache, dass Tony ein Dealer war, der davon lebte, den Studenten der Glasgow University Drogen zu verkaufen. Seine ständig verschlossene Zimmertür, der sporadische Kontakt mit seinen Mitbewohnerinnen und die unbestreitbar dunkle Aura, die ihn umgab – das alles hatte sie nicht alarmiert. Als dann die Ermittlungen begannen, waren die drei Mädchen schockiert über das Ausmaß seiner kriminellen Machenschaften. Wenn er mal ihre Gesellschaft gesucht hatte, war er stets sehr nett gewesen, und gut ausgesehen hatte er außerdem. Wie sich herausstellte, hatten sich die drei nichts vorzuwerfen: Die Vernehmung durch die Polizei ergab, dass Tony eine absolut plausibel klingende, aber von vorn bis hinten erfundene Lebensgeschichte auf Lager hatte. *Ein geübter Lügner und Berufsverbrecher*, hieß es später im Polizeibericht. Nach Tonys Ausscheiden aus der WG brauchten die Mädchen einen Nachfolger, um die Miete bezahlen zu können. Ihre Anforderungen an potenzielle Kandidaten waren hoch. »Unser Mitbewohner muss einen guten Charakter haben. Er darf weder hinterhältig noch alkoholabhängig sein und sollte sein Einkommen nicht mit zwielichtigen Aktivitäten bestreiten.« Hettie hatte ihre Bedenken in Bezug auf diese Formulierung, doch da Alexa am stärksten von allen gelitten hatte, lag die endgültige Entscheidung bei ihr. Als Hettie den Anzeigentext schließlich Joey zeigte und ihn um seine Meinung bat, war dieser anfänglich davon überzeugt, dass er aus der Bibel abgekupfert war, brachte sich aber kurz darauf trotzdem als Kandidat ins Spiel. Ein Jahr zuvor hatte Hettie ihn überzeugt, ein ihm verhasstes Fachhochschulstudium abzubrechen und stattdessen an die Glasgow University zu wechseln, um Architektur zu studieren. Etwas widerwillig hatte Joey sich beworben und war – dank der Kombination aus passablen Abschlussnoten in den kreativen Fächern und allgemeiner Hochschulqualifikation – angenommen worden. Als sich dann die Möglichkeit mit Hetties WG ergab, war der Umzug nach Glasgow der nächste logische Schritt. Joey hatte zwar nichts vom Charakter eines

Diakons, aber Hettie verbürgte sich für sein gutes Wesen, und das reichte Alexa und Persephone vollkommen. Damit war die Sache beschlossen, und er zog in die WG von Hettie Cassidy ein. Jetzt machte er sich fertig für ihre gemeinsame London-Reise – in der Tasche zwei Tickets für das Live-Aid-Festival im Wembley-Stadion.

* * *

Wie vorherzusehen, war der Zug von Glasgow Central proppenvoll. Hettie war froh, dass sie ein wenig Planungsaufwand für den Ausflug betrieben hatten. Ihr altes und spontanes Ich wäre einfach zum Bahnhof gegangen und hätte auf das Beste gehofft. Joey allerdings hatte darauf bestanden, Sitzplätze zu reservieren. Nicht nur in dieser Hinsicht hatte er sie grundlegend verändert. Es hatte eine Weile gedauert, keine Frage, aber mittlerweile schaute sie nach vorn. Sie antizipierte die Ereignisse, während sie vorher, inmitten des Trümmerhaufens nach dem qualvollen Sommer 1982, nur reagiert und die Dinge so genommen hatte, wie sie eben kamen. Die Jungs, mit denen sie zusammen gewesen war – zugegeben, nicht sonderlich viele –, waren stets zu spät zu den Dates mit ihr aufgeschlagen. Es waren junge Kerle, Studenten, allesamt gerade erst den Zwängen des Elternhauses entflohen und nun dabei, in der großen Stadt ihre Flügel auszubreiten. Wie Pfauen stolzierten sie durch die Gegend und waren mehr mit dem eigenen Aussehen beschäftigt als viele Frauen. Joey mochte zwar nie Hetties Freund gewesen sein, aber sie merkte sehr wohl, dass er in vielerlei Hinsicht vollkommen anders als diese Jungs war. Alexa fand ihn sogar auf unkonventionelle Weise attraktiv und hatte das Gefühl, dass sich Joey dieser

Attraktivität nicht einmal bewusst war. In einer Zeit, in der die ästhetischen Ideale der in Glasgow aufkommenden studentischen Gegenkultur die örtlichen Barbiere in den Ruin zu treiben drohten, lief er stets makellos rasiert herum.

* * *

»So, jetzt brauch ich erst mal Kaffee. Du auch einen?«, sagte Joey.

Hettie schüttelte den Kopf.

Er stand auf, um das Bordbistro zu suchen, das sich, wie der Schaffner ihnen mitgeteilt hatte, im nächsten Wagen befand. In welchem Wagen genau, ob weiter vorne oder weiter hinten, war nicht ganz klar. Sie sah ihm nach, wie er sich erst an einer Gruppe Jugendlicher mit Luftballons und Union-Jack-Flaggen vorbeizwängte und dann hinter vier großen Skinheads verschwand, auf deren zerschlissenen T-Shirts die Worte »Fuck You!« standen. Eigenartigerweise lächelten sie freundlich und traten bereitwillig zur Seite, als Joey an ihnen vorbeiwollte. Seit die vier Glatzköpfe in Birmingham New Street zugestiegen waren, hatten sämtliche Fahrgäste, einschließlich des Schaffners, sie mit Argwohn beäugt, als wären sie keine menschlichen Wesen, sondern Außerirdische, die eine Massenentführung planten. Hettie nahm an, dass die Skinheads nicht zum Festival ins Wembley-Stadion wollten. Dafür waren die angekündigten Bands einfach zu mainstreamig. Auch wenn die Grenzen ihres Musikgeschmacks weniger eng gesteckt waren als die von Joey, so stimmte sie ihm doch zu, dass eine Verpflichtung von The Smiths und Echo and the Bunnymen für ein authentischeres Bild der aktuellen britischen Musikszene auf dem Festival gesorgt hätte. Fakt war allerdings auch, dass sich diese Acts eher den linken Arm abgeschnitten hätten, als Teil von Geldofs Celebrity-Klüngel zu werden. Immerhin waren die von Hettie geliebten U2 dabei, Bowie ebenfalls. Im Gegenzug dafür die alte Garde der britischen Musik um Phil Collins und Queen ertragen zu müssen schien ihr ein akzeptables Übel. Im Vorfeld des Festivals hatten in Ayrshire kurzzeitig Gerüchte die Runde gemacht, die auf einen möglichen Auftritt der Miraculous Vespas hindeuteten – jener jungen Band aus Kilmarnock, die im Herbst zuvor mit ihrer Debütsingle einen Nummer-eins-Hit gelandet hatte. Joey kannte den Manager der Gruppe und hatte gehofft, ein paar Backstage-Pässe zu ergattern, aber kurz darauf wurden seine Hoffnungen durch eine Reihe gegenteilig lautender Gerüchte zerstört. Die Band war kurz zuvor erst das zentrale Element einer groß angelegten und äußerst bizarren Vendetta zwischen verfeindeten schottischen Gangs gewesen und anschließend in ein Zeugenschutzprogramm aufgenommen worden. Nun auf einem Festival mit weltweit 1,9 Milliarden Zuschauern aufzutreten wäre keine besonders schlaue Entscheidung gewesen.

* * *

»Es ist zwölf Uhr mittags in London, sieben Uhr morgens in Philadelphia, und auf der ganzen Welt ist es an der Zeit für Live Aid.«

Joey und Hettie betraten gerade das Spielfeld im Wembley-Stadion, als Radio-One-Moderator Richard Skinner das Festival mit diesen Worten eröffnete. Die beiden sahen sich an und lachten. Mit einem Mal hatte die Atmosphäre des Ganzen sie erfasst; dieses aufregende Gefühl, Teil eines sehr wahrscheinlich geschichtsträchtigen Ereignisses zu sein. Joey hatte sich zynisch über die Motive des Großteils der auftretenden Künstler geäußert. Es war ziemlich offensichtlich, dass ihre Teilnahme zu einem erheblichen Anstieg ihrer Verkäufe und ihrer Popularität führen würde. Trotzdem war nicht zu leugnen, dass Bob Geldof mit dem Festival ein absolut einzigartiges und besonderes Event auf die Beine gestellt hatte. Joey war sicher, dass sie später in der gleichen Weise an dieses Ereignis zurückdenken würden wie ihre Eltern an historische Momente wie die Ermordung von JFK oder die Mondlandung von Neil Armstrong. Es fühlte sich einfach unheimlich groß und bedeutend an, als die Begeisterung der Massen über sie hinwegrollte, während Status Quo als erster Act nach dem Royal Salute der Coldstream Guards auf die Bühne kamen.

»Das ist der Wahnsinn, oder?«, sagte Joey.

»Aye, der absolute Wahnsinn«, stimmte Hettie zu.

»Ich wünschte nur, Bobby wäre hier, um sich das anzusehen«, sagte er reflexartig, als hätte es die letzten drei Jahre nicht gegeben.

»Mir geht's genauso, Joey.« Sie konnte ihm seine Begeisterung ansehen. Auch sie war euphorisch. Paradoxerweise hätte sie diesen Moment jedoch lieber mit Gary als mit Bobby geteilt.

»Ich ärgere mich jetzt schon, diesen Mantel mitgeschleppt zu haben«, sagte Hettie. Es war warm, und so hatte sie sich den Dufflecoat um die Hüfte binden müssen. Joey schleppte dafür seit ihrem Aufbruch am Morgen die Tasche. Sie hatte zwei komplette Garnituren Wechselklamotten und einen Kulturbeutel eingepackt, er nur eine zweite Unterhose und ein Paar Socken. Es wäre etwas dreist gewesen, ihm auch noch den Mantel aufs Auge zu drücken, sodass sie ihn einfach angelassen und über ihrer gebleichten Jeans-Latzhose getragen hatte, bis die Hitze irgendwann unerträglich geworden war. Joey war wie immer komplett in Schwarz gekleidet: Röhrenjeans, zerschlissenes Clash-Shirt, Levi's-Jacke. Beide hatten Boots von Doc Martens an. Sie sahen aus wie ein cooles junges Indie-Pärchen. Wie der Schein doch trügen kann.

Sie arbeiteten sich weiter nach vorn, waren aber trotzdem erst an der Mittellinie angekommen, als Paul Weller auf die Bühne trat. Rotes Oberteil, weiße Jeans, blonde Strähnchen – es war der Moment, für den Joey Miller vierhundertfünfzig Meilen gereist war.

»O mein Gott, ich liebe diesen Song«, sagte Hettie. Sie legte ihren Arm um Joey und tanzte mit ihm. Sie lächelte warmherzig, im Himmel über ihnen strahlte die Sonne. Es war ein besonderer Moment – mehr für ihn als für sie. Die unfehlbare Fähigkeit der Musik, tief vergrabene Gefühle zutage zu fördern, tat ihr Übriges. Seine Augen wurden feucht, sie wiegte sich im Takt der Musik. Dann drehte sie sich beim Tanzen und stieß mit ihm zusammen.

»Ich liebe dich, Hettie!«, rief er und drückte ihr einen kräftigen Kuss auf den Mund. Für sie war es so überraschend, dass sie instinktiv zurückzuckte und ihn dabei kraftvoller von sich stieß als beabsichtigt. Sie wusste, dass er Gefühle für sie hegte, hatte aber stets vermieden, sich ernsthaft mit ihnen auseinanderzusetzen. Stattdessen hatte sie versucht, diesen Teil ihres Lebens, in dem Joey nicht mehr als ein guter Freund war, ein Freund ihres Bruders noch dazu, gegen äußere Einflüsse abzuschotten, auf dass er sich nie verändern möge. Weller sang zwar immer noch »You're The Best Thing«, doch für Joey, der von einer Sekunde auf die nächste arg ernüchtert war, fühlte es sich ganz und gar nicht mehr so an. Sofort versuchte er es auf den Moment zu schieben; die Müdigkeit, die Zugfahrt, die vielen Lager so früh am Morgen. Hettie tat die Sache mit einem Achselzucken ab, merkte aber auch, dass sich mit einem Mal alles komisch anfühlte. Als wäre hinter ihnen eine Tür zugeknallt, eine Tür, die zu dem ruhigen, sicheren Ort führte, von dem sie gekommen waren und zu dem sie jetzt nicht mehr zurückkehren konnten. Sie waren seit gerade mal sechzig Minuten im Wembley-Stadion, und nun das! Noch lagen mehr als neun lange Stunden Festival vor ihnen. Sie war vor Kurzem neunzehn geworden, er war fast einundzwanzig. Beide hatten aus nächster Nähe erlebt, wie Menschen gestorben und Ehen zugrunde gegangen waren, aber weder er noch sie waren reif genug, um mit diesem Moment umgehen zu können. Wie zog man sich würde- und rücksichtsvoll zurück, um weder Gefühle zu verletzen noch Freundschaften zu beschädigen? Sie wussten es nicht. War die Angelegenheit für Hettie bedauerlich, drohte Joey von ihr zermalmt zu werden. Er fühlte sich, als wäre er wieder in der Sporthalle seiner Grundschule, gezwungen, eines der Mädchen vor der gegenüberliegenden Hallenwand auszusuchen. »Gesellschaftstanz«, und zwar ein Pärchen nach dem anderen, während die Klassenkameraden kicherten. Ein brutales und widerliches Experiment in Sachen staatlich finanzierter Beschämung von Schulkindern. Die hübschen Mädchen waren immer gleich am Anfang weg, ausgewählt von denen, die schon früh Alphatier-Tendenzen zeigten. Für die scheuen Verehrer wie Joey barg selbst die Kontaktaufnahme zu den aus seiner Sicht begehrenswerteren Mädchen mit den besseren Charaktereigenschaften ein ebenso großes Risiko der Demütigung. Genauso wie jetzt. Er wünschte sich, der Boden des Wembley-Stadions würde sich auftun und ihn verschlingen, wie er es über die Jahre mit zahllosen schottischen Nationaltorhütern getan hatte.

Eine Stunde lang sprachen sie kein Wort miteinander, sondern schauten sich stattdessen die Bands an und versuchten gleichzeitig, sich über die Konsequenzen seiner Unbesonnenheit klarzuwerden. Beide wussten nun, dass das Wort »Beziehung« unterschiedliche Bedeutungen für sie hatte. Eine Abfolge eher unspektakulärer Auftritte tat das ihre, um Joeys Stimmung weiter absacken zu lassen. Irgendwann erinnerte ein solo auftretender Elvis Costello die Anwesenden auf eher prosaische Art und Weise daran, dass alles, was man brauchte, doch nur Liebe war. Joey Miller wusste das bereits, aber der Gedanke half ihm, für einen Moment zumindest, über sein Selbstmitleid hinweg.

»Ich geh mal eben aufs Klo«, sagte Hettie. »Wartest du hier auf mich?«

»Aye, mach ich«, sagte er, vielleicht etwas zu distanziert.

»Soll ich dir ein Bier oder einen Hotdog oder so was mitbringen? Ich hab mittlerweile ziemlichen Hunger.« Die Unterhaltung über Nebensächlichkeiten diente ihnen als Wundpflaster.

»Aye, gute Idee. Aber nur ein Bier für mich. Ich hab keinen Hunger«, sagte er. Zu schmollen brachte hier nichts, das wusste er. Es gab immer größere Dinge, drängendere Probleme. »Brauchst du Geld?«

»Nein, ich mach das schon.«

Sie sahen sich an. In ihrem Blick lag so etwas wie eine Entschuldigung. Ohne ein Wort zu sprechen, teilte sie ihm mit, dass es ihr leidtat. Er verstand. Das Leben war gespickt mit solchen Momenten. Bei diesem speziellen Moment sollte es jedoch eine Weile dauern, bis Hettie und Joey ihn verwinden würden.

* * *

Sie blieb so lange weg, dass er irgendwann glaubte, sie hätte das Stadion verlassen. Er rührte sich nicht vom Fleck. Vielleicht hatte sie sich ja nur verlaufen. Sie hatten über diese Möglichkeit gesprochen und verabredet, sich im Fall der Fälle um sechs Uhr am Haupttor wiederzutreffen. Just in dem Moment, in dem die Liveschaltung zum JFK-Stadion in Philadelphia stand, tauchte sie wieder auf. Sie war nicht allein, sondern in Begleitung von vier Männern. Joey kannte sie nicht, Hettie offensichtlich schon. Sie war betrunkener als vorher und auch fröhlicher. Möglicherweise war das eine die Folge des anderen.

»Das ist mein Pal Joey ... ich meine, mein Kumpel, mein Mitbewohner«, lallte sie.

»*Pal Joey?*«, sagte einer von Hetties neuen Freunden. »Heißt so nicht ein Film?« Alle lachten, außer Joey.

»Hallo ... na, wie geht's?«, sagte er und musterte die Männer.

»Ging nie besser«, antwortete ein anderer. »Was für eine geniale Atmosphäre, oder?«

»Aye, schätze schon«, sagte Joey.

»Ich bin übrigens Pete«, sagte der Älteste der vier.

»Pete D'Olivera.« Joey reichte ihm die Hand. »Und das hier sind Grant, Oscar und unser Giftzwerg Rupert.«

»Was soll das heißen, ›Giftzwerg‹?«

»Sorry, Rupe. Hab mich versprochen«, sagte Pete affektiert. »Ich wollte eigentlich sagen ›unser Wichszwerg Rupert‹. Mein Fehler.«

Hetties neue Freunde wieherten los. Hettie lächelte nur, sah Joey an und zuckte mit den Schultern. Joey hatte immer noch keine Ahnung, in welcher Beziehung sie zu den vier Männern stand. Sie kannte sie schon länger, das schien klar, aber sie sahen alle älter aus – vor allem Pete, der ihr Anführer und ganz bestimmt schon über vierzig zu sein schien. Von Aussehen und Auftreten her wirkte er wie jemand, der sich nie so recht von der Flower-Power-Ära hatte verabschieden können. Er hatte diesen Trick langjähriger Raucher drauf, die die Zigarette in einem Mundwinkel halten und gleichzeitig den Qualm auf der anderen Seite hinauspusten konnten. Sein Kopf schien ständig von einer grauen Wolke umhüllt.

»Ach ja, ich bin der Fotografie-Dozent von Heather. Sie hat ein wirklich fantastisches Auge«, sagte er auf eine Art, die für Joey verdammt daneben klang.

Als Oscar daraufhin seinem Kumpel Grant etwas zuflüsterte, klang es für Joey wie »Und du hast ein Auge auf ihren fantastischen Arsch geworfen«.

Von da ab ging es für Joey bergab. Einzuschreiten, um Hetties Ehre vor diesen Privatschul-Armleuchtern zu verteidigen, war keine Option, da ein solches Manöver gut und gern nach hinten losgehen konnte, sollte Hettie gar nicht wollen, dass man ihre Ehre verteidigte. Sie schien von den Sorgen, die Joey sich machte, nichts zu ahnen und jubelte ausgelassen, während U2 die Bühne betraten.

Erst in der Mitte eines unfassbar langen Songs von Bono und Co. merkte Joey, dass Hettie und ihre vier Bekannten sich nicht nur von ihm entfernt hatten, sondern sogar außer Sichtweite geraten waren. Er war allein. Betrunken, wie sie mittlerweile war, so dämmerte ihm, gab es eigentlich keine Chance, sie später noch einmal wiederzutreffen. Den Reaktionen der Menschen um ihn herum zufolge hatten U2 gerade ihre große Chance vertan. Er verstand nur allzu gut, wie sie sich fühlten. Die meisten Künstler hatten einen Slot mit vier Liedern bekommen. Bei der Band aus Dublin lag der Fall etwas anders, denn ihr Song »Bad« machte fast ihr gesamtes Set aus. Mitten im Stück holte Bono eine Zuschauerin aus der ersten Reihe auf die Bühne und tanzte mit ihr. Joey, der ziemlich eingezwängt stand und nicht gut sehen konnte, dachte im ersten Moment, die Frau wäre Hettie. Aber sie war es nicht. Hettie war irgendwo anders, außer Reichweite und mit vier älteren Männern unterwegs. Der Tag war im Eimer. Joey verließ das Stadion, noch bevor Queen auf die Bühne kamen, bevor David Bowie »Heroes« sang und lange bevor Paul McCartney das Mikro abschmierte. Es war eine der denkwürdigsten Veranstaltungen in der britischen Musikgeschichte. Als das Konzert im Wembley-Stadion zu Ende war, torkelte Hettie Cassidy zurück ins Londoner Zentrum und verschwand mit Pete D'Olivera in dessen Hotelzimmer. Joey Miller lag zu diesem Zeitpunkt bereits auf einem Sofa und schlief, und zwar inmitten der emotionalen Kriegszone von Gary Cassidys Wohnung im Stadtteil Bethnal Green. Und so blieb das Bett im Jugendherbergszimmer, das Joey und Hettie gebucht und bezahlt hatten, in dieser Nacht unberührt.

KAPITEL 20

Mai 1987. London, England

Joey Miller war Mitglied in der Labour Party geblieben. Sein Vater hatte oft von der Apathie und dem Zynismus gesprochen, die sich regelmäßig breitmachten und den politischen Aktivismus der Jugend hinwegwuschen. Für gewöhnlich geschehe das nach ein paar schlechten Wahlergebnissen, was natürlich immer eine Frage der Perspektive sei. Aber es geschehe laut Joeys Dad eben immer wieder, und zwar so sicher, wie auf den Tag der Abend folge. Joey hatte sich vorgenommen, anders zu sein. Er traf seinen Vater nicht mehr allzu oft dieser Tage, aber ihre zerbrechliche Beziehung hatte sich definitiv verbessert, seitdem beide in Glasgow lebten. Joeys Vater akzeptierte mittlerweile die Tatsache, wenn auch mit einigem Zähneknirschen, dass sein Sohn an der Uni war und studierte, um - hört, hört! - einen Beruf zu erlernen. Trotzdem oder gerade deshalb war er mehr als zuvor davon überzeugt, dass Joeys politische Ansichten sich mit zunehmendem Alter und steigendem Verdienst durch den von ihm gewählten Beruf Stück für Stück nach rechts verschieben würden. Joey war jedoch entschlossen, dass ihm so etwas nicht passieren würde. Nach dem erfolgreichen Abschluss seines dritten Studienjahres suchte er sich nicht, wie eigentlich üblich, gleich eine Stelle für sein einjähriges Praktikum, sondern verpflichtete sich, den Merchandise-Stand der zweiten Red-Wedge-Tour zu betreuen.

Die Initiative Red Wedge hatte eine sehr klare Agenda: Es ging um die Absetzung von Margaret Thatcher, ihre Niederlage bei den bevorstehenden Unterhauswahlen am 11. Juni. Hinter der Initiative stand ein Kollektiv aus linksgerichteten Musikern, das sich Ende 1985 gegründet hatte und von Billy Bragg, Paul Weller und Jimmy Somerville, dem aus Glasgow stammenden Sänger der Communards, angeführt wurde. Um die Wahlkampagne der Labour Party zu unterstützen, hatte die Formation im Verlauf des Jahres 1986 eine Reihe von Livegigs gespielt und Presse-Events veranstaltet. Joey hatte sich einige dieser Gigs angesehen und war besonders von den Konzerten mit Cameo-Auftritten von The Smiths und Elvis Costello begeistert gewesen. Obwohl Hettie zu Jahresbeginn aus der gemeinsamen Studenten-WG ausgezogen war, hatte sie Joey zu dem Red-Wedge-Konzert im Edinburgh Playhouse begleitet. Unter anderem waren dort The Blow Monkeys, Lloyd Cole und Jerry Dammers aufgetreten. Die Songs klangen streckenweise zwar so, als hätte man sie öfter proben sollen, aber die Begeisterung der Künstler, die in vielen unterschiedlichen Formationen spielten und sich bei ihren Auftritten gegenseitig unterstützten, verlieh dem Ganzen eine Spontaneität und Lebendigkeit, die ihnen, auf sich allein gestellt, wahrscheinlich abgegangen wäre.

Die Freundschaft zwischen Joey und Hettie war nach den Ereignissen des Live-Aid-Konzerts nie wieder dieselbe. Hettie – die sich insgeheim nach der Aufmerksamkeit ihres ehemaligen Fotografie-Dozenten verzehrte – zog nach ihrem Abschied aus der WG mit selbigem zusammen. Da sie den

Schwerpunkt ihres Studiums von Fotografie auf Malerei verlegt hatte, gab es diesbezüglich keine Probleme, denn Pete war nun nicht mehr ihr Dozent. Ihre künstlerische Entwicklung war beeindruckend. Es waren äußerst persönliche und hauptsächlich figurative Arbeiten: großflächige Leinwände, gefüllt mit impressionistischen und teils übertriebenen Darstellungen des menschlichen Körpers. Ähnlich wie die Werke von Lucian Freud und Jenny Saville – der Erste einer ihrer größten Einflüsse, die Zweite eine Kommilitonin – waren auch Hetties Bilder direkt, authentisch und konfrontativ. Viele dieser Arbeiten waren Selbstporträts und zeigten ganz offensichtlich, wie Hettie sich selbst sah. Joey fühlte sich beim Anblick der nackten Körper nie besonders wohl.

Er war in der WG geblieben. Nach Hetties Auszug hatte sich Persephone Wilcox um eine Nachmieterin bemüht und Lucinda Burroughs, eine Freundin aus ihrer Reitschule, ermutigt, in die Studentenwohnung einzuziehen. Lucinda war ein hübsches Ding, aber äußerst distanziert. Sie sah auf alles und jeden herab, ganz besonders auf Joey. In der Anfangszeit kommunizierten sie nur wenig miteinander. Joey war überzeugt davon, dass sie ihn aus der WG ekeln wollte, damit ihre Schwester sein Zimmer beziehen konnte. Wie Persephone ihm erzählt hatte, war Lucinda das Adoptivkind eines der wohlhabendsten Männer in Westschottland. Sie verströmte den unangenehmen Geruch von skrupellosem Anspruchsdenken, Oberschicht sowie Thatcherismus und tat die Arbeiterklasse als faule Neandertaler ab. Joey sah sie bald schon als die Antithese von sich selbst: ein Mensch, dessen Einstellungen in jeder Hinsicht absolut konträr zu den seinen waren. Hettie konnte Lucinda natürlich nicht ausstehen. Da Joey seinerseits aber einen tiefen Groll gegen Pete D'Olivera hegte, kam es nicht selten vor, dass er Lucinda verteidigte – und zwar einzig und allein deshalb, weil er Hettie so wieder und wieder Kontra geben konnte.

Im Mai arbeitete Joey zusammen mit Gary als Helfer auf der 1987er Comedy-Tour von Red Wedge. Als Joey am Abend des Live-Aid-Konzerts in Garys winziger Wohnung im achten Stock eines Mietshauses in Bethnal Green aufgetaucht war, hatten die Eheleute gerade eine heftige Auseinandersetzung hinter sich gebracht. Umgekippte Möbel, der Spiegel auf dem Kaminsims zertrümmert, überall Scherben und Unrat. Es sah aus, als wäre Bill Bixby zu Besuch gewesen, hätte sich in den unglaublichen Hulk verwandelt und mal richtig Dampf abgelassen. Am nächsten Morgen kehrte Deb zurück und vertraute Joey an, dass Garys Stimmungsschwankungen mit zunehmender Gewalt einhergingen und sich zu einem massiven Problem für die junge Familie entwickelten. Sie berichtete zwar nicht von körperlicher Gewalt gegen sie selbst, aber ihre wachsende Angst, dass es irgendwann dazu kommen könnte, falls es mit Gary weiter so bergab ging, war nur allzu offensichtlich.

Damals war Joey eine Woche lang geblieben, in den Semesterferien war er wiedergekommen. Ursprünglich war Joey nur nach Bethnal Green gefahren, weil er das Gefühl hatte, es würde keinen anderen Ort für ihn geben. Deb empfing ihn jedoch bald schon mit offenen Armen, denn Joey hatte eigenartigerweise eine beruhigende Wirkung auf Gary. Nun waren sie zusammen unterwegs und zogen mit der Red-Wedge-Tour durchs Land, um Wahlkampf gegen Thatcher zu machen. Während Comedians wie Ben Elton, Harry Enfield, Lenny Henry, Craig Charles und andere auf der Bühne standen, betreuten Joey und Gary den Merchandise-Stand der Kampagne.

»Wer zum Teufel ist das denn da oben?«, sagte Gary geringschätzig.

»Das ist Porky the Poet«, antwortete Joey.

Gary starrte auf die Bühne des Londoner Hammersmith Odeon, wo ein stämmiger junger Mann mutterseelenallein im Lichtkegel eines Scheinwerfers hinter einem Mikrofon stand. Er trug ein Gedicht namens »Beano« vor. Joey fand es großartig.

»Das ist doch scheiße, Joe.« Trotz seiner traumatischen Erlebnisse bei einer von Margaret Thatcher provozierten kriegerischen Auseinandersetzung am anderen Ende der Welt fand Gary das Gemecker dieser Bande stinkender Comedians und großmäuliger Studentendichter einfach nur peinlich. Porky – oder Phill Jupitus, wie man ihn vor und nach dem Auftritt nannte – war einer der ersten Künstler an diesem Abend. Die Halle war noch ziemlich leer, und Gary und Joey standen am Merchandise-Stand in der Nähe des Eingangs herum. Während Gary sich nur über wenig freuen konnte, war Joeys Stimmung stets ausgezeichnet, wenn die beiden zusammen waren. Sie waren wie Yin und Yang: Gary wirkte wie eine jüngere und schottische Version des ewig nörgelnden Alf Garnett, Joey wie Alfs leidgeprüfte Ehefrau Else. Joey war nie gern allein gewesen und sehnte sich seit jeher nach Kameradschaft. Aus diesem Grund war er stets bereit, seine Sicht auf die Welt und das Leben in gewissem Maße an die Einstellungen seiner Wegbegleiter anzupassen, auch wenn deren Verhalten bisweilen schwierig sein mochte.

»Was für eine Erlösung!«, sagte Gary.

»Was denn?«, fragte Joey, der eben ein paar Bier geholt und deshalb mit dem Rücken zur Bühne gestanden hatte.

»Irgendein Wichser hat gerade was geschmissen und Porky an der Rübe getroffen. Ging auf die Bretter, als hätte Gordon McQueen ihn mit einer Blutgrätsche erwischt.«

Selbst der plötzliche Knockout des linksgerichteten und eher in gesellschaftlichen Randgruppen gefeierten Comedians konnte Garys Stimmung nicht wesentlich heben. Joey machte sich langsam Sorgen um ihn, denn seine Anspannung steigerte sich zusehends. Was für ein Glück, dass Joey ihn nicht dem infernalischen Lautstärkepegel und der Kopfschmerz verursachenden Lichtshow der Musikevents von Red Wedge ausgesetzt hatte.

»Scheiße, Mann. Das ist gar nicht gut«, sagte Joey, der an der Bar von einer Gruppe muskelbepackter Skinheads in Fred-Perry-Hemden herumgeschubst worden war. Mittlerweile war es sehr schwierig geworden, die alten Ska-Kids – sprich die Jungs und Mädchen, die immer noch Madness oder Jerry Dammers' aktuelle Inkarnation von The Specials abfeierten – von denen zu unterscheiden, die zwar den gleichen Look hatten, sich aber eher am anderen Ende des politischen Spektrums verorteten. Wie es aussah, hatten die Türsteher an diesem Abend dasselbe Problem.

John Tyndall hatte 1980 die New National Front gegründet und selbige 1982 in British National Party umbenannt. Gemeinsam mit dem Conservative Monday Club hatte sich Tyndalls Organisation gegen die schrittweise Integration Großbritanniens in die Europäische Union eingesetzt. Tyndalls Ruf als brutaler Straßenkämpfer mit offener Bewunderung für Adolf Hitler und die Nazis verhinderte jedoch, dass seine Partei als solche ernst genommen wurde. Aus diesem Grund verfolgte man fortan eine andere Strategie und vermied die traditionellen Methoden außerparlamentarischer

Rechtsaußen-Gruppen, um sich stattdessen auf den Kampf an den Wahlurnen zu konzentrieren, was die Spannungen im Vorfeld der 1987er Unterhauswahlen zusätzlich verstärkte.

»Hab ich Scheiße in der Fresse, oder was glotzt ihr so, ihr Fotzen?«, schimpfte ein Skinhead von der Größe einer Einraumwohnung in Richtung Gary und Joey. Ein paar seiner Kollegen hatten ihn von der Bühne weggeführt. Es war eine üble Truppe: eine auf Krawall gebürstete und Flaschen werfende Bande von Glatzköpfen, die sich vorgenommen hatte, den Red-Wedge-Gig mit einer fiesen Mischung aus offener Aggression und einschüchterndem Auftreten zu stören. Ihre Taktik war aufgegangen. Der geifernde Kahlkopf kam zum Merchandise-Stand. Während Joey instinktiv zurückwich, starrte Gary den Aggressor nur teilnahmslos an.

»Willste's wirklich wissen, was, du Penner?!«, knurrte der Skin und reckte dabei seinen Kopf nach vorn. Er sah aus wie eine englische Bulldogge; eine Bulldogge mit Doc Martens, hochgekrempelter Jeans, Fred-Perry-Shirt und roten Hosenträgern. Und er stank so, wie Weller seinesgleichen in »Down in the Tube Station at Midnight« beschrieben hatte: nach Pub, Knast und Kameradschaftstreffen.

»Glotz mich weiter so an, und ich schwör dir, ich schlag dir die Fresse zu Klump, du Missgeburt!« Der Skinhead schien jeden Moment den Stand umwerfen zu wollen.

Im Hintergrund versuchte ein Security-Typ vergeblich, die Faschokollegen des Angreifers in die Schranken zu weisen. Joey wurde immer kleiner. Es war eine Sache, sich für ein politisches Ziel zu engagieren, eine komplett andere, sich dafür den Schädel einschlagen zu lassen. In Detroit 1967 wäre er keine große Hilfe gewesen, ebenso wenig in Prag 1968. Und auch in Orgreave 1984 hatte er – sehr wahrscheinlich zu seinem eigenen Vorteil – nicht viel ausgerichtet. Joey hatte schon vor langer Zeit akzeptiert, dass er ein leidenschaftlicher, aber auch ein friedlicher Unterstützer linksorientierter Anliegen war. Mit vollem Körpereinsatz für die eigenen Rechte zu kämpfen – das war etwas für andere, stärkere Menschen.

Mit einem Mal stand Gary auf der anderen Seite des Verkaufsstands. Joey traute seinen Augen nicht, so schnell hatte sich der Ex-Soldat bewegt. Nur eine brutale Angriffsbewegung später lag der Skinhead auf dem Boden: Mit einer kraftvollen Geraden hatte Gary den Kehlkopf seines Kontrahenten erwischt. Dann machte er sich an die Arbeit und ließ ein wahres Trommelfeuer an Schlägen und Hieben auf den unter ihm liegenden Glatzkopf niedergehen. Den Zeugen der Szene standen die Münder offen. In weniger als einer Minute hatte Gary seinen Gegner in die Bewusstlosigkeit geprügelt, machte aber keine Anstalten, von ihm abzulassen, sondern drosch weiter auf dessen pummeliges Gesicht ein, bis es nur noch eine blutig-breiige Masse war. Das vormals weiße Fred-Perry-Hemd des Skinheads hatte die rote Farbe seiner Hosenträger angenommen. Frauen begannen zu schreien, Männer drehten sich angewidert weg. Selbst die restlichen Skins verharrten regungslos angesichts der Brutalität, mit der dieser drahtige Kerl mit den gingerfarbenen Haaren ihren Kollegen bearbeitete.

Irgendwann hörte Gary auf. Er schaute auf seine blutige Rechte, als gehöre sie nicht zu seinem Körper. Wie ein ertapptes Kind, das ein Beweisstück verschwinden lassen will, schob er die Hand in die Hosentasche. Anschließend blickte er nach unten auf sein Opfer und schrie. Er schien geschockt von dem, was er getan hatte.

Joey griff nach Garys Schulter, um ihn zu beruhigen. Als er seinen Freund dabei ein Stück nach hinten zog, wirbelte der ehemalige Scots Guardsman auf einem Fuß herum und rammte Joey die rechte Faust in den Unterleib.

Schmerz spürte Joey nicht. Zumindest nicht den Schmerz, den er von einem Faustschlag erwartet hatte. Stattdessen war da etwas Kaltes, Scharfes in seinem Bauch. Garys Gesicht war, ebenso wie das von Joey, vom Schock verzerrt und von Tränen überströmt. Er ließ das kleine Messer in seiner Hand fallen und ging auf die Knie. Kurz darauf sackte auch Joey neben ihm zusammen.

KAPITEL 21

Februar 1988. London, England

»Gary Cassidy, Sie wurden der gegen Sie erhobenen Anklagen für schuldig befunden. Bei der Festsetzung eines angemessenen Strafmaßes für die von Ihnen am Abend des 11. Mai 1987 begangenen Gewalttaten habe ich sowohl die Aussage und die positive Charaktereinschätzung berücksichtigt, die der ehemalige Strathclyde Police Superintendent, Sir Donald McAllister, zu Ihrer Person abgegeben hat, als auch die wohlwollende Stellungnahme eines Ihrer Opfer, Mr. Joseph Miller. Der Dienst für Ihr Vaterland, Ihr Einsatz im Falklandkrieg und die Auszeichnung für außerordentliche Tapferkeit in diesem Konflikt fanden ebenfalls Beachtung. Trotz allem sind die von Ihnen begangenen Gewalttaten und insbesondere die Folgen selbiger für das zweite Opfer, Mr. Kevin John Andrews, derart schwerwiegend, dass ich keine andere Wahl habe, als eine Freiheitsstrafe zu verhängen.

Gary Cassidy, ich verurteile Sie hiermit zu zehn Jahren Haft wegen gefährlicher Körperverletzung mit Waffeneinsatz. Nach Verbüßung von vier Jahren Haft besteht die Möglichkeit der Strafaussetzung zur Bewährung. Abführen.«

KAPITEL 22

Juli 1991. Strafanstalt Wormwood Scrubs. London, England

Hey, mein Bester. Hoffe, bei dir und Lucy ist alles im Lot. Ich weiß, sie hasst es, wenn man sie so nennt, aber »Lucinda« klingt wirklich übertrieben förmlich, finden Sie nicht auch, Mr. Miller? Nur Spaß! (Aber steck ihr nicht, dass ich das gesagt hab – sie macht mir nämlich ein bisschen Angst!)

Wegen letztem Monat brauchst du dir keine Gedanken zu machen. Mir ist vollkommen klar, dass du nicht alle paar Wochen hier runterkommen kannst. Die Strecke ist einfach zu weit, und außerdem hast du demnächst Abschlussprüfungen und musst auch noch eine Hochzeit planen.

Danke jedenfalls, dass du vor zwei Monaten hier warst. War echt toll. Und das ganze Zeug, das du mitgebracht hast? Der Hammer! Ich komm langsam rein: Stone Roses find ich mittlerweile echt gut und The Smiths auch, obwohl ich das nie für möglich gehalten hätte. »I wear black on the outside but black is how I feel on the inside.« Scheiße, Mann! Das könnte ich mir tätowieren lassen. Dummerweise hat sich der andere in meiner Zelle mit Weed erwischen lassen – jetzt haben die verdammten Schließer unsere Bude auf den Kopf gestellt und dabei den kleinen Kassettenrekorder kaputt gekloppt.

Ansonsten läuft's aber ganz gut hier drinnen. Die Nazis wurden alle verlegt, sodass ich jetzt bedeutend weniger Schereien habe. Außerdem laufen gerade behördliche Ermittlungen von höchster Stelle wegen der Brutalität der Schließer, sodass die momentan extra nett zu uns sind. Ist teilweise echt zum Schießen, wie die sich bemühen. Manchmal bringt Deb den Kleinen vorbei, sodass ich ihn ein bisschen mitbekomme. Sie meinte, sie hätte dich das letzte Mal reingehen sehen und wäre deshalb draußen geblieben. Du wärst so weit gefahren, da wollte sie nicht stören und so weiter. Na ja, das zwischen ihr und mir ist natürlich over and out, aber immerhin lässt sie mich den Jungen sehen. Das ist toll.

Vor ein paar Wochen hat Hettie mir geschrieben. Sie meinte, ich soll's dir nicht sagen. Was ist denn da los mit euch beiden? Sie sagte, sie würde es dir nicht übel nehmen, dass du sie nicht bei der Verhandlung dabeihaben wolltest. Ich denke, sie weiß genau, dass du das eigentlich nur für mich getan hast. Du solltest sie besuchen und mit ihr sprechen, verdammt! Ich glaube, dass sie insgeheim drauf wartet. Ihr beide … echt einer dickköpfiger als der andere.

Hab's dir nicht gesagt, aber Bobby hat auch vorbeigeschaut. Vor einem Jahr oder so, völlig aus heiterem Himmel. Er ist wegen einem Festival auf irgend so einer Insel hergeflogen. Ich weiß aber nicht mehr, wie die Band hieß. Wie du dir vorstellen kannst, war sein Besuch nicht einfach und ziemlich komisch – für uns beide. Wusste nicht, ob ich ihn umarmen oder ihm die Hand schütteln sollte. Am Ende haben wir nichts von beidem gemacht. Er hat sich nach dir erkundigt. Meinte, er hätte dich bei diesem Konzert auf der Insel gesehen – oder zumindest glaubt er, dass du es warst. Warum ich dir das erzähle? Na ja, danach bin ich zu meiner

Therapiesitzung gegangen und hab mehr von mir gequatscht als jemals zuvor. Das hat mir echt geholfen, und der Doc meinte, ich soll doch versuchen, meine Gefühle aufzuschreiben. Eigentlich hab ich ja seit der Falklandsache nichts mehr aufgeschrieben, und wenn ich's mir recht überlege, haben diese dämlichen Briefe damals auch alles nur noch schlimmer zwischen mir und Dad gemacht.

Aber ich hab trotzdem was geschrieben und bin darüber in so ein Highers-Programm für Englisch reingerutscht. Nächstes Jahr mache ich hier drinnen meine Prüfung, hoffentlich. Schau mich an: Gerade dreißig geworden, und jetzt drücke ich wieder die verdammte Schulbank! Keine Ahnung, was ich damit anfange, falls ich bestehe ... aber irgendwie hilft es mir. Es hilft mir, all den Scheiß zu verarbeiten, den ich angestellt und durchgemacht habe.

Joey, da ist noch ein Gefallen, um den ich dich bitten wollte. Und zwar hab ich einen kleinen Text für meinen Schreibkurs verfasst. Der wird in die Prüfung eingehen. Kannst du ihn dir vielleicht mal durchlesen und mir sagen, was du davon hältst? Ist ein bisschen länger geworden als das Limit von 600 Wörtern. Wenn du eine Idee hast, was man kürzen könnte, dann sag Bescheid. Danke. Um ehrlich zu sein, hab ich ein paar Sachen geklaut. *Die Abenteuer des Tom Sawyer*, *Robinson Crusoe* und *Die Schatzinsel* sind die einzigen drei Bücher, die ich hier drin zu Ende gelesen habe. Meine Geschichte heißt *Der Mann, der Inseln liebte*. Ich hoffe, sie gefällt dir.

Bis demnächst mal, Kumpel,

Gary

Der Mann, der Inseln liebte

von Gary Cassidy

Ich habe eine Insel gekauft. Genauer gesagt, habe ich sie gewonnen, und zwar bei einem Kartenspiel mit dem Mann, dem die Insel gehörte. Ich musste allerdings einen hohen Einsatz zahlen, um überhaupt mitspielen zu dürfen, sodass ich sie im Endeffekt wahrscheinlich doch irgendwie gekauft habe. Früher habe ich mich nie nach Abgeschiedenheit gesehnt. Isolation, so fand ich, war deprimierend. Wie soll ich mich darüber freuen, allein mit meinen Gedanken zu sein, wenn sie doch nichts weiter tun, als mich zu quälen? Wenn sie mich im Schlaf heimsuchen, bis ich aufwache, und mich dann in den wachen Momenten peinigen, bis ich ihnen nicht mehr entkommen kann? Bei solchen Gedanken geht es jedoch immer um die Wahrnehmung durch andere: die Furcht davor, was sie denken werden, wenn ich mein wahres Gesicht zeige – die Seite von mir, die Angst hat vor anderen Menschen, vor mir selbst, vor dem, was ich ihnen antun könnte. Sie würden nie verstehen, dass all das nur der Hilfeschrei eines Mannes ist, der sich nicht anders auszudrücken weiß.

Als ich dann über die gewonnene Insel nachdachte, änderte sich meine Sicht auf diese Dinge. Meine Welt, so voller Menschen, wie sie war, hat mir große Schmerzen bereitet. Ständig musste ich meine kaputten Gefühle verbergen – aus Angst, andere könnten sie als Bedrohung auffassen oder sich darüber ärgern. Meine Insel sah eigenartig aus, genauso wie ihr Besitzer. Sie war fest verankert zwischen anderen Landschaftsformen, sprach jedoch mit keiner von ihnen. Stolz lag sie da und ignorierte alles um sich herum. Sie suhlte sich in ihrer Eigentümlichkeit, war stolz auf ihre brutale Kargheit. Ich bewunderte sie von dem Moment an, als ich sie das erste Mal sah. Es war keine entlegene Insel und ganz gewiss auch keine dieser einsamen Sandinseln … nein, ganz und gar nicht. Sie war leicht zu erreichen, aber niemand setzte zu ihr über, denn es gab nichts, was die Leute hätte anlocken können. Niemand wollte etwas von der Insel. Sie hatte nichts zu bieten. Es gab keine Ölvorkommen, und im Grunde war sie – bis auf diese karge Rauheit, an der nur ich Gefallen fand – auch nicht schön. Sie profitierte nicht von sonnigem Klima, bot keine Möglichkeiten, sie wirtschaftlich in irgendeiner Form zu nutzen. Touristen zeigten keinerlei Interesse.

Ich begann, Pläne zu schmieden. Ich mietete mir ein Boot. Gefährten brauchte ich nicht, mein Hund würde mir Gesellschaft genug sein. Ich kaufte Vorräte und bereitete mich darauf vor, auf meine Insel überzusetzen. Jeden Tag schaute ich sie mir vom Ufer aus an. Sie sah immer gleich aus und veränderte sich nicht, aber sie veränderte mich. Seit langer Zeit war ich mal wieder positiv gestimmt, gar von Freude erfüllt. Bald schon würde ich dort sein. Allein – mit Ausnahme der Basstölpel und der Möwen. Wunderbar abgeschieden, von Wasser umgeben und komplett frei, das zu tun und zu lassen, was ich wollte, ohne die lähmende Angst davor, was andere über mich denken würden.

Als ich jedoch auf der Insel ankam, hatte sich die Situation geändert. Nicht meine Situation freilich, die war dieselbe geblieben. Es war der Reiz der Insel, der sich verändert hatte. Der ehemalige Besitzer war ganz offensichtlich ein durchtriebener Zocker: Er hatte mit einem anderen Mann ebenfalls einen Deal gemacht. Wir trafen uns, und es sah nicht gut aus. Er besaß die gleichen Papiere wie ich, und so standen wir beide vor der großen Frage: Sollte man die Insel teilen? Oder sollte man die eigene Hälfte aufgeben? Mein Teil der Insel lag gegenüber von Westschottland. Sein Teil wies Richtung Nordirland. Ich liebte meine

Insel, aber er sagte, ihm gehe es ebenso. Ich weiß nicht so recht, ob ich die Insel mit einem anderen Menschen teilen kann. Wir haben zwar vereinbart, dass ein jeder auf seiner Hälfte bleibt, aber ich mache mir Sorgen, dass er unsere Abmachung nicht einhält. Ich habe Angst, dass er in meinen Teil eindringen wird. Eigentlich will ich die Insel für mich allein. Ich fürchte, ich werde ihn töten müssen, bevor er mich tötet.

(655 Wörter)

* * *

Bobby und Joseph erfuhren auf die gleiche Weise von Garys Tod: per Sprachnachricht. Bobby hörte Hetties emotionale Schilderung der grundlegenden Fakten erst drei Tage nach Garys Tod. In diesen drei Tagen hatte sie ihn sieben Mal angerufen. Er hatte alle ihre Anrufe verpasst.

Im Gefängnis war Deborah nach wie vor als Garys Kontakt für Notfälle gelistet gewesen. Nach ihrer verbitterten und turbulenten Trennung hatte sie allerdings fast keinen Kontakt mehr zu Garys Familie gehabt. Hettie anzurufen und ihr die Nachricht von Garys Tod zu überbringen war zu viel für sie. Am Ende war es eine junge Polizistin, die Hettie mit nervöser Stimme am Telefon die Todesnachricht übermittelte.

Josephs Nummer hatte Deborah von seiner Sekretärin Amanda bekommen, die sicher war, dass ihr Chef vom Tod seines Freundes erfahren wollte. Deborah hatte noch einige Sachen von Gary: ein paar persönliche Gegenstände sowie drei reichlich abgewetzte Bücher, die Gary nach seiner Entlassung aus dem Gefängnis mitgenommen hatte. Sie glaubte, Joseph würde sie vielleicht haben wollen.

In der Vergangenheit hatte Joseph oft damit gerechnet, eine derart tragische Nachricht zu erhalten. Jedoch nicht mehr in den letzten Jahren, als Garys Behandlung so gut lief und Wirkung zu zeigen schien. *Drücken Sie die 2, um diese Nachricht noch einmal anzuhören.* Er drückte die Taste, als würde er dem Wahrheitsgehalt der Sprachnachricht nicht trauen. *Drücken Sie die 3, um die Nachricht zu löschen.* Was für ein würdeloser Schlusspunkt.

KAPITEL 23

November 2014. Ibiza, Spanien

Joseph hat die Worte auf diesem Stück Papier bereits mehrere Hundert Mal gelesen – insbesondere auch am 4. November 2008, auf Garys Beisetzung, was ziemlich einprägsam war. Seitdem hat er den Text immer bei sich getragen, als wäre es die Definition seines Lebenszwecks.

Diese Worte, niedergeschrieben auf einem längst vergilbten Papierbogen mit einem »HM Prisons«-Stempel in der Ecke, waren der Auslöser für die Meinungsverschiedenheit zwischen Joseph und Bobby an Garys letzter Ruhestätte gewesen. Als Joseph den Text an Garys offenem Grab vorlas, versuchte ein aufgelöster, betrunkener und sehr wahrscheinlich auch bekiffter Bobby, ihm den Zettel zu entreißen. Im Vorfeld der Beisetzung hatte es schon zwei Tage lang zwischen den beiden gebrodelt. Bobby war der Meinung, das Verlesen des Textes wäre nicht angebracht, da man durch Garys plötzlichen Tod nicht wissen konnte, wie dieser in Erinnerung bleiben wollte. Joseph gab verärgert zurück, dass Bobby doch eh fast vergessen hätte, jemals einen Bruder gehabt zu haben, weshalb er auch kein Recht hätte, über den Ablauf der Beisetzung zu entscheiden. Da einer starrsinniger als der andere war, kam es zu einem Handgemenge, das die kleine Trauergemeinde und der Seelsorger der Gemeinde erst ungläubig bis schockiert, dann zunehmend aufgebracht und wütend beobachteten. Irgendwann stürzten die beiden Streithähne in das offene Loch im Boden. Selbst dort prügelten sie noch aufeinander ein und geiferten wie zwei Kleinkinder nach einer Überdosis Smarties. Ein wütender Benny Lewis, der Mann, dem Gary auf den Falklandinseln das Leben gerettet hatte, zog sie schließlich aus dem Grab heraus.

»Wie wär's mit ein bisschen Respekt, ihr Scheißkerle!«, brüllte er sie an.

Pete D'Olivera führte Hettie von der Begräbnisstätte fort. Sie war außer sich und schluchzte ohne Unterlass. Der junge James, Garys fünfzehnjähriger Sohn, legte den Arm um seine Mutter und hielt mit der anderen einen großen schwarzen Golfschirm über sie. Die Beisetzung in einer abgeschiedenen Ecke des Friedhofs in Bethnal Green hatte mit Nieselregen begonnen und endete in einem sintflutartigen Wolkenbruch.

Joseph und Bobby starrten sich an.

»Eine gottverdammte Schande seid ihr, alle beide!«, schrie Benny Lewis angewidert. »Ich hoffe nur, dass euch dieser Tag bis in alle Ewigkeit verfolgt, ihr egoistischen Arschlappen! Gary war der beste Mensch, den ich kannte.« Darauf drehte er sich um und ging den anderen hinterher.

Nur Joseph und Bobby blieben zurück. Ihre nassen Anzüge waren von Matsch und Grasflecken übersät. Sie hatten sich tatsächlich auf Garys Sarg geprügelt, dem Sarg ihres Freundes und Bruders. Noch machten sie sich keine Vorstellung davon, dass sie dieses Ereignis bis ans Ende ihrer Tage verfolgen würde. Sie schwiegen. Was gab es auch noch zu sagen? Ihre Freundschaft war ein für alle Mal vorüber. Sie gingen auseinander und stiefelten in unterschiedliche Richtungen davon. Joseph versuchte erfolglos, sich bei Hettie und Deb zu entschuldigen. Bobby suchte nach einer Notaufnahme, um sein Handgelenk röntgen zu lassen, von dem er annahm, dass er es sich bei der Landung auf Garys Sarg gebrochen hatte.

* * *

Auf den Tag genau sechs Jahre nach der verheerenden Prügelei mit seinem ehemals besten Freund sitzt Joseph in einer kleinen Bar auf den Balearen. Tränen schießen ihm in die Augen, während er noch einmal Garys Worte liest. Die Geschichte, die sie erzählen, gibt sowohl tiefe Einblicke in die Geistesverfassung von Gary während seiner Zeit im Gefängnis – wo er saß, weil er einen Mann ins Koma geprügelt, einen anderen mit einem Messer niedergestochen hatte –, ist aber gleichzeitig auch so etwas wie eine Metapher für das Leben von Joseph. Auch er sehnte sich anfänglich danach, allein und abgeschieden zu leben, als seine Ehe mit Lucinda in die Brüche ging. In der Arbeit zu Hause in Schottland konnte er keinen Trost finden. Jetzt wird ihm klar, dass die zunehmende Zerrüttung der Beziehungen zu seinen Geschäftspartnern auch durch sein eigenes oft kontraproduktives Verhalten bedingt war. Joseph kaufte zwar keine Insel, aber er lief davon, um Geschäftsmöglichkeiten im Ausland nachzujagen. Ebenso wie bei Gary basierten auch Josephs Pläne auf falschen Annahmen. Das Gras ist immer grüner auf der anderen Seite der Welt. Zumindest so lange, bis man herausfindet, dass das Gegenteil der Fall ist. Wenn es nämlich nicht gerade der Kunstrasen der rollenden Hügel Hollywoods ist, muss das Grün überall auf der Erde sachgemäß gepflegt und gehegt werden. Der Mensch braucht ein Fundament und den Halt einer Liebesbeziehung. Megan Carter hatte recht gehabt, was die Definition wahren Glücks anging. Hettie hatte dieses Glück mit Pete D'Olivera gefunden, und Joseph muss sich eingestehen, dass er damals, Mitte der Achtziger, falsch gelegen hatte, was Pete anging. Hettie würde nie die seine werden.

Nach Garys Messerattacke war Joseph gezwungen, viel Zeit in der WG in Glasgow zu verbringen, um sich von der Verletzung zu erholen. In der Folge kamen er und Lucinda sich näher. Angesichts ihrer anfänglichen Antipathien gegenüber Joseph schien es unwahrscheinlich, dass sich die beiden finden würden, aber nach und nach kamen sie besser miteinander klar. Kontaktpflege und geselliges Miteinander fand Lucinda ebenso anstrengend und befremdlich wie Joseph, und so verbrachten sie viele Wochenenden gemeinsam zu Hause. Keiner von beiden hatte enge Freunde. Es war eine eigenartige Annäherung: Eher zufällig als aus Leidenschaft waren sie irgendwann miteinander verlobt. Möglicherweise hatte die ständig lauter werdende Stimme in ihrem Inneren eine Rolle gespielt, die Stimme, die ihnen sagte: »Greif zu, besser wird's nicht mehr!« Es war ein bisschen wie bei den peinlichen Tanzstunden in der Schule, wenn alle schon vergeben waren und nur ein Junge und ein Mädchen übrig blieben.

Sie waren grundverschieden. Klischeehaft wird mit dieser Tatsache oft eine besonders große Anziehungskraft assoziiert – im Fall von Joseph und Lucinda reichte diese jedoch irgendwann nicht mehr aus. Die Dinge, die sie voneinander trennten, wuchsen in Anzahl und Intensität und bildeten bald schon eine tiefe Schlucht. Es dauerte nicht lange, bis sie nur noch eine Sache verband: das Geld von Lucindas Vater, das dieser in Joseph investiert hatte, um den Schwiegersohn mit dem notwendigen Kapital für die Gründung eines Architekturbüros auszustatten. Immer wieder hielt sie ihm die Sache vor, besonders in Konjunkturflauten, wenn die Teilhaber Geld nachschießen mussten und die Chance auf eine Rückzahlung der Schulden in weite Ferne rückte. Lucindas Vater war ein anständiger und verträglicher Mann. Lucinda hingegen war von starker Bitterkeit erfüllt, deren Ursache Joseph nie so recht nachvollziehen konnte. Das Leben hatte es gut mit ihr gemeint, wenn auch erst nach einem schweren Start. Ihre Mum und ihr Dad mochten zwar nicht ihre leiblichen Eltern sein, ließen Lucinda und ihrer Schwester aber mehr Liebe und Aufmerksamkeit zukommen, als sie von anderen Eltern erfahren hätten. Vielleicht war dies ja das eigentliche Problem.

Als Lucinda 1995 mit Jennifer schwanger wurde, war das eine große Überraschung. Einen Monat zuvor war William Burroughs, der Vater von Lucinda, gestorben – ein Ereignis, das sie für eine kurze Zeit stark veränderte. Von einem Tag auf den anderen war sie verletzlich, nahbar, aufgeschlossen, und während dieser Phase kommunizierten Lucinda und Joseph auf eine Art, wie sie es noch nie zuvor getan hatten. Sie fuhren sogar zusammen in den Urlaub, das erste Mal nach ihren viel zu kurzen Flitterwochen.

Nach der Geburt ihrer Tochter war zwischen den Eheleuten jedoch bald alles wieder beim Alten. Lucinda verbrachte den Großteil ihrer Zeit auf dem Gestüt, wo sie seit frühester Kindheit reiten ging. Ihre Schwester hatte es gekauft und ihr zur Hochzeit geschenkt. Dieses Gestüt war Lucindas Insel. Nach Jennifers Geburt stellte sie so schnell wie möglich und gegen den Willen ihres Ehemanns eine Vollzeit-Nanny an, um wieder dort arbeiten zu können.

* * *

Joseph schiebt die Papiere zusammen, die auf dem Tisch vor ihm verteilt sind. Er war so in seine Aufzeichnungen vertieft, dass er nicht bemerkt hat, wie die Sonne aufging und die Gruppe auf zwei Personen schrumpfte. Jetzt sind nur noch Albert und ein alter Mann da, sehr wahrscheinlich sein Vater. Albert hat sich ein Hemd übergezogen und den schlafenden Alten mit einem Umhang zugedeckt. Es ist kalt. Atemwölkchen steigen aus Alberts Mund in den klaren Novembermorgen auf. Joseph sitzt mittlerweile sechseinhalb Stunden in der Bar.

»Einen Kaffee, Sir?«, fragt Albert. Als er gesehen hat, dass Joseph seine Sachen ordnet, ist er aufgestanden und zu ihm gekommen.

»Aye ... das wäre toll. Tut mir leid, dass ich Sie um den Schlaf bringe.«

»Kein Problem. Ich schlafe sowieso nicht.« Albert lächelt. Durch eine kleine Thekenklappe schlüpft er hinter die Bar. Joseph dreht noch einmal seinen Sessel, um aufs Meer hinausblicken zu können. Einen Kaffee und dann hoch zu Bobby! Megans Ratschlag befolgen. »Menschen brauchen Menschen«, hat sie gesagt. Dabei scheint sie selbst die Ausnahme von der Regel. Er bemerkt, dass sich hinter ihm jemand bewegt, dreht sich aber nicht um, da er annimmt, es ist Albert mit dem Kaffee. Doch dann folgen auf die Bewegungen Töne, die ihm auf eigenartige Weise vertraut sind.

»There's an old piano and they play it hot behind the green door ...«

»Weißte noch?« Bobby steht an der Jukebox.

Joseph seufzt. »Aye«, sagt er und dreht sich langsam um. Seine Schultern entspannen sich. »Was habe ich diesen scheiß Song gehasst, Mann!«

»Ja, aber hat uns trotzdem den Arsch gerettet, an unserem ersten Abend, oder etwa nicht?«

Joseph lacht. »Aye, stimmt. Der gute alte Shaky, hä?«

Bobby setzt sich an den Tisch. Er dreht seinen Sessel, um auf die Nebeldecke hinausblicken zu können, die sich gerade über dem wunderschön glänzenden Azur des Wassers bildet. »Soll ich dir mal was verraten?«, sagt Bobby.

Joseph vermutet, dass jetzt das Gemecker kommt.

»Das ist die Platte von damals, Joey.«

Joseph ist sprachlos.

»Hammy hat Alberts altem Herrn vor Jahren mal diese Jukebox da geschenkt. Irgendwann hab ich ihm dann einen Stapel von unseren Heatwave-Disco-Platten gegeben. Jetzt kommt Hammy ab und an hier runter und lässt ein paar der alten Scheiben laufen. Meint, das macht ihn glücklich.«

Joseph lächelt bei dem Gedanken.

Genau das haben beide so sehr vermisst: die enge Beziehung zu einem Freund, der dich an deinen miesesten und auch an deinen besten Tagen erlebt hat. Bobby vermag nicht so recht zu erklären, warum Hammys Gesellschaft ihm nicht mehr ausreicht. Vielleicht hat es damit zu tun, dass Hammy diesen unbedingten Willen zur Unabhängigkeit hat, während Bobby und Joey in jüngeren Jahren nie ganz sie selbst zu sein schienen, wenn sie sich nicht in der Gesellschaft des jeweils anderen befanden. Ein Wise ohne Morecambe. Ein Dec ohne Ant. Ein Hardy ohne Laurel.

»Und was macht *dich* glücklich, Bobby?«

»So gut wie gar nichts mehr, Mann.« Bobby seufzt tief. »Ich hab alles so derb verbockt, es ist unglaublich.«

Sie sehen zu, wie die Wellen das Spiegelbild des Mondes erzittern lassen.

Eine Weile herrscht Stille.

»Erinnerst du dich noch, mit was für einem Scheiß uns die Leute zugelabert haben?« Joseph kehrt in die Vergangenheit zurück.

»Aye. Da war doch dieser absolute Vollhonk, der wollte, dass ich einen Song von David Bowie spiele … und zwar *während* gerade eine Bowie-Nummer lief! Ich mein also zu ihm: ›Das, was gerade läuft, ist Bowie!‹ Und er glotzt mich an, als wäre ich beschmiert oder so was und sagt: ›Aye, aber *den* Song will ich nicht!‹ Dann beugt sich der besoffene Arsch zu mir rüber, mit einem Mundgeruch, als hätte er drei Tage nur Hundefutter gefressen, und summt mir exakt die Melodie des Bowie-Songs ins Ohr, der gerade läuft! Was für ein Fotzkopp, der Typ!«

Joseph lacht. »Daran erinnere ich mich nicht mehr, aber weißt du noch die Prügelei in der Henderson Church? Der Abend, an dem du dir in letzter Minute diese mysteriöse Verletzung zugezogen hast und nicht kommen konntest?«

»Hm, ja … ich erinnere mich, dunkel, sehr dunkel.«

»Aye, kann ich mir vorstellen. Na ja, egal. Jedenfalls, bevor die Massenschlägerei losgeht, kommt dieser Gypsy ans DJ-Pult und flüstert mir zu: ›Los, Mann, spiel was von ABBA, und zwar pronto … wir hauen nämlich bald wieder ab!‹ Er wollte wirklich ABBA hören, verdammt! Ich meine, ABBA … verstehst du? Ein Typ wie der, der fünf Minuten später mit seinen Jungs den ganzen Saal in Schutt und Asche legt.«

Albert bringt eine Kanne Kaffee und zwei Tassen an den Tisch.

»Geht aufs Haus«, sagt er.

»Netter Kerl, dieser Albert, oder?«, sagt Joseph.

»Aye, der ist wirklich nett«, stimmt Bobby zu. »Kein Wunder, dass Hammy lieber Zeit mit Albert und seinen Leuten hier unten verbringt als mit mir.«

»Sicher, dass er wegen *Albert* hier runterkommt? Nicht wegen der Lady, mit der er sich hier trifft?«, fragt Joseph.

Bobby macht ein verwirrtes Gesicht.

»Welche Lady?«

»Er trifft sich hier wohl öfter mit einer Frau ... sagt Albert zumindest.«

Als Shakin' Stevens seinen Song beendet, beginnt Aneka mit »Japanese Boy«.

»Zuzutrauen wär's ihm! Scheiße, erinnerst du dich noch an diesen einen Abend damals? Als der Trottel sich einen Stromschlag mit dem Mikro verpasst hat?«

»Aye, da hab ich echt Tränen gelacht. Schon ein paar Jahre her, dass ich das letzte Mal daran gedacht habe.«

»Bei mir ist's ein bisschen anders. In letzter Zeit denk ich oft an damals. An dich und mich. Und an Gary«, sagt Joseph.

Und mit einem Mal haben sie ihn gefunden, den Kern des Problems.

»Pass auf, Joey ... ich weiß, dass ich mich damals wie ein gottverdammtes Arschloch aufgeführt hab ... du weißt schon ... als Gary gestorben ist und so.« Diese Worte sind schwierig für Bobby, aber sie haben auch etwas Befreiendes. »Ich hätte dich einfach machen lassen sollen, damit du seiner gedenken konntest, wie *du* es für richtig hieltst. Ich fühl mich echt mies deswegen, muss jeden verdammten Tag dran denken.« Bobbys Augen werden feucht.

Albert, der nicht weiß, worum es bei dem Gespräch der beiden geht, befürchtet angesichts der Tränen, er hätte Salz statt Zucker in den Kaffee geschüttet.

»Bei der Beerdigung war ich echt außer Kontrolle, hab mich aufgeführt wie der selbstsüchtigste Bastard auf diesem Planeten. Ich war sauer, dass die Beerdigung in London und nicht in Kilmarnock stattfand, und hab nicht einen Gedanken dran verschwendet, was für eine Tragödie Garys Tod für den kleinen James war. Außerdem war ich angepisst, weil so wenig Leute da waren. Ich meine, Gary war ein verdammter Nationalheld, und dieser Dienst für sein Land hat sein ganzes Leben kaputt gemacht. Und denkst du, irgendeiner von diesen Fotzen von der Regierung oder der Armee interessiert sich auch nur einen Scheiß für diese Tragödie? All diese armen Kerle, die von den Falklandinseln zurückkamen oder die jetzt aus dem Irak zurückkommen oder aus irgendeinem anderen gottverdammten Drecksloch, in das wir sie schicken, um Krieg zu führen ... die kommen alle krank im Kopf nach Hause. Und anstatt die Jungs zu behandeln und ihnen zu helfen, steckt unser System sie in den scheiß Knast, wenn sie nicht mit ihrem Trauma klarkommen und irgendeinen Mist abziehen.« Als Bobby diese Gedanken formuliert, klingt seine Stimme ruhig und ohne Groll. Lediglich eine Art frustrierte Akzeptanz schwingt in ihnen mit.

Auch Josephs Augen werden feucht. Angestrengt starrt er geradeaus.

»Und dann ist da noch der beschissenste Teil an der ganzen Sache. Ich schwör's dir, ich konnte nicht mehr in den Spiegel schauen, so sehr hab ich mich geschämt. Nachdem mein Dad gestorben ist ...« Bobby muss schlucken. »Also, nachdem er tot war, hab ich Idiot natürlich Gary dafür verantwortlich gemacht. *Wieder Stress mit Gary, und wieder muss Harry die Suppe auslöffeln*, dachte ich. Und dass der Alte dieses Mal nicht mehr stark genug dafür war. Nach der

Beisetzung wusste ich, dass Gary nicht mein leiblicher Bruder war. Aber anstatt dem armen Teufel zu helfen, bin ich einfach abgehauen.«

»Mensch, Bobby, du warst doch damals selbst fast noch ein Kind. Du solltest nicht so hart mit dir ins Gericht gehen«, sagt Joseph. Er weiß, dass es an der Zeit ist, nach vorn zu schauen.

»Fällt mir einfach schwer, mit all dem klarzukommen«, sagt Bobby. »Und es wird jedes Jahr schlimmer. Ich würde alles dafür geben, Gary wiederzuhaben und die Zeit zurückdrehen zu können. Für Hettie gilt das Gleiche. Die Kiste hab ich auch komplett gegen die Wand gesetzt.«

»Nein, hast du nicht«, sagt Joseph und bläst die Backen auf. Anschließend wischt er sich mit einer Serviette übers Gesicht, die er beiläufig bekritzelt hat. Es ist wieder dieser Kringel, diese kurvige Figur, die er schon seit Monaten malt und in seinen Träumen sieht. »Hettie ist immer noch da. Zu Hause, in Glasgow. Fahr hin und triff dich mit ihr!«

»Weiß nicht«, sagt Bobby. »Hab ich schon mal versucht ... hab alles runtergeschluckt, sie angerufen, Pläne gemacht und so weiter, aber irgendwie blieb sie skeptisch. Dachte wohl, das wäre alles nur Gelaber und würde eh nicht zustande kommen.«

»Und ... was ist dann passiert? Wann war das überhaupt?«

»April 2010«, sagt Bobby und schaut Joseph an, als würde dieses Datum alles erklären.

»Und?«

»*April 2010*, Mann! Da ist so ein dämlicher Vulkan im verschissenen Island hochgegangen und hat den gesamten europäischen Luftverkehr lahmgelegt.« Bobby streckt die Hände seitlich von sich, als würde er um Vergebung oder zumindest um Verständnis bitten. »Was willste da machen? Hatte schon die Flugtickets und alles. Dass dann so ein Scheiß passiert, konnte doch echt keiner ahnen!«

Joseph lacht. Es nimmt die Anspannung aus der Situation. Dann lacht auch Bobby.

»Aber das war doch kein großes Problem, oder? Einen Monat später konnte man doch wieder überall hinfliegen«, sagt Joseph.

»Ja. Ich hab dann Hettie auch angerufen. Dummerweise besoffen. Großer Fehler! Hammy meinte, ich sollte es lieber lassen, aber nein, nein, nein … ich wollte ums Verrecken nicht auf ihn hören. Wusste es wieder mal besser. Sie war überzeugt, dass mir der Vulkanausbruch ganz gut in den Kram gepasst hatte, und meinte dann nur: ›Vergiss es einfach!‹ Am Ende war ich selbst davon überzeugt, dass die Flugsperre so was wie höhere Gewalt war, ein Akt Gottes sozusagen, mit dem er mich dafür bestraft, dass ich mein ganzes Leben lang so ein mieses Arschloch gewesen bin. Dann hab ich einfach aufgegeben und war der Meinung, dass uns nur noch eine dieser Überraschungssendungen im Fernsehen retten könnte. Du weißt schon, so von wegen Cilla *fuckin'* Black steht vor der Tür und ruft: ›Surprise, Surprise, Bobby! Rate mal, wer dich nach all den Jahren wiedersehen möchte?‹«

Joseph hat Schwierigkeiten, die richtigen Worte zu finden. Bobby sackt auf seinem Stuhl zusammen. Diese Beichte hat ihn ausgelaugt. Derweil singt Terry Hall »Too Much Too Young«, und es klingt wie die Quintessenz ihres Lebens.

»Ich denke, wir sollten heimgehen«, sagt Joseph.

»Aye. Hast recht. Es wird Zeit«, antwortet Bobby.

TEIL DREI

LAUREL & HARDY GEHEN WIEDER AUF TOUR

»Hast du mir nicht mal erzählt, du hättest einen Onkel?«
»Klar, ich hab auch einen Onkel. Warum fragst du?«
»Jetzt kommen wir der Sache näher. Lebt der Onkel noch?«
»Nein. Er ist durch eine Falltür gestürzt und hat sich das Genick gebrochen.«
»Hat er ein Haus gebaut, oder was?«
»Nein, er wurde gehängt.«

– aus *Laurel und Hardy: Ohne Furcht und Tadel*

KAPITEL 24

November 2014. Ibiza, Spanien

»Eine Sache kann ich euch sagen«, beginnt Bobby, während er ein nahrhaftes Pasta-Gericht hinunterschlingt. »Die Futterqualität hat sich während der letzten Woche dramatisch verbessert.«

Joseph hat das Essen gekocht und auch alle sonstigen Aufgaben im kulinarischen Bereich übernommen. Allerdings mehr aus Notwendigkeit denn aus Leidenschaft, denn Hammy scheint nicht nur mit den Gedanken woanders zu sein, sondern auch jegliches Interesse an Nahrungsaufnahme und -zubereitung verloren zu haben. Er wirkt abwesend und besorgt. Bobby tut es als Angst vor der bevorstehenden Rückkehr nach Schottland ab. Tatsache ist allerdings, dass diese Reise für Hamish gar nicht schnell genug beginnen kann.

Seit dem Durchbruch beim Gipfeltreffen in Alberts Bar ist eine Woche vergangen. Alle sind überrascht davon, wie schnell sie wieder eine gemeinsame Ebene gefunden haben. Fast wirkt es so, als wären Unmut, Kummer und Ärger der letzten dreißig Jahre nichts weiter als Ruß- und Schimmelflecken auf einer rustikalen Putzfassade gewesen, die nur mal ordentlich abgeschrubbt werden musste, um wieder in altem Glanz zu erstrahlen. Bis in die frühen Morgenstunden hocken sie zusammen, schauen alte Schwarz-Weiß-Komödien, lachen und sprechen erinnerte Dialogpassagen mit. Ab und an gibt es noch laute Worte zwischen den drei Sandkastenfreunden, aber im Laufe der Zeit werden auch diese seltener. Einen wesentlichen Anteil an dieser Entwicklung hat Hammys Entscheidung, sein bis dahin geheim gehaltenes Cannabis-Lager für die Allgemeinheit zu öffnen. Der Konsum geht bei allen Beteiligten mit einer grundlegenden Veränderung der Perspektive einher – das betrifft nicht nur die Gründe für ihre Zerwürfnisse, sondern auch die besorgniserregende Situation des Kilmarnock FC, das Erbe von Margaret Thatcher und sogar die Personalie Simon Cowell. Tief bis in die Nacht lümmeln sie in den Liegestühlen auf Bobbys Terrasse herum und rauchen die von Hammy gedrehten Monsterjoints. Das Trio rechtfertigt den Konsum der Droge mit der therapeutischen Wirkung des Cannabis, und auch wenn die Gründe unterschiedlich gelagert sein mögen, so hat doch jeder der drei Freunde entweder ein körperliches oder ein psychisches Leiden, das sich mit einem High bekämpfen lässt. Dass die milde und äußerst entspannende Euphorie von Hammys Spitzenklasse-Weed einen komplett neuen Blick auf ihre zerrütteten Beziehungen ermöglicht, ist ein willkommener Bonus.

Die Transformation, die Bobby in den wenigen Tagen seit Josephs Ankunft durchgemacht hat, gleicht einem Wunder. Nachdem er Mitte der Achtziger die Phasen *Nicht wahrhaben wollen* und *Wut* durchgemacht hatte, lebte er die darauffolgende Phase des *Verhandelns* in Form einer zunehmend außer Kontrolle geratenen Spielsucht aus. Nun scheint die längste seiner Trauerphasen, die *Depression*, endlich von einer Art *Akzeptanz* abgelöst zu werden. Am offensichtlichsten zeigt sich diese Veränderung in seinem Äußeren. Der ungepflegte Pferdeschwanz ist verschwunden und wurde durch einen Haarschnitt ersetzt, der zu einem Mann seines Alters passt und dazu dem sich lichtenden Bereich auf seiner Schädeldecke Rechnung trägt: ein knackig kurz getrimmter Stoppelschnitt. Auch die weißen Klamotten mussten weichen und wurden durch Töne und Farben ersetzt, wie man sie von europäischen Männern im besten Alter kennt. Den dritten Tag in Folge schon ist Bobby früh auf den Beinen und schockt seinen langjährigen Weggefährten mit einer morgendlichen Joggingrunde. Er wirkt Jahre jünger, um einiges leichter und unsagbar glücklicher. Der mittlerweile offensichtliche Umstand, dass Bobbys Abstieg in die Depression nichts weiter war als ein sehnsuchtsvoller Hilferuf nach Joey Miller – als wären die beiden siamesische Zwillinge, die man beim Eintritt ins Erwachsenenalter getrennt hatte –, irritierte Hammy anfänglich. Der wahre Grund für seine Aufgewühltheit liegt allerdings woanders. Hammy ist außen vor, wenn die Villa von dem nostalgischen Gelächter und den jugendlichen Scherzen erfüllt wird, mit denen sich Bobby und Joseph einander annähern. Das Haus wirkt in der Folge wärmer und freundlicher, und doch werden in seinem Inneren gerade Abschiedspläne geschmiedet.

»Also, was hältst du davon?«, sagt Bobby.

»Aye, find ich gut. Ich denke, das hätte ihm definitiv gefallen«, antwortet Joseph. »Allerdings bin ich mir noch nicht so sicher, was *das* genau werden soll.«

»Ach, das finden wir schon noch raus. Wichtig ist doch, dass wir sein Leben irgendwie ehren und seiner gedenken. Kriegen wir so auch Hettie wieder an Bord?«

»Aye«, sagt Joseph. »Ich denke, das sollte dein Hauptziel sein.«

»Gut, aber wir müssen schauen, dass wir uns bei der Sache auf Gary konzentrieren. Wir sollten darüber nachdenken, was er gewollt hätte.« Bobby steht auf und dreht den Kopf zur Seite. »Hey, Chief Ironside … was denkst du darüber?«

Nach einer Pause rollt ein entmutigt wirkender Hammy heran. »Was denke ich worüber?«, fragt er.

»Wie wir Gary gedenken können, du Knallkopf! Hast du denn die ganze Woche nicht zugehört, oder was?«, sagt Bobby.

»Was weiß ich denn?!«, ruft Hammy. »Baut dem Kerl doch ein Denkmal … oder benennt ein Boot nach ihm oder so was. Warum zum Henker fragst du mich? Er war verdammt nochmal dein Bruder!«

Bobby und Joseph schauen sich an. Es ist offensichtlich, dass irgendetwas an Hammy nagt. Er war schon den ganzen Tag über nicht er selbst, aber dieser jüngste Ausbruch ist absolut untypisch für ihn.

»Was ist los mit dir, Hammy? Hat die Krankenkasse angerufen und will ihren Rollstuhl zurück?«, sagt Bobby.

Joseph lacht, Hammys Miene bleibt jedoch versteinert. Joseph schaut Bobby an und wartet auf eine Erklärung.

Der zuckt nur mit den Schultern. »Hammy?«

Hammy dreht seinen Rollstuhl um und entfernt sich ein paar Meter von den beiden. »Ich hab da ein kleines Problem«, sagt er schließlich.

»Wo hängt's? Ist dir das Schmierfett für die Kugellager ausgegangen?«, sagt Bobby.

»Aye, jetzt ist alles wieder scheiß witzig für dich, was?«, erwidert Hammy, ohne sich umzudrehen. »Du selbstsüchtige Kackbratze. Kaum kreuzt dein Kumpel auf, führst du dich auf wie eine verfickte Kriegswitwe, deren Ehemann plötzlich doch noch heimgekehrt ist. Zehn Jahre lang musste ich mich um den anderen Bobby kümmern … den spielsüchtigen Depri, bei dem man nie wusste, wann man ihn mit aufgeschlitzten Pulsadern in der Badewanne findet.«

Bobby seufzt tief. Er schämt sich.

»Und jetzt … wenn *ich* mal jemanden gebrauchen könnte, haust du blöde Witze raus, als gäb's hier einen Comedy-Award zu gewinnen. So scheiß typisch von dir!«

»Ähm, hör mal, Hammy … sorry, Kumpel. Ich dachte, du wärst einfach nur sauer, weil wir nach Hause wollen«, sagt Bobby.

»Sauer? Pff. Du hast ja keine Ahnung.«

»Was ist los, Hammy?«, fragt Joseph.

Hammy holt tief Luft.

»Hat's mit der Frau zu tun, mit der du dich triffst?«, bohrt Joseph.

Hammy starrt ins Leere. Die beiden sehen nur seinen Hinterkopf, und der verrät recht wenig darüber, wie Hammy die Frage aufgenommen hat. Dann lässt er plötzlich das Kinn auf seine Brust sinken.

»Was ist denn los, Mann?«, will Bobby wissen.

Hammy seufzt. Dann presst er ein »Fuck!« hervor. »Aye, stimmt«, fügt er hinzu, womit er Bobby und Joseph jedoch verwirrt, da nicht klar ist, was er jetzt eigentlich bestätigt hat. »Ich treffe mich mit einer Frau. Seit sechs Jahren mittlerweile, unregelmäßig.«

»Respekt, Hammy! Stille Wasser, sag ich da nur«, kommentiert Bobby. »Das hast du ja echt extremst geheim gehalten. Und ich dachte immer, dass du beim Bingo bist oder auf Happy-Hour-Tour durch die Restaurants der Insel.«

»Aye, ähm, na ja … es gibt, ähm, einen Grund, warum ich niemandem von der Sache erzählt hab.« Hammy stottert ein wenig. Es entsteht eine Pause, in der nur sein flacher Atem zu hören ist.

»Und warum?«, fragt Bobby, der seine Ungeduld nur schwer verbergen kann. Mit jeder Sekunde fürchtet er mehr, dass Hammy die Frau ermordet hat.

»Sie ist eine *Naranja de Sangre*«, sagt Hammy.

»Eine was?«, fragt Joseph.

Hammy starrt weiterhin in die Landschaft hinaus, mit dem Rücken zu Bobby und Joseph. Anders geht es für ihn nicht bei diesem Geständnis, das ihm nur sehr langsam über die Lippen kommt.

»Sie ... ist Mitglied eines geheimen, ähm ... eines geheimen Sexclubs für reifere Frauen. Die Ladys nennen sich *Naranjas de Sangre*«, sagt Hammy.

»Wie bitte?! Swinger oder was?«, fragt Joseph.

»Heilige Scheiße, Kumpel! Da biste doch 1A auf den Füßen gelandet ... ähm ... auf den Rädern, meinte ich«, sagt Bobby.

»Letzte. Scheiß. Warnung. Bobby!«, knurrt Hammy.

»Was denn?«, versucht Bobby zu beschwichtigen. »Ich sag doch bloß: Toll, dass du regelmäßig einen wegsteckst. Und jetzt hör auf zu heulen, weil wir nach Hause fahren, und nimm deine spanische Swingerlady einfach mit. Ich zahl die Chose auch.«

»Sie ist verheiratet ...«, sagt Hammy.

»Ups«, sagt Bobby. »Da sieht die Sache natürlich komplett anders aus.«

»... und zwar mit dem Polizeichef von San Antonio.«

Hammys Kopf sinkt noch ein bisschen tiefer.

»Ach du Scheiße!«, sagt Bobby. »Tja, die Kiste haste amtlich gegen die Wand gefahren, würde ich sagen. Dann bleibt wohl nur noch eins: Beine in die Hand nehmen ... oder in deinem Fall eben die Räder.«

Mit einer raschen Bewegung wendet Hammy den Rollstuhl und greift sich eine Kokosnuss aus dem Früchtekorb neben ihm. Das Geschoss knallt Bobby direkt gegen die Stirn.

»AAARGH! Fuck, Mann … das hat scheiße wehgetan!«

»Hammy, sag mal, weiß der Kerl denn Bescheid?«, schaltet sich Joseph ein, während Bobby zu einem Spiegel läuft.

»Ja. Sie hat's mir heute Morgen gesteckt«, sagt Hammy, dem man jetzt ansieht, dass er geweint hat.

»Guck dir das an, du Arsch!«, schreit Bobby. »Da bleibt bestimmt 'ne riesengroße Narbe zurück!«

»Wie hat er's denn rausgefunden? Hat sie es ihm erzählt?«, fragt Joseph.

»Nee«, sagt Hammy. »Saudumme Geschichte: Eine andere Frau aus der Gruppe hat's Anfang der Woche mit ihrem Typen getrieben. Und der Kerl steht auf Atemkontrolle, halt so Spielchen mit Luftröhre zudrücken etc. Sie tanzt also nackt vor ihm rum, während er sich einen ihrer Strümpfe um den Hals gebunden und am Türknauf festgeknotet hat.«

»Scheiße, Mann. Sind sie erwischt worden?«, fragt Joseph.

»Nicht so richtig. Sie hat ihm dann noch eine dieser kleinen Clementinen in den Mund geschoben. Für den Extra-Kick, wenn du verstehst …«

»Aye«, sagt Bobby. »Clementine für den Extra-Kick. Verstehe vollkommen«, fügt er hinzu und muss sich mächtig zusammenreißen, um nicht laut loszulachen.

»Aber dann kippt der am Türknauf festgeknotete Penner plötzlich zur Seite und macht diese abgefahrenen Stöhn- und Grunzgeräusche. Die Lady hört das zwar, denkt sich aber nichts dabei. Hat nämlich 'ne Maske auf, die Señora. Also tanzt sie seelenruhig weiter und wartet drauf, dass ihr Lover endlich abspritzt.« Hammy fährt sich mit der Hand über den

Kopf. »Aber die arme Sau stöhnt nicht, weil er kurz vorm Abgang ist, sondern weil er die ganze scheiß Clementine verschluckt hat und daran erstickt. Als die Gute dann mit ihrem Tanz der sieben Schleier fertig ist, gibt der Kerl keinen Mucks mehr von sich!«

»Heilige Scheiße!«, sagt Joseph und wirft Bobby einen strengen Blick zu, der sich vor Lachen fast in die Hose pinkelt.

»Die Frau bekommt jedenfalls Panik, ruft die Polente, und wer taucht natürlich auf? Richtig, Estas Ehemann, Juan. In ihrer Panik erzählt die dumme Kuh ihm natürlich alles und liefert die ganze Truppe ans Messer ... mit Namen, Adressen, Lieblingsstellung ... einfach alles. Esta hat mich gewarnt. Juan Soler soll ein richtig mieses Arschloch sein und dazu noch eifersüchtig wie ein geiler Keiler.«

»Und das hätte sie dir nicht sagen können, bevor ihr mit der Vögelei angefangen habt?«, sagt Bobby.

»Hat sie ja!«, antwortet Hammy. »Das war *mein* Extra-Kick. Hat alles noch ein bisschen aufregender gemacht.«

»Toll. Ich hoffe, die Sache ist dir jetzt aufregend genug, du Depp«, sagt Bobby.

»Okay. Und wie geht's jetzt weiter? Kommt der Kerl jetzt hier hoch, um dich zu kaschen, oder was?«, fragt Joseph.

»Er musste erst mal zum Festland rüberfliegen. Bericht erstatten, Leiche abliefern und so weiter. In zwei Tagen ist er zurück auf der Insel, und dann wird er mich holen«, wimmert Hammy. »Was zum Henker soll ich jetzt tun, Joey?« Er wendet sich bewusst an den seiner Meinung nach ausgeglichensten Menschen im Raum.

»Was soll das heißen, *dann wird er mich holen*? Er kann dich ja nicht verhaften, weil du seine Missus pimperst! Soweit ich weiß, ist das keine Straftat«, sagt Joseph.

»Das Gesetz ist dem doch scheißegal, Mann! Der kommt mit ein paar harten Jungs. Die laden mich auf ein Fischerboot, fahren mit mir raus auf See, und dann ...« Hammy bricht den Satz ab, als wolle er gar nicht daran denken, geschweige denn aussprechen, was die Männer von Juan Soler mit ihm tun werden.

»... und dann lassen sie dich über die Planke gehen, ähm, rollen«, flüstert Bobby.

»Halt die Klappe, Mann«, sagt Joseph. Er merkt, dass seine rechte Hand zittert. »Du bist gerade keine wirkliche Hilfe.« Joseph kratzt sich das Kinn, um den Tremor zu überspielen. »Ich hab eine Idee, aber wir müssen uns beeilen. Habt ihr einen Drucker hier?«, fragt er.

Hammy nickt.

»Okay ... dann kriegen wir das hin.«

* * *

Zwei Tage später steht der Plan, die Rollen sind verteilt, die Texte einstudiert. Sie haben zwei Flüge nach Glasgow gebucht. Bobby wird noch einen Monat auf Ibiza bleiben und erst Anfang nächsten Jahres nach Schottland zurückkehren. Er muss noch einige Sachen einlagern und sich um die Rückführung seines Eigentums kümmern. Außerdem gilt es, reinen Tisch zu machen und sich mit der todkranken Laurie Revlon und ihrem fordernden Sohn und Geschäftserben Laurence auszusöhnen. Joseph und Hammy haben gepackt und warten im Haus. Sie zögern die Abfahrt zum Flughafen hinaus. Wenn Juan Soler tatsächlich auf der Jagd nach Hammy ist und sich bereits auf dem Weg zu ihnen befindet, gibt es nur eine Möglichkeit für die erfolgreiche Umsetzung von Josephs

Plan: Soler muss sie in der Villa stellen. Hammy hat die Hoffnung noch nicht aufgegeben: Vielleicht hat Solers Flug aus Alicante Verspätung, vielleicht hat er ihn sogar verpasst. Sein Handy leuchtet auf und lässt die Blase zerplatzen. Die Nachricht auf dem Display ist eindeutig: »Hamma, du musst gehen. Jetzt. Juan zurück. Er dich holen will! Pass auf dich auf! Ich hoffe, wir sehen uns wieder. Tausend Küsse, Esta.«

Hammy hält Joseph das Telefon hin, sodass der die Nachricht lesen kann.

»Joey, ich scheiß mir gerade die Hose voll«, gesteht Hammy.

»Aye. Ich auch«, sagt Joseph. »Jetzt heißt es kühlen Kopf bewahren, okay?! Wird schon glattgehen.« Joseph tätschelt Hammys Arm. »Okay, dann hol jetzt besser die Handschellen«, fügt er hinzu.

Hammy rollt in Richtung seines Zimmers. Ein paar Minuten später kehrt er zurück. Die Handfesseln aus Metall sind mit flauschig-rosafarbenem Fell überzogen.

»Das hättest du uns auch früher sagen können!« Joseph nimmt die Handschellen und wirft sie zu Bobby. »Hier, kratz die Plüschscheiße von den Dingern runter. Wenn das jemand sieht, gibt's doppelt auf die Schnauze!«

Als Bobby fertig ist, legen sie Hammy die Handschellen an. Ihre Reisetaschen sind bereits draußen im Wagen.

Die Klingel läutet. Juan Soler und seine Männer stehen vor dem Eingangstor.

»Fuck, fuck, fuck! Jetzt schau dir doch bloß mal diese zwei Kühlschränke an, die Schweinchen Dick da im Schlepptau hat«, sagt Bobby.

Hammy und Joseph gehen zur Gegensprechanlage und starren auf den Bildschirm. Die Klingel ertönt ein zweites Mal. Juan Soler wird ungeduldig.

»Scheiße!«, ruft Hammy aus. Links und rechts neben dem klein gewachsenen Polizeichef mit der untersetzten Figur stehen zwei gigantische Neandertaler, die aussehen, als wären sie einem Gemälde von Peter Howson entsprungen und hätten nun den festen Entschluss gefasst, irgendjemanden zu Brei zu schlagen, bevor sie wieder auf die Leinwand zurückkehren müssen. »Das sind keine Bullen, Mann! Die Jungs sehen aus wie Fachkräfte für Kreislaufwirtschaft, die Menschenmüll und Rollstuhlfahrer verklappen!« Hammy schaudert es.

Josephs Herz hämmert heftig in seiner Brust. Er ist sicher, dass es aussieht wie bei einem verliebten Bugs Bunny. Er holt Luft, atmet tief und langsam ein und aus, um die einsetzende Panik zu kontrollieren. Wieder klingelt es, dieses Mal länger.

»Ähm, hallo. Wie kann ich Ihnen helfen?«, sagt Bobby.

»Aufmachen, bitte. *Policía.*«

»Worum geht es denn?«, fragt Bobby nervös.

»Aufmachen, bitte! Wir müssen mit Señor Ham May sprechen«, antwortet Juan Soler. Er ist nicht gerade so gekleidet, wie man es vom örtlichen Polizeichef erwarten würde. Also zieht er seine Dienstmarke hervor und hält sie vor die Sicherheitskamera über seinem Kopf.

Bobby überlegt, ob die beiden Riesen auf eine halbwegs normale Größe zusammenschrumpfen, wenn er sie reinlässt, oder ob sie dann noch brutaler aussehen als durch das Fischaugenobjektiv der Sicherheitskamera. So oder so, die Vorstellung, sie reinzulassen, macht ihm Angst.

»Sind Sie auch Teil der laufenden Operation?«, sagt Bobby und geht damit zu dem von Joseph ausgearbeiteten Skript über. Juan Soler wirkt verdutzt. Er dreht sich um und sagt etwas zu seinen stoisch dreinblickenden Kompagnons. Bobby kann es nicht verstehen.

»Aufmachen, bitte! Oder wir sind gezwungen, das Tor aufzubrechen«, sagt ein nun eindeutig verärgerter Juan Soler.

Nach einigen Sekunden drückt Bobby eine Taste, und das hölzerne Schiebetor gleitet wie von Geisterhand gezogen auf einer Schiene in einen Spalt der Grundstücksmauer. Die beiden Totschläger machen staunende Gesichter.

Die drei Männer brauchen ein paar Minuten, um vom Eingang am oberen Teil des Gebäudes bis zum Wohnbereich im Erdgeschoss vorzudringen. Joseph nutzt die Zeit, um den mit Handschellen gefesselten Hammy nach draußen zu rollen, wo ein geräumiger schwarzer Wagen mit verdunkelten Fenstern steht, den sie sich extra für diesen Zweck von Laurie Revlon ausgeborgt haben.

»Halt, Sir!«, ruft Juan Soler. »Diese Mann wird von *Policía* gesucht«, behauptet er.

Joseph und Hammy bleiben am Anfang des Kieswegs stehen, der zum Carport führt.

»Stehen bleiben!«, herrscht Joseph Hammy an.

»Ist ja nicht so, als wenn ich hier groß *weglaufen* könnte, oder?«, antwortet dieser theatralisch.

Hammy trägt einen beigefarbenen Anzug, dazu ein weißes Hemd, Joseph sein schwarzes Calvin-Klein-Outfit, ebenfalls ein weißes Hemd und einen schwarzen Binder. Seine Schuhe glänzen, sein Haar ist so perfekt in Form gebracht, dass man ihn für einen Zeugen Jehovas halten könnte. Eine Ausbeulung im oberen Teil seines Jacketts, hervorgerufen durch ein paar von Hammys alten Beinschienen, vermittelt den Eindruck, er würde ein Holster samt Waffe tragen. Joseph bemerkt, wie die beiden Begleiter von Juan Soler auf die Beule starren, als hätten sie einen Röntgenblick.

»Und wer sind *Sie*?«, fragt Juan Soler.

»Wüsste nicht, was Sie angeht das«, antwortet Joseph. Er ist derart bemüht, so einschüchternd wie möglich zu klingen, dass er die Reihenfolge der Wörter durcheinanderhaut. Glücklicherweise sind die ungebetenen Gäste keine Muttersprachler und bemerken den nervösen Ausrutscher nicht.

»Nach diese Mann wird gefahndet ...«, sagt Juan Soler wenig überzeugend und ist ganz offensichtlich immer noch damit beschäftigt, sich einen Reim auf die Situation zu machen.

»Ja, ich weiß ... und wir sind gerade dabei, ihn nach Großbritannien auszuliefern. Wäre also schön, wenn Sie mich jetzt meine Arbeit machen lassen und unsere Ermittlungen nicht weiter behindern.«

Für einen Moment ist Juan Soler verblüfft. Er hatte es sich so einfach vorgestellt: zur Villa hochfahren, den Krüppel kaschen, ihn am Rollstuhl festketten und ins Mittelmeer kippen. Durch das Szenario, das er jetzt vorgefunden hat, droht ihm der Gesichtsverlust.

Joseph erkennt, dass genau das seine Chance ist. Er tritt näher an Soler heran und greift ins Innere seines Jacketts. Die Männer fürs Grobe erstarren. Doch dann zieht Joseph statt einer Waffe einen Ausweis hervor, auf der ein Passbild von ihm zu sehen ist, außerdem sein Name und der Stempel »MI5« in der oberen Ecke.

»Ich bin Special Agent Joseph Miller«, sagt er. »Hamish May steht seit mehr als vier Jahren schon auf der Liste der meistgesuchten Verbrecher Großbritanniens. Er ist einer der Hauptverdächtigen der noch laufenden Operation Yewtree und wurde im Rahmen dieser Ermittlungen als der Anführer einer Bande identifiziert, die junge Mädchen von Europa, soll heißen vom spanischen Festland, nach Großbritannien schleust. Wir sind seiner Spur gefolgt und konnten ihn jetzt endlich hier auf Ihrer Insel dingfest machen.« Die drei Männer sind drauf und dran, sich auf Hammy zu stürzen, doch Joseph zieht rasch ein Schreiben hervor. »Hier ist der Schriftwechsel zwischen unseren Regierungen, in dem die Bedingungen für die Auslieferung dieses Mannes geregelt sind.« Josephs Magen krampft und rumort, aber Bobby, bislang ein passiver Beobachter des Schauspiels, muss seinen Hut vor der äußerst überzeugenden Vorstellung seines Freundes ziehen.

Dazu fällt Juan Soler nichts mehr ein.

»Also, hier ist der Deal …«, fährt Joseph fort, »… ganz gleich, weswegen der Mann hier auf der Insel auch verhaftet werden sollte, das wird warten müssen. Am besten wenden Sie sich an Ihren Inlandsgeheimdienst und sprechen das weitere Vorgehen mit den zuständigen Beamten ab.« Allen Anwesenden ist klar, dass das nie passieren wird.

Bobby geht zu Hammy und verpasst ihm eine klatschende Ohrfeige. »Du dreckiger Kinderficker!«, brüllt er ihn an. »Du schleichst dich bei mir ein und ziehst von meinem Haus aus ein Kindersex-Business auf? Was immer auch mit dir jetzt passieren mag, du perverse Sau, du hast es nicht anders verdient!« Bobby verpasst ihm eine weitere Schelle, die noch lauter knallt als die erste.

Method Acting schön und gut, aber das geht Hammy jetzt doch einen Schritt zu weit. Er beschließt, sich bei passender Gelegenheit für die Schellen zu revanchieren.

»*Bastardo*!«, schimpft Juan Soler und holt aus. Ein stumpfer Haken trifft auf Hammys Kiefer. Der massive Ehering des Polizeichefs wirkt wie ein Schlagring in Miniaturgröße. Hammy sackt zusammen und wimmert vor Schmerz.

»Okay, das reicht!«, ruft *Special Agent* Miller. »Ich hasse diesen Scheißkerl für das, was er getan hat, aber ich habe keine Lust, dass seine Anwälte ihn wegen Polizeigewalt bei der Verhaftung rauspauken.«

Mit barschen Handgriffen wird Hammy in den hinteren Teil des Wagens verfrachtet. Juan Soler lässt ihn nicht eine Sekunde aus den Augen. Dann setzt sich Joseph ans Steuer und fährt das Fenster herunter.

»Vielen Dank für Ihre Unterstützung und Kooperation bei der Verhaftung dieses Mannes, Mr. Cassidy«, sagt Joseph. »Ich werde die zuständigen Stellen in Großbritannien davon unterrichten, welche Risiken Sie auf sich genommen haben, um mir zu helfen.« Dann tritt er aufs Gas. Die Reifen drehen durch, Kieselsteine werden in die Luft geschleudert, während der Wagen die steile Auffahrt hinaufprescht.

»Scheiße, Mann! Was sollte das denn eben?«, beschwert sich Hammy. »Du hättest den Penner ruhig davon abhalten können, mir den Kiefer zu verbeulen.« Zischend saugt er Luft durch seine Zähne, als würde er sich gerade den Kostenvoranschlag eines Schönheitschirurgen ansehen.

»Und was sollte der Mist von wegen Kinderficker und so, hä? Das hatten wir doch ganz anders abgesprochen! Es ging doch darum, dass ich irgendwelche Geheimnisse an die Russen verkauft habe, wie dieser Wikileaks-Trollo! War alles nur Theater, schon klar, aber trotzdem, Mann ... du hättest mich wirklich nicht in die Kinderficker-Brigade von Jimmy Savile stecken müssen. Wirklich miese Nummer, Kumpel!«

»Besser, als bei den Fischen zu schlafen, oder?«, sagt Joseph mit einem Blick in den Rückspiegel.

»Stimmt. Aber Bobby, der Arsch, hat wirklich übertrieben.«

»Jetzt hör auf mit der Meckerei! Immerhin bist du den ganzen Scheiß ein für alle Mal los!«

»Aye ... schätze, du hast recht«, sagt Hammy und seufzt erleichtert.

Plötzlich tritt Joseph auf die Bremse. Hammy wird ruckartig nach vorn gedrückt, doch der Gurt greift sofort und schnürt Hammy die Brust ein. Joseph öffnet die Tür und wankt zur Seite. Am ganzen Körper zitternd übergibt er sich in das Gestrüpp am Straßenrand.

»Scheiße, Joey, der Gurt hat mir fast den Kopf abgerissen!«, sagt Hammy. »Und außerdem könntest du mir echt langsam mal diese beschissenen Handschellen abnehmen!«

Joseph löst Hammys Handfesseln, lässt den Wagen an und wirft ihm ein »Undankbarer Mistkerl!« an den Kopf.

»Ich bin dir doch dankbar, Mann«, sagt Hammy. »Wirklich jetzt, richtig dankbar sogar. Aber sag mal, woher hast du den MI5-Ausweis? Mit dem Ding hättest du sogar mich überzeugt.«

»Ich hab ja unten in Libyen gearbeitet. Da war ich Teil dieser Delegation von Tony Blair, die Gaddafi wieder in die internationale Gemeinschaft zurückholen sollte, damit er sein Öl an *uns* und nicht an die Russen verkauft. Irgendwann wurden die Sanktionen dann aufgehoben, und der Deal lautete, dass die britische Seite Schulen, Krankenhäuser und allerlei andere Infrastrukturbauten in Libyen planen sollte. Um sich einigermaßen frei bewegen zu können, bekamen alle Berater diese MI5-Ausweise und allerlei offizielle Schreiben. Ich hab meine halt nie zurückgegeben.«

Keine zwanzig Minuten später sind sie am Flughafen. Joseph parkt den Wagen so, dass Bobby ihn später problemlos abholen und zurückbringen kann. Hammy setzt sich in seinen Rollstuhl. An seinem Kinn prangt eine rot und lila leuchtende Beule.

»Hamma ... Hamma!« Es ist Esta. Sie läuft zu Hammy, beugt sich zu ihm runter und umarmt ihn.

»*¿Qué tal, Hamma?* Bist du okay?«

»Aye ... alles okay. Vietnam war schlimmer.« Er lacht.

Sie versteht den Witz nicht. »Ich habe das hier für dich mitgebracht«, sagt sie und reicht ihm ein längliches Paket. »Ich werde niemals dich vergessen.« Dann küsst sie ihn zärtlich.

Joseph ist gerührt. Die Beziehung der beiden scheint sehr viel mehr Substanz zu haben, als er angenommen hat. Er hat Mitleid mit Hammy.

Beim Check-in ist Hammy ehrlich. Er gibt zu, dass sich in seinem Handgepäck ein Geschenk befindet, von dem er nicht weiß, was es eigentlich ist. Nachdem der Sicherheitsdienst es ausgepackt und untersucht hat, bekommt Hammy es zurück. Schluchzend besteigt Hammy das Flugzeug, in seinen Armen eine Beinprothese von Esta Soler. Als er landet, schreibt er ihr eine Textnachricht: Nie wieder werde er ohne die Prothese schlafen.

KAPITEL 25

Dezember 2014. Glasgow, Schottland

Obwohl Hamish bereits seit fast einem Monat wieder zurück in Schottland ist, tut er sich noch schwer mit den vielen Veränderungen in seiner näheren Umgebung. Er wohnt bei Joseph, dessen Mietwohnung im vierten Stock eines Brownstone-Gebäudes liegt. Das Fehlen eines Aufzugs hat nicht nur seine Bewegungsfähigkeit eingeschränkt, sondern ihn auch davon überzeugt, dass – obwohl die beiden gut miteinander auskommen – dieses Wohnarrangement auf lange Sicht keine Lösung darstellt und genau genommen noch nicht mal mittelfristig taugt. Er kann unmöglich von Joseph verlangen, ihn alle naselang die vier Stockwerke hoch- und runterzuschleppen. Langsam wird ihm die Tragweite dieser Erkenntnis klar. Es besteht Handlungsbedarf, und zwar relativ dringend. Er rollt die kurze, aber überlaufene und von grauem Matsch bedeckte Strecke vom Taxistand zum Fahrkartenschalter. Der Schnee hat nicht lange gehalten. Anfänglich standen die Chancen für eine weiße Weihnacht fifty-fifty, und einige Buchmacher boten lukrative Quoten. Doch dann kam ein plötzlicher Temperaturanstieg und bewahrte sie davor, Unsummen auszahlen zu müssen. Übrig geblieben ist eine jämmerlich anzusehende dreckige Pampe, kreuzgefährlich für Passanten und Fahrzeuge, die auf den nicht gestreuten Straßen unterwegs sind.

Hammy ist auf dem Weg zum Buchanan-Bahnhof, um mit dem Bus nach Kilmarnock runterzufahren. Er ärgert sich ein wenig, dass er erst so spät aufgebrochen ist. Und dass er nicht den Zug genommen hat. Es ist der letzte Tag des Jahres. Da er sich nicht vorab um Tickets gekümmert hat, muss er die Bummel- statt der Expressroute nehmen. Das bedeutet eine Fahrzeit von anderthalb Stunden und zahllose Zwischenstopps auf endlosen Schleifen durch die Glasgower Vororte. Mit der Expresslinie wären es fünfundvierzig Minuten auf der M77 gewesen, einfach gerade runter. Er wird ein paar Tage bei seiner Mum bleiben, einer rüstigen Sechsundsiebzigjährigen, von der Hammy seinen Willen zur Unabhängigkeit geerbt hat. Nachdem er jahrelang nicht nur für sich selbst, sondern auch für Bobby Cassidy gesorgt hat, kommt ihm die jetzige Situation – dieses Angewiesen-Sein auf die Unterstützung von Joseph, um die Treppen zu bewältigen und Wege erledigen zu können – wie die erste Etappe eines unaufhaltsamen Niedergangs vor. Hammy braucht Alternativen. Joseph hat ihm geraten, sich ein Elektromobil zuzulegen. Hammy ist jedoch der Meinung, dass Menschen mit Elektromobilen nicht unbedingt gehbehindert, sondern oft auch einfach nur fett und/oder faul sind. Er will nicht, dass andere Leute dasselbe über ihn denken. Joseph konnte die Logik hinter diesem Argument nicht gleich nachvollziehen. Doch dann dämmerte ihm, dass es mit den Bildern der fetten Amerikaner zusammenhängen musste, die Hammy in einer Doku gesehen hatte, wie sie auf Elektromobilen durch Disneyland cruisen.

Als der Bus in Kilmarnock ankommt, hilft ihm der freundliche Fahrer beim Aussteigen und schiebt eine tragbare Rampe an die Tür heran. Hammy zieht sich seine Handschuhe an. Von der Bushaltestelle aus rollt er durch eine traurig anzusehende und größtenteils leer stehende Burns Mall. Er hält an einem RS McColl's und kauft Blumen für seine Mum. Kilmarnock hat sich nicht großartig verändert, seit er das letzte Mal hier war. Ein Greggs hat ein Olivers ersetzt, und ja, zugegeben, E-Zigaretten- und Handyshops haben alle anderen Geschäfte verdrängt. Ihm fällt auf, dass viele Bereiche im öffentlichen Raum schlecht zugänglich sind. Trotz der DDA-Verordnungen zur Vermeidung der Diskriminierung von Behinderten, die in schottischen Städten neuerdings gelten, ist die Situation traurig und kein Vergleich mit der Barrierefreiheit in den Zentren gewisser Mittelmeerinseln. Hamish weiß allerdings, dass er momentan überall nur Fehler und Makel in der Heimat sieht.

Als er zum Taxistand an der Vorderseite des mehrstöckigen Parkhauses am Foregate rollt, muss er plötzlich bremsen. Eine blonde Frau ist vor ihn getreten.

»Hammy?«

Er braucht einen Moment, um eins und eins zusammenzuzählen. Dann sagt er: »Lizzie? Verdammt, bist du das wirklich?« Er weiß, dass sie es ist. Im Gegensatz zu ihm hat sie sich seit ihrem letzten Kontakt kaum verändert. Hammy muss sofort an Lizzies unrühmliche Rolle bei der Klatschpressenkampagne gegen Bobby denken und wünscht sich insgeheim, sie hätte ihn nicht erkannt.

»Wie geht's dir so?«, fragt sie, bemerkt aber sogleich, dass ihre Frage unheimlich dämlich klingen muss. »Sorry«, sagt sie, »ich wollte nicht ... also, ähm ... sag mal, hast du vielleicht Zeit für einen Kaffee oder so?«

»Bin gerade auf dem Weg zu meiner Mam, Lizzie ... und eigentlich hab ich's ein bisschen eilig, weißt du?«

»Es ist wirklich wichtig. Gib dir 'nen Ruck«, bittet sie und versperrt ihm weiter den Weg. »Nur fünf Minuten, okay?«

* * *

Ein Taxi setzt Hamish vor der Doppelhaushälfte ab, dem ehemaligen Sozialbau in Kilmarnock, in dem er aufwuchs.

»Schön, dich wiederzusehen, mein Junge. Gut siehst du aus«, sagt Maggie May.

Hammy reicht seiner Mum eine Tüte, in der sich drei Packungen Kekse befinden. Maggie strahlt wie eine Fünfjährige, die gerade vom Kaufhaus-Weihnachtsmann ein Geschenk bekommen hat. In der Tüte sind BN Biscuits, die über Jahre nicht in Großbritannien erhältlich waren. Hammy hat seiner Mutter regelmäßig Nachschub nach Schottland geschickt, denn Maggie war regelrecht versessen auf die Schokokekse. Die Legende besagt, dass die Kekse verboten wurden, weil die Schokoladenfüllung mit Kokain versetzt war. Das unheimliche Lachen des zwinkernden Gesichts auf den Keksen tat sein Übriges, um diese Theorie zu stützen. Legende hin oder her, Hammy und seine Mum sind abhängig.

Im Vergleich zu früher wirkt die Wohnung heute fast leer. Mit Ausnahme von zwei Katzen mit gingerfarbenem Fell lebt Maggie allein. Ihr Ehemann Stan starb 2009 an einem Herzinfarkt. Damals ging es Hammy noch nicht gut genug, um zur Beisetzung seines alten Herrn in die Heimat reisen zu können, aber immerhin hatten Vater und Sohn die Zeit nach Hammys Unfall genutzt, um sich auszusöhnen. Hammys Geschwister sind in alle vier Winde zerstreut. Zwei leben an unterschiedlichen Orten in Australien, einer ist in Neuseeland, eine andere arbeitet bei einer Behörde für Stadtentwicklung in Orkney. Sein jüngerer

Bruder Glendale sitzt gegenwärtig im Süden der USA im Gefängnis. Die verbleibenden Zwillingsschwestern Dolly und Aretha leben noch in Ayrshire und wollen morgen zu Besuch kommen. Auch wenn jeder Stein des Hauses an ihr gemeinsames Leben als Familie erinnern mag, lässt sich Maggie vom Weggang ihrer Kinder nicht entmutigen. Sie wirkt gelassen und gefasst, ist zufrieden, dass ihr Junge zurück in der Heimat ist, wird aber gleichzeitig von einer Sorge geplagt: Auf keinen Fall will sie die Vollzeitpflegekraft eines fünfzigjährigen Rollstuhlfahrers werden. In der großen und stets nach vorne blickenden Familie May war Unabhängigkeit immer wichtig und wurde den Kindern von Geburt an eingeimpft. Hammy weiß das und war in den vergangenen zwanzig Jahren oft sehr dankbar für dieses Familienerbe – nicht zuletzt deshalb, weil es die damit einhergehenden Charaktereigenschaften waren, die es ihm ermöglichten, nach seinem Unfall zu überleben. Sich gehenlassen? Selbstmitleid? Das gibt es nicht im Hause May.

Seine Mum hat ihm ein Bett im Wohnzimmer bereitet. Die eigentlichen Schlafzimmer der Wohnung befinden sich alle im ersten Stock. Hammy ist froh und zufrieden mit diesem Arrangement. Obwohl es nur für ein paar Tage sein wird, kommt Maggie wenig später, als sie gemeinsam essen und die Silvesterausgabe von *Strictly Come Dancing* schauen, schnell zu dem Thema, das sie umtreibt.

»Meine Güte, und ich dachte, Bruce Forsyth wäre langsam mal tot!«

»Nein. Gestorben ist nur der Kerl, der die Witze für Bruce geschrieben hat«, sagt Maggie.

»Spanisches Fernsehen ist schon ziemlich mies, aber das hier ist wirklich unterirdisch«, sagt Hammy. »Das sollen Celebrities sein? Hab noch nie was von denen gehört!«

»Ja, die meisten von denen sind Seifenopern-Stars oder Leute aus Reality-TV-Sendungen«, erklärt Maggie. »Ich drücke dem Boxer die Daumen, dass er gewinnt … wirklich sexzellent, der Kerl!«

»*Sexzellent*? Woher kennst du denn solche Ausdrücke?«, sagt Hammy und lacht.

»Was denn? Knutschen und fummeln dürfen wir in unserem Alter wohl nicht mehr, oder was?«

»*Knutschen und fummeln*? Mam, ich bitte dich!« Hammy muss schlucken. »Wen meinst du überhaupt mit ›wir‹?«

»Die Mädchen vom Bowling Club«, antwortet sie. Einen Moment später fügt sie hinzu: »… und die Jungs.«

»*Die Jungs vom Bowling Club*?! Was ist denn mit dir los, Mam?« Wie es aussieht, ist das Phänomen des Blutorangen-Ordens nicht auf den Mittelmeerraum begrenzt.

»Ich hab einen Freund«, sagt Maggie stolz.

»Wie bitte?« Hammy kann kaum glauben, was er da hört. »Wie alt bist du jetzt? Fünfundsiebzig?«

»Na und?«, gibt sie zurück, ohne Hammy zu korrigieren, dass er bei ihrem Alter ein Jahr unterschlagen hat. »Jetzt stell dich doch nicht so an. Fünfundsiebzig ist das neue Fünfzig!«

»Das neue Fünfzig am Arsch! Fünfzig ist fünfzig und basta.«

»Nicht in diesem Ton!«, schimpft Maggie mit ihrem Sohn. »Wär's dir vielleicht lieber, dass ich den ganzen Tag in der Bude sitze und mich langweile? Dass ich auf den Tod warte und Phillip Schofield der Einzige ist, der mir Freude bringt?«

Hammy unterdrückt die widerwärtigen Bilder, die in seinem Kopf entstehen, wenn er sich vorstellt, wie Phillip Schofield seiner Mum »Freude bringt«. Dummerweise werden sie sofort von neuen Bildern verdrängt. Bilder, wie Schofield einem Handpuppen-Erdhörnchen namens Gordon the Gopher seine

Finger in den Hintern schiebt, um gemeinsam mit der Fellkugel die BBC-Kindersendung *The Broom Cabinet* zu moderieren.

»Das ist es nämlich, was du auch brauchst, Junge«, sagt Maggie.

Aber Hammy ist in Gedanken woanders. »Was denn? Einen Phillip Schofield, der mir jeden Morgen die Hand den Arsch hochschiebt?«

Maggie ist verwirrt. »Wovon redest du denn? Ich meine … eine Frau, eine Gefährtin oder so. Jemanden, der dich liebt und sich um dich kümmert.«

Hammy denkt zurück an das, was er mit Esta und Bobby hatte, seine Zeit auf Ibiza. Sonne, Sex und Sangria. Das absolute Klischee, wenn es um die Urlaubsprioritäten britischer Touristen geht – aber verdammt, Hammy hatte es das ganze Jahr über genossen. Und jetzt? Schneematsch, Minusgrade und diese für Rollstuhlfahrer unüberwindbaren Bordsteinkanten. Was zum Henker trieb er überhaupt hier in Schottland?

»Wo wohnst du denn jetzt?«, erkundigt sich Maggie.

»Hab mich bei Joey Miller einquartiert, oben in seiner Wohnung, aber auf Dauer ist das nichts. Zu viele Umstände. Wenn Bobby zurück ist, überlegen wir uns was. Allerdings weiß ich noch nicht so genau, was das sein wird.«

»Na ja, für eine Weile kannst du hierbleiben, aber ideal ist das nicht … das weißt du ja sicher selbst, oder?«

Hammy hat zwar nicht vor, bei seiner Mum zu wohnen, aber der Tonfall ihrer Worte macht ihn neugierig. Die klingen nämlich eher nach *definitiv nicht* als nach *definitiv möglich.*

»Und warum nicht?«, hakt er nach, um seine Theorie zu verifizieren.

»Na ja, zuallererst mal, weil hier kein Platz ist.« Sie sieht den Ausdruck in seinem Gesicht. »Das ist jetzt nicht dein

Ernst, oder?!«, scheint es zu sagen. In der Wohnung ist jede Menge Platz. Wenn nötig, ließe sich sogar ein Treppenlift für Rollstuhlfahrer einbauen, um eins der Zimmer im ersten Stock für Hammy zugänglich zu machen. Ihre ablehnende Haltung hat ganz offensichtlich einen anderen Grund, und wie es aussieht, will sie ihn nicht verraten. Er starrt sie an, bis sie irgendwann nachgibt.

»Ach, es ist wegen Bert. Er wird in ein paar Tagen hier einziehen«, sagt Maggie und schaut nach unten.

»Bert?«, ruft Hammy aus. »Scheiße, Mam! Wer zum Henker ist Bert?«

»Hamish. May. Nicht in diesem Ton!« Sie steht auf. Er muss sitzen bleiben. »Bert vom Bowling Club. Bert Bole.«

»Bert Bole? Meine Güte, Mam ... der Kerl muss ja mindestens hundert Jahre alt sein. War er vielleicht der Bandleader auf der Titanic oder was?«

Maggie räumt die Teller ab und bringt sie in die Küche. Sie unterdrückt ein Lächeln. Der Kommentar mit der Titanic war ziemlich witzig.

Als sie zurückkommt, hat sich Hammy ein wenig beruhigt. Er hat über die eigenartige Beziehung seiner Mutter nachgedacht, und vielleicht, so glaubt er, besteht da gar nicht mal so ein Riesenunterschied zwischen ihm und seiner Mum. Beide suchen nach Glück, Nervenkitzel, Körperlichkeit ... bevor es zu spät ist. Weder seine Mum noch Bert Bole sind verheiratet. Hammy steht es also nicht zu, den ersten Stein zu werfen.

»Wie seid ihr denn zusammengekommen?«, fragt er.

»Einmal, als wir beim Bingo waren, da hat er meinen Song gesungen. Damit hat er mein Herz erobert«, sagt sie.

Hammys Dad war ein passabler Crooner gewesen ... und seine Paradenummer natürlich »Maggie May«. Hammy denkt darüber nach, wie süß die Story seiner Mum eigentlich ist. Seine Eltern waren ein Herz und eine Seele, unzertrennlich, auch wenn Stan berufsbedingt oft unterwegs war. Hammy weiß, dass sein Dad die Sache mit Bert gutheißen würde. Einfach alles, solange es Maggie glücklich macht. Er nimmt die Hand seiner Mutter und küsst sie.

»Hauptsache, er macht dich glücklich, nicht wahr, Mam?« Sie streichelt seine Wange. »Aber eins sag ich dir: Wenn er dich betrügt oder deinen Zahnersatz klaut, dann mach ich Jagd auf ihn und knall ihm drei Löcher in den Kolostomiebeutel!«

Hammys Mum lacht. Sie ist froh, dass ihr Junge zurück ist.

* * *

Joseph drückt auf den Klingelknopf. Ein Hund bellt. Es klingt zwar nach einem kleinen Hund, der relativ nah ist, könnte aber auch ein großer Hund sein, der am anderen Ende dieser riesigen, frei stehenden, steinverkleideten Villa im Süd-Glasgower Stadtteil Pollokshaws tobt und kläfft.

Hettie hat viel erreicht. Ihre Kunst ist nach wie vor en vogue, die größeren Bilder gehen für mehrere Zehntausend Pfund das Stück weg. Das Haus erinnert Joseph ein wenig an das, in dem er mit Lucinda und Jennifer gewohnt hat. Protzig, groß, massiv – kein Haus, mit dem man nachlässig umgeht oder um das man sich im Scheidungsfall streiten will. Das Haus von Joseph und Lucinda lief auf ihren Namen – eine Bedingung für die finanzielle Unterstützung von Josephs Architekturfirma durch den Schwiegervater. »Haftungsbegrenzung« lautete das Argument, und Joseph hatte es geschluckt. Lucinda wusste genau, was sie tat.

Die Tür geht auf, Hettie kommt heraus. Ohne ein Wort zu sagen, umarmt sie ihn und zerquetscht dabei die Blumen, die er ihr mitgebracht hat. Obwohl sie wusste, dass er vorbeikommen würde, sind ihre Hände und Arme, ihr Haar und ihre Klamotten von Farbflecken übersät. Joseph nimmt an, dass seine Sachen nach der Umarmung ähnlich aussehen, ist dann aber angenehm überrascht, als das nicht der Fall ist. Es ist Hogmanay, und trotzdem arbeitet sie noch.

»Meine Güte, Joey«, sagt sie und tritt zurück, um ihn ansehen zu können. »Wie geht's dir?«

»Mir geht's gut, Hettie. Du siehst toll aus.«

»Aye, bin ein bisschen müde, aber sonst läuft's«, sagt sie.

Joseph war sich nicht ganz sicher, wie diese Begegnung ablaufen würde. Es ist sechs Jahre her, dass er sie das letzte Mal gesehen hat. Vier Jahre seit dem letzten Telefongespräch.

»Komm doch rein«, sagt sie und klingt dabei älter, als sie eigentlich ist. Sie führt ihn in eine weite Empfangshalle, die sogar noch größer ist als die in seinem alten Haus. Es ist das Heim von Bohemiens: Links und rechts einer alten Treppe aus knorrigem Holz hängen großformatige Gemälde, unweit davon stehen drei Designerstühle nahe zusammen wie schüchterne Partygäste, die man einander noch nicht vorgestellt hat. Der erste Stuhl ist ein recht förmliches Stück mit hoher Lehne von Charles Rennie Mackintosh, daneben stehen ein Egg Chair von Jacobsen und ein Berliner Stuhl, ein nüchternes Möbel aus Metall und Leder. Es ist nicht ganz einfach, die für die Inneneinrichtung maßgebenden Einflüsse zu bestimmen, und so ertappt sich Joseph bald schon dabei, die typische Loyd-Grossman-Frage zu stellen: *Wer wohnt eigentlich in so einem Haus?*

»Ich muss nur rasch was fertig machen«, sagt Hettie. »Mach's dir bequem, okay? Zum Wohnzimmer geht's da entlang. Ich bin in fünf Minuten bei dir.«

Joseph schaut ihr nach und entscheidet sich dann bewusst gegen das Wohnzimmer, um sich stattdessen den daran angrenzenden Raum anzusehen. Die Wände sind voller Bücherregale, in denen teure Ausgaben lagern. Paperbacks sucht man hier vergebens. Joseph war noch nie ein großer Leser. Er besitzt zwar viele Bücher, liest aber selten eins von ihnen. Dieser Widerspruch ist ihm auf so unangenehme Weise bewusst, dass er sogar weiß, wie die Japaner eine solche Person nennen. *Tsundoku.* Er fragt sich, ob diese umfangreiche Bibliothek auch nur Show ist. Mit einem Mal fühlt er sich überlegen, wie Nick Carraway, als dieser sich von Jay Gatsbys Party davonschleicht. Joseph glaubt auf eine Fassade gestoßen zu sein, einen Schwindel entdeckt zu haben. Die Seiten der von ihm stichprobenartig aus dem Regal gezogenen Bücher jedoch sind beschnitten, haben deutliche Gebrauchsspuren. Wie es aussieht, werden die Exemplare dieser Sammlung geliebt und gelesen.

Auch der Rest des Hauses ist ein stilistischer Melting Pot voll unterschiedlichster Einrichtungs- und Kunstgegenstände – *Objets d'art,* wie Pete sie sehr wahrscheinlich nennen würde. Wie viele Häuser der viktorianischen Epoche wirkt auch dieses düster und unheimlich. Dunkle Holzverkleidungen dominieren die Innenräume und verleihen ihnen eine von Beständigkeit und Stärke geprägte Ausstrahlung. Joseph findet allerdings, dass der Mangel an Licht und Leichtigkeit die ganze Sache etwas trist und beklemmend macht.

»Na, wie lautet dein Urteil?«, sagt Hettie, als sie ihn dabei ertappt, wie er die Details ihrer Wohnumgebung analysiert, als wäre er ein Immobilienmakler, der für einen Kunden den Wert von Haus und Einrichtung schätzt.

»Sorry«, sagt er. »Die Macht der Gewohnheit. Das Haus ist wirklich sehr interessant, Hettie. Und es ist ein verdammter Koffer.«

»Aye, stimmt«, antwortet sie. »Das meiste Zeug gehört Pete. Er ist ein Sammler, ich nicht so. Er hortet Dinge, die einen Wert für ihn haben ... und das ist im Grunde genommen alles. Komm mit ins Studio. Ich muss eben noch etwas aufräumen. Danach ordere ich uns Dinner.«

Sie laufen durch mehrere Zimmer und landen in einem von Nordlicht durchströmten Raum. Es ist so viel heller dort als im Rest des Hauses, dass Joseph einige Sekunden braucht, um sich daran zu gewöhnen.

»Pete mag es, wenn das Haus etwas dunkler ist. Das machen wohl die vielen Jahre in der Dunkelkammer, schätze ich.«

»Wie geht es ihm?«, fragt Joseph. Er nimmt an, dass er Pete später beim Dinner treffen wird, auch wenn Hettie sich diesbezüglich nicht klar ausgedrückt hat.

»Nicht so toll«, sagt sie und hält inne. Zuerst glaubt er, sie würde sich nicht weiter zu dem Thema äußern wollen. »Er hat länger durchgehalten, als er selbst geglaubt hat«, sagt sie schließlich. Sie lächelt. Ein gezwungenes, schmerzhaftes Lächeln.

Ein zentraler Aspekt von Josephs peinlichem Auftritt bei Garys Beisetzung im Jahr 2008 waren seine unverblümten und beharrlichen Äußerungen darüber, dass Pete D'Olivera nicht der Richtige für Hettie sei. Im Grunde hatte er sich aufgeführt wie ein zurückgewiesener Liebhaber, der neidisch darauf war, dass seine Verflossene mit einem anderen Mann zusammenkam. Der Haken an der Sache: Joseph war niemals Hetties Partner gewesen, was die Szene, die er ihr als Vierundvierzigjähriger auf einer Beisetzung machte, umso schändlicher wirken ließ. »Schau ihn dir doch nur mal an!«, hatte Joseph geschimpft. »Ein elender alter Wichser.« Drei Wochen vorher war bei Pete ein Lungenemphysem diagnostiziert worden. Sein *Elend* bestand in diesem Moment also in erster Linie darin, das Rauchen aufgeben zu müssen oder sich mit einer maximalen Lebenserwartung von zwei Jahren abzufinden. Paradoxerweise war es Josephs eigenes *Elend*, das den Ausbruch ausgelöst hatte. Eine lange, zehrende und verbitterte Scheidung von Lucinda wurde just zu dem Zeitpunkt vollzogen, als Pete die schlechten Nachrichten über seine Lungenkrankheit erhielt. Das Ende des Jahres 2008, so geht es Joseph oft durch den Kopf, hatte es wirklich in sich.

Pete ist Mitte siebzig. Sein genaues Geburtsdatum weiß er angeblich nicht. Fest steht nur, dass er ungefähr um den Ausbruch des Zweiten Weltkriegs herum in einer Kommune in Indien das Licht der Welt erblickte. Seine Mutter war opiumabhängig, ihr gesellschaftlicher Abstieg eine rasche Angelegenheit. Die Identität seines Vaters war ein ebenso großes Rätsel wie sein genaues Geburtsdatum, aber immerhin wuchs er relativ behütet auf – wenn auch im unkonventionellen und reichlich dysfunktionalen Setting einer »erweiterten Familiengruppe«. Ende 1947 zogen Pete, seine Mutter und seine drei Schwestern widerwillig nach London, da die Teilung Indiens die Provinz Punjab zu einem gefährlichen Ort für Menschen ohne finanzielle Möglichkeiten machte. Am Ende waren es die Zuwendungen eines älteren Gentlemans aus Großbritannien, für den Petes Mutter regelmäßig die Beine breitmachte, dank derer sie Indien verlassen konnten.

Pete und Hettie akzeptierten ihr Schicksal und lebten die letzten sechs Jahre seit der Diagnose ein im Großen und Ganzen zufriedenes Leben in Pollokshaws. Wie Hettie erklärt, ist Pete jetzt allerdings auf der Zielgeraden angelangt. Er liegt in einem umgebauten Familienzimmer im Erdgeschoss, das mit lebensverlängernden medizinischen Apparaten gefüllt ist, aber einen wunderbaren Blick auf den weitläufigen Garten bietet.

* * *

»Meine Güte, das schmeckt ja fantastisch«, sagt Joseph über das Essen auf seinem Teller.

»Danke«, sagt Hettie. »Kommt von En Croute Catering – die haben mich noch nie enttäuscht. Weißt du, ich habe keine Zeit zum Kochen und ehrlich gesagt auch kein Interesse daran. Es ist schwierig, wenn du bloß für dich allein kochst und dann noch zu den unmöglichsten Tageszeiten Hunger hast.«

»Aye, verstehe.« Er kennt die Situation nur allzu gut.

Vor dem Essen hatte Hettie ihm die Arbeiten für eine neue Ausstellung gezeigt. Die Motive der Bilder sprachen eine deutliche Sprache: Pete D'Olivera würde nicht zum Dinner kommen. Auf zahllosen an die Wand gepinnten Schwarz-Weiß-Fotografien, allesamt Selbstporträts, hatte er seine Erkrankung dokumentiert – eine von links nach rechts verlaufende Chronologie der Verwüstung seines Körpers. Auch Hetties Gemälde zeigten Pete, zwar ausgemergelt und im Verfall begriffen, aber darum bemüht, ungeachtet der Schäden in seinem Inneren und in seinem Geist etwas Würdevolles in seiner Existenz zu sehen. Trotz der brutalen Realität auf diesen schmerzhaft ehrlichen Bildern glaubte Joseph, eine zarte und gebrechliche

Schönheit in ihnen zu entdecken. Es waren riesige Leinwände. Die Erweiterung der Werkstatt im hinteren Teil des Hauses war offensichtlich eigens für diese großformatigen Arbeiten durchgeführt worden. Hettie meinte, sie glaube, Pete würde sich dem Tod allein deshalb verweigern, weil er ihr ermöglichen wollte, ihre Arbeit, sprich ihre Gemäldeserie zu Ende zu bringen. Tatsächlich sei es jedoch ebenso *seine* Arbeit. Noch drei Bilder, dann habe sie die Reihe abgeschlossen. Sie trug den Titel *All This Useless Beauty* und dokumentierte Petes Verfall über die letzten drei Jahre. Joseph war überfordert und wusste nicht so recht, wie er all das einordnen sollte. Die fertiggestellten Bilder verunsicherten ihn. Einerseits lösten sie Mitleid mit Pete in ihm aus, andererseits empfand es Joseph fast schon als eine Verletzung seiner eigenen Privatsphäre, diese Bilder gezeigt zu bekommen. Hettie erklärte ihm, dass ebenjene Reaktionen – und die komplexen Graustufen zwischen ihnen – zu den eigentlichen Zielen eines Künstlers und im Grunde genommen jeglicher figurativen Kunst gehörten.

»Pass auf, ich weiß, dass ich das schon mal gesagt habe, aber jetzt spreche ich ja endlich persönlich mit dir … ich wollte noch einmal loswerden, dass mir das alles sehr, sehr leidtut, was ich über Pete gesagt habe«, erklärt Joseph, während sie essen. »Das muss sehr schmerzhaft für dich gewesen sein.«

»Ich denke, dass wir die Vergangenheit ruhen lassen sollten«, sagt Hettie.

»Ich weiß, aber irgendwie hab ich das noch nicht überwunden«, erwidert Joseph.

»Ach was, das haben wir doch alle längst hinter uns gelassen. Gibt 'ne ganze Menge wichtigerer Sachen, mit denen wir jetzt zurechtkommen müssen«, sagt sie und wendet den Blick von ihm ab.

Ihm wird klar, dass er nur hergekommen ist, weil er sich nach bedingungsloser Vergebung sehnte – und weil er das Gefühl hatte, diese könnte das fehlende Puzzleteil zur Wiederherstellung seines Seelengleichgewichts sein. Dabei hat sie ihn immer geliebt, genauso wie sie ihre Brüder immer geliebt hat. Der fehlende Kontakt hatte nichts mit Rache oder Desinteresse zu tun, sondern war einfach nur eine Folge der Situation, in der sie sich befand: Sie musste sich um die Bedürfnisse einer anderen Person kümmern. Dass er diesen Umstand bisher nicht beachtet hat, beschämt ihn jetzt und sorgt dafür, dass er sich kindisch und egoistisch fühlt.

»Dann reiten Bobby und Joseph ab sofort wieder gemeinsam für Gerechtigkeit?«, sagt sie und lacht.

»Aye, scheint so.«

»Gott steh uns bei!«

»Diese Sache, die wir für Gary machen, wird großartig. Na ja, sobald wir herausgefunden haben, was es sein wird …«

»Also, wenn ich irgendwie helfen kann, das kannst du Bobby ruhig ausrichten, dann werde ich das gern tun«, sagt sie und deutet damit an, dass Joseph unter Umständen noch als Vermittler zwischen den beiden tätig werden muss.

»Er kommt im Januar zurück. Erst muss er aber die Sache mit dem Haus und noch ein paar andere Dinge klären. Ich schätze, er wird direkt vom Flughafen zu dir fahren«, sagt Joseph.

»Aye, sicher«, sagt sie. »Wir werden ja sehen.«

* * *

Bobby sitzt am Rand eines Betts, das ihm größer als das Planschbecken auf der Terrasse seiner Villa erscheint. Es fühlt sich eigenartig an, an Hogmanay hier zu sein, aber ihm ist bewusst, dass der Beginn eines neuen Jahres für einen Menschen, der an einer todbringenden Krankheit im Endstadium leidet, eine andere Bedeutung hat als für ihn. Vor ihm, auf großen weißen Kissen gebettet, liegt Laurie Revlon. Sie schläft.

Das Zimmer ist komplett weiß – alle Oberflächen, Möbel, Armaturen. Er stellt sich vor, wie Laurie beim Aufwachen denken könnte, sie wäre im Himmel. *Vielleicht ist genau das ja der Sinn der Übung*, überlegt er.

Es war Laurence, der ihn, nicht ganz freiwillig, zu Lauries Zimmer geführt hat. Laurence hat nie verstehen können, warum seine Mutter von diesem zerzausten und mittlerweile reichlich überflüssigen Schotten so angetan war. Er weiß nicht, dass Bobby seiner Mutter, wenn auch eher versehentlich, in einer Zeit eine Fluchtmöglichkeit aufzeigte, in der sie diese nötiger brauchte als der inhaftierte Held aus *Die Verurteilten*.

Anfang der Neunziger hatte Laurie ernste wirtschaftliche Schwierigkeiten. Ein Rückgang des Ölpreises zu Beginn des Jahrzehnts zog einen Rückgang der ausgeschütteten Gewinne innerhalb ihres Unternehmens nach sich. Da zudem neue Ermittlungen zum ungeklärten Tod von Terry Dooley drohten, entschied sie sich, alles auf eine Karte zu setzen, und begann mit dem Aufbau eines Musikimperiums mit Sitz auf den Balearen. Ihre finanziellen Reserven waren aufgebraucht, ihre Kreditwürdigkeit im Keller. Es erging ihr wie den vielen anderen, die Thatchers kapitalistischem Traum nachgejagt und sich dabei übernommen hatten. Doch dann kam »Dipped in Chocolate« – völlig unerwartet ein weltweiter Smash-Hit. Zu sagen, dass sich der restriktive Vertrag, den Laurie mit Bobby aufgesetzt hatte, in der Folge auszahlte, wäre eine Untertreibung. Nach einem Bericht der BBC-Sendung *Panorama* reichte die Familie von Terry Dooley Zivilklage ein. Laurie erwirkte eine private Entschädigungsvereinbarung mit den Angehörigen und stimmte in diesem Zusammenhang einer zeitlich unbefristeten Tantiemenbeteiligung an der Erfolgs-Single zu. Folglich machte es nicht etwa den Eindruck, als hätte Laurie dafür gezahlt, dass ein Problem verschwindet … sondern als handle es sich bei der Vereinbarung um einen Akt der Nächstenliebe, mit dem sie die Hinterbliebenen eines ehemaligen Klienten unterstützte. Abgesehen von dem für Laurie sehr glücklichen Timing von Bobbys Single-Erfolg mochte sie den DJ ganz einfach und hatte beschlossen, sich um ihn und seinen neu ernannten PA Hamish May zu kümmern. Später, als Bobbys Verfallsdatum als Discjockey schon lange abgelaufen war, akzeptierte sie Laurence' Entscheidung, ihn nicht mehr in den Top-Clubs von San Antonio zu beschäftigen, sorgte jedoch dafür, dass er weiterhin einen Platz an ihrer Tafel hatte, selbst wenn sie ihn dafür in die Clubbing-Einöde von Las Dalias schicken musste.

Nachdem Laurie von Bobbys Entscheidung erfahren hatte, nach Schottland zurückzukehren, bat sie ihn um ein letztes Treffen. Für Bobby war es ein absoluter Pflichttermin, das Mindeste, was er für sie tun konnte.

Lass ab und an mal von dir hören.

Bobby schaut aus dem Fenster und sieht dabei zu, wie eine große Yacht langsam an den Felsformationen vorbeigleitet, die sich an das flache Grün von Lauries Grundstück anschließen. Er dreht sich um. Lauries Kopf liegt schräg auf dem Kissen. Er beugt sich über sie und küsst ihre Wange. Selbst jetzt noch, da der Tod bereits ungeduldig über ihrem Bett schwebt, strahlt sie große Würde aus – eine Frau, bei der Alter und Schönheit keinen Konflikt austragen. Ihr Haar ist gekämmt, ein leichtes Make-up sorgt für ein wenig Farbe in ihrem sonst fahlen Gesicht.

»Hi Laurie«, sagt er mit zitternder Stimme. Er kann nicht besonders gut mit solchen Situationen umgehen. »Na, wie geht's dir so?«, fragt er, ohne über seine Worte nachzudenken.

Sie lacht und muss gleich darauf husten. »Gut. Friedlich. Es war ein schönes Leben. Und es gibt vieles, wofür ich dankbar sein muss.« Sie winkt ihn heran, damit er ihr hilft, sich ein wenig im Bett aufzurichten. »Aber erzähl doch, wie geht es dir?«

»Momentan läuft's richtig gut, Laurie. Ich freue mich drauf, wieder nach Hause zurückzukehren, weißt du? Meine Schwester wiedersehen, dieses Event für meinen Bruder Gary organisieren und so weiter.«

»Das klingt gut, Bobby«, sagt sie. »Ich freue mich für dich.« Es ist jetzt ein Jahr her, dass sie ihn das letzte Mal gesehen hat, aber sie kennt die Gründe, weiß um die Dämonen in seinem Inneren, die ihm die Lebenslust aus der Brust gesogen haben.

»Pass auf, Laurie, ich wollte die Gelegenheit nutzen und Danke sagen ... also persönlich und so ... eben für alles, verstehst du?« Dieses »alles« beinhaltet unter anderem die Begleichung seiner Schulden; die Unterkunft, die sie ihm seit fast zwanzig Jahren zur Verfügung stellt; Hammys Job als sein Assistent; die Abwicklung der Anträge für ihre dauerhafte Aufenthaltserlaubnis auf Ibiza. Auch wenn Hammy stets Anspielungen machte, Laurie würde einen weitaus größeren Teil der Einnahmen aus »Dipped in Chocolate« und den Vespas-Remixes einbehalten, als ihr zustünde, so weiß Bobby doch, dass etwaige Diskrepanzen in diesem Bereich durch Lauries geheime Finanzspritzen während seiner wilden Jahre mehr als ausgeglichen wurden. Im Gegensatz zu John Lennons »Lost Weekend« haben Bobbys selbstzerstörerische Exzesse eine ganze Generation gedauert.

»Musst dich nicht bedanken«, sagt Laurie. »Wir haben uns gegenseitig sehr gutgetan. Das werde ich nie vergessen.« Sie streckt die Hand seitlich aus und drückt sanft den Knopf einer Fernbedienung. Bobby schaut sich um und erwartet eigentlich, dass ein Vorhang zugezogen wird oder ein riesiger Flachbildschirm aus einem Schlitz in der Decke herausfährt. Aber nichts dergleichen passiert. Stattdessen sind Schritte auf dem Terrazzoboden vor dem Zimmer zu hören.

»Wir treffen uns gleich draußen, Bobby. Es gibt da eine Sache, über die ich mit dir sprechen möchte.« Bobby wird nach draußen gebeten, während zwei schwarz gekleidete Helfer beginnen, Laurie für einen Ausflug mit dem Rollstuhl vorzubereiten – möglicherweise ihr letzter, bevor die in ihr wütende Krankheit sich durch ihre lebenswichtigen Organe frisst.

* * *

»Wunderschön hier, findest du nicht auch?«, flüstert Laurie.

Bobby antwortet nicht. Es ist eine rhetorische Frage, die klingt, als würde Laurie die Entscheidungen ihres Lebens rechtfertigen wollen, bevor dieses zu Ende geht.

»Ich habe dich immer sehr gemocht, Bobby. Ich weiß, dass Laurence dich nicht so gut behandelt hat, wie ich es getan hätte. Und das tut mir leid.«

»Schon in Ordnung«, sagt Bobby. »Ich hab's ihm auch nicht gerade einfach gemacht.«

»Trotzdem«, sagt Laurie und holt röchelnd Luft. »Er kennt unsere Geschichte nicht.«

»Wie auch immer, Laurie«, sagt Bobby. »Es ist, wie es ist. Mir ist es dank dir sehr gut ergangen.«

Ungefähr zehn Minuten sitzen sie nur da und schweigen.

»Versprich mir einfach, dass du nicht wieder in die Gewohnheiten alter Tage zurückfällst ... du weißt schon, die Zockerei, die Drogen ...«, sagt sie schließlich.

»Mach dir keine Sorgen, Laurie. Ich weiß, dass ich verdammtes Glück gehabt habe, aus diesem Sumpf wieder rauszukommen. Und ich weiß auch, dass es bescheuert wäre, noch mal so abzurutschen.«

»Gut«, sagt sie und tätschelt seinen Arm.

Die kalte Luft zwickt an Bobbys Händen. Er hockt auf der Steinbank am Ende des Gartens. Laurie sitzt neben ihm, fest eingemummelt wie ein Baby. Ohne ihren Rollstuhl kann sie sich nicht mehr fortbewegen, ohne die am Gefährt befestigten Sauerstoffflaschen kann sie nicht mehr atmen. Sie wird nicht lange draußen bleiben können, das hat sie ihm gesagt. Die klaren Momente, in denen sie nicht unter der Wirkung des Morphins steht, werden jeden Tag kürzer.

»Und, Bobby, wie sehen deine Pläne aus?«

»Ähm, bin mir nicht sicher. Zuerst mal muss ich einen Haufen Papierkram erledigen. Behördengänge eben. Finanzamt, Einwohnermeldeamt und solche Sachen. Die Leute in Schottland drehen voll durch und veranstalten eine regelrechte Hetzjagd auf Steuerflüchtlinge. Diese beschissenen Glasgow-Rangers-Ärsche haben's halt voll übertrieben und all den aufrichtigen Steuerbetrügern mächtig die Tour versaut.« Sie lächelt zwar über seinen Scherz, hat aber schon viel zu lange nichts mehr mit Fußball am Hut, als dass sie vom Niedergang der Giganten aus Glasgow gehört hätte.

»Hast du was zur Seite gelegt?«

Sie weiß von den Abgründen, die die Zockerei in seine Finanzen gerissen hat, und er weiß, dass sie gerade genau danach gefragt hat.

»Ich hab seit fünf Jahren nicht mehr am Spieltisch gesessen, Laurie«, sagt er. »Außerdem haben Hammy und ich aus dem einen oder anderen Grund da oben wie gottverdammte Mönche gehaust. Spartanisch wäre eine Untertreibung.«

»Und weiter?«

»Und weiter? Na ja, wir kommen schon klar. Dieses Event zum Gedenken an meinen Bruder wird eine gewisse finanzielle Planung erfordern, aber eigentlich haben wir genug.«

Laurie schiebt die Hand unter ihre Decke. Kurz darauf ziehen ihre dünnen, weiß behandschuhten Finger einen Umschlag hervor. Sie reicht ihn Bobby.

»Was ist das?«, sagt er. »Eine Rechnung?« Es klingt nur zum Teil wie ein Scherz.

»Mach auf«, flüstert sie.

Er öffnet den Umschlag und überfliegt die darin enthaltenen Papiere. »Laurie ... ich weiß nicht ... was soll das bedeuten?«, stammelt er. Im Grunde weiß er es, aber er kann es nicht glauben.

»Ich vererbe dir die Villa, Bobby«, sagt sie. »Du warst ein Mensch, dem ich mich immer sehr nahe gefühlt habe. Und du hast mich stets zum Lachen gebracht, selbst wenn du es nicht wolltest. Der Umschlag ist ein kleines Zeichen meiner Wertschätzung für die tollen Zeiten, die wir hatten.«

Bobby stehen Tränen in den Augen. »Zum Henker, Laurie ... der Kasten ist fünf Millionen Pfund wert! Von wegen kleines Zeichen der Wertschätzung!«

»Das letzte Hemd hat keine Taschen, Bobby«, sagt sie.

»Laurie … ich … ich weiß nicht, was ich sagen soll«, stammelt Bobby.

»Dann sag nichts. Behalt mich einfach in guter Erinnerung«, sagt sie. Bobby beugt sich zu ihr, umarmt sie, gibt ihr einen Kuss auf die Wange. Wie könnte er sie jemals vergessen?

KAPITEL 26

Januar 2015. Troon, Schottland

»Wie geht's dir?« Bobby steht, als er das sagt. Er ist nervös, spürt eine Spannung aus seinem Rücken aufsteigen. Sie kriecht in seine Schultern, packt ihn wie ein Würgegriff von Giant Haystacks. Hammy hatte ihm von Lizzie berichtet: Sie wisse von seiner Rückkehr und wolle ihn unbedingt treffen. In den ersten Wochen hatte er den Anruf aufgeschoben, aber irgendwann packte ihn die Neugier, und er wollte sich mit Lizzie austauschen. Jetzt jedoch, da sie direkt vor ihm sitzt, macht sich eine leichte Panik in ihm breit.

»Gut. Es geht mir wirklich gut, Bobby«, sagt Lizzie wie jemand, der glaubt, sein Gegenüber hätte genau das Gegenteil angenommen.

»Das ist wirklich toll«, sagt Bobby.

»Was kann ich euch beiden bringen?«, fragt die aufmerksame Kellnerin. Bobby traut seinen Augen nicht, als er aufblickt. Er kann kaum fassen, wie sehr die junge Bedienung der vor ihm sitzenden Lizzie ähnelt, als diese, vor dreißig Jahren, in einem ähnlichen Alter war. Er ist überzeugt, dass auch Lizzie die Ähnlichkeit bemerkt hat. Sie bestellen Frühstück. Die Kellnerin wischt den Tisch der beiden ab und geht. Ein paar Minuten lang sagt keiner von beiden ein Wort. Es ist ein atemberaubend schöner Morgen: eiskalt, wie es sich für die Jahreszeit gehört, und durchtränkt von flachen Sonnenstrahlen, die dem flüchtigen Nebel über den im Hafen von Troon liegenden Booten ein eigenartiges Aussehen verleihen, ihn flüssig und wie hingemalt wirken lassen. Die Aussicht ist derart faszinierend, dass Bobby und Lizzie nicht in der Lage scheinen, vor dieser beeindruckenden Kulisse ein Gespräch zu beginnen.

»Einfach wunderschön hier unten, oder?«, sagt er schließlich.

»Aye, das ist es wirklich«, antwortet Lizzie. »Sind zwar nur zehn Meilen die Straße hoch, aber die Luft hier wirkt trotzdem um einiges sauberer als in Kilmarnock.«

»Könnte man direkt auf die Idee kommen, sich ein Boot zu kaufen«, sagt er.

»Aye ... und dann in den Sonnenuntergang davonsegeln, ohne sich noch einmal umzuschauen«, sagt sie und lacht.

»Du hast dich nicht verändert«, sagt Bobby, und er meint es auch so. Fast kommt es ihm vor, als würde Lizzie nicht viel älter aussehen als die junge Kellnerin, die gerade das Besteck bringt.

»Ein bisschen schlauer als früher bin ich«, sagt sie. »Und ich brauch von Mal zu Mal länger, um die Ansätze zu kaschieren.«

Bobby lacht. »Geht mir ähnlich«, sagt er und fährt sich mit der schmerzgebeutelten Hand durch das lichter werdende Haupthaar.

»Es ist wirklich schön, dich zu sehen, Bobby ... besonders nach all dem Mist mit den Zeitungen und so. Ich hatte große Zweifel, dass ich nochmal die Chance bekomme, mit dir darüber zu sprechen. Die Sache tut mir jedenfalls aufrichtig leid.«

»Weiß ich doch«, sagt Bobby. »Darum geht's mir aber gar nicht.« Instinktiv streicht er über ihren Unterarm, was sich weder für sie noch für ihn komisch anfühlt. »Das ist doch schon Ewigkeiten her, Lizzie. Schnee von vor hundert Jahren. Ich habe mich mies verhalten, als du ... als *wir* das Baby verloren haben. Egoistisch und unsensibel. Ich wünschte, ich könnte die Zeit zurückdrehen und eine ganze Reihe von Sachen anders machen. Deshalb bin ich auch wieder hergekommen. Ich will mein Leben auf die Reihe kriegen, solange es mich noch interessiert. Ist nur so, dass ... na ja, wir haben uns im Schlechten getrennt, und ich bin mir sicher, dass ein Großteil der Schuld auf meine Kappe geht.«

»Danke«, sagt Lizzie zur Kellnerin, die gerade das bestellte Frühstück gebracht hat.

»Dann bist du jetzt zurück, also so richtig und für immer?«, fragt Lizzie.

»Back for good?«, schießt es Bobby durch den Kopf, und er muss sofort an Gary Barlow und nicht bezahlte Steuern denken. Ihm liegt bereits ein witziger Spruch auf der Zunge, aber er ahnt, dass es dafür der falsche Moment ist.

»Aye«, sagt er stattdessen. »Wir wollen eine große Gedenkveranstaltung für Gary organisieren.«

Lizzie blickt auf. »Meine Güte, Bobby. Ich wusste nicht, dass Gary gestorben ist.« Sie lehnt sich zu ihm rüber und streichelt seine Hände. Dass sie so rasch wieder einen derart engen Kontakt miteinander haben würden, hätte keiner von beiden gedacht. »Wann ist es passiert?«

»Ähm, November ... 2008.« Er bemerkt ihr Erstaunen. »Ich weiß ... hat eine ganze Weile gedauert, dass ich mich der Sache annehme. Mir ging's ziemlich mies, weißt du, und zwar über Jahre hinweg. Depressionen, Sucht ... das ganze Programm.

Glaubt dir ja kein Mensch, wenn du erzählst, dass du ausgerechnet an einem Ort wie Ibiza durchdrehst. Aber bei mir war's so. Ich konnte nicht mehr anders, hab in allem und jedem nur noch Krankheit und Vergänglichkeit gesehen.« Er streckt seine von Arthrose gebeutelten Hände vor sich aus und blickt sie mit einem wehmutsvollen Blick an. »Weißt du, auf Ibiza alt zu werden ist echt hart.«

Sie nickt zwar, hat aber keine Ahnung, was er meint.

»Man wird irgendwann unsichtbar für die Jüngeren«, sagt er. »Die wollen sich nicht der Tatsache stellen, dass auch sie irgendwann da enden werden, wo du schon bist.«

»Das kann man ihnen auch kaum übel nehmen, Bobby. Erinnere dich mal bitte daran, wie wir damals waren«, sagt sie. »Und was brachte die Wende für dich?«

»Joey ist aufgetaucht.«

Lizzie lächelt wissend.

»Was denn?«, sagt Bobby.

»Die wahre Liebe deines Lebens ...« Sie lacht. Er ebenfalls. »Als wir in Spanien waren, wusste ich gegen Ende, dass ich nicht mithalten konnte. Und es ging nicht um Hammy oder so, sondern um den Geist von Joey Miller.« Sie sagt es ohne Groll, sondern freut sich eher für ihn, dass er sein Leben, wie er selbst erklärt, wieder auf die Reihe zu kriegen scheint.

»Was ist mit dir? Was treibst du so? Kannst dich wahrscheinlich immer noch nicht vor Verehrern retten, oder?« Sie war zu spät zum Treffen gekommen, und so hatte er ihr zugesehen, wie sie über den Parkplatz des Scott's schlenderte, ihr Hintern immer noch so beeindruckend wie damals an ihrem achtzehnten Geburtstag, als sie ihn am Sandrianne hatte stehen lassen. Sie war schon immer eine gut aussehende Frau gewesen, und diese Attraktivität hatte – ganz gleich, wie oberflächlich sich das anhören mag – ihm dabei geholfen, die feindseligen und auf Rache sinnenden Gefühle nach ihrem »Betrug« Mitte der Neunziger zu unterdrücken. Schon eigenartig, wie sehr sich Äußerlichkeiten auf die Meinungsbildung auswirken können.

»Die interessieren mich nicht«, sagt sie. »Ich bin eine unabhängige Frau. Das war ich schon immer.«

In der Entschlossenheit ihrer Antwort klingt jedoch eine Art Traurigkeit mit – eine Traurigkeit, die viele Singles dieses Alters zu verbergen versuchen. Auch Bobby ist geübt darin. Hammy hatte ihn, wie aufgetragen, darüber informiert, dass es Lizzie im Großen und Ganzen gut gehe und sie nun in Troon lebe, wo sie eine Reinigungsfirma betreibe. Besonders die Sache mit der Reinigungsfirma war Lizzie im Gespräch mit Hammy wichtig gewesen, da sie fürchtete, er könne Bobby gegenüber, aus welchen Gründen auch immer, andeuten, bei dem von ihr erbetenen Treffen ginge es um Geld. Den Fehler hat sie schon einmal gemacht. Ein zweites Mal wird er ihr gewiss nicht unterlaufen.

»Was ist denn mit … ähm … Javier?« Bobby hat tatsächlich Schwierigkeiten, sich an den Namen zu erinnern, der eine zentrale Rolle bei ihrer Trennung spielte.

»Hör mir auf mit dem!«, sagt Lizzie. »Kaum hatte ich ihm von Robert erzählt, hat er sich aus dem Staub gemacht.«

Bobby sagt, dass es ihm leidtue.

»Muss es nicht«, sagt sie. »War eben so.«

»Und wie geht's ihm so? Also, *Robert*, meine ich natürlich.« Bobby rechnet rasch nach. »Muss ja mittlerweile fast dreißig sein, der Junge, oder?«

Lizzie schaut zur Seite.

»Er ist tot, Bobby.«

Lizzies Worte erwischen ihn wie ein Hieb mit einem Baseballschläger. Für einen Moment glaubt er, er hätte sich verhört ... aber er hat sich nicht verhört. Er hustet, sie wischt eine Träne beiseite.

»Tut mir leid, Bobby ... ich hatte mir fest vorgenommen, nicht zu heulen, wenn wir uns wiedersehen. Und jetzt schau dir an, was du gemacht hast! Ist mein Mascara verlaufen?« Sie bemüht sich um einen scherzhaft verärgerten Ton.

Er hingegen ist weiterhin zu geschockt, um ihr zu antworten. Das ist nicht mehr das versöhnliche Geplauder bei einem morgendlichen Kaffee, das er sich vorgestellt hat. Sie unterhalten sich gerade mal eine halbe Stunde und haben einander doch schon von zwei tragischen persönlichen Verlusten berichtet.

»Als er klein war, wurde er immer wieder krank«, erzählt sie, nun in ernsterem Ton. »Er hat die ganze Zeit stark gehustet und sich irgendwelche dummen Krankheiten eingefangen, die er nicht wieder loswurde. Also habe ich ihn zu verschiedenen Ärzten gebracht und ihn dann auch bei Spezialisten vorgestellt. Irgendwann fanden sie heraus, dass Robert eine seltene Art von Leukämie hatte. Er war erst acht, als das rauskam.« Lizzie hält inne. Ihre junge Doppelgängerin räumt den Tisch ab und trägt das Geschirr zur Küche. »Mein Dad und Anne haben getan, was sie konnten, aber ihm ging es damals auch nicht besonders gut. Also habe ich Doppelschichten geschoben, damit wir uns irgendwie über Wasser halten konnten. Dann kam die Privatisierungswelle, und mit einem Mal ... hatte ich keinen Job mehr. Da die Behandlung keine wirklichen Erfolge brachte, meinte der Arzt dann irgendwann zu mir, ich solle es doch mal in einer privaten Einrichtung versuchen. Er würde mir eine Spezialklinik in der

Schweiz empfehlen. Zuerst dachte ich: Dieser bescheuerte Arsch in seinem weißen Kittel glaubt anscheinend echt, alle Welt hätte den gleichen Kontostand wie er.« Lizzie macht eine Pause, trinkt einen Schluck Wasser und holt ein paar Mal tief Luft. »Tief drinnen wusste ich allerdings, dass der Mann recht hatte. Es war die einzige Chance, die wir noch hatten. Nichts gegen den NHS! Auf den lasse ich nichts kommen. Die waren wirklich immer großartig zu uns, aber die Wartezeiten für eine Behandlung waren damals einfach zu lang. Na ja, und dann hattest du diese Hitsingle, und mit einem Mal schwirrten in Killie haufenweise Reporter rum und wühlten nach Skandälchen aus eurer Vergangenheit ...« Sie schaut ihn an. Ihr Gesicht wirkt angespannt.

Ihm wird klar, dass jetzt der Moment gekommen ist, auf den sie gewartet hat. Der Grund für die Kontaktaufnahme und das Treffen: Sie will ihr Verhalten erklären, braucht diese Katharsis.

»Jedenfalls war da dieser schmierige Kerl aus London, der mir ein paar Riesen dafür bot, dass ich sage, du seist Roberts Vater. Er meinte, es spiele keine Rolle, ob es stimmt oder nicht. Wenn du die Sache ignorierst und nichts sagst, gilt die Geschichte als bestätigt. Wenn du abstreitest, glauben es die Leute umso mehr.«

Bobby hat sofort Mitleid mit Lizzie und findet es schrecklich, dass sie in eine derartige Zwickmühle geraten war.

»Ich war verzweifelt, Bobby. Wenn dein Kind krank ist, tust du alles, damit es ihm wieder besser geht. Heutzutage würde ich eine Social-Media-Kampagne starten, einen Marathon laufen oder so etwas ... aber damals schien die einzige Option die zu sein, den Zeitungen eine Lügengeschichte zu verkaufen. Meine Hoffnung war, dass du es später verstehen würdest, wenn ich dir die Sache persönlich erkläre. Es tut mir wirklich leid, Bobby, diesen Schmerz und diese Schmach hast du wirklich nicht verdient.«

Schmerz und Schmach hatten sich für Bobby jedoch in Grenzen gehalten. Sein selbst gewähltes Exil im Süden hatte zur Folge, dass ihn der Beschuss aus der Heimat – mit Ausnahme von Hetties Attacken – vollkommen unberührt ließ. Da er außerdem den Großteil der Neunziger aufgrund des Konsums gewisser Substanzen vollkommen neben sich gestanden hatte, fühlte sich die ganze Sache wie eine Episode aus dem Leben eines anderen Menschen an. Es war wie bei einem alten Film: An die Handlung kannst du dich nicht mehr genau erinnern, aber wenn du ihn noch einmal siehst, weißt du wieder Bescheid. Jetzt ist es an ihm, ihre Hand zu nehmen.

»Scheiße, Lizzie, das tut mir so leid. Ein Kind in diesem Alter zu verlieren ... mein Gott! Das ist brutal. Ich wünschte, du hättest mich einfach nach dem Geld gefragt. Dann hätte es wenigstens etwas Positives bewirkt, anstatt in einarmigen Banditen zu verschwinden oder vom Croupier zusammengeharkt zu werden.«

»Robert ist damals nicht gestorben«, sagt Lizzie. »Er ist wieder gesund geworden.«

Bobby zieht die Augenbrauen hoch.

»Es dauerte ungefähr zwei Jahre, aber dann ging der Krebs Schritt für Schritt zurück. Robert hat sich an der Uni eingeschrieben, hat studiert, um Anwalt in Edinburgh zu werden.« Als Lizzie kurz lächelt, wird offensichtlich, wie stolz sie ist. »Und dann kam der Abend, an dem er ausging, um seinen Abschluss zu feiern. Mai 2011. Am selben Tag war auch ein Derby angesetzt, Hibs gegen Hearts. Und ausgerechnet in dem Pub am Grassmarket, in dem Robert feierte, trafen dann zwei Horden mit betrunkenen Fans aufeinander. Es kam, wie es kommen musste: Die Fans zettelten eine Prügelei an, und Robert wurde durch mehrere Messerstiche verletzt. Er starb noch in derselben Nacht im Royal-Krankenhaus. Und das nach allem, was er durchgemacht hatte, nach all den Krankheiten, die er überstanden hatte. Jetzt ist er tot, wegen irgendwelchen Halbstarken und ihren hirnverbrannten Fußballritualen. Nur weil er eine Auseinandersetzung schlichten und drei Riesen davon abhalten wollte, einen Hänfling zu verprügeln. Warum hat er sie nicht einfach machen lassen? Warum?«

Bobby starrt Lizzie an. Er weiß, dass sie nach einer Erklärung für diese Katastrophe sucht. Aber sie findet keine Antwort auf die schmerzlichste und frustrierendste aller Fragen: die nach dem Warum.

Er hat keine Ahnung, was er sagen soll. Sie sind allein. Der Wintergarten im Obergeschoss des Scott's bietet einen wundervollen Ausblick auf den Hafen von Troon, doch mitten im Winter ist wenig los im Restaurant. Er legt seinen Arm um sie, zieht sie an sich heran und küsst ihre Stirn. Es gibt nichts, was er sagen könnte.

* * *

»Hier wohne ich«, sagt sie.

»Schön«, meint Bobby. Er schaut an dem dreistöckigen Gebäude hinauf.

»Meine Wohnung ist die ganz oben«, sagt sie. »Gute Aussicht.«

Bobby dreht sich um. Sie sind langsam die Promenade entlanggeschlendert, sodass er nicht darauf geachtet hat, aber es stimmt natürlich: Aus zwölf Metern Höhe ist der Ausblick auf die See und die zwei vor der Küste liegenden Inseln Arran und Ailsa Craig sicherlich wunderschön.

»Willst du einen Tee?«, sagt Lizzie.

Bobby schaut auf die Uhr. »Aye, Zeit für einen Quickie hätte ich noch.«

Sie lacht über die unbeabsichtigte Mehrdeutigkeit seiner Worte.

Eigentlich muss er einen Bus erwischen und zu einem Treffen fahren, aber das hat noch Zeit. In Lizzies Gegenwart fühlt er sich so wohl und entspannt, wie er es nie für möglich gehalten hätte. Sie haben eine gute Zeit miteinander. Nach den Momenten der Trauer und der schmerzhaften Erinnerungen am Anfang ihrer Begegnung lachen und kichern sie jetzt wie die Teenager, die sie einst waren: Naive Kids, leicht zu beeindrucken und für jede Party zu begeistern, die damals gemeinsam die Welt jenseits der Provinz ihrer Kindheit entdeckten. Aber es war *too much too young*. Einfach viel zu viel.

Lizzies Wohnung ist, wenig überraschend, mit Fotos von ihrem Sohn dekoriert. Anhand der Bilder kann Bobby ein ganzes Leben rekonstruieren: Schule, Krankenhaus, Klinik, Urlaub, Fußball, Teilzeitjobs, Universität.

»Gut aussehender Junge«, sagt er.

»Aye. Sein Vater mag ein totales Arschloch gewesen sein, aber seine Wangenknochen waren definitiv an der richtigen Stelle.«

Sie geht nach hinten durch in die kleine Küche. Bobby stellt sich derweil ans Fenster im vorderen Zimmer. Er schaut auf Ailsa Craig hinaus: Die Insel wird nahezu perfekt vom Heads Of Ayr auf der linken und der Isle of Arran auf der rechten Seite eingerahmt. Das Wasser ist vollkommen ruhig, fast schon friedvoll, was ungewöhnlich für diese Jahreszeit ist. Sie kommt zu ihm und reicht ihm eine Tasse.

»Danke«, sagt er. »Gary liebte es, auf den Felsbrocken da hinauszublicken. Die Wohnung hier hätte ihm ganz sicher gefallen.«

»Wie ist er gestorben?«, fragt sie.

»Von einem Bus überfahren«, sagt Bobby nüchtern. »Ein Unfall. Es gab niemanden, der Schuld gehabt hätte. Ich hab's damals natürlich anders gesehen. Ich wollte unbedingt einen Schuldigen finden, aber es gab keinen. Gary ist damals aus einem kleinen Laden rausgekommen: Geblendet von den Scheinwerfern und abgelenkt vom Straßenlärm, ist er über den Fußweg gehastet und direkt vor einen Doppeldeckerbus gelaufen. Der Ladeninhaber meinte später, drinnen sei der Feueralarm losgegangen, woraufhin Gary ausgetickt und rausgestürzt sei.«

»O mein Gott, das ist ja schrecklich«, sagt Lizzie.

»Er war damals wegen seiner Depression und den traumatischen Kriegserlebnissen in Behandlung und hat auch gute Fortschritte gemacht.«

»Das ist echt traurig, Bobby.«

»Aye. Du kennst das ja nur zu gut: Das Beschissenste ist, dass man sich nicht mal verabschieden kann.«

Mit einem traurigen Nicken stimmt sie ihm zu.

»Ich hatte mehrere Jahre nicht mehr mit ihm gesprochen. Bescheuerter Familienstreit und natürlich mein heilloser Egoismus«, sagt er, aber seine Worte klingen nicht verzagt, sondern fast schon versöhnlich, als hätte er sich damit arrangiert. »Jedenfalls werden Joey und ich ein Event zum Gedenken an Gary auf die Beine stellen. Eigentlich hat Joey sich Garys Tod damals eh mehr zu Herzen genommen als ich. Ich wusste zu dem Zeitpunkt nicht mal, dass die beiden so eng befreundet waren, so beschissen war ich drauf.« Bobby mag nicht über Garys Gewaltausbrüche sprechen, auch nicht über dessen Zeit im Gefängnis oder den Vorfall, der zur Verurteilung führte. Gewisse Dinge werden bei der Planung der Gedenkveranstaltung keine Berücksichtigung finden.

»Ein Event also ... und was genau habt ihr vor?«, fragt Lizzie.

»Weiß nicht so richtig.« Er starrt in die Ferne hinaus, auf den Firth of Clyde.

»Ihr solltet etwas wirklich Denkwürdiges aufziehen. Irgendwas Großes, das ihn stolz gemacht hätte«, sagt sie.

»Aye«, sagt er und starrt weiter wie gebannt auf das Wasser hinaus.

Das Läuten der Türklingel reißt ihn aus seinen Gedanken.

»Pass auf, ich muss los, Lizzie«, sagt er. »War toll, dich zu sehen. Vielleicht treffen wir uns demnächst ja mal wieder?«

»Schauen wir mal«, sagt sie. »Solche emotionalen Zusammenbrüche wie heute verkrafte ich nicht jedes Wochenende.« Sie lächelt.

»Aye, war ein bisschen heftig, was? Hast recht, wir sollten es langsam angehen ... wie das Pärchen aus der Nescafé-Werbung.« Er geht zur Tür und schiebt sich an einem Klempner vorbei, der nach Lizzies launigem Boiler schauen will.

Als Bobby sich verabschiedet, gibt er ihr auf jede Wange einen Kuss. *Hat er sich wohl auf Ibiza angewöhnt*, denkt Lizzie.

Bobby tritt auf die Straße vor dem Gebäude. Ailsa Craig liegt direkt vor ihm. Die Insel wirkt jetzt größer als eben vom dritten Stock aus. Eine optische Täuschung, ohne Frage, aber der Anblick verstärkt die Idee, die ihm beim Gespräch mit Lizzie durch den Kopf gegangen ist. Er fischt sein Handy aus der Jackeninnentasche und drückt eine Schnellwahltaste.

»Joey? Aye, ich bin's. Wir müssen uns treffen. Ich hab's … na was wohl? Die große Idee für das Event natürlich!«

* * *

Bobby wählt noch eine Nummer. Es ist ein Anruf, der schon lange überfällig ist. Ein Anruf bei seiner Schwester Hettie. Das Gespräch dauert nicht lange. Trotz der in emotionaler Hinsicht äußerst turbulenten Vergangenheit, die ihn mit Lizzie verbindet, fällt ihm die offene Unterhaltung mit seiner Ex leichter als das mit dem jüngsten Mitglied seiner eigenen Familie. Er macht es an der tief in seinem Inneren verankerten Auffassung fest, Hettie ein großes Unrecht angetan zu haben. Seine Schuldgefühle hatten ihn bislang glauben gemacht, dass sie ihm niemals verzeihen würde. Jetzt ist er an einem Punkt, an dem es für ihn ohne Hetties Vergebung nicht weitergeht. Und im Laufe des zehnminütigen Telefonats, das erste Gespräch der beiden seit mehreren Jahren, tut sie genau das, wonach er sich gesehnt hat. Sie vergibt ihm. Es ist die Grundlage, die es braucht, damit beide nach vorn schauen und sich daranmachen können, ihre zerrüttete Beziehung zu kitten.

Wie bei vielen anderen Dingen in seinem Leben hat er keine Ahnung, warum er diesen Schritt nicht schon viel früher gewagt hat.

KAPITEL 27

Februar 2015. Crosshouse, Schottland

Max Mojo schlendert durch den Gemeindesaal des Pfarrhauses in Crosshouse – der Ort, an dem er aufgewachsen ist, die Geburtsstätte der Miraculous Vespas. Als er zur Decke hinaufblickt, wie er es oft tut, klemmt er sein Monokel ein.

»Brauchst du das Ding denn wirklich, um besser sehen zu können? Oder machst du nur einen auf Chris Eubank?«, fragt Bobby.

Max ignoriert ihn.

»Was zum Henker schaust du dir da überhaupt an? Ich kann da oben beim besten Willen nichts entdecken.«

»Die Zukunft, Bobcat ... ich sehe in die Zukunft.« Max hat einen irren Blick drauf. Ein Blick, vor dem viele seiner früheren Weggefährten regelmäßig in Deckung gingen, da er für gewöhnlich Ärger bedeutete.

»Ich werde diesen Ort hier in ein gottverdammtes Museum verwandeln.«

»Ein Museum? Aber Museen zeigen doch nur die Vergangenheit.«

Max hört ihn nicht. »Ein Museum, das die großartigste und einflussreichste Rock'n'Roll-Band aller Zeiten feiert.«

»Wen denn? Die Goombay Dance Band?«, witzelt Bobby.

Wieder ziehen seine Worte ungehört an Max vorbei. Der Ex-Manager ist voll und ganz in seine Welt abgetaucht, unerreichbar für die Frotzeleien westschottischer Jugendfreunde. »Wann taucht dieser Arschlappen von Joey endlich auf?«, wettert er.

»Muss gleich kommen«, sagt Bobby. »Ich hab mich auch mit ihm verabredet, um diesen Gig zu besprechen, den wir organisieren wollen.«

»Gig? Was für ein Gig? Wer spielt?« Mit einem Mal ist Max ganz Ohr.

»Ach, das soll nur eine kleine Nummer werden, eine Art Gedenkveranstaltung für meinen Bruder Gary. Der Plan ist, Heatwave Disco zu reaktivieren«, sagt Bobby nicht ohne Stolz. »Vielleicht in einer kleinen Schulaula auf der Isle of Arran oder in unserer alten Schule in Killie. Einfach so zum Spaß, weißte?«

»Zwei einundfünfzigjährige DJs in einer winzigen Turnhalle, die noch älter ist als die Typen hinter den Turntables?«, sagt Max geringschätzig. »Und das auch noch auf einer beschissenen Insel? Wow, Alter, ich bin so was von dabei! Da müsst ihr bloß schauen, dass *Emmerdale* nicht zur gleichen Zeit läuft, sonst gibt's Überschneidungen mit eurer Zielgruppe: grenzdebile Stubenhocker mit null Geschmack.«

»Ach, halt doch die Klappe, du sarkastischer Wichser«, sagt Bobby.

»Hast du keinen Ehrgeiz, Mann, keine Ambitionen? Wenn ihr einen Gig organisieren wollt, dann macht es in Dreiteufelsnamen auch richtig! Wahrscheinlich läuft dein Bruder da oben im Himmel schon rum und erzählt seinen toten Kollegen von der Nummer. Von wegen: ›Schaut nur, was mein kleiner Bruder für mich auf die Beine stellen wird!‹«, sagt Max theatralisch. »Er wird ihnen vom Wembley-Stadion erzählen und von der Hollywood Bowl … und dann kommst du mit der

YMCA-Turnhalle auf kack Arran an? Damit machst du den Jungen da oben doch zum absoluten Gespött! Dann ist Schluss mit lustig, und er wird nie wieder mit Hendrix und Cobain die Paradise Promenade runterschlendern.«

Bobby lacht. Max' bizarrer Vergleich hat einen wahren Kern. Die ursprüngliche Idee kam Bobby, als er Lizzies Wohnung in Troon verließ: Das Event sollte auf einer Insel stattfinden. Stundenlang sprach er mit Joey über Garys Text und warum dieser ihm so viel bedeutet hatte. Doch dann stutzte Bobby seine ursprünglich große Vision immer weiter zurecht, weil er befürchtete, Joey – Mr. Pragmatismus – könnte sich darüber lustig machen oder, schlimmer noch, ihm vorhalten, er würde die Sache nicht ernst nehmen. Und so hatte sich Bobby für den einfachen Weg entschieden: ein Event mit kleinem Budget und geringem Risiko. Max Mojo war durchgeknallter als ein Schuhkarton voller Frösche auf LSD, aber immerhin ging er seine Unternehmungen mit Überzeugung und Leidenschaft an. Vielleicht, so Bobbys Überlegung, ließ sich von seinem Vorbild etwas lernen.

»Endlich, Mann«, sagt Max und blickt auf. »Da ist er ja, mein sündhaft teurer Stararchitekt.«

»Sündhaft teuer, sagst du?«, fragt Joseph nach. Er hat sich für einen Anzug entschieden, um professioneller zu wirken. »Bedeutet das etwa, dass ich dieses Mal bezahlt werde?«

»In Naturalien, mein Bruder, in Naturalien«, sagt Max und streckt ihm die flache Hand in High-Five-Pose entgegen. Joseph, der nichts mit diesem Grußritual anzufangen weiß, greift einfach die Hand von Max und schüttelt sie.

Joseph fallen zwei Flaschen Laphroaig ins Auge: eine leer, die andere nur noch halbvoll. »In Naturalien? Deine Blowjobs kannst du behalten, Max. Die Zeiten sind endgültig vorbei.«

»Erzähl, Joey, wie ist es dir ergangen? Whisky?«

»Na ja, sagen wir einfach viel Schatten, viel Licht. Bei dir?«

»Bei mir alles top! Der Film läuft ordentlich, und mittlerweile gibt's sogar wieder gehöriges Interesse an der Band. Hab mich drüben in Südfrankreich niedergelassen. Das Leben ist Zucker, Mann!«

Bobby folgt dem Austausch vom Rand der niedrigen Holzbühne am Ende des Saals. Seine Gedanken sind mit anderen Dingen beschäftigt.

Joseph hatte nie eine engere Beziehung zu Max Mojo oder dessen früherer Inkarnation, Dale Wishart. Doch er hatte mal für dessen Vater gearbeitet, Washer Wishart. Während Bobby und Hamish die Achtziger in spanischen Clubs verbrachten, entwarf und plante der junge Joey Miller einen solchen – und zwar für den Vater von Max und in exakt jenem Gebäude, in dem sie gerade stehen. Nachdem die Nachwehen der Operation Double Nougat abgeklungen waren – einer Operation, mit der die berüchtigten Eiscremewagen-Bandenkriege von Glasgow beendet wurden, die um ein Haar auch diese kleine Gemeinde in Ayrshire in den Abgrund gerissen hätten und maßgeblich zum Ende der Miraculous Vespas beitrugen –, war allen klar, dass es nicht mehr so weitergehen konnte wie zuvor. Washer plante, den Gemeindesaal in einen Club zu verwandeln. Legale Geschäfte mit sauberen Einnahmen sollten aufgebaut werden – das war der Deal, die Grundbedingung für die Teilnahme von Washers Crime-Family an der Operation, mit der die Polizei Malachy McLarty zu Fall bringen wollte. Washers rechte Hand, Gerry Ghee, wusste von einem jungen Burschen aus der Gegend, der Architektur studierte. Joey Miller. Washer machte dem Studenten ein Angebot, das dieser nicht ablehnen konnte, und beauftragte ihn mit den

Entwürfen für einen neuen Club. Drei Jahre lang lobten Gäste und Kritiker gleichermaßen das wahnwitzig kostspielige Ergebnis von Joeys Bemühungen in höchsten Tönen. Es bekam den Namen Biscuit Tin, eine Referenz an das Label, das Max in seinem Schlafzimmer aufgezogen hatte. Der Club besaß eine schmucklose, fast schon industrielle Ästhetik. Während der zweite Sommer der Liebe Ende der Achtziger mit allerlei farbenfrohen Smileys für unendlich weite Pupillen sorgte, entwickelte sich das Biscuit Tin in Westschottland zu einer der Top-Locations für die ausgelassenen Partys abenteuerlustiger Teenager. Mit dem Bekanntheitsgrad des Ladens, dessen Ruf größtenteils auf innovativer Musik und provokanten DJs basierte, wuchs auch das Interesse der lokalen Polizeibehörden und der zuständigen Drogendezernate. Als im Jahr 1990 schließlich eine Razzia nach der anderen folgte, musste das Biscuit Tin schließen. Der legendäre Ruf des Clubs blieb jedoch bis in die Gegenwart erhalten. Nachdem Washer im Jahr 2007 gestorben und seine Frau daraufhin zu ihrem Sohn nach Südfrankreich gezogen war, veräußerte Max Mojo das Gebäude nicht, sondern behielt es. Jetzt ist er zurück in Kilmarnock und sucht nach Investitionsmöglichkeiten.

»Also, wie sieht dein Plan aus?«, fragt Joseph.

»Wenn ich mir das hier anschaue, dann sehe ich ein Museum ... aber ein Museum mit einer Livebühne, einem Bistro, ein paar Gästezimmern, einer verdammt großen Jukebox und Unmengen an Memorabilien ... und einer Leinwand, auf der nonstop Kultfilme laufen.«

Während der Aufzählung zeigt Max auf unterschiedliche Bereiche des Saals. Bobby und Joseph ist klar, dass das Museum im Kopf von Max schon komplett eingerichtet ist. Obwohl die finanzielle Machbarkeit des Vorhabens eher fragwürdig scheint, ist die Vision des Ex-Managers ansteckend und inspirierend. Joseph kann sich durchaus vorstellen, dass die Sache funktioniert. Bobby hingegen ist in seinen eigenen Tagträumereien versunken. Und so ist Joseph, der Pragmatiker, wie ein Ankerpunkt zwischen diesen beiden Träumern. Es ist eine Rolle, die er nur allzu gut kennt.

»Also, Jungs, was denkt ihr?«, sagt Max.

»Wir sollten den Gig mit Heatwave Disco auf Ailsa Craig machen!«, sprudelt es aus Bobby heraus.

Joseph und Max fahren herum und starren ihn an.

»Sag das noch mal, bitte«, meint Joseph.

»Na also, Junge! Das hört sich doch schon viel besser an«, ruft Max zeitgleich aus.

»Aye ... das Event für Gary. Wir machen es auf Ailsa Craig. Ein Abend mit Heatwave Disco auf einer menschenleeren Insel. Das wird verdammt nochmal fantastisch!«, sagt Bobby.

»Du scheinst ja schon ganz schön was intus zu haben, Mann!«, sagt Joseph.

»Eine scheißgeile Idee, Alter! In einer Liga mit Bill Drummond«, sagt Max.

»Wer?«, fragt Bobby.

»Der Typ von KLF, Mann! War mal der Manager von Bunnymen und hat die Jungs auf diese durchgeknallte Tour über die Äußeren Hebriden geschickt, diese gottverlassene Inselkette vor der Westküste Schottlands«, erklärt Max.

»Ich erinnere mich«, sagt Joseph. »Hat ein verdammtes Vermögen damit in den Sand gesetzt. War das nicht auch der Typ, der später diesen Riesenhaufen Kohle verbrannt hat?«

»Durchgeknallt, sag ich ja«, meint Max voller Hochachtung. »Aber eben auf 'ne gute Art.«

»Ich weiß nicht, Bobby«, erwidert Joseph und schenkt sich einen Whisky ein.

»Komm schon, Mann!«, sagt Bobby. »Lass uns das durchziehen.«

»Woher willst du denn wissen, dass es das ist, was Gary gewollt hätte?«, fragt Joseph.

Max steht auf und geht ins Haupthaus. Die beiden Freunde sind allein auf der Bühne. Draußen wird es langsam dunkel, aber Bobby ist jetzt nicht mehr zu bremsen.

»Na der Text, Mann ... die Story, die er geschrieben hat. Du warst doch derjenige, der sie mir gezeigt hat!«

»Und was ist mit den letzten Sätzen? Da geht es darum, jemanden zu killen. Besonders glücklich klingt das nicht gerade.«

»*Der Mann, der Inseln liebte* ... steht doch schon im Titel. *Er* ist der Mann. *Er* selbst! Wir müssen es einfach auf der Insel machen!«, sagt Bobby.

Es entsteht eine Pause, in der beide über das Vorhaben nachdenken: Bobby über die Möglichkeiten, Joseph über die komplexe Logistik.

»Weiß nicht, ob das das Richtige ist«, murrt Joseph.

»Gibt nur einen Weg, das rauszufinden!«, wirft Max ein. Er ist mit einer Schachtel unter dem Arm zurückgekehrt. »Wir fragen die alte Socke persönlich! Und zwar per Ouija-Brett!«

Joseph ist skeptisch, aber sie bauen das Brett trotzdem auf: Drei Männer in ihren Fünfzigern, alle bereits mit reichlich Spirituosen im Blut, machen sich daran, eine spiritistische Sitzung vorzubereiten.

»Dann glaubst du also an Geister?«, fragt Joseph seinen Freund Bobby, während sie Max dabei zuschauen, wie er voller Elan die Bedingungen schafft, damit ein ganz bestimmter Geist zu Besuch kommen kann.

»Nee«, antwortet Bobby. »Einmal hatte Hammy einen weißen Bettbezug überm Kopf ... das war die erste und einzige Geistererfahrung meines Lebens.«

»Vielleicht sollten wir Fat Franny Duncan fragen«, meint Joseph. »Der alte Knispel weiß mehr über Tote als ein Sack Friedhofsmaden.«

»Scheiße, Mann, der lebt noch?«

»Keine Ahnung, aber Mystic Max weiß es bestimmt.«

Max hat Kerzen aufgestellt und seinen alten Plattenspieler samt einigen Kisten mit LPs in den Saal gebracht, die zu den Hauptattraktionen des von ihm geplanten Museums gehören.

»Ist ja wie bei einem verdammten Madonna-Video!«, sagt Joseph und lacht.

»Aber ohne die Jungfrauen und ohne Jesus!«, wirft Bobby ein.

»Na ja, der Jesus bin ja wohl ich«, sagt Max. »Und eins dürfte klar sein: Niemand legt sich mit Jesus an! Wenn die Sache mit dem Museum erst mal läuft, bin ich eh größer als der Spacko mit der Dornenkrone.«

»Alles klar, Mr. Lennon. Jetzt mach mal halblang, okay?«, sagt Joseph. Max setzt die Nadel auf die Plattenrille.

»Was läuft da jetzt?«, fragt Bobby, als ein elegisch-ätherischer Sound aus dem Lautsprecher des Plattenspielers rollt.

»Cocteau Twins«, antwortet Joseph noch vor Max.

»Weiß doch jeder: Wenn du in den Himmel kommst, hörst du als Erstes die Stimme von Liz Fraser. Hab die Scheibe aufgelegt, weil ich will, dass sich dein Bruder heimisch bei uns fühlt.«

Max scheint von seinem Vorgehen absolut überzeugt, sodass Bobby und Joseph den ehemaligen Svengali der Vespas gewähren lassen. Der Mann ist ganz offensichtlich meschugge, aber dabei auch äußerst unterhaltsam.

Die Klänge von Elizabeth Frasers himmlischer Stimme schweben durch den Gemeindesaal. Max hat das Album *Treasure* aufgelegt. Möglich, dass es am Whisky liegt, aber Bobby taucht allmählich in den spirituellen Vibe ein.

»Okay, und jetzt setzt euch ans Brett«, befiehlt Max. Er hat einen kleinen Klapptisch in der Mitte des Saals aufgestellt.

Die wunderschöne Melodie einer Akustikgitarre bereitet das Terrain für Frasers Gesang und diese unzugänglichen Lyrics zu Ehren von Ivo Watts-Russell, dem Labelchef von 4AD. Irgendwann wird Grant Delgado ein ganz ähnliches Loblieb für ihn, den Boss von Biscuit Tin Records, singen, da ist sich Max sicher. Mittlerweile ist die dritte Whiskyflasche am Start.

Das Ouija-Brett ist aus Holz und hat eine rechteckige Form. In der Mitte sind die schwarzen Lettern des Alphabets in einer sanften Kurve angeordnet, drum herum stehen die Worte »Ja«, »Nein« und »Goodbye« in den Ecken. Als Planchette, das ist der herzförmige Zeiger des Ouija-Bretts, der auf die Buchstaben, Zahlen oder Wörter gelenkt wird, benutzt Max ein Gitarrenplektrum. *Wie passend*, denkt Bobby. Dann zieht Max etwas aus seiner Tasche hervor, das wie ein Flakon aussieht. Als sich Bobby und Joseph daraufhin fragend anschauen, verpasst Max ihnen ein paar kräftige Sprühstöße direkt ins Gesicht.

»Verdammte Scheiße, Max!«, schimpft Joseph.

»Ja, Mann! Was soll das?«, ruft Bobby.

»Weihwasser!«, sagt Max. »Jetzt regt euch mal wieder ab, ihr Heulsusen. Habt ihr das noch nie gemacht, oder was? Man kann nicht einfach eine spiritistische Sitzung beginnen und irgendwelche Geister herbeirufen, ohne sich vor ihnen zu schützen!«

»Spiritistisch, spiritistisch! Ich glaube, du hast mittlerweile zu viel *Sprit* im Blut, du Spinner!«, wettert Joseph mit einem

Blick auf das abermals geleerte Glas neben der Hand von Max.

Max hat die Musik leiser gestellt, was der mystischen Atmosphäre aber keinen Abbruch tut.

Dann legt er los. »Sollten böse oder feindselige Geister unter uns weilen, dann befehle ich euch jetzt: Verschwindet und kehrt nie wieder zurück!« Er klingt vollkommen ernst.

Joseph kichert.

Max presst seine Fingernägel in Josephs Handfläche. »Ihr seid nicht willkommen ... ihr wart nie willkommen ... und ihr werdet hier nie willkommen sein!«

Anfänglich fühlt sich Joseph angesprochen, bemerkt aber schnell seinen Irrtum.

»Falls jedoch gute Geister unter uns weilen, insbesondere Geister, die auf den Namen Gary hören, dann lasst euch gesagt sein, dass wir gern mit euch sprechen möchten und ganz Ohr sind!«

»Und was, wenn jetzt der Geist von Gary Glitter kommt?«, flüstert Bobby. »Mit diesem schmierigen Bastard will ich eigentlich nicht reden. Sollten wir nicht etwas konkreter sein?«

»Sei ruhig, Mann. Da ist jemand!«, flüstert Max.

»Gary Glitter ist doch noch gar nicht tot«, fügt Joseph hinzu.

»Ach, du weißt doch genau, was ich meine«, murrt Bobby.

»Kannst du jetzt nicht langsam mal die Klappe halten? Die Geister versammeln sich gerade«, zischt Max.

Und da passiert es: Mit einem Mal bewegt sich die Planchette. Alle drei haben einen Finger auf das Plektrum gelegt. Joseph ist überzeugt, dass Max das Plättchen verschiebt. Bobby ist sich da nicht so sicher.

»Ist da jemand unter uns?«, fragt Max. Das Plektrum scheint zu vibrieren. Wie es aussieht, öffnet sich gerade die

Tür zu Max Mojos Geisterwelt. Dann bewegt sich das Plektrum, das weiterhin von allen drei Männern mit dem Finger berührt wird, zum Wort »Ja«. Joseph ist nach wie vor skeptisch, Bobby eher fasziniert.

»Sag uns, lieber Geist, kennst du jemanden der Anwesenden?«, fragt Max.

Das Plektrum rutscht erst in Richtung »Nein«, gleitet dann aber zum »Ja« zurück.

»Bist du glücklich, Geist?«, fragt Max.

Das Plektrum bewegt sich zum »Nein« und bleibt dort.

Max sieht besorgt aus.

»Vielleicht haben wir den Arsch ja aus dem Bett geklingelt«, sagt Joseph. »Kann ja sein, dass er Frühschicht hat und pennen wollte.«

Das Plektrum gleitet zu »Goodbye«.

»Glückwunsch, du Labertasche! Den hast du mit deinem dämlichen Gequatsche davongejagt. Entweder nimmst du die Sache ernst, oder du lässt es bleiben!«

Zähneknirschend schluckt Joseph den Tadel von Max. Es ist kurz vor Mitternacht, und wie es aussieht, müssen sie in dem Pfarrhaus übernachten. Jetzt einen Streit vom Zaun zu brechen wäre kontraproduktiv. Abermals geht der Whisky rum. Eine neue Platte wird aufgelegt, This Mortal Coil, die Stimmung bleibt jedoch die alte. Die drei wagen einen neuen Versuch.

Nach Eröffnung der Séance fühlen sie dem neuen Geist umgehend auf den Zahn.

»Bist du Gary? Gary von den Ayrshire Cassidys?«

Die Frage klingt, als wären die Ayrshire Cassidys eine Dynastie aus *Game of Thrones* und nicht etwa eine Familie aus dem McPhail Drive in Kilmarnock. Dieses Mal kann Joseph jedoch ein Kichern unterdrücken.

Das Plektrum wandert zum »Ja«.

Joseph kann hören, dass Bobby jetzt schwerer atmet.

»Kennst du jemanden der Anwesenden?«, fragt Max. Wieder gleitet das Plektrum langsam und mit verblüffender Leichtigkeit über das Brett und buchstabiert die Wörter »B-O-B-B-Y« und »J-O-E-Y«.

»Hast du eine Nachricht für uns, Gary?«, fragt Bobby mit leicht zitternder Stimme. Max wirft ihm einen strengen Blick zu, als wolle er ihm mitteilen, dass er nicht an der Reihe ist.

Bobby erwidert den Blick von Max mit einem Schulterzucken.

Das Plektrum wandert zum »Ja«.

»Wir wollen ein Event veranstalten, Gary, ein Event zu deinen Ehren. Irgendwas, worauf du stolz sein würdest, verstehst du? Jedenfalls hatte ich die Idee, dass wir die Sache auf Ailsa ...«

»Stopp!« Max unterbricht ihn. »Das ist viel zu viel, Mann! Kurze Fragen, sonst kann der Geist nicht antworten«; mahnt er.

»Wieso das denn?«, fragt Joseph.

»Woher zum Geier soll ich das denn wissen?!«, sagt Max. »Ist eben so. Schlechte Verbindung, überlastetes Netz, keine Ahnung, Mann«, antwortet er.

»Vielleicht haben die noch kein Breitband im Himmel«, scherzt Joseph und erntet einen finsteren Blick von Max.

»Geist, bist du noch da?«, fragt Max.

Das Plektrum gleitet zum »Ja«.

»Schulaula oder Insel?«, fragt Max ohne Umschweife.

Joseph grübelt, ob der Geist ohne zusätzliche Informationen überhaupt in der Lage ist, die Frage richtig einzuordnen, sagt aber nichts.

Das Plektrum buchstabiert »I-N-S-E-L«. Die drei schauen sich an, als wäre ihnen gerade ein Durchbruch gelungen.

»Dann soll das Event zu deinen Ehren auf Ailsa Craig stattfinden?«, fragt Max mit der Förmlichkeit eines Richters am High Court.

Ein Luftzug streicht durch den Raum und bläst die Kerzen aus. Im nächsten Moment gibt es einen scheppernden Knall.

»Ach du heilige Scheiße!«, presst Joseph hervor. »Hätte fast einen Herzinfarkt bekommen.«

Die Frage ist zwar noch nicht beantwortet, aber die drei nehmen trotzdem ihre Finger vom Plektrum und springen auf, um die Ursache des Knalls zu erkunden. Max öffnet die Tür des Gemeindesaals. Hinter der hohen Mauer des Kirchengeländes ist ein weißer Transporter von der Fahrbahn abgekommen und frontal in den Pfeiler einer Straßenlampe gerast. Von ihrer erhöhten Position können sie sehen, dass der Fahrer benommen, aber unverletzt zu sein scheint. Die Frontschürze des Vans ist eingedrückt, Qualm kriecht unter der Motorhaube hervor und steigt in die kalte Winterluft auf.

»Da, schau«, sagt Max und zeigt auf den Transporter. »Da hast du deine Antwort.«

Der Van ist mit der Werbung eines örtlichen Optikers bedruckt: »Eye – Right«. Das klingt wie »Aye, richtig!« und ist für den angetrunkenen Bobby eine mehr als eindeutige Bestätigung – und mindestens so verpflichtend wie das Testament, das ihm eine Villa auf Ibiza eingebracht hat, deren Veräußerung dieses wundervolle Wahnsinns-Event nun finanzieren wird.

* * *

»Was ich noch fragen wollte: Hat jemand von euch Flitzpiepen Bock, nächste Woche mit mir runter nach London zu fahren? Hab Tickets für die BAFTA Film Awards.«

Die Beiläufigkeit, mit der Max den beiden dieses Angebot macht, ist absolut typisch für ihn: Mitten beim Aufräumen nach einer spontanen Séance erwähnt er BAFTA-Tickets!

»*The Rise and Fall* wurde für den Preis der besten Doku nominiert, und jetzt hab ich die Gästekarten bekommen, aber die Band will nicht teilnehmen!«

Einigermaßen fassungslos starren Bobby und Joseph einander an. Eine landesweit live übertragene Preisverleihung, bei der Max Mojo möglicherweise einen bedeutenden Award gewinnen wird, und er fragt sie, zwei Outsider, ein paar Tage vor dem Event, ob sie ihn begleiten möchten.

»Auf jeden! Wir sind dabei«, sagt Bobby.

KAPITEL 28

Februar 2015. London, England

»Das ist doch großartig hier, oder?«, sagt Bobby.

»Aye, ist der Wahnsinn«, antwortet Joseph und meint es auch so.

Sie teilen sich ein Zimmer im Londoner Dorchester Hotel, aber dieses Zimmer ist gigantisch. Zudem befindet sich hinter einer Tür ein weiterer und nur unwesentlich kleinerer Raum, der ebenfalls ihnen gehört. Als Max sie über die Einzelheiten der Unterbringung briefte, klang es so, als würden sie sich ein Doppelbett in einem schuhkartongroßen Kabuff irgendwo draußen in Barking teilen müssen, um dann im Smoking in eine überfüllte U-Bahn zu steigen und, eingequetscht wie Ölsardinen, zur Preisverleihung ins Zentrum zu fahren. »Doppelzimmer« lautet die offizielle Bezeichnung für ihre Unterkunft, tatsächlich ist es jedoch eine Suite, eine große noch dazu. Max haben sie seit dem Abend der Séance nicht mehr gesehen. Er wurde von seiner Filmproduktionsgesellschaft zwar im selben Hotel untergebracht, allerdings auf einer anderen Etage. In der Hoffnung, dass ihr Werk – ein Film über Aufstieg und Niedergang einer legendären, aber dysfunktionalen Indieband aus Schottland *und* ihren größenwahnsinnigen Manager – bei den BAFTAs den Best Documentary

Award abräumt, hat die Produktionsfirma eine Reihe von Presseterminen und -interviews für Max Mojo ausgemacht.

Als die beiden Freunde am Vorabend nach London flogen, entstanden zwischen British-Airways-Snacks und üppigen Gin Tonics jede Menge Notizen und eine Reihe merkwürdiger Zeichnungen. Sie beschrieben ein Vorhaben, das vor einer Woche noch vollkommen lächerlich gewirkt hätte. Mittlerweile jedoch – nicht zuletzt dank des Verkaufs der Villa auf Ibiza an Lauries Sohn Laurence – scheint dieses Vorhaben nicht nur »möglich«, sondern sogar »machbar«.

Es gibt viel zu bedenken. Auf der Liste der offenen Fragen stehen unter anderem folgende Punkte: Wie schafft man einen ganzen Haufen Equipment auf eine einsame Insel, auf der es weder eine ausgebaute Anlegestelle noch Infrastruktur gibt? Darauf aufbauend: Wie bringt man die Eventbesucher auf die Insel und wieder zurück? Und für den Fall, dass es keine Übernachtungsmöglichkeiten gibt: Muss die Veranstaltung etwa tagsüber stattfinden?

Es gibt viele Unwägbarkeiten, die bei genauerer Betrachtung alle etwas Slapstickartiges, Irrsinniges an sich zu haben scheinen. Und trotzdem: Das Unterfangen hat die beiden zusammengeschweißt. Nichts und niemand wird sie davon abhalten, Heatwave Disco wiederzubeleben und mit einer Gruppe alter Freunde und Kollegen auf Ailsa Craig eine Party zu feiern. Eine Party zu Ehren von Gary Cassidy, dem Mann, der Inseln liebte.

* * *

Joseph und Bobby sind auf dem Weg zu Max. Beide tragen Smoking, dazu Kummerbund und schwarze Fliege. Sie sehen gut aus, zugegeben, aber eine Gefahr für Daniel Craig stellen sie trotzdem nicht dar. Joseph überlegt, ob sie nicht ein bisschen zu konventionell gekleidet sind, insbesondere, wenn er sich vorstellt, was Max tragen wird. Sie müssen durch eine Reihe von Security-Kontrollen: Angefangen bei der jungen Dame mit dem Klemmbrett am Aufzug in der Lobby bis zur PR-Chefin der Produktionsfirma, einer ernsten, durchsetzungsfähigen Frau namens Marge, die veranlasst, dass Joseph und Bobby ihre Pässe drei verschiedenen Security-Typen vorzeigen müssen, bevor sie zum Zimmer von Max vorgelassen werden. Sie erreichen die offene Tür und treten ein. Max Mojo lümmelt auf einem großen lilafarbenen Sofa herum. Er trägt ein Smoking-Jackett mit wilden Farben, dazu einen Fez mit Pelzbesatz auf dem Kopf und eine schwarze Lederhose. Im Zimmer wurden mehrere Scheinwerfer aufgebaut. Ihre Lichtkegel sind alle auf ihn gerichtet. Die schwarze Ray-Ban auf seiner Nase hat also einen Grund. Als Joseph und Bobby ins Zimmer lugen, winkt Max ihnen zu. Dann erblicken sie einen ernst wirkenden Mann mit eigenartiger Frisur, der sich auf den Stuhl gegenüber dem Sofa setzt.

»Ist doch okay, dass meine Partner dabei sind?«, fragt Max den Mann.

»Ja, klar. Kein Problem«, erwidert dieser zwar, lässt es aber so klingen, als wäre es eine Zumutung.

Max winkt Bobby und Joseph zu sich und bugsiert sie in einen Nebenraum mit offener Tür. Von dort aus können sie zusehen, ohne im Bild zu stehen. Die beiden sind fasziniert, und rasch wird ihnen klar, dass es sich hier um einen Beitrag für BBC Arts handelt. Der Journalist, der durch die Glatze auf seinem Kopf sowie das seitlich und hinten wallende Haar frisurentechnisch an einen Clown erinnert, stellt sich als Will

Gompertz vor. Am Anfang des Interviews löchert er Max mit einer Reihe eindringlicher Fragen über die Miraculous Vespas. Ruhig und gelassen gibt der Ex-Manager der Band Auskunft. Da ist nur eine Frage mit einem kleinen Seitenhieb. Max pariert sie mit einer Anspielung auf einen glatzköpfigen Mann, der Haarspalterei betreibt. Will Gompertz nimmt die Sache jedoch sportlich, und alles in allem zeigt sich Max von seiner besten Seite.

Bobby kennt den Großteil der unglaublichen Vespas-Bio bereits; er hat in der Doku mitgewirkt und den fertigen Streifen bereits gesehen. Für Joseph jedoch sind viele Details der außergewöhnlichen Geschichte vom Aufstieg und Fall der Band vollkommen neu. Er wusste um das stürmische Emporkommen und den unfassbaren Erfolg ihrer einzigen Hitsingle »It's a Miracle«. Von der kriminellen Hintergrundgeschichte dieses Erfolgs ahnte er allerdings ebenso wenig wie von Vermächtnis und Bedeutung der lange nach der Auflösung veröffentlichten LP der Band. Er findet das Interview faszinierend, nicht zuletzt deshalb, weil es eine Seite von Max Mojo offenbart, von deren Existenz er bis dahin nichts wusste. Max klingt reflektiert, vernünftig, rational. Er bedauert die Zerwürfnisse innerhalb der Band und beklagt die anschließenden Rechtsstreitigkeiten zur Klärung der Tantiemenverteilung.

»Also, Max Mojo, das erfolgreiche Abschneiden Ihrer Doku bei den BAFTAs heute Abend ist genauso wahrscheinlich wie die darauffolgenden Nachfragen bezüglich einer Reunion der Band. Wie sieht vor diesem Hintergrund die Zukunft der Vespas aus?«

Max reibt sich das Kinn und beugt sich nach vorn, um über die linke Schulter von Will Gompertz hinweg direkt in die Kameralinse zu schauen.

»Die Band wird sich wieder zusammentun«, verkündet er zur großen Überraschung aller Anwesenden. »Noch in diesem Jahr wird es einen exklusiven Gig der Vespas geben«, sagt er.

»Wo? Glastonbury? T in the Park?«, fragt Gompertz nach. Der Journalist ist verblüfft und wittert eine sensationelle Exklusivstory.

»Nee«, erwidert Max und schaut zu Bobby.

Joseph ahnt bereits, was als Nächstes kommt. Bobby braucht ein bisschen länger.

»Das Event heißt The Big Bang und findet auf einer Insel statt, Ailsa Craig.«

Bobby glaubt, Max hätte einen Witz gemacht, und lacht los.

Joseph weiß es besser. »Was soll die Scheiße, Max?«, raunt er.

»Können wir das noch zurechtschneiden?«, fragt Gompertz einen seiner Kollegen. Dann bringt er das Interview zu Ende.

»Das sind übrigens die Promoter des Events«, verkündet Max stolz.

Will Gompertz nickt kurz in Richtung von Joseph und Bobby. Dann wird das Zimmerlicht angeschaltet.

»Max, Gentlemen, ich hoffe doch, wir kriegen den Zuschlag für das erste Interview mit der Band«, sagt er.

»Werden wir sehen, mein Bester«, antwortet Max. »Ist 'ne Exklusivstory, die Leute stehen jetzt schon Schlange bei mir. Geht um fette Deals, wie du dir vorstellen kannst.«

»Verstehe. Wir werden uns definitiv melden, Max«, sagt Gompertz und packt seine Sachen zusammen. »Viel Glück noch für heute Abend. Wie ich höre, werdet ihr das Rennen machen.«

Er steht auf, schüttelt allen zum Abschied die Hand und geht. Sein Tontechniker und sein Kameramann bleiben noch, um das Equipment abzubauen und einzupacken. Max schiebt Bobby und Joseph in das benachbarte Schlafzimmer, das so groß wie der Strafraum eines Fußballfeldes ist.

»Was zum Teufel war das denn bitte schön?«, will Joseph wissen.

»Was denn?« Max spielt den Unschuldigen.

»Was auch immer da gerade passiert ist!«, mault ein perplexer Bobby.

»Dieser durchtriebene Arschlappen hier hat uns die Idee geklaut!«, ruft Joseph.

»Wie bitte? Einen Scheiß hab ich geklaut!«, sagt Max. »Ist doch ein und dieselbe Idee, Mann!« Er sieht den glasigen Blick in Bobbys Augen. »Passt mal auf, Jungs, und ich meine das jetzt nicht abwertend oder so ... aber wer zum Henker wird dafür bezahlen, einen ganzen Tag lang auf einer mickrigen Insel festzusitzen, nur um zwei senilen Clowns dabei zuzusehen, wie sie Shakatak-Platten auflegen?«

Bobby und Joseph antworten nicht, denn sie spüren, dass Max gerade den Finger in die Wunde gelegt und das Hauptmanko ihres Plans aufgedeckt hat.

»Ihr braucht Zugpferde, Bobby«, sagt Max. »Headliner, große Namen, Öffentlichkeit! Die Sache soll ein denkwürdiges Ereignis werden, verdammt, aber ihr geht es an, als müsstet ihr nur einen Punkt von einer To-do-Liste streichen.«

»Mag sein, Max«, sagt Joseph. »Trotzdem hattest du nicht das Recht, die Sache in die Welt rauszuposaunen, ohne mit uns darüber zu sprechen!«

»Die Gelegenheit war günstig, Joey. So läuft das eben manchmal. Da ist eine Tür aufgegangen, und ich bin durchgeschlüpft, wenn du verstehst. Dachte mir, das wäre in eurem Interesse. Ein viel größeres Problem dürfte die Band sein.

Momentan sprechen die Lutscher ja noch nicht mal miteinander.«

»Wie bitte?«, ruft Joseph. »Du hast die Sache noch gar nicht mit der Band besprochen?«

»Nicht so richtig«, antwortet Max.

»*Nicht so richtig?* Was soll das heißen?«, fragt Bobby.

»Na ja, *nicht so richtig* im Sinne von *eigentlich überhaupt nicht*«, gibt Max zu.

»Heilige Scheiße!«, stöhnt Bobby. Er setzt sich hin und legt den Kopf in die Hände.

»Keine Panik! Heute Abend gewinnen wir erst mal diesen bescheuerten Preis, und dann werden die Angebote für eine Reunion nur so reinflattern.«

»Was nicht bedeutet, dass die Bandmitglieder alle Ja und Amen zu deinem Plan sagen werden, oder? Ist ja schließlich nicht jeder nur an Geld interessiert«, sagt ein verärgerter Joseph.

»Laber keinen Scheiß, Mann!«, sagt Max.

»The Smiths? Oasis? The *fuckin'* Jam?«, schießt Joseph zurück. »Wie sollen wir sie überhaupt dazu bringen, zuzustimmen, wenn sie noch nicht mal miteinander sprechen?«

»Das überlasst ihr besser mir«, sagt Max. »Ihr beide solltet euch jetzt lieber um die Organisation kümmern. Also: Datum festlegen, Werbematerial erstellen, Facebook-Account aufbauen, Support-Acts anheuern, Bühne und Technik klarmachen ... und, was das Wichtigste von allem ist ... die Erlaubnis der Mistforken einholen, denen die scheiß Insel gehört!«

Der letzte Punkt trifft Bobby wie ein Schlag. Bislang war er davon ausgegangen, dass eine unbewohnte Insel jedermann zur freien Verfügung stünde, dass man einfach kommen und sie in Beschlag nehmen könne.

Obwohl sie die Idee erst seit wenigen Tagen diskutieren, fühlt sich Joseph jetzt wie ein Narr, dass er diese Frage nicht bedacht hat.

Max greift sich Bobby, tanzt mit ihm durchs Zimmer und trällert dabei ein paar leicht abgeänderte Bowie-Lyrics: »*So, take a chance on a couple ae* crooks, *hung up on some* dancin'.«

Bobby und Joseph lehnen beide ab, als Max ihnen zwei Lines bereitlegt. Im Moment fühlen sie sich auch ohne Koks high genug. Max zuckt nur mit den Schultern und zieht sich nacheinander alle drei Lines rein. *Das Septum zwischen diesen Nasenlöchern*, denkt Joseph, *ist als Trennwand wahrscheinlich so effektiv wie ein Tennisnetz.*

Der Rest des BAFTA-Abends fliegt reichlich unscharf an Bobby und Joseph vorüber. *The Rise and Fall of the Miraculous Vespas* gewinnt tatsächlich den Award für die beste Doku. Ein fiebriger Max scheucht sie zusammen mit vier Leuten von der Produktionsgesellschaft auf die Bühne, wo sie vom Scheinwerferlicht geblendet umherstaksen, Stephen Fry die Hand schütteln und Olivia Colman, die den Award überreicht, per Wangenkuss begrüßen.

Selbstverständlich ist es Max, der den Preis, eine wertvolle Maskenstatue, entgegennimmt. Anschließend dankt er ausführlich allen möglichen Leuten, ganz besonders seinem engen Freund Bobby Cassidy aka MC Bobcat, dessen 1995er Remix der Vespas-Single den Grundstein für diese Renaissance der Band gelegt hat. Am Ende widmet er den Preis dem 2008 verstorbenen Clifford »X-Ray« Raymonde und ruft in die Kamera: »Grant … ich liebe dich, Mann! Bis bald, Kumpel!«

* * *

In einem Loftapartment in Downtown Portland sitzt ein fünfzigjähriger Mann in seinem Arbeitszimmer an einer Schreibmaschine. Es ist nachmittags. Der Mann ist gerade von einem Treffen der Anonymen Alkoholiker zurückgekehrt. Jetzt notiert er sich einige Gedanken für einen neuen Roman. Es geht um Sucht, aber die Geschichte ist nicht autobiografisch. Später will er sich mit seinem Sohn Wolf, seiner Schwiegertochter Carrie und seinem sechsjährigen Enkel Aaron zum Dinner treffen. Die Partnerin des Mannes, Maggie, ist für einen Auftrag in Südamerika unterwegs und kann der Feier im Kreis der Familie leider nicht beiwohnen. Was es zu feiern gibt? Die Filmrechte am hochgelobten Debütroman des Mannes wurden verkauft. Der Titel des Werks lautet *The First Picture*, gekauft wurde es von dem Schauspieler Steve Buscemi, dessen Produktionsfirma bereits ein komprimiertes Drehbuch erstellt hat.

Der Name des Mannes ist Grant Dale. Und er hat keine Ahnung von dem Bombardement an Presseanfragen, das in Kürze auf ihn niedergehen wird.

KAPITEL 29

Februar 2015. Portland, Oregon

Er führt jetzt ein diszipliniertes Leben. Es geht nicht anders. Vorhersagbarkeit hat Spontaneität ersetzt. Sein jüngeres Ich würde die Eintönigkeit seines heutigen Daseins verabscheuen. Sein jüngeres Ich wäre früher oder später aber auch mit dem Kopf voraus in einer Betonwand gelandet, wie ein Crashtest-Dummy. Umstände erzwingen Veränderung. Er folgt einer immergleichen Alltagsroutine, doch er fährt sehr gut mit ihr.

Er steht zeitig auf. Dann macht er sich Frühstück, Rührei auf Vollkorntoast, dazu Kaffee. Anschließend liest er Zeitung – eine vom Aussterben bedrohte Aktivität, das ist ihm klar, aber er denkt nicht daran, sie aufzugeben. Dann schreibt er, drei Stunden lang. Anschließend geht er ins Fitnessstudio. Boxen, und zwar am schweren Sandsack. Es ist eine Metapher für den Kampf gegen seine Dämonen, die echten ebenso wie die eingebildeten. Es folgt ein Gang ins Kino oder zum AA-Meeting, je nachdem. Wenn er zurückkommt, liest und korrigiert er die Zeilen, die er zuvor geschrieben hat. Anschließend kocht er, oftmals nur für sich allein, manchmal, wenn sie zu Hause ist, auch für Maggie. Dann schaut er Fernsehen, ungefähr eine Stunde lang. Meist sind es Dramen in Serienformat. *Die Sopranos*, *Breaking Bad*, *Fargo*. Später dreht er noch eine Runde durch die Nachbarschaft. Danach geht er zu Bett. Es ist immer dieselbe Routine, ganz gleich ob Wochentag oder Wochenende. Lediglich Ereignisse wie ein gemeinsames Dinner mit seiner Familie, zum Beispiel um einen Geburtstag zu feiern, allerdings nie seinen eigenen, unterbrechen den immer gleichen Ablauf dieses fast schon mönchischen Lebens.

Von den Nachbarn kennt keiner seine Geschichte. Zu keinem von ihnen unterhält er eine engere Beziehung. Sie wissen nur, dass er Grant Dale heißt. Er benutzt für alle offiziellen Zwecke seinen ursprünglichen Nachnamen, auch für seinen Verlagsvertrag. Manchmal wird er auf seine Ähnlichkeit mit Steve Jobs angesprochen: der hagere Körperbau, die Brille mit den runden Gläsern, die immer dünner und grauer werdenden Haare, der Dreitagebart, die Dominanz der Farbe Schwarz in seiner Kleidung. Aber das ist alles Zufall. Erst als jemand die Ähnlichkeit erwähnte, dämmerte ihm, dass er den gleichen gewöhnlichen Look wie eine der außergewöhnlichsten Personen des Planeten hat. Dabei wollte Grant doch einfach nur in der Masse untergehen.

Grant Dale war, irgendwann früher einmal, Grant Delgado – der kontroverse Sänger und Songschreiber einer der einflussreichsten und geheimnisvollsten Rock'n'Roll-Bands des zwanzigsten Jahrhunderts: The Miraculous Vespas. Die bizarre und nahezu unglaubliche Story vom Aufstieg und Fall der Band wurde in einem neuen Film dokumentiert, dessen Skript aus der Feder ihres visionären, aber manipulativen Ex-Managers Max Mojo stammt. Es ist ein wahrlich beeindruckendes Märchen von selbst erarbeitetem Erfolg und Exzess. Das Märchen einer Indie-Band in den frühen Achtzigern, deren Zukunft zerstört wurde, weil sie unwissentlich die

Hauptrolle in einer konzertierten Operation der schottischen Polizei zur Zerschlagung des organisierten Verbrechens spielte. Max Mojo hatte es geschafft, eine Legende aus dieser Geschichte zu spinnen. Als Mitte der Neunziger dann die lange verschwundenen Bänder der einzigen Vespas-LP auftauchten, wurde allen klar, dass die Band aus Ayrshire keine irrelevante One-Hit-Wonder-Truppe war, sondern als das verschollene Bindeglied zwischen New Wave und Britpop gehuldigt werden sollte. Für Grant Delgado und seine Bandkollegen – Maggie Abernethy und die Sylvester-Brüder – begannen mit dieser LP-Veröffentlichung jedoch erst die eigentlichen Probleme …

Das Telefon klingelt. Es ist ein derart seltenes Ereignis, dass Grant erst mal nachdenken muss, wo der Apparat überhaupt steht. Schließlich findet er ihn.

»Hallo?«, fragt er zögerlich.

»Hi, sprech ich mit Grant Dale?« Die Stimme klingt nach einer Person aus New York. Grant kennt sie nicht.

»Ähm … aye. Grant Dale hier. Wer ist da?«

»Entschuldigen Sie bitte, dass ich Sie direkt anrufe, Mr. Dale. Ich hoffe, Sie haben einen produktiven Tag«, sagt die Stimme. Es folgt eine Pause.

Grant ist etwas verunsichert. Soll er darauf etwa antworten? Wenn überhaupt scheint es eine rhetorische Frage zu sein. Wahrscheinlich will die Stimme ihm irgendeinen unnützen Mist verkaufen. Und wahrscheinlich gilt der Anruf bereits als erfolgreich, wenn er länger als fünf Sekunden an der Strippe bleibt. »Ähm, aye … läuft ganz gut«, sagt er. »Hören Sie, ich arbeite eigentlich gerade …«

»Ja, natürlich, Mr. Dale. Dann komme ich gleich zum Punkt. Mein Name ist Alexis. Alexis Amberson. Ich leite die Produktionsfirma von Mr. Buscemi. Wir haben kürzlich die Filmrechte an Ihrem Buch *The First Picture* erworben.« Wieder macht Alexis eine Pause und gibt Dale Zeit, diese Information zu verarbeiten.

»Ah, okay. Richtig«, sagt er.

»Ich habe bereits mit Ihrer Agentin gesprochen und ihr unsere Sicht der Dinge erläutert, aber wie es aussieht, hat sie Sie noch nicht informiert, oder?«, sagt Alexis.

»Nein, das hat sie nicht«, antwortet Grant. Das kommt wenig überraschend. Er hat ein eher gespaltenes Verhältnis zu seiner Agentin. Obwohl *The First Picture* es auf die 2012er Shortlist für den Man Booker Prize schaffte, weigerte sich Grant, zur Preisverleihung nach London zu reisen. Auch andere, von seiner zunehmend verärgerten Agentin vorgeschlagene, Aktivitäten zur Bewerbung des Buches lehnte er ab. Für den kleinen Verlag war der Titel mit zwölftausend allein in Europa verkauften Exemplaren ein bescheidener kommerzieller Erfolg, den er allerdings einzig und allein den Stärken des Textes zu verdanken hatte, nicht etwa der schillernden Persönlichkeit eines umtriebigen Autors.

»Nun, wir haben Ms. Burke einen aus unserer Sicht sehr interessanten Vorschlag unterbreitet. Sie schien sehr angetan von unserer Idee, betonte aber, dass alle diesbezüglichen Entscheidungen, insbesondere was eine mögliche finanzielle Beteiligung angeht, ganz allein bei Ihnen lägen.«

»Finanzielle Beteiligung? Was meinen Sie damit?«, sagt Grant.

»In unserem Vorschlag geht es darum, wie man die Filmproduktion beschleunigen und gleichzeitig die Verwässerung des Stoffs vermeiden kann. Wie Sie wissen, geschieht das bei größeren Filmstudios ja relativ häufig, da diese nach

Massenkompatibilität schielen«, erklärt Alexis. »Steve würde sich gern mit Ihnen treffen, um Ihre mögliche Rolle als Executive Producer bei diesem Projekt zu erörtern.«

»Executive Producer? Was bedeutet das genau?«

»Nun, Ihr Wort hätte sehr viel mehr Gewicht, was die Umsetzung angeht … also Ausstattung, Casting, Story, Musik und so weiter. Dafür müssten Sie lediglich …«

»Wie viel?«, unterbricht er sie.

»Das würde Steve gern bei einem gemeinsamen Mittagessen mit Ihnen besprechen. Können Sie nach New York kommen?«, fragt Alexis. »Wir übernehmen natürlich die Unkosten.«

Grant spürt, wie ein Gefühl von Angst und Beklemmung in ihm aufsteigt.

Vor langer Zeit hatte man Grant Delgado den Stempel aufgedrückt, etwas schwierig zu sein – wahrscheinlich zu Recht. Dieser Ruf war das Ergebnis des letzten und äußerst kontroversen Auftritts der Vespas bei der 1995er Weihnachtsausgabe von *Top of the Pops*. Fast zehn Jahre nach Auflösung der Band hatte man das Quartett zu diesem Gig überredet, um den gerade veröffentlichten Remix ihrer Debütsingle »It's a Miracle« zu promoten. Anstatt der vereinbarten Playback-Show riss sich Grant das Hemd vom Leib und klebte erst sich selbst, dann auch seinen Bandkollegen den Mund mit Gaffa-Tape zu. Die Chefs von *Top of the Pops* waren außer sich. Rechtliche Schritte wurden eingeleitet. Dieser Auftritt machte zwar alle Chancen für eine Reunion zunichte, sicherte den Vespas aber andererseits einen Legendenstatus in der Geschichte des Rock'n'Roll. Von diesem Moment an galt Grant als ein moderner Syd Barrett: ein innovatives Genie, das man auf einem Langstreckenflug aber lieber nicht als Sitznachbar haben möchte. In den folgenden zehn Jahren vollzog sich ein schleichender, von Außenseitertum und psychischen Problemen geprägter Niedergang, der nicht nur an seiner Kreativität und Geistesgesundheit nagte, sondern auch die Beziehungen zu den wichtigsten Menschen in seinem Leben zerstörte. Die Saat für dieses, von Unbeständigkeit und Selbstzerfleischung geprägte, Verhalten war in den späten Achtzigerjahren gelegt worden.

Maggie spielte den Gig bei *Top of the Pops* nur, um Grant zu unterstützen. Grant wiederum hatte das Angebot einzig und allein des Geldes wegen akzeptiert und vorher sogar versucht, die Gage der Sylvester-Brüder, denen Max Mojo armselige tausend Pfund angeboten hatte, noch weiter zu drücken. Die ohnehin schon zerrütteten Beziehungen innerhalb der Band verwandelten sich in Verbitterung, und als auf die Auflösung von Biscuit Tin Records im Jahr 1997 eine Reihe von Gerichtsverfahren und Vergleichen folgte, hatte Maggie genug. Sie machte sich auf den Weg nach Amerika, um dort ein neues Leben zu beginnen. Das aus ihrer Beziehung mit Grant hervorgegangene Kind nahm sie mit.

Für mehr als zehn Jahre verschwand Grant Delgado von der Bildfläche. Der erste Teil dieser Zeit war von Einsamkeit, Depressionen, Angststörungen, Drogenabhängigkeit, Klaustrophobie und später auch Agoraphobie geprägt. Es gab allerdings auch kreative Phasen, in denen Storys im Stil eines Jonathan Swift entstanden. Storys, die das Absurde mit dem Transzendenten verbanden. Diese Geschichten verdichteten sich mit der Zeit zu einem Roman: eine Allegorie für die Auseinandersetzung des Ichs mit einer unabwendbaren und äußerst trostlosen Auflösung.

The First Picture liest sich anfänglich wie die Schilderung einer traumartigen Vierundzwanzig-Stunden-Odyssee, die den

Protagonisten an für ihn bedeutsame Orte einer nicht näher benannten schottischen Stadt Mitte der Neunziger führt: Als ehemals Abhängiger sucht er nach etwas von hohem persönlichen Wert, das er entweder verloren hat oder das ihm genommen wurde (und einiges deutet darauf hin, dass der Leser nie erfahren wird, worum genau es sich eigentlich handelt). Durch seine planlose Suche ist er gezwungen, sich mit einer Reihe von Herausforderungen und Versuchungen auseinanderzusetzen, ebenso mit seinen Entscheidungen, zerbrochenen Beziehungen und den Orten, die er nicht verlassen kann – aber auch mit der Freude und der Hoffnung, die den Dingen innewohnt, die er zuvor für selbstverständlich angesehen hat. Die im Buch beschriebene Irrfahrt scheint die Katharsis zu sein, die der Protagonist sucht. Der zeitliche Rahmen der Erzählung ist nicht ganz eindeutig: Die Handlung könnte gut und gerne auch ein ganzes Jahr anstatt nur einen einzigen Tag umfassen. Sie ist in vier Phasen – Morgen, Nachmittag, Abend und Nacht – unterteilt, wobei das von Phase zu Phase wechselnde Wetter die sich wandelnden Emotionen des Erzählers spiegelt.

The First Picture spielt 1997, in einer Zeit, in der Großbritannien eine tiefgreifende kulturelle und politische Transformation durchmacht. Oberflächlich betrachtet, ist die Stimmung optimistisch. Der Erzähler ist der mittlere von drei Brüdern und zu Beginn der Geschichte zweiunddreißig Jahre alt. Sein älterer Bruder ist Sozialarbeiter. Er könnte dem Protagonisten zwar helfen, hat ihn aber schon aufgegeben. Der jüngste der drei Brüder stirbt 1991 mit nur dreiundzwanzig Jahren, als ein vom Erzähler vorgeschlagener Streich bei einem Junggesellenabschied schiefgeht und in einer Tragödie endet.

Zur Verärgerung seiner Verleger brütete Grant nahezu ewig über dem Klappentext seines Romans. Er sollte die Essenz von *The First Picture* kommunizieren, in dem es einerseits um eine persönliche Transformation und andererseits um die Möglichkeit geht, unterschiedliche Dinge (wie persönliche Beziehungen, die Stadt, das eigene Leben) mit einer neuen Klarheit zu sehen, wobei diese neue Sicht nicht immer so durchweg positive Ergebnisse bringt wie vom Erzähler erhofft.

Schlussendlich kommt der Protagonist zu der Überzeugung, dass er das narkotisierte Dasein eines Abhängigen vorzieht, weil er – wohl wissend, dass ihn das bald schon umbringen wird – auf diese Weise zumindest den Schmerz ausblenden kann, den er anderen gebracht hat.

The First Picture von Grant Dale wurde im Frühjahr 2011 von einem kleinen unabhängigen Verlag veröffentlicht. Die Kritiken fielen durchweg positiv aus. Ein Rezensent beschrieb den Roman als »fesselndes Porträt der westlichen Zivilisation der Moderne, in dem die klaustrophobische Kameraführung eines Cormac McCarthy auf das von Obszönitäten wimmelnde Skript eines Irvine Welsh trifft«. Seinem Autor eröffnete dieser Roman die Möglichkeit, auf der anderen Seite seines dunklen Tals ins Licht emporzusteigen. Grant Delgado kam es so vor, als hätte er mit dem Buch Grant Dale wiederentdeckt: den optimistischen Burschen, aufgewachsen in einer schottischen Sozialsiedlung während der Thatcher-Ära. Er selbst empfand seine künstlerische Entwicklung als einen authentischen Prozess, der es ihm ermöglichte, sich eigenverantwortlich und selbstbestimmt auszudrücken, ohne sich vor irgendjemandem rechtfertigen zu müssen – schon gar nicht gegenüber lästigen Blutsaugern wie Max Mojo.

Die Rockstar-Jahre waren ihm fremd geworden. In ihnen gab es bis auf die Beziehung mit Maggie und das daraus entstandene menschliche Wesen nur wenig Positives. Achtzehn

Monate vor Veröffentlichung seines Buches war Grant nach Portland, Oregon gezogen. Maggie hatte nie aufgehört, ihn zu lieben. Nur mit Grant *Delgado* hatte sie irgendwann nicht mehr leben können. Und Grant *Dale* konnte irgendwann nicht mehr in Glasgow leben. Kreativität braucht Raum, muss atmen. All die Mitläufer, Schmeißfliegen, Dealer und neugierigen Musikjournalisten auf der Suche nach einer Exklusivstory ... sie hatten ihm die Luft abgeschnürt. Verblüffenderweise fand er ausgerechnet in jener Stadt, die nach landläufiger Meinung über die lebendigste Musikszene in ganz Amerika verfügt, all das wieder, was ihm abhandengekommen war: Kreativität, sich selbst und die Liebe für Maggie und Wolf.

Am Ende des Gesprächs mit Alexis stimmt Grant dem Treffen mit Steve Buscemi zu. Er ahnt jedoch nicht, dass Buscemi die Handlung des Buches nach New York verlegen will. Der Schauspieler wird argumentieren, dass alle Städte im Grunde die gleiche komplexe Transformation durchmachen wie Glasgow, der Ort, in dem die Odyssee des Protagonisten von *The First Picture* stattfindet. Als 1997 in Großbritannien die Zeit von Tony Blair begann, trat in New York City ein vor Stolz berstender Rudy Giuliani zu seiner zweiten Amtszeit an. Unter ihm als Bürgermeister sank die Kriminalitätsrate auf einen historischen Tiefststand, doch gleichzeitig verlor die Stadt, wie viele beklagten, ihre Seele zugunsten einer verhätschelten Exklusivität und einer unaufhaltsam voranschreitenden Gentrifizierung.

* * *

»Hey, du. Na, wie läuft's?«, sagt Maggie. Sie ist bei einem Shooting, irgendwo in Argentinien. Die Verbindung ist nicht besonders, was die räumliche Distanz noch zusätzlich verstärkt.

»Aye, ganz okay ... denke ich zumindest«, antwortet er.

»Was meinst du damit?«, fragt sie.

»Ach, dieser Filmdeal ... Buscemi will sich nächste Woche mit mir in New York treffen.«

»Das ist doch großartig, Grant, oder etwa nicht?« Maggie merkt, dass Grant unentschlossen ist. Der eigentliche Grund ihres Anrufs, so fürchtet sie jetzt, wird sein Zaudern nur noch weiter verstärken.

»Aye, schätze schon. Es ist nur so, dass er mich offenbar dazu bringen will, Geld in die Produktion zu investieren. Es wird trotzdem ein Low-Budget-Projekt bleiben, aber um die Kontrolle über die Umsetzung zu behalten und einen Platz beim Sundance zu ergattern, sollte die Finanzierung so schnell wie möglich stehen.«

»Aha«, sagt sie. Grant hat in letzter Zeit mit Schreibblockaden zu kämpfen, und wegen seiner wechselhaften Beziehung zu seinem Verleger lässt der angekündigte Vorschuss auf ein neues Buch weiter auf sich warten. Maggies Gehalt sorgt für ein gewisses Maß an finanzieller Stabilität, aber an Investitionen in Filmproduktionen ist nicht im Traum zu denken. »Wie viel?«, fragt sie.

»Bin mir nicht sicher ... eine halbe Million oder so.«

»Wie bitte? Pfund oder Dollar?«

»Keine Ahnung. Könnten genauso gut eine halbe Million Goldnuggets sein. Ist eh illusorisch«, sagt er und lacht.

»Na ja, ich finde, wir sollten es nicht kategorisch ausschließen.«

Maggies Antwort überrascht ihn. Eine derartige Summe aufzubringen ist für die beiden nahezu unmöglich. Maggie hat einen guten Job mit regelmäßigen Aufträgen, aber Grants Einkünfte als Autor sind überschaubar. Der Verkauf der Filmrechte seines Romans sorgt für eine willkommene Finanzspritze, doch Grant promotet seine Arbeit nicht durch Werbeaktivitäten oder Events, und der Schreibprozess ist eine sehr arbeitsintensive und schlecht bezahlte Angelegenheit. Damit ist er sehr weit entfernt von den regelmäßigen Kontoeingängen in gleichbleibender Höhe, die eine Bank sehen will, um im Post-Lehman-Brothers-Zeitalter Kredite zu vergeben.

Maggie weiß, dass sie das nächste Gesprächsthema so vorsichtig angehen muss, als würde sie einen Hubschrauber bei Windstärke zehn auf einer Ölförderplattform landen wollen. Eine falsche Bewegung, und mit den Passagieren ist es aus. Es ist ein schwieriges Manöver, aber Grants Dilemma, so glaubt sie zumindest, bietet ihr eine Chance.

»Grant, ich habe heute ein paar Anrufe bekommen, wegen der Vespas.«

»Aye, und? Was ist denn mit den Vespas?«, sagt Grant. Sein Ton hat sich verändert.

»Na ja ... also, ähm, Max ...« Sie macht eine Pause. »Max hat einem Journalisten gesagt, dass wir wieder zusammenkommen und eine Tour spielen werden«, sagt sie.

Die Verbindung wird schlechter. Maggie steht irgendwo draußen, und Grant kommt es vor, als würde der Wind gerade stärker werden.

»Und wenn schon«, sagt Grant. »Lass ihn reden. Spielt doch keine Rolle, was der plappert.«

»Ja, aber was, wenn es gutes Geld dafür gibt? Vielleicht sollten wir darüber nachdenken«, sagt sie.

»Klingt, als hättest *du* das schon getan«, sagt Grant mit offener Verbitterung.

»Es ist eine einmalige Sache, Grant. Nur ein Gig, und dafür bekommt jeder von uns einen fetten Scheck. Wir können es doch alle gebrauchen, wenn auch aus unterschiedlichen Gründen.«

»Hey, warte mal! Dann hast du also schon mit ihm gesprochen?«

Jetzt kommt der schwierige Teil für Maggie. Zeit, die Zähne zusammenzubeißen. »Aye, er hat mich angerufen. Meinte, er wollte es lieber nicht direkt bei dir probieren, weil du ganz sicher nicht mit ihm gesprochen hättest.«

»Womit er verdammt recht hat.«

»Pass auf, Grant, es geht nur um einen einzigen Gig auf einer verlassenen kleinen Insel. Max hat Sponsoren an der Hand, und wie es aussieht, ist das Interesse ziemlich groß. Sieh es doch einfach als Möglichkeit, um das Filmprojekt zu realisieren.«

Grant weiß nicht, was er von all dem halten soll. Erst spricht Maggie von einer Tour, dann ist es nur ein einziger Gig. Er hat das Gefühl, dass sie nicht erst seit ein paar Stunden von der Sache weiß. Seine Gedanken überschlagen sich, als er über die Möglichkeit nachgrübelt, dass sie bereits öfter und intensiver mit Max Mojo und auch mit den Sylvester-Brüdern gesprochen hat, als sie zugibt. Trotzdem hängt am Ende alles an ihm und an der Frage, ob er in der Lage sein wird, eine Reihe von Hindernissen zu überwinden: erstens das Misstrauen und den Hass gegen seinen ehemaligen Freund Max Mojo; zweitens die Scham über die schändliche Behandlung von Eddie und Simon Sylvester; und drittens, was vielleicht am schwierigsten wird, das chronische Lampenfieber, das er mehr als zwanzig Jahre lang vor der ganzen Welt geheim gehalten hat.

Er legt auf.

TEIL VIER

THE BIG BANG

KAPITEL 30

März 2015. Crosshouse, Schottland

Drei Wochen sind vergangen, seit Max Mojo der nichts ahnenden Öffentlichkeit verkündet hat, dass sich die Miraculous Vespas wieder zusammentun. Die Nachricht wurde erst mit Erstaunen und Begeisterung aufgenommen, dann folgten Gleichgültigkeit und Verachtung. Max weiß, dass Eile geboten ist. Der Nachteil von einer Welt mit Rund-um-die-Uhr-Nachrichten besteht darin, dass die Menschen nur noch über eine verdammt kurze Aufmerksamkeitsspanne verfügen. Eine Kampagne muss her: Ereignisse, mit denen sich die YouTube-Abonnenten bei der Stange halten lassen.

Grant Delgado, Frontmann der Band und Schlüsselfigur des gesamten Vorhabens, hat noch immer nicht auf seine zahlreichen Anrufe und E-Mails reagiert. Aus diesem Grund konzentriert sich Max momentan ausschließlich auf Maggie; sie dient ihm als Kommunikationskanal zum Vespas-Sänger.

Auf der anderen Seite des Atlantiks ist Grant mittlerweile dazu übergegangen, sämtliche Anrufe auf seinem Festnetzanschluss zu ignorieren. Zudem hat er in einem Wutanfall über die Lawine an Nachrichten der Marke »Hat man Ihnen auch eine unrechtmäßige Restschuldversicherung verkauft?« sein Handy in den Willamette River geschleudert. Wie es aussieht, ist seine Nummer in Schottland auf einer dieser Listen gelandet, die von einem Versicherungsunternehmen zum nächsten weitergereicht werden. So oder so: Will man mit ihm verhandeln, führt kein Weg an Maggie vorbei.

Maggie will, dass die Band den Gig spielt. Mindestens einer der beiden Sylvester-Brüder ist ebenfalls interessiert. Damit hängt alles an Grant Delgado.

Der ungeöffnete Brief aus Übersee, den Max gerade in der Hand hält, könnte Grants Antwort enthalten.

Max hat ein Treffen einberufen, das erste offizielle Meeting der frischgebackenen Heatwave Promotions Ltd. Es findet im neuen Hauptquartier des Unternehmens statt, dem Gemeindesaal neben dem Pfarrhaus der Crosshouse Church. Anwesend sind die drei Direktoren (und gleichberechtigten Anteilseigner) der Firma: Max Mojo, Bobby Cassidy und Joseph Miller. Teilhaberzertifikate und Gesellschafterverträge müssen zwar noch ausgestellt werden, aber diese Aufgabe hat man ruhigen Gewissens Max überlassen, der das Unternehmen auch mit Hilfe seiner Buchhalter gegründet hat. Die drei Partner haben jeweils einhunderttausend Pfund Eigenkapital eingebracht, um eine Arbeitsgrundlage für das ambitionierte Projekt zu schaffen. Ihr Unterfangen trägt mittlerweile den Namen »The Big Bang«, eine Anspielung auf den Knall durch den, während ihrer Séance vor der Kirche, verunfallten Van. Wie in den Unterlagen der von Max und dem leicht desinteressierten Hamish bezeugten Firmengründung festgehalten, handelt es sich bei The Big Bang um ein einmalig stattfindendes Musikfestival auf der kleinen Insel Ailsa Craig, die unweit von Ayrshires Westküste in der Irischen See liegt. Als Datum des Events wurde Samstag, der 29. August 2015 festgelegt. Damit bleiben rund sechs Monate für die Organisation. Zu wenig Zeit, meint Joseph, aber er und

Bobby befinden sich im Bann von Max Mojo und sind dessen ansteckendem Optimismus voll und ganz erlegen.

Ebenfalls anwesend beim ersten offiziellen Meeting der Heatwave Promotions Ltd. sind Hammy, dem der Job des Projektadministrators zugeteilt wurde, und Hairy Doug, den man aus dem Ruhestand geholt und für den Aufgabenbereich Sound und Beleuchtung eingeteilt hat. Eine nicht unwesentliche Rolle für die Zusage des Haarigen spielt sicherlich das Versprechen, dass er durch seine Teilnahme an The Big Bang das Geld zurückgewinnen könne, das er als kleiner Anteilseigner von Biscuit Tin Records verloren hat.

Bei dem Treffen geht es in erster Linie um die Vergabe bestimmter Aufträge und die Fortschritte in Bezug auf die informell bei Unternehmensgründung verteilten Aufgaben. Erster Tagesordnungspunkt ist aber die Öffnung des gerade aus Amerika eingetroffenen Schreibens. Dazu wird die im Hintergrund spielende Compilation-CD von Teenage Fanclub, passenderweise läuft gerade der Titel »The Concept«, etwas leiser gedreht.

Max überfliegt den Brief, wobei seine Augenbrauen einem tanzenden Raupenpärchen gleich erst in die Höhe schnellen und sich dann rasch wieder absenken.

»Und?«, fragt Joseph.

»Na ja.«

»*Na ja?!* Was zum Henker soll das bedeuten?«, will Bobby wissen. »Sind sie dabei, oder sind sie nicht dabei?«

»Sie sind dabei«, sagt Max.

»Echt jetzt?«, fragt Joseph nach. Kurz zuvor noch hatte er für die Erarbeitung eines Alternativplans votiert, weil alles dafür sprach, dass Grant Delgado dem Manager der Vespas – nicht persönlich, sondern natürlich durch einen Boten – mitteilen lassen würde, dass der sich The Big Bang bitte dahin schieben solle, wo die Sonne niemals scheint.

»Aye … kostet aber 'ne Kleinigkeit«, verkündet Max.

»Wie viel?«

»Eine Million«, antwortet Max. »Sterling, nicht Bucks!«

Bobby ist sich nicht ganz sicher, welche der beiden Optionen schlimmer ist. Die politische Unsicherheit der jüngsten Vergangenheit scheint das Pfund in einer Weise entwertet zu haben, dass man meinen könnte, die Wirtschaft im Vereinigten Königreich würde zum Tauschhandel zurückkehren.

»Eine beschissene Million Pfund?« Joseph hat Mühe, ein ironisches Lachen zu unterdrücken. »Der Wichser macht sich über uns lustig, oder? Verdammt, die haben gerade mal ein Album und eine Single gemacht. Ohne den Film würde sich doch kein Schwein für die Band interessieren. Was denken die eigentlich, wer sie sind? Wir sprechen hier von den Vespas auf Ailsa Craig … nicht von Oasis in Knebworth.«

»Gut, damit dürfte dieser Plan wohl vom Tisch sein«, sagt Bobby. »Welche Band steht als Nächstes auf der Liste?«

»Es gibt keine scheiß Liste«, meldet sich Max. »Entweder spielen die Vespas oder überhaupt niemand.«

Joseph ahnt, dass irgendetwas nicht stimmt. Max ist angesichts dieser Hiobsbotschaft viel zu ruhig. »Steckst du etwa dahinter, du verschlagener Mistkerl?«, fragt er.

»Wohinter? Was meinst du damit?«, fragt Max abwehrend.

»Hast du vielleicht einen Deal mit der Band gemacht? Immerhin hast du einen amtlichen Interessenskonflikt: Einerseits bist du unser Partner und Promoter des Festivals, andererseits der Manager des Headliners«, faucht Bobby.

»Irgendeine Vorstellung, wie plemplem das gerade klingt, du Knalltüte? Falls du es nicht mitbekommen hast: Die

Ärsche verklagen mich gerade, weil es in der Doku Material gibt, das Grant nicht freigegeben hat.«

Das ist tatsächlich neu für Bobby und Joseph.

»Wie bitte? Und wie zum Henker willst du sie dazu bringen, auf Ailsa Craig aufzutreten, wenn gerade ein Verfahren zwischen euch läuft?« Joseph ist sprachlos. Der grenzenlose Optimismus des Promoters erscheint ihm plötzlich wie eine Farce.

»Na wie wohl? Indem ich den Mistkerlen eine Million Pfund zahle!« Max klingt, als würde er einem Kleinkind die Lösung einer einfachen Rechenaufgabe erklären. »Das ist das Business, Mann. In dieser Branche verklagen sich die Leute doch permanent. Gehört quasi zum guten Stil und ist für viele nur ein Mittel, um im Gespräch zu bleiben. Am Ende gibt es doch immer eine außergerichtliche Einigung. Also regt euch ab, ihr beiden … ich weiß, was ich tue.«

Joseph hat jetzt keine Zweifel mehr: Max Mojo ist definitiv verrückt. Da aber alle anderen Akteure in dessen Universum anscheinend genauso durchgeknallt sind wie er selbst, reichen das Wort und die Überzeugung des Managers für den Moment vielleicht aus.

»Also, wir stimmen zu und schauen, dass wir die Million auftreiben, okay? Ehrlich gesagt, hab ich so eine Nummer irgendwie erwartet. Wir müssen jetzt so tun, als wäre es ein verdammtes Schnäppchen. Dazu braucht es natürlich eine Kampagne, mit der dieses Event zum Ereignis des Jahrhunderts wird. Motto: *Wenn du dieses Konzert verpasst, wirst du es für den Rest deines Lebens bereuen.* Ich sag nur: die Sex Pistols 1976 in der Manchester Free Trade Hall … oder Oasis 1993 im King Tut's in Glasgow … oder besser noch: die Stone Roses 1990 auf Spike Island.«

»*Ich* hab die Stone Roses auf Spike Island gesehen«, verkündet Joseph. »Und es war verdammt nochmal beschissen!«

Mit einem verwirrten Ausdruck auf dem Gesicht starrt Bobby ihn an.

»Fuck! Dann warst du das also doch!«, sagt er. »Ich hab dich gesehen, Mann, aber ich …«

»Aye, ich weiß, dass du mich gesehen hast. Wir waren alle nass bis auf die Knochen und wollten abhauen, aber dann hat uns die Security zurechtgestutzt und zusammengequetscht wie die Ölsardinen, um Platz für eine Bande von VIP-Ärschen zu machen.«

»Aye«, murmelt Bobby mit einem Lächeln und starrt gedankenversunken ins Leere. »Was für ein großartiger Abend!«

»Passt auf, Leute. Im Grunde geht's doch bloß darum, den Gig als Mega-Event zu verkaufen«, sagt Max, während Joseph weiter finster dreinblickt. »Bei dem Konzert der Pistols waren vielleicht dreißig Leute – und sehr wahrscheinlich hat man dabei Ian Curtis mit seinem epileptischen Gezappel sogar doppelt gezählt!« Max holt tief Luft. »Wenn man aber dem Internet Glauben schenkt, waren vierzigtausend bei dem Konzert. Die Leute lügen wie gedruckt, wenn es um solchen Scheiß geht. Ich weiß, wovon ich rede.«

»Okay, dann sagen wir mal, es kommen fünfhundert Leute. Wie viel müssten wir dann für ein Ticket verlangen, damit die Rechnung aufgeht?«, will Joseph wissen. Er sieht, wie Hammy auf seinem Notizblock ein paar Zahlen notiert und ganz offensichtlich hofft, zur Diskussion beitragen zu können.

»Darauf kommen wir später noch mal zurück. Vorher müssen wir erst mal ein paar andere Sachen besprechen«, sagt Max.

Hammy kritzelt immer noch.

»Also, wir haben die Band … zu einem gepfefferten Preis zwar, aber was soll's? Wie sieht's mit Location und Bühne aus?«

Das ist Josephs Aufgabenbereich. Bei einer Unterhaltung über ihre Zukunftspläne auf Ibiza meinte ein zugedröhnter Hammy, dass die an ein Augenlid oder eine Muschel erinnernde Skizze von Joseph etwas von einer Konzert-Location hätte, ganz ähnlich der Hollywood Bowl in Kalifornien. Der Kommentar war in Josephs Unterbewusstsein versunken, vor ein paar Wochen jedoch, als es um die Bühne für das geplante Festival ging, wiederaufgetaucht. Joseph schlägt nun vor, die Skizze als Grundlage für den Bau einer im Wasser schwimmenden, aber fest vertäuten Bühne aus Holz zu benutzen. Es ist eine interessante, wenn auch nicht ganz leicht umzusetzende Idee, bei der die Möglichkeit bestünde, dass die Zuschauer das Konzert vom Strand aus verfolgen und anschließend auch dort campieren, womit zudem das Thema der Unterbringung gelöst wäre. Unter all den Aufgabenbereichen bei der Festivalvorbereitung scheint die von Joseph die am klarsten umrissene zu sein. Da es sich bei der Bühne um eine temporäre Konstruktion handelt, fällt sie nicht unter die üblicherweise für diese Art Vorhaben geltenden Bauvorschriften. Die zuständigen Mitarbeiter des Stadtrats sind sich nicht ganz sicher, wie sie das Bauprojekt einstufen sollen. Während Joseph Entwürfe und Pläne erstellt und bereits mit potenziellen Auftragnehmern über die praktische Umsetzung diskutiert, sucht der Stadtrat weiter nach rechtlichen Grundlagen für die allgemeine Einordnung des Vorhabens. Grundsätzlich gelten für sämtliche Baumaßnahmen auf der Insel äußerst strenge Auflagen, um die dort ansässigen Seevogelkolonien zu schützen. Josephs Bauprojekt ist allerdings kein herkömmliches Gebäude, sondern eine im Wasser schwimmende Bühne, die möglicherweise sogar unter die

Bauvorschriften für Schiffe, Boote und maritime Konstruktionen fällt. Bislang ist sich jedoch niemand wirklich sicher. Vor diesem Hintergrund hat Max Mojo heimlich Kontakt mit Cramond Crockett, einem Mitglied des zuständigen Stadtrats, aufgenommen, um umfassend informiert zu sein.

Bobbys Hauptaufgabe besteht darin, eine Genehmigung zu erwirken, damit die Insel am betreffenden Wochenende betreten und für ein Festival genutzt werden darf. Ailsa Craig gehört einem schottischen Landsmann namens Archibald Angus Charles Kennedy, dem 8. Marquess von Ailsa. Nachdem der erste Kontaktversuch von den Vertretern des Marquess für den Scherz eines Betrunkenen gehalten und abgewürgt wurde, hatte man den hartnäckigen Bobby beim zweiten Mal an einen Immobilien- und Vermögenstreuhänder in Glasgow verwiesen, der den Inselbesitzer in derartigen Angelegenheiten vertritt. Ganz ähnlich wie Max hat auch Bobby kurz vor dem Treffen exklusive Informationen erhalten.

»Der Kerl, dem die Insel gehört, gibt uns keine Genehmigung für ein Festival. Er meint, es gäbe zu viele Umweltauflagen, als dass er unserem Event zustimmen könnte.«

Fuck, fuck, fuck! Na, das war's dann wohl, scheint es den Teilnehmern des Meetings ein weiteres Mal durch den Kopf zu gehen.

»Und was zum Henker heißt das jetzt genau?«, fragt Max, der ahnt, dass es sich um eine Hürde handelt, die sich nicht so ohne Weiteres nehmen lässt. Seine übliche Herangehensweise, Probleme einfach in Geld zu ersticken, wird in diesem Fall nicht funktionieren.

Bobby geht nicht auf die Zwischenfrage ein und erklärt stattdessen, dass Ailsa Craig mit sechsunddreißigtausend Basstölpel-Pärchen Heimat für eine der weltweit größten

Kolonien dieser Art sei. Die Königliche Gesellschaft für Vogelschutz kümmere sich um die Kolonie und beschreibe diese als »äußerst betriebsame Seevogelbrutstätte, in der sich auch Papageitaucher, Gryllteisten, Tordalke und Wanderfalken einquartiert haben«.

»Was'n jetzt kaputt? Heißt du auf einmal Johnny Morris oder wurdest zum Chefornithologen des schottischen Naturschutzbundes berufen?« Max versucht die angespannte Stimmung mit etwas Humor aufzubrechen.

Mit dem Zeigefinger auf den Lippen bringt Bobby ihn zum Schweigen. »Um die Brutgebiete der Vögel zu schützen, gelten auf der Insel strenge Auflagen für alle Bauvorhaben«, erläutert er.

»Aber wir bauen ja gerade *nicht* auf der Insel«, wirft Max hoffnungsvoll ein.

»Richtig. Dummerweise ist das vollkommen irrelevant, weil der Besitzer der Insel uns keine Erlaubnis für das Event geben will. Er meint, das könnte seinem Ruf schaden.« Bobby hält inne und lächelt. Max ist nicht der Einzige in der Runde, der ein paar Tricks auf Lager hat. »Also hab ich kurzerhand … ich hab ihm die scheiß Insel einfach abgekauft!«

Schweigen in der Runde. Bobby hat den Eindruck, dass die anderen nicht einmal mehr atmen. Nur Hammy sieht entspannt aus.

»Und zu verdanken haben wir diese glückliche Wendung einzig und allein diesem Spinner hier.« Bobby nickt in Richtung Hammy.

Hammy zwinkert. »Also, das war folgendermaßen …«, beginnt er, »… als Bobby vom Meeting mit dem Besitzer der Insel zurückkam, zog er ein Gesicht wie sieben Tage Pissregen. ›Schnief, das Spiel ist aus!‹ und so, ihr kennt das.«

Bis auf Bobby haben alle in der Runde ein wissendes Lächeln auf dem Gesicht.

»Na ja, also setz ich mich an den Rechner und durchforste das Internet. Stellt sich raus, die Insel steht zum Verkauf. 2011 wurde sie für zweieinhalb Millionen angeboten, aber zu dem Preis hat sich keine Sau dafür interessiert. Also haben sie den Preis runtergesetzt, auf anderthalb Millionen. Aber ihr wisst ja selbst, wie es gerade aussieht: Das Konjunkturtief hält an, und das Pfund ist so viel wert wie eine dieser Kinderficker-Medaillen von *Jim'll Fix It*. Kurz gesagt, der Besitzer hat keine Chance, das Ding loszuwerden. Also ist Bobby einfach ...«

Bobby übernimmt: »Ich bin noch mal hin zu dem Kerl und hab ihm eine Million angeboten.« Er sagt es mit Stolz. »Gestern Abend kam die Bestätigung. Er hat das Angebot akzeptiert.«

Den Anwesenden fehlen die Worte, niemand sagt etwas. Hairy Doug ist besonders konsterniert und grübelt darüber, was all diese schwindelerregend hohen Ausgaben für seinen Anteil an den Festivalgewinnen zu bedeuten haben. Das Meeting läuft noch nicht mal eine halbe Stunde, und es sind bereits zwei Millionen Pfund nicht einkalkulierter Kosten aufgelaufen.

»Also ... dann besitzen wir jetzt eine beschissene Insel, oder was?«, fragt Max enthusiastisch.

»Nee«, antwortet Bobby. »*Ich* besitze eine beschissene Insel. Ich werde sie mit einem Teil des Geldes bezahlen, das ich vom Verkauf der Villa auf Ibiza bekommen hab.«

Die Runde muss nicht lange überlegen, um zu erkennen, dass das die sinnvollste Vorgehensweise ist. Bobby hat das Geld. Er konnte das Haus auf Ibiza verkaufen und hat sich bei dem Preis strikt an den Rat gehalten, den er von der im

Sterben liegenden Laurie bekam: Er sollte auf vier Millionen Pfund bestehen.

»Weißt du denn überhaupt, was genau du da gekauft hast, Mann?«, fragt Joseph.

Bobby weiß es. Als würde er ein Verkaufsprospekt vorlesen, rattert er die Fakten runter und beschreibt die Insel: ein unbewohntes, zehn Meilen vor der schottischen Westküste kuppelförmig aus dem Meer ragendes Stück Land, das den Spitznamen »Paddy's Milestone« trägt, weil es ziemlich genau in der Mitte der ehemaligen Route irischer Emigranten von Belfast nach Glasgow liegt. Geologen sind der Meinung, so führt Bobby weiter aus, dass Ailsa Craig das Überbleibsel eines erloschenen Vulkans ist. Auf der knapp neunzig Hektar großen Insel befinden sich eine zerfallene Burg, einige baufällige Cottages, ein Leuchtturm und ein Steinbruch, in dem Granit abgebaut wird. Er spricht über die Basstölpel-Population auf der Insel, die sich stark vergrößert hat, seitdem die durch anlegende Schiffe eingeschleppte Rattenplage beseitigt wurde. In einem Exkurs der Kategorie »Wusstet ihr eigentlich, dass ...?« erklärt Bobby, dass Ailsa Craig einen maßgeblichen Anteil an der weltweiten Produktion von Curlingsteinen hat. Das im Steinbruch geförderte Granit ist nämlich besonders dicht und fest, sodass keine Feuchtigkeit in die auf dem Eis liegenden Spielsteine eindringen und/oder sie zerstören kann. Ein anerkennendes Raunen geht durch die Runde. Sollte Ailsa Craig irgendwann mal als Spezialthema bei *Mastermind* zugelassen werden, wäre Bobby Cassidy zweifelsohne der geeignetste Kandidat, um bei der Quizshow abzuräumen.

»Wow, 'ne Festival-Location mit 'nem Haufen Extras, die keine Sau interessieren«, spottet Max.

Bobby und Joseph schauen sich an. The Big Bang war ursprünglich als ein Event zum Gedenken an Bobbys verstorbenen Bruder gedacht. Mittlerweile beschleicht beide das Gefühl, dass Max dieses Detail entfallen ist. Er hat die Organisation an sich gerissen, und fast scheint es so, als würde es nur noch darum gehen, seine Vision umzusetzen.

Bobby steuert rasch dagegen und erwähnt, dass er vorhat, die Insel umzubenennen. Sie soll »Ailsa Cassidy« heißen. Angesichts all der lautstarken Ankündigungen und Pläne von Max liegt es nun an ihm, dem neuen Eigentümer, sich dafür einzusetzen, dass das ursprüngliche Anliegen des Events wenigstens ansatzweise erhalten bleibt. Tatsache ist aber auch, dass – ganz gleich, aus welcher Perspektive man das Festival betrachten mag – die ganze Angelegenheit für Bobby eine haarsträubend teure Chance darstellt, seine Schuldgefühle zu überwinden.

»Leider sind wir damit noch nicht aus dem Schneider«, sagt Bobby. »Die Umweltschützer sind ganz und gar nicht happy darüber, dass wir ein Musikfestival auf der Insel organisieren wollen. Vielleicht sollten wir uns besser heute als morgen mit diesem Problem auseinandersetzen.«

»Ach, Quatsch. Denen schicken wir einfach eine Jahresration Vogelfutter, und damit hat es sich.« Es ist nicht ganz klar, ob Max das ernst meint.

»Okay, weiter im Text: Hairy, alter Yeti, du bist dran!«

Vor dreißig Jahren stand Hairy Doug in ebendiesem Saal kurz davor, Max den Kopf von den Schultern zu reißen, weil der junge Manager sich auf dieselbe abfällige Weise über die starke Körperbehaarung von Doug und dessen Ex-Frau Fanny geäußert hatte. Heute sind dem Siebzigjährigen die Seitenhiebe von Max absolut gleichgültig.

»Also, die Soundanlage wird keine einfache Angelegenheit, das steht schon mal fest!«, sagt Hairy Doug. »Aber ich denke, das kriegen wir schon irgendwie hin.«

»Okay, mehr muss ich nicht wissen, Großer. Halt uns bitte auf dem Laufenden über die Kosten«, sagt Max. »So, zum Abschluss ein paar Worte über meinen Aufgabenbereich: die Kampagne!« Er nimmt ein paar Dokumente zur Hand, beugt sich über den Tisch und richtet sein Monokel neu aus, um seine Aufzeichnungen besser lesen zu können. »Wie's aussieht, wird jede Menge Geld ausgegeben, ohne dass es einen Plan gibt, wie das wieder reinkommen soll«, beginnt er. »Und ich verstehe natürlich, dass das einigen von euch schlaflose Nächte bereitet. Aber ich sage euch: Darüber braucht ihr euch keine Sorgen zu machen.«

Die Runde atmet kollektiv auf. Ihr De-facto-Anführer hat einen Plan! Er scheint kapiert zu haben, dass die Einnahmen die Ausgaben decken müssen, wenn sich das Festival rechnen soll. Ganz offensichtlich hat er sich ausführlich informiert und Gedanken gemacht über Ticketpreise, Transportkosten und …

»Das Event wird nämlich kostenlos sein!«, erklärt Max stolz.

»Wie bitte?«, ruft Bobby, der nicht glauben kann, was er da hört.

»Wir werden die Tickets verschenken«, sagt Max.

»Sieht so aus, als hätte ich mich doch geirrt«, stöhnt Joseph und verschränkt die Arme. »Dieser Spinner hat definitiv nicht mehr alle Latten am Zaun!«

»Jetzt haltet alle mal kurz die Fresse und hört mir zu, okay?« Wie es aussieht, bleibt ihnen nichts anderes übrig. »Ich erklär euch, wie's laufen wird: Zuerst stampfen wir eine Event-Kampagne aus dem Boden und pushen die auf Facebook, Twitter und allen anderen Social-Media-Kanälen. Wir müssen mit Kontroversen arbeiten, das verkauft sich am besten. Dazu nutzen wir gut durchdachte Anzeigen mit abstrakten sozialpolitischen Botschaften ... ein bisschen wie Banksy und diese Typen. Läuft alles nach Plan, ist das irgendwann in aller Munde, und die Leute beginnen sich für das Event zu interessieren. Wichtig ist auch, das Ding so exklusiv wie möglich aufzuziehen. Die meisten Jammerlappen da draußen sehnen sich förmlich danach, Mitglied eines Clubs zu sein, in den andere nicht reinkommen. Frei nach dem Motto: ›Was? Dein Name ist nicht auf der Liste? Dann verpiss dich bitte!‹ Checkt ihr das?«

»Nicht so richtig«, gibt Hammy zu.

»Nachdem wir erst mal das Interesse der Leute geweckt haben und alle Welt heiß auf den Gig ist, bringen wir eine Woche vor dem Event die Tickets in Umlauf. Aber wir verschenken die Teile nicht einfach, sondern stellen es so an, dass man die Dinger suchen muss, so ähnlich wie die goldenen Tickets von Willy Wonka. Als Medium benutzen wir dazu eine soziale Institution: Die Tickets kommen in verschlossene Umschläge und werden der Obdachlosenzeitung *The Big Issue* beigelegt!«

Langsam, aber sicher fügen sich für Joseph die Puzzleteile zusammen. Vielleicht, so denkt er, ist Max doch nicht so durchgedreht, wie er eben noch vermutet hat.

»Aber wie sollen wir die Kosten wieder reinkriegen?«, fragt Bobby.

»Sponsoren, Kumpel, Sponsoren. Denk doch nur mal an all die Unternehmen, die sich mit noblen Anliegen und gemeinnützigen Projekten schmücken. Die achten auf ihre Marken und wie sie in der Öffentlichkeit wahrgenommen werden. Gegenbeispiel: Lance Armstrong. Als rauskam, dass der nach

Strich und Faden beschissen hat, haben sie die arme Sau fallen gelassen wie eine heiße Kartoffel. Ganz ähnlich sieht es mit der FIFA aus: Als internationale Marke überlegst du dir doch heute dreimal, ob du denen noch Geld in den Rachen schmeißt. Wenn's darum geht, Steuern zu hinterziehen oder deine Produkte von irgendwelchen Hungerhaken in scheiß Kalkutta zusammenschrauben zu lassen, dann sind sie alle mit dabei. Aber denkst du, die halten zueinander, wenn eine dieser Marken wegen so einem Scheiß strauchelt? Vergiss es! Und genau das, diese widerliche Verlogenheit, werden wir für unser Event ausnutzen! Wir unterstützen nämlich die Obdachlosen, ohne dass wir Eintritt für das Festival verlangen. Und wir machen das alles natürlich auch, weil es eurem Bruder und Kumpel Gary – ein gottverdammter Kriegsheld, das sollten wir nicht vergessen! – schon immer ein Anliegen war, sich gegen den Anstieg der psychischen Erkrankungen, gerade unter Obdachlosen, einzusetzen«, erklärt Max. »Und auf diese Weise ...« Er führt den Gedanken nicht zu Ende, denn er weiß, dass Joseph mittlerweile im Bilde ist.

»... kannst du die Musik über iTunes vermarkten, die Übertragungsrechte an den höchstbietenden Sender verkaufen, kostenloses Catering über Firmen wie McDonald's organisieren ... und von den Plattenfirmen astronomische Beträge verlangen, damit ihre Künstler auftreten dürfen.«

»Exactamundo«, sagt Max. »Und jetzt ist mal gut mit dem Gelaber. Da wartet ein Riesenhaufen Arbeit auf uns!« Hairy Doug ist der Einzige, der noch auf dem Schlauch steht, aber er kennt seine Aufgabe: geeignetes Licht- und Sound-Equipment auftreiben, mit einem Boot auf die Insel schaffen, dort auf einer schwimmenden Bühne mit Generatoren zum Laufen bringen. Kinderspiel.

»Bobcat«, sagt Max. »Wir beiden Hübschen fliegen morgen früh nach Manchester. Da treten wir im Frühstücksfernsehen auf und werden ein paar Ankündigungen für die Medien machen. Jetzt, wo du den scheiß Felsen tatsächlich gekauft hast, sind mir nämlich noch ein paar andere Ideen gekommen. Und du, Hammy, schickst eine Bestätigung an Maggie Abernethy raus, dass wir mit all ihren Forderungen einverstanden sind. Dann wird Grant Delgado mächtig der Kackstift gehen!«

Max Mojo steht unter Strom. Ein einundfünfzigjähriger Wirbelwind und der fleischgewordene Beleg dafür, dass Drogen, sofern es denn die richtigen sind, sehr wohl etwas bringen.

* * *

Als die beiden am nächsten Morgen auf dem Weg zum Flughafen sind, tätigt Max eine Reihe von Telefonanrufen; alle sehr kurz und Teil eines übergeordneten Plans. Obwohl Bobby nur Max und dessen Teil der Konversation hören kann, ist er äußerst beeindruckt von der Entschlossenheit und der Zielstrebigkeit, mit der sein neuer Geschäftspartner zu Werke geht:

Anruf Nummer 1:

»Hallo? Bist du das? Aye. Aye. Aye, auf jeden. Nee, das vergiss mal lieber gleich wieder. Kein Feuerwerk, nein. Okay, wir sehen uns!«

Anruf Nummer 2:

»Hi. Aye ... ich bin's. Der Gig steht. Maggie hat den Arsch rumgekriegt. Deine Kohle geht also klar. Hast du schon mit deinem Bruder gesprochen? Was soll das denn heißen, *er hat Gott gefunden*? Auf der Straße oder wie? Dann soll er den Penner im Obdachlosenheim abliefern, den Finderlohn kassieren und sich anschließend gefälligst mit der Klampfe hinsetzen, um seine flinken Finger in Topform zu bringen! Aye, richtig. Ich melde mich, wenn die Termine für die Proben stehen. Cheers.«

Anruf Nummer 3:

»Hallo ... hallo! Aye, aye, ich bleib dran. Scheiße, Mann, die Alte hat doch tatsächlich einen Butler oder so was! Aye, ich bin's. Hör zu, wir schicken dir jetzt den Vertrag rüber. Ja, dann kann der Arsch keinen Rückzieher mehr machen. Okay, verstehe. Dann achte gefälligst auf ihn, Mensch! Ich hab keinen Bock, dass er zum Gewächshaus rausgeht und nicht mehr wiederkommt wie Kurt Cobain. Tote Sänger verkaufen Platten, sicher ... aber einen Livegig von einer Band mit Sänger ohne Kopf zu promoten, dürfte einigermaßen schwierig werden. Genau. Aye. Geld ist kein Thema. Mein Assistent setzt gerade die Papiere auf. Richtig. Okay, dann sehen wir uns bei den Proben.«

Anruf Nummer 4:

»Hallo, aye, Max Mojo hier. Ich sollte heute Morgen anrufen und nachfragen, ob die Untersuchungsergebnisse schon da sind. Okay, verstehe. Nein, ich habe keine Zeit zu warten. Bin gerade megabusy. Ich ruf wieder an.«

Anruf Nummer 5:

»Hey, Hairy, alte Fellkugel ... nur zur Erinnerung: Verkack die Nummer besser nicht. Andernfalls steck ich dich nämlich in ein Altenheim voller Daniel-O'Donnell-Fans! Genau. Also mach dir 'ne Platte, wie du's hinkriegst.«

Anruf Nummer 6:

»Ma, ich bin's … vergiss bitte nicht, den Goldfisch und den Karpfen zu füttern. Ich melde mich später noch mal.«

Anruf Nummer 7:

»Hallo. Mein Name ist Max Mojo. Ich rufe an, um einen Termin mit Stadtrat Crockett zu vereinbaren. Aye, Cramond Crockett. Sagen Sie ihm einfach, er soll meinen Assistenten anrufen: Hamish May, 01563 73859. Ja, er kennt mich, und er weiß auch, worum's geht. Aye. Danke.«

Anruf Nummer 8:

»Guten Tag. Mein Name ist Max Mojo, und ich bin der Promoter des Big-Bang-Festivals. Haben Sie bestimmt schon von gehört. Aye, richtig. Genau das. Ja, ich würde gern Ihr Schiff mieten und mich nach dem Preis erkundigen. Aye, genau, die Waverley. Das ist das Schiff, das ich will. Ein Tagesausflug, ja. Ungefähr fünfhundert Fahrgäste, ja. Am 29. August. Richtig. Gut, dann rufen Sie mich doch bitte unter dieser Nummer zurück. Danke.«

Anruf Nummer 9:

»Hallo, Norman? Spreche ich mit Norman Blake? Joe McAlinden hat mir deine Nummer gegeben. Aye, Max Mojo hier. Ich hoffe, du erinnerst dich. Aye, genau der. Alles in Ordnung bei dir? Gut. Ja, bei mir läuft's. Hör mal, ich würde gern eure Band buchen, als Support für den großen Comeback-Gig der Miraculous Vespas. Aye. Aye. Aye. Joe hat mir erzählt, dass ihr euch wieder zusammengetan habt und regelmäßig probt und so. Was? Neue Platte auch? Super! Pass auf … das wäre eine tolle Gelegenheit für euch: Teenage Fanclub und die

Miraculous Vespas auf einer Bühne! Ich weiß. Das hast du mir schon gesagt, als ich euch für Biscuit Tin signen wollte. Aye. Nee, das geht klar, Mann. ›Star Sign‹ ist einer von Grants Lieblingssongs. Okay, dann sprich du mit den Jungs und sag mir Bescheid, ja? Richtig. Cheers, Norman!«

Max blättert durch ein schwarzes Büchlein mit alphabetisch geordneten Namen. Die meisten stammen von bekannten Persönlichkeiten und sind Bobby wohlvertraut. Es ist eine wirklich fantastische Liste. Wie viele der Einträge authentische Kontakte sind und wie viele dieser Personen sich wirklich freuen, wenn der Name »Max Mojo« auf ihrem Handy-Display aufleuchtet, ist eine andere Frage. Trotzdem gibt dieses Detail Bobby Zuversicht, dass Max, so unwahrscheinlich es momentan noch scheinen mag, dieses verrückte Event stemmen wird.

Anruf Nummer 10:

»Hallo. Max Mojo hier, der Manager der Miraculous Vespas. Spreche ich mit Chris? Chris Blackwell? Aye, cheers, Mann. Ich wollte nur kurz hören, ob du dir schon Gedanken zu meinem Angebot machen konntest. Aye? Aye, klingt gut, Mann. Es gibt großes Interesse an ihrer neuen Platte. Ja, es ist wirklich verrückt. Mag sein, dass sie zwanzig Jahre Pause gemacht haben, aber ich schwöre dir, die Scheibe wird einschlagen wie Bowies ›Where Are We Now?‹. Wenn die kommt, werden den Leuten die verdammten Kinnladen runterklappen. Pure Emotion, das Teil. Aye, ich würde lügen, wenn ich dir was anderes erzähle. Branson will uns unbedingt auf Virgin haben, aber ehrlich gesagt, kann ich den Fotzkopp nicht ausstehen. Aye, ich wollte die Vespas schon immer auf Island Records sehen.

Außerdem ist Grant ein großer Marley-Fan. Aye. Ist sogar ein Cover von ›Redemption Song‹ für den Gig geplant. Aye. Fantastisch. Danke, Mann. Ich freu mich drauf. Bye.«

Nach dem letzten Anruf rollt der Wagen auf den Parkplatz des Glasgower Flughafens.

KAPITEL 31

März 2015. Manchester, England

»Liebe Zuschauer, ich begrüße Sie zu *BBC Breakfast.* Heute haben wir Max Mojo und Bobby Cassidy zu Gast, die Organisatoren eines außergewöhnlichen Musikfestivals auf einer unbewohnten Mini-Insel in der Irischen See namens Ailsa Craig …«

»… aber erst mal ist Carole dran und wird uns erzählen, wie das Wetter wird.«

Bobby Cassidy zittert. Er hat lange Zeit regelmäßig *BBC Breakfast News* über den World Service gesehen und dabei, wie viele andere Zuschauer auch, irgendwann das Gefühl bekommen, die eloquenten und selbstsicheren Moderatoren persönlich zu kennen. Sie waren ihm vertraut, fast wie Nachbarn, die man täglich sieht, wenn man aus dem Haus geht und zur Arbeit fährt. Er hatte zwar nie Nachbarn und auch keinen Job, für den er vor zwölf Uhr mittags aus den Federn hätte kriechen müssen, aber wenn, so stellte er es sich immer vor, dann hätte er ganz bestimmt eine Beziehung zu ihnen gehabt, wie er sie mit den Menschen vor ihm zu haben glaubt: dem gut aussehenden Mann im Maßanzug, der bezaubernden Frau mit den perfekten Zähnen und der Wetterfee Carole, deren Lächeln so strahlend ist wie der

Sonnenschein, den sie Tag für Tag anzukündigen scheint. Seit seiner Rückkehr nach Schottland hat Bobby nicht einmal einen betrübten Blick in Caroles Augen entdecken können – selbst wenn es tagelang wie aus Eimern schüttete. Die drei sehen übertrieben gesund und gepflegt aus. Im Vergleich dazu wirken seine Zähne, als hätte man eine volltrunkene Hundertschaft mit Gummiknüppeln bewaffnet durch eine Fabrik für Keramikziegel gejagt. Er nimmt sich vor, nicht zu lächeln.

Bobby ist einigermaßen überrascht, dass er sich auf dem geschwungenen roten Studiosofa, auf dem man ihn platziert hat, so unbehaglich fühlt. Sehr wahrscheinlich hat es mit der Masse an Equipment zu tun, mit dem das TV-Studio in Manchester vollgestopft ist: überall Kamerasysteme mit Roboterarmen und endlose Kabelstränge, die mit Klebeband auf dem Boden fixiert und doch nie im Bild zu sehen sind. Er weiß, dass diese Dinge unverzichtbare Aspekte des Prozesses sind, aber als er beim Betreten des Studios durch sie hindurchlaufen und über sie hinwegsteigen musste, kostete ihn das einige Nerven. Er fühlt sich, als hätte er die letzte Nacht durchgemacht, die Schweißperlen auf seiner Stirn treiben ihm das Make-up in die Augen. Wahrscheinlich hätten sie besser daran getan, am Vorabend im Hotel zu bleiben, anstatt mit der Hälfte der Charlatans, drei Premier-League-Fußballern und einer vollbusigen Teenagerin, die behauptete, aus einem Ort namens *Geordie Shore* zu kommen, auf eine Party zu gehen. Bobby hat einen Kater. Max Mojo hingegen ist in seinem Element. In seinen Augen ist ein Funkeln auszumachen, eine Art Glitzern, das einiges über die ätzenden Gedanken in seinem Kopf verrät. Bobby ahnt, dass er sich vorbereitet und etwas Skandalöses herausposaunen will.

Der Moderator wiederholt noch einmal die Schlagzeilen des Morgens. Obwohl er einen Großteil seines Lebens im Ausland verbracht hat, kennt Bobby ihn gut, fast so gut wie sein eigenes Spiegelbild. Und doch will ihm mit einem Mal nicht mehr einfallen, wie der Mann heißt. Auch der Name seiner Kollegin ist ihm entfallen. Max weiß ihn ebenso wenig. Bei ihm liegt es allerdings daran, dass er beim Vorgespräch zur Sendung nicht aufgepasst hat.

Es ist ein Tag mit wenigen Nachrichten. Die Vorbereitungen der großen Parteien zur bevorstehenden Unterhauswahl sind noch nicht angelaufen, und so geht es in den News dieses Morgens um die offensichtlich lebensverlängernde Wirkung von rotem Fleisch und einen verheerenden Monsun namens »Fred« am anderen Ende der Welt.

»Bei uns im Studio begrüße ich jetzt Max Mojo und Bobby Cassidy«, beginnt die Moderatorin das Gespräch.

Bobby findet sie bezaubernd.

Max ist anderer Meinung. Die gehässige Stimme in seinem Kopf wird seit längerer Zeit schon von Medikamenten unterdrückt. Wenn es allerdings ein Publikum gibt und die Chance auf ein echtes Gemetzel besteht, muss er sich immer noch ziemlich ins Zeug legen, um sie verstummen zu lassen. Momentan schlägt sie eine Reihe anstößiger Kommentare mit rassistischem und sexistischem Inhalt vor, die Max der vor ihm sitzenden Frau mit der braunen Haut und der knabenhaften Frisur entgegenschleudern soll. Lässt er der Stimme freien Lauf, das weiß Max, würde das zwar für Schlagzeilen sorgen, aber es wären die falschen. Und so versucht er sich zu konzentrieren und blendet die Frau aus, um sich voll und ganz ihrem männlichen Kollegen zuzuwenden.

»Tachchen«, sagt Max zurückhaltend.

»Alles in Ordnung?«, flüstert Bobby ihm zu.

»Jetzt erzählen Sie mal, Max, Sie beide organisieren ein eintägiges Musikfestival auf einer entlegenen und unbewohnten Insel vor der schottischen Westküste. Warum?«, fragt sie mit einstudierter Verwunderung.

»Darum eben! Weil wir's können«, antwortet Max und verschränkt die Arme. Er schaut immer noch den Mann in dem teuren Anzug an.

»Aye«, fügt Bobby hinzu.

»Ist ein bisschen so'n Everest-Ding«, sagt Max und tätschelt das Knie des Moderators. »Und ich meine jetzt nicht die Firma gleichen Namens mit den Doppelglasfenstern, Süße, sondern den Berg. Das Ding steht da in der Landschaft rum, und deshalb klettern die Leute halt hoch.«

Wie gebannt starrt Bobby die elegante Moderatorin an. Der Anblick beruhigt seine Nerven.

Der Frau hingegen schwant mittlerweile Schlimmes: Sie hat den Verdacht, dass dieses Interview ihr Russell-Harty-versus-Grace-Jones-Moment wird.

»Aber warum gerade auf Ailsa Craig?«, springt der Anzugträger seiner Kollegin zu Hilfe.

Max holt tief Luft. »Das Konzert ist nur ein Ablenkungsmanöver«, antwortet er und macht sich dann an die Erklärung. »Mit den Schotten ist es doch so: immer große Fresse und hochtrabende Ideale, aber nichts dahinter ...«

Bobby muss sich den Schweiß von der Stirn wischen. Er hat keine Ahnung, was Max vorhat.

»Da muss man sich nur mal diese Scheiße mit der Unabhängigkeit letztes Jahr anschauen ...«

Der Moderator, dessen Namen Bobby plötzlich wieder eingefallen ist (Charlie Irgendwas), schreitet ein und entschuldigt sich für den Sprachgebrauch seines Gastes. Er lächelt und spricht eine höfliche Verwarnung aus. Max starrt in die Kamera mit dem rot leuchtenden Licht über der Linse, entschuldigt sich ebenfalls bei den Zuschauern und fährt fort.

»Nichts für ungut, Leute. Jedenfalls hatten wir letztes Jahr ein Referendum … habt ihr hier unten in *Enger-land* bestimmt auch mitbekommen.«

Charlie Irgendwas nickt und versucht, gelassen zu wirken. Das Interview läuft ganz und gar nicht, wie die beiden Moderatoren es sich vorgestellt hatten.

»Na ja, wir haben's aber gegen die Wand gesetzt. Und da dachten wir drei uns: Wenn Alex und Nicola die Unabhängigkeit ausrufen können, können wir das schon lange!« Max reißt sich das Hemd vom Leib und löst dabei unabsichtlich auch das daran befestigte Mikrofon. Unter dem Hemd kommt ein T-Shirt mit einem Slogan zum Vorschein.

UNABHÄNGIGKEIT FÜR AILSA CRAIG!

HÄNDE WEG VON UNSERM FISCH!

Charlie Irgendwas fingert nach seinen Notizen. Es ist offensichtlich, dass die Regie ihn über den In-Ear-Kopfhörer angewiesen hat, das Interview schleunigst zu beenden. Bobby schwitzt und zittert derart heftig, dass er befürchtet, das Publikum könnte denken, er erleide gerade einen Schlaganfall.

Bevor die Moderatoren zu einem Beitrag über das Stillen von Säuglingen überleiten können, schreit Max noch: »Die Miraculous Vespas sind die großartigste Band der Geschichte. FREIHEIT FÜR AILSA!« Dass das Mikro an seiner Seite herunterbaumelt, interessiert ihn nicht weiter, er verschafft sich trotzdem Gehör.

Die beiden Moderatoren schauen sich an und versuchen, den Vorfall mit einem Lächeln abzutun, aber sie sind von der

Rolle. Kein Moderator ist erpicht darauf, selbst zum Nachrichtenthema zu werden. Am Abend, als Hunderttausende auf der ganzen Welt den kurzen Clip gesehen haben, ist jedoch genau das geschehen. Was soll man mit einem Presseagenten, wenn man Max Mojo im Team hat?

Es ist wenig überraschend, dass der Wagen, der Max und Bobby vor zwei Stunden im Lowry Hotel abgeholt und zum BBC Media Centre gebracht hat, sie jetzt nicht zu ihrer Unterkunft zurückbringt. Tatsächlich werden sie derart unsanft vor die Türen des seelenlosen Baus aus Stahl und Glas in Salford Quays gesetzt, dass Bobby anfänglich befürchtet, die Security-Typen könnten ihnen auf offener Straße noch eine amtliche Abreibung verpassen. Max hingegen hat ein zufriedenes Grinsen im Gesicht.

»Okay, jetzt können wir an die Arbeit gehen. Wir haben endlich ein Publikum!«

* * *

In Crosshouse starrt Joseph derweil auf einen Kostenvoranschlag. Der Bau der muschelförmigen Bühne aus strapazierfähigem Hartholz soll fünfhunderttausend Pfund kosten. Zehn Prozent Aufschlag, wenn der »Rumpf« der Konstruktion mittels eines zeitgemäßeren Verfahrens aus glasfaserverstärktem Kunststoff gefertigt werden soll. Es ist ein alternativer, aber vom Anbieter empfohlener Prozess, bei dem eine große Wanne außen mit einer Glasfaserschicht überzogen und im Inneren mit Balsaholz oder Schaum ausgekleidet wird. Bei dieser Option werden für die Teile, die sich später unter Wasser befinden, besondere Materialien und das Fachwissen von Spezialisten benötigt. Im Grunde bauen Joseph und Co. also ein Boot, sind dabei jedoch ähnlich unter Zeitdruck wie der biblische Schiffsbauer, der ein paar Tausend Jahre zuvor seinen Auftrag von allerhöchster Stelle erhielt. Die veranschlagte Zeit für die Herstellung der Bühne muss um drei Monate verkürzt werden. Eine schnellere Fertigstellung kostet natürlich noch mal einiges extra. Bleibt zu hoffen, dass Max mit seinem Gerede über fette Sponsorendeals recht behält. Andernfalls wandern sie alle wegen Außenständen in Millionenhöhe ins Gefängnis.

Joseph greift sich das Telefon und wählt eine Nummer. Es ist ein kurzer Anruf: Er bestätigt, dass sich die Spezialtischler an die Arbeit machen sollen. Sie werden alles aus Zedernholz bauen. In vier Monaten muss die Konstruktion fertig sein. Er wird fünfundzwanzig Prozent der veranschlagten Summe vorab bezahlen. Das Arbeitskapital der Heatwave Promotions Ltd. ist längst aufgebraucht. Zwar hat Bobby noch Reserven aus dem Verkauf der Villa, und auch Max verfügt ganz offensichtlich über Geld, aber bezahlt wird der Bau der schwimmenden Bühne von Joseph. Er benutzt dazu die Erlöse aus dem Verkauf seiner Anteile an M³ und einen Teil seiner Abfindung. Wäre das ganze Vorhaben nicht so spannend, würde es einen finanziellen Irrsinn von einem Kaliber darstellen, wie ihn nur der mittlerweile in Ungnade gefallene Chef der Royal Bank of Scotland, Sir Fred Goodwin, genehmigt hätte.

Im Ayrshire-Hauptquartier der Heatwave Promotions Ltd. kümmert sich Hammy derweil um eine immer größer werdende Zahl von schriftlichen und telefonischen Anfragen, die in den drei Stunden nach dem Auftritt im Frühstücksfernsehen noch einmal exponentiell gestiegen ist. Alle Welt will mit Max Mojo sprechen, unter anderem auch ein führender

Politiker der Scottish National Party. Hammy hat die Anweisung, einfach die Namen und Nummern aller Anrufer zu notieren und die an die neuen Social-Media-Konten des Unternehmens gerichteten Postings zu liken. Auf diese Weise kann man später in Ruhe die Liste durchgehen, um die Schwätzer zu streichen und diejenigen zurückzurufen, die bereit sind, gutes Geld für vermeintliche Exklusivinterviews zu bezahlen. Max weiß, wie er es angehen muss; er ist schließlich Topabsolvent der »Hochschule für unlautere Geschäftspraktiken im Musikbusiness« und hat bei niemand Geringerem als Malcolm McLaren gelernt. Momentan ist er auf Vorschüsse für Exklusivstorys aus, die er einer Reihe von konkurrierenden Medienunternehmen gleichzeitig »verkauft« – Vorschüsse, die sehr wahrscheinlich nie zurückgezahlt werden. Wenn die Pläne in seinem Kopf aufgehen, sollten die Klagen der Betrogenen ins Leere laufen.

Max hat noch einen Trumpf im Ärmel, und mit diesem kann er sehr hoch pokern. Und zwar waren die Miraculous Vespas nie bei einem Majorlabel unter Vertrag. Die kürzliche Wiederveröffentlichung der Single »It's A Miracle (Thank You)« hat Max selbst bewerkstelligt, damit sie mit der Premiere seines Dokumentarfilms zusammenfällt. Auf die B-Seite der Platte hat er in einem reichlich narzisstischen Zug ein Interview der Journalistin Norma Niven mit ihm selbst gepackt. Fakt ist, dass Max die Exklusivrechte an allen Aufnahmen der Miraculous Vespas besitzt. Der langwierige und verbittert geführte Rechtsstreit, der zu dieser Situation führte, war der Hauptgrund für Grant Delgados Gelöbnis, nie wieder Musik aufzunehmen. Warum sollte ausgerechnet *er* jetzt damit einverstanden sein, durch einen Auftritt seiner alten Band noch mehr Geld in die Taschen einer Person zu spülen, die es seiner Meinung nach in puncto doppelzüngiger Hinterhältigkeit mit Rupert Murdoch aufnehmen kann?

* * *

Es ist genau dieses Dilemma, das gerade in einem kleinen, aber ansehnlichen Haus in Portland, Oregon beim Dinner diskutiert wird. Die Möglichkeit, seinen Debütroman zu verfilmen bedeutet Grant mittlerweile alles. Maggie weiß das, und allmählich zeigt ihre Strategie der regelmäßigen Kritik an seiner Dickköpfigkeit Erfolg. Ihr ist nicht entgangen, dass die einzige Gitarre, die Grant behalten hat – die klassische Rickenbacker aus dem kleinen Musikgeschäft in Kilmarnock, erworben an dem Tag, an dem Grant Maggie *und* Max kennenlernte –, ihren Weg vom Loft in die Wohnung gefunden hat, wo sie nun unter dem Bett liegt. Es ist ein bisschen so, als würde er sich, nervös und unsicher, auf sein erstes Date mit einer alten Geliebten vorbereiten. Steve Buscemi hat den Deal noch etwas attraktiver für Grant gemacht und ihm vorgeschlagen, er solle doch selbst die Filmmusik beisteuern. Es ist eine interessante, aber auch ungewöhnliche Option, über die Grant bisher noch nicht nachgedacht hat. Auf der einen Seite bereitet ihm die Vorstellung, sich verbindlich zu verpflichten, zum ersten Mal seit fast zwanzig Jahren neue Musik zu schreiben, einige Bauchschmerzen. Andererseits basiert sein Roman *The First Picture* auf einer in den Lyrics des gleichnamigen Songs enthaltenen Idee. Er ruft sich ins Gedächtnis, wie beeindruckt er von Jonny Greenwoods Soundtrack für den Film *There Will Be Blood* war, insbesondere angesichts der Tatsache, dass Greenwoods Brotjob als Gitarrist von Radiohead den kargen und minimalistischen Charakter seiner Filmmusikkompositionen nicht mal ansatzweise erahnen ließ. Grant ist angetan von der Idee, keine Frage, aber dafür einen Gig mit den Vespas spielen zu müssen, ist ein hoher Preis. Er hat zwei Monate mit einer Reihe intensiver Gruppentherapiesitzungen hinter sich bringen müssen, um die unvorhergesehenen Panikattacken in den Griff zu kriegen, die von der Aussicht auf diesen Gig in ihm ausgelöst wurden. Letztendlich hat er sich jedoch entschieden, Ja zu Max Mojo zu sagen ... wenn auch nicht direkt, sondern über Maggie.

* * *

Simon Sylvester ist immer noch im Gefängnis. Allerdings nicht, um eine Strafe zu verbüßen, sondern mittlerweile in der Funktion eines leitenden Mitarbeiters der Organisation Jail Guitar Doors, die von Billy Bragg und Mick Jones gegründet und nach einem Song von The Clash benannt wurde. Im Laufe der Zeit ist die Organisation gewachsen, und Simon wurde zum Chef der schottischen Sektion. Seine Arbeit ist bedeutungsvoll: Er besucht die unterschiedlichen Haftanstalten Schottlands, um junge Straftäter zu ermutigen, durch Musik den Weg zurück ins Leben und die Gesellschaft zu finden. Ganz so, wie es bei ihm selbst einst der Fall war. Ab und an gibt Simon auch noch Unterricht, jedoch nur für Schüler, die ihm seine Kollegen als besonders talentiert oder konzentrationsfähig empfohlen haben. Simons Einstellung in Bezug auf die Möglichkeit, mit den Vespas aufzutreten, ist überraschend einfach. Er begrüßt das Angebot, aber nur aus einem einzigen Grund: Das Konzert kann den gestrauchelten Jugendlichen, denen er sich verpflichtet fühlt, als positives Beispiel dienen. Simon hat sich verändert, in vielerlei Hinsicht.

Simons jüngerer Bruder Eddie – der impulsive und psychisch labile Gitarrist der Miraculous Vespas – ist weniger überzeugt, dass es sich lohnt, für diesen speziellen Gig noch einmal die Gitarre umzuschnallen. Eddie Sylvester hieß während des kurzen, aber kometenhaften Aufstiegs der Band The Motorcycle Boy. Er litt unter einer Vielzahl psychischer Erkrankungen, die darauf zurückzuführen waren, dass er als Kind den Tod seiner Mutter mit ansehen musste. Damals hatte er gelangweilt aus dem Fenster seines Zimmers geschaut, während die Mutter im Vorgarten den Rasen mähte. Die Eltern hatten sich gestritten, weil diese Arbeit eigentlich die Aufgabe des Vaters gewesen wäre. Dann hatte es geregnet, das Gras war nass. Irgendwann geriet das Stromkabel unter den Rasenmäher … bei den Auftritten der Vespas trug Eddie stets einen Integralhelm auf dem Kopf. Dieser Helm ermöglichte es ihm, die ihn quälenden Dämonen und die beharrlich auf ihn einredenden Stimmen in seinem Kopf auszublenden, um voll und ganz in die eine Aktivität einzutauchen, die ihm in seiner Not eine Zufluchtsstätte war: das Gitarrenspiel, das bei ihm übrigens vollkommen mühelos und wie eine Kombination aus den Stilen von Jimi Hendrix und Johnny Marr klang.

Wie man sich denken kann, sind die Gründe für Eddies geringe Begeisterung in Bezug auf den geplanten Vespas-Gig eher komplex. Er hat mittlerweile viele seiner einstigen Störungen in den Griff bekommen und es geschafft, normale Beziehungen zu den Menschen in seinem inneren Zirkel aufzubauen, wobei man erwähnen muss, dass *sein Zirkel* ein religiöser und Eddie dessen geistliches Oberhaupt ist. 1995 offenbarte ihm eine Hellseherin, dass er aus einem bestimmten Grund auf die Erde entsandt worden sei und fortan Botschaften aus dem Jenseits erhalten würde. Durch diese Worte motiviert, meldete sich Eddie mit dem Geld, das er für den Auftritt der Vespas beim legendären 1995er Weihnachts-Special von *Top of the Pops* bekommen hatte, zu einem obskuren Doctorate of Divinity an einer christlichen Universität in Utah an. Jetzt trägt er den Titel *Reverend Doctor* Edward Sylvester und ist Leiter der Church of the Infinite Mind, die ihren Sitz in einer baufälligen Lagerhalle am Flughafen der südwestschottischen Stadt Prestwick hat. Der Reverend trägt ausschließlich smaragdgrüne Gewänder. Er ist überzeugt davon, dass die Farbe ein Garant für positive Energien ist. Die für Eddie früher typische Nervosität und Unruhe sind verschwunden und wurden durch das dumm-dämliche Selbstvertrauen eines Verblendeten ersetzt. In Prestwick und Umgebung halten die Menschen Eddie für eine Witzfigur. Er spricht von sich selbst in der dritten Person und erklärte vor fünfzehn Jahren in einem Radiointerview, dass die Welt, wie man sie kannte, noch vor dem fünfzigsten Geburtstag des Reverend Doctor Edward Sylvester untergehen würde. Stimmen aus dem Jenseits hätten ihn darüber informiert, ihm aber außerdem mitgeteilt, dass *er* zur Rettung der Menschheit auserkoren sei. Das Ende, so der Reverend weiter, komme in Form von Erdbeben und Flutwellen, das Epizentrum befinde sich unter der Isle of Arran. Angesichts des Spotts und Hohns, mit dem Eddie nach dem Interview überzogen wurde, entschloss sich Simon, den Kontakt zu seinem Bruder abzubrechen. Die negativen Assoziationen beeinträchtigten die Arbeit mit seinen Schützlingen, zum Großteil knallharte Jugendliche mit hohem Aggressionspotenzial in schottischen Haftanstalten, für die Simon, wenn überhaupt, auf eine sehr viel weltlichere Art der Errettung hofft. Damit beschränken sich die zwischenmenschlichen Kontakte von Edward Sylvester auf die

Mitglieder seiner Gemeinde, insgesamt zehn Personen – respektive sechs an den Öffnungstagen der Methadon-Ausgabestellen von Prestwick. Der Reverend Doctor kommuniziert täglich mit den Geistern aus dem Jenseits, um sich auf den Zeitpunkt vorzubereiten, an dem er die Welt retten soll. Er betet, dass es bald so weit sein möge. Einige Menschen allerdings, das weiß er, vor allem die Zornigen und Nachtragenden, verdienen es nicht, gerettet zu werden.

KAPITEL 32

Juni 2015. Crosshouse, Ayrshire

Nach einem launenhaften Mai mit teils stürmischem Wetter sieht es nach einem ausgeglicheneren Juni aus. Es wurden eine Reihe von Interviews geführt, deren Erlöse die Heatwave-Kriegskasse vorübergehend füllen und die weiterhin steigenden Infrastrukturkosten zumindest teilweise auffangen konnten. Die Social-Media-Kampagnen schießen derweil durch die Decke: Hammy hat zwar ein wenig gebraucht, ist aber zu einem wahren Meister im Retweeten und Instaposten geworden. Der Twitter-Account des Events bringt es mittlerweile auf fast eine halbe Million Follower. In einem Bericht von BBC Scotland hieß es, die wachsende Nachfrage nach Tickets für das Big-Bang-Konzert sei vergleichbar mit dem Run auf das neue iPhone von Apple. Bis jetzt hat Max noch niemanden darüber informiert, dass die Eintrittskarten als kostenlose Beilage der Obdachlosenzeitung *The Big Issue* in Umlauf gebracht werden. Das will er sich für die letzten Wochen vor dem Event aufheben. Wäre doch schade, wenn die immense Werbewirkung dieser Ankündigung jetzt schon verpuffen würde.

Hairy Doug hat in der Zwischenzeit das erforderliche Equipment für Sound und Beleuchtung aufgetrieben und eine Crew zusammengestellt. Die Männer sind zwar alle fast so alt wie er selbst, verfügen aber über ebenso viel Erfahrung, was angesichts der außergewöhnlichen Bühnenkonstruktion von großem Vorteil sein wird.

Joseph hat Hettie gebeten, einige Plakate mit abstraktem Design für The Big Bang zu entwerfen. Herausgekommen ist eine wunderschöne und mysteriös wirkende Plakatserie mit teils kräftigen Farben. Einige sehen sie als authentische Kunstwerke an, die es zu sammeln gilt, andere reproduzieren sie im Streetart-Stil mittels Spraydose und Schablonen, sogar in so weit entfernten Orten wie Barcelona und Buenos Aires. Hettie freut sich, dass sie etwas beitragen konnte, und profitiert von dem dank der Plakatkampagne gesteigerten Interesse an ihrer bevorstehenden Ausstellung.

Bobby hat sich öfter mit Lizzie verabredet und viel Zeit mit ihr verbracht. Mehrmals sind sie zum Essen ausgegangen. Hammy mahnt zwar beharrlich, dass Lizzie ihm erneut das Herz brechen werde, aber Bobby meint, es lohne sich, dieses Risiko einzugehen.

Joseph wurde ausführlich von verschiedenen Designmagazinen interviewt, denen es darum ging, die Philosophie hinter dem Bühnenkonzept des Festivals zu verstehen. Zudem hat man ihn ermutigt, seine Entwürfe bei einer Reihe von Designwettbewerben einzureichen. Die Teilnahme ist zwar mit einigen Kosten verbunden, aber Max hat Joseph motiviert, den Schritt zu wagen. Jede Publicity sei gute Publicity.

In der Zwischenzeit haben sich auch die Bandmitglieder in Schottland eingefunden und konnten – alle bis auf den Reverend Doctor – unbemerkt von Zeitungsreportern, Medienleuten und angereisten Fans, die auf Tickets oder zumindest auf Informationen zur Beschaffung selbiger hoffen, in das

Pfarrhaus geschmuggelt werden. Nach Abschluss der Operation Double Nougat hatte Washer Wishart eine hohe Mauer um das Kirchenareal errichten lassen. Heute sind ihm alle am Festival beteiligten Personen – Band, Organisatoren, Helfer – äußerst dankbar dafür.

Im Vorfeld des ersten Treffens der Band hatte Simon seinen Bruder in Prestwick besucht, war jedoch schnell wieder abgereist. Edward hatte in Rätseln gesprochen: Er wollte beten, mit seinem Bruder und für seinen Bruder. Außerdem wollte er ihm Erlösung anbieten, konnte aber nicht so recht erklären, wovon. Simon tut sein Bruder leid. Eddie ist schon immer etwas neben der Spur gewesen, aber sein gegenwärtiger Zustand stellt noch mal ein ganz anderes Kaliber der Verschrobenheit dar. Die rettende Gnade – sprich: der einzige Aspekt, der die Situation halbwegs akzeptabel erscheinen lässt – ist die Tatsache, dass er zufrieden in diesem fortgeschrittenen Stadium des Wahnsinns zu sein scheint. Simon hatte ihn zur Teilnahme an The Big Bang überreden wollen, weil er glaubte, das vergleichsweise normale Setting eines einmaligen Livekonzerts würde ihn vielleicht auf den Weg der Vernunft zurückbringen. Als er ihm aber die Details des Events beschrieb – ein Auftritt auf einer schwimmenden Bühne vor einem kleinen Publikum, das per Raddampfer auf eine unbewohnte Insel in der Irischen See gebracht wird –, beschlich Simon das Gefühl, dass seine Worte noch eine ganze Ecke verrückter klangen als die seines Bruders. Zum Abschied versuchte er es noch einmal mit einem pragmatischen Appell: »Wenn du sonst keinen Sinn darin siehst, dann mach's doch einfach des Geldes wegen. Die anderen machen es auch nur für die Kohle. Auf diese Weise könntest du endlich mal das Dach von dieser Bruchbude hier reparieren lassen!«

Zurück im Hauptquartier, äußert Max die Ansicht, dass von allen Bandmitgliedern der Vespas der vormals als The Motorcycle Boy bekannte Gitarrist am leichtesten zu ersetzen sei. Max zufolge müsse man dazu nur irgendeinen Spinner anheuern, der die erste Runde von *Britain's Got Talent* übersteht, und diesem dann einen Motorradhelm aufsetzen. Niemand würde den Schwindel bemerken. Da der einzigartige Sound der Vespas aber in großem Maß von Eddies Gitarrenspiel lebt, besteht Grant Delgado darauf, dass er dabei ist. Damit gibt es nun noch ein weiteres Hindernis, das Max überwinden muss: die Rekrutierung des Reverend Doctor Edward Sylvester.

Bobby und Joseph haben ein kleines Schnellboot gemietet und sind auf ruhiger See unterwegs zur Festival-Location. Da nur noch zwei Monate bis zum Event bleiben, scheint ihnen eine ausgiebige Erkundung der Insel dringend angebracht. Der Verkauf von Ailsa Craig ist endgültig abgewickelt, weshalb der neue Besitzer Bobby Cassidy es für eine gute Idee hält, eine Nacht auf dem Eiland zu verbringen. Als Schutz vor den launenhaften Elementen wird ihnen nur das mitgebrachte Zelt dienen, ganz so, wie es auch bei den fünfhundert Besuchern ihres Festivals sein wird.

Je näher sie dem flachen Wasser kommen, desto mehr scheinen sich die Felsen zu verändern. Sie sind von Ayr aus aufgebrochen. Es gibt gleich mehrere Städte (Ayr, Girvan, Troon, Irvine), von denen aus man den Eindruck hat, als läge die Insel sehr nah. Es ist eine optische Täuschung, die durch den gewölbten Verlauf der Küste von Ayrshire bedingt ist – dieselbe Art optischer Täuschung, die zahlreiche Häftlinge von Alcatraz glauben ließ, sie könnten bis zum Festland schwimmen. Das sich der Insel nähernde Boot verlangsamt sein Tempo. Die bislang glatte See scheint hier etwas unruhiger. Tordalke und Gryllteisten wippen in der Dünung auf und ab. Als das Boot das Ufer erreicht, wird das Ausmaß der Seevogel-Population erkennbar. Es sind Tausende.

»Selbst wenn die Viecher durch die Musik gestört werden, ist das Festival wegen all dem Fast Food für die wie Weihnachten und Ostern zusammen!«, sagt Bobby.

Das Schnellboot fährt an den schmalen Holzanlegesteg heran. Jetzt, da sie auf der Insel angekommen sind, wirkt die einzigartige Form von Ailsa Craig vollkommen anders auf Bobby und Joseph. Durch die Kombination aus gelbem Strand und dem für die Jahreszeit untypisch warmen Wetter fühlt es sich an, als hätten sie tatsächlich eine Sandinsel betreten. Joseph hat sich Karten von Ailsa Craig angesehen: Nicht nur ist hier die für ihr Vorhaben nutzbare Strandfläche am größten, es handelt sich zudem um den einzigen Ort auf der Insel, an dem sich eine Menschenmenge von ein paar Hundert Personen vergleichsweise gefahrlos aufhalten kann. Die Anlegestelle muss dringend ausgebaut werden, so lautet die erste Erkenntnis von Joseph. Die zweite: Es ist absolut unmöglich, dass die Waverley, der weltweit älteste noch seetüchtige Raddampfer, der seit mehr als fünfzig Jahren Fahrgäste aus Glasgow »doon the watter« schippert, nah genug an diese Anlegestelle heranfahren kann. Die Arbeit an der Bühnenkonstruktion hat Josephs Interesse an Planung, Entwurf und Bau von Schiffen und Yachten geweckt. Gleich als die Waverley als mögliche, wenn auch unwahrscheinliche Transportoption für Band und Publikum ins Gespräch kam, hatte er begonnen, sich intensiv mit dem Raddampfer zu beschäftigen. Er weiß, dass es trotz seines relativ geringen Tiefgangs keine Möglichkeit gibt, durch das flache Wasser vor der

Insel zu fahren. Unter der Überschrift »Problem Nr. 1« macht sich Joseph eine entsprechende Notiz dazu.

Nach der Abwicklung des Verkaufs der Insel fanden eine Reihe von Gesprächen zwischen Bobby und dem National Trust statt, einer gemeinnützigen Naturschutzorganisation, die anfänglich versuchte, den Kauf zu verhindern. Am Ende der Gespräche stimmte Bobby einem vorläufigen Kompromiss zu. Für die Naturschutzorganisation ist ein weiterer privater Besitzer an sich kein Problem. Ihre Vertreter befürchten vor allem, dass die Brutstätten der Seevogelkolonien durch das Festival Schaden nehmen. Diese Sorgen konnte Bobby mit dem Versprechen beschwichtigen, dem Trust nach dem Event die nicht von ihm genutzten Teile der Insel zu überschreiben. Wie es aussieht, hat jeder seinen Preis, und es gibt keine Prinzipien, die man nicht kaufen könnte. Diese Lektion hat Bobby von Max gelernt, der bis dato mit all seinen Vorhersagen goldrichtig lag. Als sie über die ebene Fläche am Strand gehen, auf der die Festivalbesucher ihre Zelte aufschlagen sollen, stoßen sie auf Problem Nr. 2: Es gibt nur ein festes Gebäude auf der Insel, das man nutzen kann – den alten weißen Leuchtturm. Die Burgruine des Ailsa Craig Castle zählt nicht, und die vier Cottages, in denen einst die Belegschaft des Leuchtturms wohnte, sind in unterschiedlichem Maß reparaturbedürftig. Der Plan sieht bislang vor, Band, Crew, Heatwave-Promotion-Mannschaft, Medienvertreter und Sponsoren-VIPs in den Gebäuden auf der Insel einzuquartieren, damit sie die Nacht des Festivals auf Ailsa Craig verbringen können. Eine romantische Idee, aber das hier ist nicht Ibiza. Das schottische Klima kann sehr launenhaft sein, und Ailsa Craig verfügt nicht mal ansatzweise über die öffentliche Infrastruktur, die an den Stränden der Balearen zum

Standard gehört. Der Leuchtturm wurde technisch überholt und läuft nun mit Solarenergie. Eine sinnvolle Maßnahme, möchte man meinen, insbesondere an einem atemberaubend schönen Tag wie diesem. Einem Tag, an dem sich auch ein Schotte mit blassbläulicher Hautfarbe wie Joseph Miller davon überzeugen ließe, dass eine Nacht an diesem Strand – nur in eine Decke gehüllt und den Blick hinauf zu den funkelnden Sternen am dunklen Himmel gerichtet – genau das ist, wonach sich Gary Cassidy gesehnt hat. Angesichts des Friedens und der Ruhe dieses Orts sowie der schroffen Schönheit seiner bizarren Topografie sind die beiden Männer entschlossener denn je und überzeugt davon, dass sich der Mangel an Infrastruktur überwinden lässt. Sie gehen weiter.

»Ailsa Craig ist übrigens die einzige Insel, die jemals eine Goldmedaille bei den Olympischen Spielen gewonnen hat«, beginnt Bobby mit einem kleinen Exkurs beeindruckender Fakten über seine Insel.

»Wie meinste das?«, fragt Joseph, der sich nicht ganz sicher ist, ob Bobby vielleicht über einen Olympiateilnehmer spricht, der, in welcher Form auch immer, für die Insel gestartet ist.

Bobby bemerkt die Verwirrung in Josephs Gesichtsausdruck.

»Ich meine die Curlingsteine. Die britische Damenmannschaft hat 2002 die Olympiade gewonnen … und ihre Steine stammen von hier.«

»Ah, okay. Verstehe«, sagt Joseph.

»Ach ja, und ich bin erst der dritte Besitzer in über sechshundert Jahren!«

»Was du nicht sagst.« Diese Information überrascht Joseph nicht sonderlich.

»Tatsache. Im fünfzehnten Jahrhundert hat sich eine Bande von Mönchen aus Ayrshire die Insel unter den Nagel gerissen.«

»Wozu?«

»Keine Ahnung. Vielleicht, um ungestört Menschenopfer darbringen zu können? Wahrscheinlich finden wir hinter der Mauer des Leuchtturms die verkohlten Knochen der armen Teufel. In erster Linie Säufer und Huren, würde ich schätzen«, sagt Bobby. »Vor zwanzig Jahren hat ein Haufen Studenten einen Snookertisch zur Spitze des Berges hochgeschleppt und da oben ein paar Frames gespielt ...«

»Jetzt verarschst du mich.«

»Wahre Geschichte. Das Beste: Sie hatten nur Unterhosen an.«

»Das glaubst du doch selbst nicht«, sagt Joseph und lacht.

»Wenn ich's dir doch sage! Steht alles in den Dokumenten, die ich beim Kauf bekommen habe«, prahlt Bobby voller Stolz.

Beide schauen nach oben, zum höchsten Punkt der kuppelförmig aus dem Wasser ragenden Insel. Sie können die Spitze jedoch nicht sehen, dafür steigen die Seitenhänge zu steil in die Höhe. Auch Bobby hat den Verdacht, dass der letzte »bemerkenswerte Fakt« über seine Insel ein Streich der Immobilienagenten war, die den Kauf abgewickelt haben. »Schon ein bisschen beeindruckend, oder?«

»Aye«, stimmt Joseph zu. »Ist der Hammer.«

»Gary hätte all diesen Mist geliebt.«

»Ich weiß, Bob, ich weiß. Und ich finde es wirklich großartig, dass du das alles seinem Andenken zu Ehren machst.«

Als Joseph das sagt, wendet Bobby sich von ihm ab. Er schiebt die Hände in die Taschen und geht langsam davon. Joseph weiß, dass er ihm jetzt etwas Raum geben muss.

Er nutzt die Zeit, um sich derweil den Leuchtturm und die daran angeschlossene Unterkunft des Leuchtturmwärters anzusehen. Der Komplex wurde 1886 vom Vater des Schriftstellers Robert Louis Stevenson gebaut. Diese Entdeckung sorgte bei Bobby für große Begeisterung, denn er war sofort überzeugt, dass die Insel eine Inspirationsquelle für das berühmteste Werk von Stevenson war – *Die Schatzinsel*; der Roman, der Gary so viel bedeutete und ihm durch die schwere Zeit im Gefängnis half. »Aye, spätestens wenn die ganzen Rechnungen erst mal reinflattern, könnten wir einen Schatz wie den aus dem Buch wirklich gut gebrauchen«, hatte Joseph zu Bobby gesagt, als dieser ihm die Sache mit Stevenson erzählte. Der Leuchtturm und das Leuchtturmwärterhaus sind in gutem Zustand, wie Joseph findet. Er ist freudig überrascht, auf der ebenen Fläche hinter dem Komplex einen kleinen Hubschrauberlandeplatz zu finden. Er fügt seinen Notizen eine entsprechende Anmerkung hinzu. Eins der von ihm gefürchteten Schreckensszenarien in Bezug auf das geplante Event besteht darin, dass jemand plötzlich krank wird oder einen Unfall hat und dringend in einem Krankenhaus behandelt werden muss. Ein funktionstüchtiger Hubschrauberlandeplatz zeigt, dass auch die früheren Besitzer der Insel diese Sorge hatten.

Die anderen Gebäude haben sich nicht so gut gehalten wie der Leuchtturmkomplex. Mit ihrem morbiden Charme wirken sie wie alte Hollywoodschauspielerinnen: angestaubt und zerzaust, aber immer noch um eine würdevolle Ausstrahlung bemüht. Die Atlantikstürme haben ihren Mauern übel mitgespielt, ihre Dächer sehen aus, als gäbe es nur eine Zukunft für sie: die Abrissbirne. Joseph geht weiter. Die vier Cottages am Fuß der Felswand sind nicht bewohnbar. In Großbuchstaben notiert er sich, dass er den Auftragspapieren der mit der Bühnenkonstruktion beschäftigten Tischler einen weiteren Punkt hinzufügen muss. Sie sollen diese Gebäude auf Vordermann bringen. In einem der Cottages findet Joseph einen Stapel Zeitungen. Er blättert sie durch und bleibt kurz bei dem einen oder anderen interessanten Artikel und unscharfen Foto hängen. Vor hundert Jahren haben in diesen Cottages fast dreißig Personen gelebt: hauptsächlich Arbeiter des Granitsteinbruchs und Leuchtturmwärter, aber auch Bauern und Vogelkundler. Er ist überrascht, als er herausfindet, dass es bis 1970 sogar einen Tearoom auf Ailsa Craig gab, in den die Tagesausflügler bei ihrem Besuch der Insel einkehrten. Der Granitabbau mit Sprengstoff ist mittlerweile verboten. Der Vorbesitzer hat dem Druck der Umweltschützer nachgegeben. Diese hatten argumentiert, die Explosionen würden die auf der Insel nistenden Seevögel stören. Momentan sind aber noch ausreichend lose Brocken des blauen Granits auf Ailsa Craig vorhanden, um die fünfundzwanzigtausend Pfund Pacht zu rechtfertigen, die der schottische Curlingstein-Hersteller Kays Curling für den Abbau jährlich bezahlt. Ohne die Abbauanlagen könnte man fast meinen, die Insel wäre nie von Menschen betreten worden. Joseph schaut sich die schmalen Transportgleise an, die größtenteils defekt sind und vom Steinbruch zur Anlegestelle führen. Dann erblickt er ein paar große Nebelsignalleuchten, die einst sich der Insel nähernde Schiffe warnten. Auch sie sind schon lange außer Betrieb. Als er ein Stück weitergeht, entdeckt er den Grund dafür. Hettie hatte ihm einmal erzählt, Gary habe über fremde Lebensformen auf der westlichen und Schottland abgekehrten Seite dieses eigenartigen Granitfelsens fantasiert. Als Joseph durch das dichte Gestrüpp vor ihm lugt, sieht er, dass Gary nicht ganz unrecht hatte: Da sitzen nämlich ein paar Vertreter der drittgrößten Basstölpelkolonie in Großbritannien. Sollten sich die Biester entscheiden, auch zum Festival zu kommen, werden sie die Angriffe der Killermöwen in Hitchcocks Klassiker wie die ungelenken Flugstunden fröhlich umherflatternder Kanarienvögel aussehen lassen. Er notiert Problem Nr. 3: »Vierzigtausend Basstölpel von der Größe fliegender Kaninchen, allesamt hungrig und aufgestachelt durch die laute Musik, schießen mit ihren nikotingelben Köpfen voran im Sturzflug auf die Zuschauer herab, um Essensreste zu ergattern.«

Das würde definitiv für Schlagzeilen sorgen, denkt Joseph.

Als er zum Strand zurückkehrt, hat Bobby bereits das Zelt aufgebaut und ein Lagerfeuer angezündet. Würde ihm jemand erzählen, Bobby wäre kurz zuvor in das flache Wasser hinausgewatet und hätte mit einem selbst geschnitzten Holzspeer Fische gefangen, Joseph würde es glatt glauben. Bobby hat tatsächlich für Essen gesorgt und alles Notwendige für ein Barbecue mitgebracht: eine Schachtel Streichhölzer und ein paar Burger-Pattys von McGarritys, einem Fleischer aus Kilmarnock. Es ist fast acht Uhr abends. Sie befinden sich auf der Ostseite der Insel, die durch den Schatten nun rasch kühler wird. Sie schauen zu den nach und nach aufflackernden Lichtern der Straßenlampen am Rand von Ayrshire hinüber. Sie sind zehn Meilen entfernt, aber es fühlt sich an, als bräuchte man nur die Hand auszustrecken und könnte das Festland berühren.

Joseph zieht seinen iPod aus der Tasche und schließt ihn an einen kleinen runden Lautsprecher an. Er hat eine Playlist vorbereitet.

»Schau uns an, Mann. Fünfzig plus X aufm Buckel und immer noch Musiknerds vorm Herrn!«, kommentiert Bobby.

Beide Männer lachen. Dann setzen sie sich und widmen sich besinnlich schweigend ihrem Dinner: ein paar verkohlten Burgern und Budweiser aus der Flasche. Die Super Furry Animals sehnen sich derweil nach einem Leben in der Präsidenten-Suite.

KAPITEL 33

Juli 2015

»Es gibt ein Problem«, beginnt das übergewichtige Stadtratsmitglied.

Da der dicke Mann unheimlich stark schwitzt, fragt sich Max Mojo kurz, ob es bei besagtem *Problem* um die Körperhygiene des Fettsacks oder um The Big Bang geht. Die beiden sitzen auf einer Bank, die sich auf einem Erdwall befindet und einen wunderbaren Ausblick Richtung Westen bietet, mit Ailsa Craig im Zentrum des Panoramas. Max schaut den Fleischberg an, der neben ihm hockt. Es fällt ihm schwer, die Verachtung und Geringschätzung zu verbergen, die er für Menschen wie Cramond Crockett empfindet. Auch wenn er keine Beweise für diese Theorie hat, ist Max doch überzeugt davon, dass Cramond Crockett das Produkt einer politischen Klasse vergangener Tage ist, die sich durch Scottish-Labour-Affinität und Gewerkschaftsnähe auszeichnete und einen weitreichenden Machtmissbrauch ermöglichte: gigantische Spesenabrechnungen; als Businesstrips getarnte Lustreisen mit Wirtschaftsvertretern; Privattaxifahrten für volltrunkene Beamte, die von offiziellen Veranstaltungen nach Hause gekarrt werden mussten, weil sie sich volllaufen ließen, anstatt ihre Wählerschaft zu repräsentieren … die Liste ist lang. Männer dieser

Art – und die Erfahrung von Max besagt, dass es sich fast immer nur um Männer handelt – sind leichte Beute für Bestechungsversuche. The Big Bang braucht einen Insider, einen Mann, der in der für das Festival zuständigen Stadtratskommission sitzt. Das Event hat viel Kritik in Ayrshire hervorgerufen und den Stadtrat damit in eine schwierige Lage gebracht. Da Ailsa Craig Privatbesitz ist, gibt es rechtlich so gut wie keine Handhabe, um eine im Grunde *private* Veranstaltung auf der Insel zu verbieten. Max ist in den vergangenen Wochen mehrfach im Fernsehen aufgetreten und hat dort erfolgreich dargelegt, dass sich The Big Bang nicht von den vielen Grillpartys unterscheidet, zu denen der Vorbesitzer regelmäßig Freunde und Bekannte an den Strand von Ailsa Craig einlud. Eigentlich sollte es doch keine Rolle spielen, so argumentierte Max, dass Bobby mehr Freunde und eine potentere Soundanlage als der ehemalige Besitzer der Insel habe. Ein Sprecher der schottischen Grünen, der in derselben Sendung nahelegte, Max und seine Partner machten sich eines wahren Basstölpel-Genozids schuldig und gehörten ins Gefängnis gesteckt, sollte das Festival tatsächlich stattfinden, wurde vom größtenteils jugendlichen Publikum niedergebuht.

In der Zwischenzeit wächst das Interesse an dem Konzert weiter. Die Vorbereitungen sind in vollem Gange. Die Vespas-Proben laufen so gut, wie man es eben von einem Haufen schwieriger Persönlichkeiten Anfang fünfzig erwarten kann, und die muschelförmige Bühnenkonstruktion ist auch fast fertig ... Zeit für Max Mojo, die letzte Hürde aus dem Weg zu räumen, die das Festival noch scheitern lassen könnte. Der Vespas-Manager hat Cramond Crockett bezahlt, damit dieser sicherstellt, dass es bei der Lizenzvergabe und den entsprechenden Sitzungen des Stadtrats keine Probleme gibt.

Damit die Heatwave Promotions Ltd. auf dem Festival Essen, Alkohol und Merchandise-Artikel verkaufen darf, braucht es eine entsprechende Genehmigung, die von den örtlichen Behörden ausgestellt wird. Cramond Crockett sitzt in dem Ausschuss, der über die Vergabe dieser Lizenzen entscheidet, und hat einen Teil der fünfzehntausend Pfund, die er von Max bekommen hat, an weitere Ausschussmitglieder verteilt. Damit sollte die Genehmigung eigentlich gebongt sein. *Eigentlich* ... denn dummerweise hat sich Cramond an einem feucht-fröhlichen Kneipenabend mit den Kollegen verplappert und herumerzählt, dass The Big Bang nur dank seines »Engagements« zustande kommen wird.

»Bist du bescheuert, Schwabbelbacke?«, schreit Max.

»Nicht so laut, verdammt!«, mahnt Cramond. »Das wird doch keinerlei Folgen haben.«

»Und warum nervst du mich dann mit diesem Scheiß, du Wichsfrosch?«

»Ich dachte einfach, dass du Bescheid wissen solltest«, sagt Cramond und tätschelt beschwichtigend den Arm des Vespas-Managers. In Wirklichkeit verschweigt Cramond bislang den schlimmsten Teil der Angelegenheit. Gegenwärtig laufen nämlich mehrere Ermittlungen gegen ihn, und er wurde von seinen Ämtern suspendiert. Es geht dabei nicht um die Bestechung zur Lizenzvergabe für das Big-Bang-Festival, die bisher unbemerkt geblieben ist, sondern um eine Reihe ganz ähnlicher Fälle aus den letzten fünf Jahren. Es dürfte nur eine Frage der Zeit sein, bis auch Cramonds jüngster Fehltritt aufgedeckt wird.

»Und was passiert jetzt? Und wo ist mein scheiß Geld?«

»Alles in Ordnung«, versichert Cramond und klingt dabei so wenig überzeugend, dass Max sich nur noch mehr Sorgen macht. »Selbst wenn jemand draufkommt, wird man nichts zu dir zurückverfolgen können.«

»Was soll das heißen, *selbst wenn jemand draufkommt*?« Max kocht vor Wut. »Jetzt pass mal auf, Cramond! Besser, du erzählst mir die komplette Story, okay? Wenn ich nämlich rausfinde, dass du uns vors Loch schiebst, um deinen Schwabbelarsch zu retten ...«

»Jetzt beruhig dich doch«, sagt Cramond, aber es bringt nichts, denn Max steht nach eigener Einschätzung kurz vor einem ausgewachsenen Herzinfarkt. »Ich hab alles unter Kontrolle. War doch nur, weil ich dachte, du solltest Bescheid wissen ... falls so ein Schmierfink vom *Daily Record* rumschnüffelt.«

Max lässt den in Schweiß gebadeten Cramond auf der Bank sitzen und geht. Bevor er sich auf den Weg macht, regnet allerdings noch eine derart wortgewaltige Salve derber Obszönitäten auf das Stadtratsmitglied nieder, dass fünfzig Meter weiter eine Frau in den Vorgarten ihres Hauses tritt und lautstark gegen die Unflätigkeiten protestiert.

Max nimmt sich ein Taxi und fährt zurück zum Pfarrhaus in Crosshouse. Die zwanzigminütige Fahrt reicht aus, damit er sich so weit abregen kann, dass man ihm seinen Ärger nicht mehr anmerkt. Hinter der Tür des Gemeindesaals, in dem die Miraculous Vespas proben, wartet die nächste Überraschung auf ihn: Eddie Sylvester ist eingetroffen. Gekleidet in einen smaragdgrünen Trainingsanzug, steht er bei der Band und zupft seine Klampfe so gekonnt, als hätte er sie nie abgelegt.

»Holy fuck!«, stößt Max aus und lacht. »Als was hast du dich denn verkleidet, Alter? Als der Jolly Green Giant oder was? Das hier ist keine Karnevalsveranstaltung, du Flachpfeife!«

»Lass es einfach, Max«, sagt Simon. »Er ist hier und probt mit uns. Reicht das nicht?«

»Aye, schon klar, jetzt krieg dich mal wieder ein, Si. Scheiße, Mann, ich hab den Penner seit zehn … ach, was rede ich denn … seit zwanzig Jahren nicht mehr gesehen! Ist halt ein kleiner Schock, verdammt nochmal!«

Eddie Sylvester tritt an seinen Bruder heran und flüstert ihm etwas zu.

»Er sagt, er will nicht, dass hier jemand flucht. Andernfalls spielt er das Konzert nicht.«

Eddie flüstert Simon noch etwas ins Ohr.

»Und er sagt, dass wir vor dem Konzert alle zusammen auf der Bühne beten müssen.«

Max kichert. »Noch irgendwelche Extrawürste für unser geistliches Oberhaupt?«, spottet Max. »Vielleicht 'n paar Pullen Weihwasser für den Backstage-Bereich? Oder eine Packung Hostien, wie sie die Katholiken fressen? Wie wär's mit Brotlaiben und Fischen?«

Ein drittes Mal tritt Eddie an Simon heran und flüstert.

»Zusätzlich zu seiner Gage will er, dass man ihm das Dach seiner Kirche in Prestwick repariert, und zwar kostenlos«, sagt Simon.

»Will er das, ja? Was für 'ne Überraschung, oder? Dann macht er's also auch nur fürs Geld … genauso wie alle anderen!«

»Halt endlich die Fresse, Max!«, schaltet sich Grant Delgado ein und tritt dem Manager entgegen. »Lass ihn einfach zufrieden, verdammt nochmal. Wen kümmert's, warum er mitmacht … oder warum die anderen mitmachen?«

»Hört, hört! Jetzt lässt sich der große Meister doch mal zu ein paar Worten herab, oder was?«, sagt Max.

Instinktiv schiebt sich Maggie näher an Grant heran, um ihn im Fall der Fälle zurückhalten zu können. Doch Max zieht sich zurück. Er dreht sich um und geht ins Haus, um sich mit seinen Kollegen von Heatwave Promotions zu besprechen.

Als er den Saal verlässt, ruft er: »Und legt euch gefälligst ins Zeug … momentan klingt ihr wie diese Ärsche von Coldplay!«

* * *

Aber das stimmt nicht. Trotz der langen Zeitspanne, die alle Bandmitglieder, mit Ausnahme von Simon Sylvester, ohne Proben und ohne ihre Instrumente verbracht haben, klingen sie fantastisch. Grants Unbehagen verschwand sofort, als Simon ihn zur Begrüßung herzlich umarmte. Eddie mag sich zwar in einer komplett anderen Sphäre als der Rest der Band befinden, aber auch er scheint glücklich, seine ehemaligen Mitmusiker wiederzusehen. Dass er die drei eher als potenzielle Konvertiten und weniger als alte Weggefährten ansieht, spielt keine Rolle: Er wirkt happy, sich wieder in ihrer Gesellschaft zu befinden. Und da er, was das Musikmachen angeht, ein absolutes Naturtalent ist, findet er trotz der langen Auszeit rasch wieder in die alten Songs hinein. Mittlerweile steht auch der tragbare Plattenspieler von Max wieder im Saal, genauso wie zu den Anfangszeiten der Vespas. Während sie sich mit den Vibes und Rhythmen ihres problembeladenen Debütalbums vertraut machen, schwindet die anfängliche Nervosität und wird nach und nach von einem wiedergefundenen Selbstvertrauen verdrängt.

Grant Delgado ist kurzzeitig geschockt, als Max bestätigt, dass Joe McAlinden und Teenage Fanclub als Support bei dem Vespas-Gig auftreten werden. Teenage Fanclub sind eine schottische Institution mit einem unglaublichen Songrepertoire. Es gibt kaum jemanden, der sie nicht mag. Zudem hat Joe McAlinden gerade eine fantastische neue Platte unter dem Bandnamen Linden herausgebracht, weshalb Grant anfänglich überrascht war über die Zusage von beiden, als Vorband aufzutreten – insbesondere, da Max Anfang der Neunziger erfolglos versucht hatte, beide Gruppen zu signen, um Biscuit Tin Records wieder zum Laufen zu bringen. Die Band aus Bellshill war zwar beeindruckt von Max, seinem Draufgängertum und seiner Persönlichkeit, hatte sich dann aber doch für Alan McGee und dessen Label Creation entschieden. Die Frage nach dem Warum vermögen heute weder Manager noch Bandmitglieder zu beantworten.

Die Setlist für The Big Bang nimmt langsam Formen an: Neben ihrem kompletten Debütalbum werden die Vespas einige ihrer Lieblingscoverversionen performen und dazu noch drei von Grant geschriebene Songs, die es nicht aufs Album geschafft haben. Insgesamt werden sie etwas über eine Stunde spielen. Für die beiden Vorbands sind fünfzig Minuten eingeplant. Heatwave Disco wird vor, zwischen und nach den Livebands die Musik aus der Konserve liefern. Da es keinen Zapfenstreich gibt, außer die Basstölpel und/oder Möwen sorgen für einen frühzeitigen Abbruch des Events, planen Bobby und Joseph, auf Nummer sicher zu gehen und jede Menge Platten mitzunehmen. Ein zweites Mal wird ihnen der Fehler, der den ersten Heatwave-Gig bei Lizzie Kings achtzehntem Geburtstag fast zu einem Desaster machte, bestimmt nicht unterlaufen.

KAPITEL 34

August 2015

Max Mojo hat unzählige Werbe-Deals eingefädelt und mittels eines bislang ruhenden Unternehmens lukrative Vorschüsse von Apple, Sony, McDonald's und dem französischen TV-Sender Canal+ eingestrichen. Letzterer zum Beispiel erhält im Gegenzug die Rechte, das Konzert aufnehmen und das Material für einen Film verwenden zu dürfen.

Heatwave Promotions Ltd. hingegen schreibt rote Zahlen, die Monat für Monat wachsen. Vor diesem Hintergrund hat das Unternehmen mehrere Kredite bei Bobby, einem der drei Geschäftsführer, aufgenommen, um die steigenden Ausgaben decken zu können. Joseph und Bobby haben sich erst kürzlich zu dieser Problematik beraten, dann jedoch akzeptiert, dass Max trotz seiner ungewöhnlichen Herangehensweise ganz offensichtlich weiß, was er tut. Da sie ohnehin nie vorhatten, mit dem Event Geld zu verdienen, werden sie angesichts der Tatsache, dass sie gerade eine nicht für möglich gehaltene Veranstaltung auf die Beine stellen, von einem heroischen, fast schon berauschenden Gefühl erfüllt.

Der Ruhm, der nun täglich an die große Holztür des Pfarrhauses klopft, hat sie blind gemacht – blind hinsichtlich einer ganzen Reihe von besorgniserregenden Details, die sie bei eingehender Betrachtung ganz sicher beunruhigen würden. Zum einen ist da die Tatsache, dass Max – ohne das Wissen der Beteiligten – die Heatwave Promotions Ltd. bei Gründung so organisiert hat, dass sie zwar drei Geschäftsführer besitzt, er selbst aber nicht dazugehört. Dass dafür Hamish May eine dieser Positionen bekleidet, weiß ebenfalls niemand. Es war der langjährige Buchhalter von Max, der diesen Prozess steuerte: erst die Gründung und Registrierung des beschränkt haftbaren Unternehmens, dann die Ausarbeitung der Gesellschaftervereinbarung. In dieser Vereinbarung wurde unter anderem festgehalten, dass Max Mojo – obwohl er nur nicht-exekutiver Geschäftsführer des Unternehmens und zudem ein vormaliger Pleitier ist – Ausgaben für Heatwave Promotions Ltd. tätigen darf. Alles, was es dazu braucht, ist die Unterschrift eines der drei Gesellschafter, vorzugsweise die des nichts ahnenden Hammy.

Des Weiteren hat Max, ganz wie sein Held und Mentor Malcolm McLaren, ein mündlich ausgesprochenes Angebot von Richard Branson, dem Chef von Virgin Records, angenommen, aber kurz darauf einen besser dotierten Deal bei Island Records unterschrieben und dabei dem Label die Rechte an allen zukünftigen Veröffentlichungen der Miraculous Vespas verkauft. Wie alle anderen Deals, bei denen Geld reinkommt, läuft auch dieses Geschäft über die Biscuit Tin Ltd. – ein Unternehmen, das auf dem Papier zum Großteil Molly Wishart gehört, der gebrechlichen Mutter von Max Mojo. Der Vespas-Manager plant, längst über alle Berge zu sein, wenn den Beteiligten die rechtlichen Konsequenzen dieses komplexen Netzes aus Absprachen, Deals und Vereinbarungen bewusst werden.

Bobby, Joseph und der Rest ahnen derweil nichts von diesen Geschäften: Max hat alle Mitwirkenden geblendet. Selbst

Grant Delgado empfindet, wenn auch zähneknirschend, so etwas wie Bewunderung für die Fähigkeit des Managers, die Vorbereitungen dieses komplexen Events voranzutreiben.

* * *

Max tritt bei *Scotland Tonight* auf, einer Nachrichtensendung im Spätprogramm. Die Interviewfragen sind relativ harmlos und eher vom Typ »Jim White plaudert mit Brian Laudrup« als von der Sorte »Jeremy Paxman grillt Michael Howard«. Die junge Moderatorin schmeichelt Max in einer Tour und hofft ganz offensichtlich auf eine Einladung zu The Big Bang. Wieder und wieder erwähnt sie, dass sie am Samstag des Festivals noch keine Pläne habe. Max wischt ihre Versuche mit einem Lächeln beiseite und konzentriert sich auf sein eigentliches Anliegen.

»Wissen Sie, als wir am Anfang über Unabhängigkeit für Ailsa Craig sprachen, war das unser voller Ernst«, sagt er.

Abigail, so heißt die junge Moderatorin, lacht.

»Können Sie mir vielleicht sagen, was es da zu lachen gibt?«, fragt Max.

»Na ja, es ist ja nur eine kleine Insel und noch nicht mal ein eigenständiges Land«, sagt Abigail. Sie versucht das Spiel mitzuspielen und geht auf die Aussage ein, die sie für nichts weiter als ein spaßiges Statement hält.

»Ist Malta doch auch«, sagt Max, ohne eine Miene zu verziehen.

»Stimmt«, sagt sie.

»Alex Salmond hatte bei seinem Referendum geringere Chancen auf einen Sieg als wir«, sagt Max. »Und jetzt ist Nicola am Drücker und wird es weiter versuchen, bis sie bekommt, was sie will.«

»Wie haben *Sie* eigentlich beim 2014er Referendum gestimmt?«, fragt Abigail.

»Tut nichts zur Sache, wie ich gestimmt habe«, sagt Max. »Unsere Kampagne hat nichts mit diesem Schwindel gemein. Wir haben nämlich das Recht auf unserer Seite, wir besitzen das Land, *und* wir sind wirtschaftlich unabhängig.«

Abigail war gewarnt worden. Kollegen hatten Max Mojo mit Mark E. Smith von The Fall und Shane MacGowan von den Pogues verglichen – Interviewpartner, bei denen man als Moderator nur verlieren kann. Aber Abigail ist ehrgeizig und hatte das Gespräch sofort zugesagt. Jetzt weiß sie allerdings nicht so genau, ob Max gerade in einer Livesendung einen Scherz auf ihre Kosten macht oder tatsächlich an das glaubt, was er sagt.

»Aber was genau wollen Sie denn mit der Unabhängigkeit für Ailsa Craig erreichen?«, fragt Abigail.

»Freiheit«, sagt Max ruhig. »Die Freiheit, das zu tun, was wir wollen. Die Freiheit ...« Wieder starrt er direkt in die Linse einer Livekamera und dringt so in Tausende Wohnzimmer ein. »... uns nach allen Regeln der Kunst die Birne zuzudröhnen!«

Abigail bringt das Interview rasch zu Ende. Max hatte vor der Sendung versprochen, keine Schimpfwörter zu benutzen, und er hat sich daran gehalten. Sein letzter Kommentar jedoch, zu dem er sich von Primal Scream inspirieren ließ, schlägt wieder einmal hohe Wellen in den sozialen Medien.

Zeitgleich zum Interview werden die Tickets für The Big Bang in Umlauf gebracht: Heimlich legen die Partner von Max in ganz Großbritannien der Obdachlosenzeitung *The Big Issue* Eintrittskarten bei. Der Deal mit dem Magazin ist zur Abwechslung mal ein vollkommen aufrichtiger. 1985, nachdem man in einem aufsehenerregenden Verfahren zahlreiche Mitglieder eines Glasgower Verbrecherkartells zu langjährigen Haftstrafen verurteilt hatte, war Max von der Bildfläche verschwunden. Er und die von ihm gemanagten Miraculous Vespas waren unwissentlich zu wichtigen Akteuren einer geheimen Polizeioperation geworden, in deren Verlauf der Vater von Max, ein Geldwäscher namens Washer Wishart, die Band benutzte, um große, aus kriminellen Aktivitäten stammende Geldmengen umzuleiten. Nachdem alles überstanden war, schlug Max den ihm angebotenen Zeugenschutz aus und entschied sich stattdessen, unterzutauchen und auf sich selbst aufzupassen. In der Folge lebte auch er eine Zeit lang als Obdachloser auf der Straße, bevor er – mit einem sonnengebräunten Musikproduzenten im Schlepptau sowie den »verlorenen« Masterbändern der Vespas-LP und einem neuen Plan zur Erlangung der Weltherrschaft in der Tasche – an der sonnengebleichten Türschwelle von Bobby Cassidy auf Ibiza auftauchte.

Abigail Smart würde Max gern über diese Zeit befragen und auch liebend gern mehr über die bizarre Entführung eines Boy-George-Doppelgängers erfahren. Aber Max hat dem Sender STV gegenüber erklärt, er würde alle in diese Richtung gehenden Fragen ignorieren. Er ist ein schwieriger, aber auch spannender Gesprächspartner, bilanziert Abigail. Als die roten Lampen auf den Kameras ausgehen, erlebt sie einen offenen, unterhaltsamen Max Mojo, der dankbar dafür ist, dass sie in ihrer Moderation derart oft auf das Konzert hingewiesen hat – und auch auf *The Big Issue*, die Obdachlosenzeitung, die am folgenden Morgen mit einer ganz besonderen Auflage an den Start geht.

* * *

Joseph ist zurück auf Ailsa Craig und wird Zeuge eines Ereignisses, das er kurz zuvor noch für unmöglich gehalten hat: Fünf auf dem nahe gelegenen Prestwick Airport gecharterte Hubschrauber mit jeder Menge Print- und TV-Journalisten an Bord kreisen über einer Holzbühne mit halb offenem Kuppeldach, die von zwei kleinen Schleppern an ihre Anlegestelle gezogen wird. Am Zielort ragen vier Pfeiler aus dem Wasser – zwei waren bereits da, zwei wurden neu in den Meeresboden eingetrieben. Hier soll die Bühne mit schweren Schiffstauen befestigt werden. Joseph ist unsicher, was die Launen des schottischen Wetters angeht und wie diese das Event beeinflussen könnten. Seine Sorgen werden von fast allen Beteiligten geteilt. Eine Ausnahme ist Eddie Sylvester. Der ist sich nämlich absolut sicher, dass ein Sturm kommen wird, gegen den Hurrikan »Bawbag« wie ein leichter Regenschauer wirkt. Beim Bau der Bühne ist man pragmatisch vorgegangen und hat Hairy Dougs Traversen für die Licht- und Tontechnik ebenso vorab auf der Holzkonstruktion montiert wie die notwendigen Generatoren sowie die mobilen Umkleiden und Toiletten. Um sich den Transport und etwaige Komplikationen bei einer Montage auf der Insel zu ersparen, hat man diese Elemente noch vor dem Übersetzen auf Ailsa Craig angepasst, aufgebaut und getestet. Der Transport zur Insel lief zwar dank gutem Wetter und ruhiger See ohne weitere Zwischenfälle ab, aber vor Ort scheint es nun doch etwas leichtsinnig, die Bühne nur mit ein paar Schiffstauen an den Pfeilern zu befestigen. Es gibt jedoch kein Zurück mehr, denn bis zum Konzert sind es nur noch zwei Wochen.

Die Kosten des Events belaufen sich zu diesem Zeitpunkt auf dreieinhalb Millionen Pfund, einschließlich der Gage der Headliner, die gegen Rechnung und erst nach dem Konzert bezahlt werden soll. Es ist offensichtlich, dass sich Bandmitglieder und Veranstalter nicht über den Weg trauen. Drei Tage nach Veröffentlichung des Big-Bang-Specials von *The Big Issue* sind drei Viertel der goldenen Tickets weg. Die Standardauflage des Obdachlosenmagazins liegt bei einhunderttausend Exemplaren pro Woche. Nachdem Max Mojo den Verantwortlichen des Blattes seine Idee erklärt hatte, wurde eine Auflagenerhöhung um das Fünffache vereinbart. Den Verkauf des Magazins übernehmen fast zehntausend Einzelpersonen, von denen der Großteil mit Drogenabhängigkeit, Missbrauch oder Obdachlosigkeit kämpft. Für das Special wurde eine Erhöhung des Verkaufspreises auf drei Pfund und eine Reduzierung des Händlerpreises um ein Pfund pro Magazin vereinbart. Zudem gibt es eine lange und stetig wachsende Liste mit Sponsoren, die alle gern bei diesem ungewöhnlichen und spannenden Projekt, einem Paradebeispiel für modernen Altruismus, dabei sein möchten – auch die Ausrichterorganisation der Obdachlosen-Fußballweltmeisterschaft gehört dazu.

Abend für Abend werden in den Fernsehnachrichten Interviews mit Menschen gezeigt, die bei der Jagd nach Festivalkarten erfolgreich waren und an einem der am heißesten ersehnten Events der Popgeschichte teilnehmen werden. Wie nicht anders zu erwarten, landen einige Tickets auf eBay: Die Sofort-Kaufen-Preise treiben Normalsterblichen die Tränen in die Augen. Max hat sein Möglichstes getan, um offensichtliche Missbrauchsfälle wie diese zu verhindern. Dass es trotzdem zu negativen Begleiterscheinungen kommt, ist keine Überraschung. So wurden auch drei Wiederverkäufer von *The Big Issue* überfallen und ihrer Exemplare beraubt. Unterm Strich wird die Aktion aber von allen Seiten als Erfolg gewertet.

* * *

28. August 2015, der Abend vor dem Konzert. Im Gemeindesaal neben dem Pfarrhaus wurde eine große Tafel aufgebaut. Max hat einen Cateringservice organisiert, der gerade in der Küche des Pfarrhauses ein Festessen mit für Ayrshire typischen Speisen anrichtet.

»Habt ihr auch Killie Pies dabei?«, ruft Max durch die Saaltür.

Ein paar gedämpfte Worte mit bestätigendem Inhalt sind zu vernehmen.

»Ohne Killie Pies ist es einfach kein anständiges Gelage!«, sagt er zu den Gästen des Festmahls. Mit Max, der natürlich in der Mitte thront, sind sie insgesamt dreizehn. Links von ihm sitzen Bobby und die Vespas: Maggie, Grant, Simon und Eddie. Am Ende des Tisches hat Andy Fordyce Platz genommen, ein junger Anhänger des Reverend Doctor, der nicht nur das Dinner, sondern auch das gesamte Event, einschließlich des apokalyptischen Szenarios, von dessen Eintritt Eddie felsenfest überzeugt ist, segnen soll. Rechts von Max sitzen Joseph, Hammy May und Hairy Doug. Neben Hammy hat Donald McDonald Platz genommen, Chef des örtlichen Tischlerbetriebs, der den nicht ganz einfachen Bühnenbau übernommen und die Cottages auf Ailsa Craig so hergerichtet hat, dass sie zumindest vorübergehend wieder bewohnbar sind. Donald war ein Freund von Washer Wishart, dem Vater von Max. Ohne diese persönliche Verbindung zur Familie Wishart hätte Donald diese undankbare Aufgabe ganz gewiss nicht übernommen. Jetzt ist er fertig und hat seine Rechnungen eingereicht. Im Grunde sieht er seine Arbeit aber auch als Chance, emotionale Schulden zu begleichen – eine Möglichkeit, die er für immer verloren glaubte, als Washer im Jahr 2007 starb.

Neben Donald sitzt Jimmy Stevenson. Jimmy war der Fahrer des Kleintransporters, mit dem sowohl die Heatwave-Disco-Jungs als auch die Miraculous Vespas zu ihren Gigs anreisten. Ähnlich wie Hammy sitzt auch Jimmy in einem Rollstuhl. Der Unterschied: Jimmys Gefährt sieht aus wie das Kassenmodell der NHS, Hammys wie ein teures Spielzeug. In gewisser Weise ist Jimmy der Ehrengast der Runde. Dumm nur, dass er mit Mitte achtzig keine klare Vorstellung mehr davon hat, wo er sich befindet oder wer die anderen Gäste des Festmahls sind. Max und Co. haben ihn extra für das Essen aus dem Altenheim abgeholt, in dem er jetzt lebt. Der letzte Gast der Runde ist Bernadette, die Krankenschwester, die sich um Jimmy kümmert, falls dieser nicht bis zum Nachtisch durchhalten sollte.

Max dreht die Lautstärke seines immer noch zuverlässig funktionierenden Plattenspielers runter – aber erst nachdem das seiner Meinung nach hervorragend zum Anlass passende »Life's a Gas« auf der *Electric Warrior*-LP von Marc Bolan & T. Rex zu Ende ist.

»Liebe Freunde, Kollegen, Musiker, Wegbegleiter, liebe Krankenschwester von Jimmy ... herzlich willkommen!«, beginnt er. »Dieser Abend heute ist für uns alle von sehr großer Bedeutung. Denn wir alle stehen kurz davor, in den Olymp der Unsterblichkeit aufgenommen zu werden.« Er schaut zu Jimmy rüber und auf die Sauerstoffmaske, die Mund und Nase des alten Mannes bedeckt. »Na ja, fast alle von uns jedenfalls.«

Zwei junge Köche kommen aus der Küche in den Saal, ein jeder von ihnen trägt vier Teller. Während Max seine Eröffnungsrede fortsetzt, arbeiten sie die Tafel von links nach rechts ab und servieren die Vorspeisen. Dazu wird reichlich

Wein ausgeschenkt. Auf dem Tisch stehen lange Kerzen, um deren Ständer kunstvoll ein paar Weintrauben angeordnet wurden. Die Szene erinnert an die Eröffnungssequenz eines Low-Budget-Films von Peter Greenaway.

»Bevor wir uns jetzt auf das Essen stürzen, möchte ich das Wort an Joey weitergeben, der uns kurz daran erinnern wird, warum wir eigentlich hier sind«, schließt Max.

»Wegen der Kohle?«, wirft Simon Sylvester ein.

Alle lachen, als hätte Simon etwas vollkommen Absurdes gesagt, um einen Witz zu landen. Insgeheim müssen sie sich jedoch eingestehen, dass da einiges an Wahrheit in seinen Worten steckt – auch wenn immer noch unklar ist, wie oder wann das Geld bei ihnen ankommt.

»Ach, halt doch die Klappe!«, sagt Max. »Also, Joey, wie sieht's aus?«

Joseph steht auf. Er greift in seine Tasche und zieht ein Stück Papier hervor, das reichlich mitgenommen aussieht und von transparenten Klebestreifen zusammengehalten wird. Er faltet es auseinander und gibt es an den überrascht dreinblickenden Bobby weiter. »Hier, Mann. Ist dein Abend«, sagt er.

Bobby nimmt den Zettel und holt ein paarmal tief Luft. Dann steht er auf und greift nach seiner Brille. Es sieht etwas eigenartig aus, wie seine von Arthritis geplagten Hände das Papier halten. Sie zittern, wie der Rest von Bobby auch. Er spart sich einleitende Worte und fängt einfach an, den Text auf dem Zettel vorzutragen: *Der Mann, der Inseln liebte* von Gary Cassidy, seinem Bruder. Als er die letzte Zeile gelesen hat, setzt er sich wieder.

Joseph beobachtet die Reaktionen der anderen. Maggie hat die Hand von Grant genommen. Eddie Sylvester und sein

Jünger Andy scheinen zu beten. Jimmy Stevenson wippt langsam in seinem Rollstuhl vor und zurück. Hammy isst immer noch und schielt auf den bislang unberührten Teller von Jimmy. Hairy Doug hat die Augen geschlossen. Gut möglich, dass er schläft.

Bobby rollen Tränen über die Wangen. Er wischt sie beiseite, offensichtlich peinlich berührt von den vielen emotionalen Dammbrüchen dieser Tage. Er macht einen Witz darüber, wie ihre Väter – die Väter von Bobby, Joseph und Max – ihnen angesichts dieses Mangels an Männlichkeit den Arsch aufgerissen hätten. »Bei unseren Alten lief das anders. Wenn die überhaupt mal was ansprachen, das sie aufwühlte, dann so, dass es niemand ihrer Freunde hören konnte. Beim Golf zum Beispiel: Wenn sie auf dem Weg zum nächsten Grün waren und die Kumpels zwanzig Meter vor ihnen liefen. Oder wenn sie gerade am Abschlag standen: Dann flüsterst du ganz leise, dass du einen Knoten am Sack hast, der dir verdammt Schiss macht, und drischst danach zehn Minuten lang ins Rough, um dich davon zu erholen, dass du überhaupt was gesagt hast. Persönliche Offenbarungen dieser Art waren bei unseren Alten ein absolutes No-Go.«

Die jüngeren Teilnehmer des Festmahls nicken zustimmend, denn sie wissen um das Wesen der Schotten. Dann wird auf die nicht anwesenden Freunde angestoßen. Joseph toastet auf zwei junge Frauen: zum einen auf seine Tochter Jennifer, der er vor Kurzem ein langes und sehr persönliches Entschuldigungsschreiben geschickt habe. Es sei ein sonderbares Geburtstagsgeschenk, sicherlich, aber auch eines, das hoffentlich eine Zukunft mit gemeinsamen Geburtstagsfeiern ermöglichen werde. Zugegeben, die Chancen stünden nicht besonders gut dafür, aber wenn die ungewöhnliche

Erfahrung des Big Bang die Beteiligten eine Sache gelehrt habe, dann doch wohl die, dass es sich trotz aller Risiken lohne, auch Projekte mit geringen Erfolgsaussichten anzupacken. Die andere Frau, auf die Joseph anstößt, ist Megan Carter – in vielerlei Hinsicht die Triebfeder für die gegenwärtigen Entwicklungen. Hätte Megan ihn nicht aufgefordert, sich der offensichtlichen Tatsache zu stellen, dass er seinen ältesten Freund vermisst, hätte er auf Hammys SOS-Ruf nicht so entschlossen reagiert. Jetzt hoffe er, so erklärt Joseph, dass Megan, wo auch immer sie gelandet sei, ein sicheres und zufriedenes Leben führe. Die anderen hören einfach nur zu. Es werden keine Fragen gestellt. Allmählich fühlt sich das Treffen so an wie eine von Grant Delgados Gruppentherapiesitzungen.

Bobby muss an Hettie denken und wünscht sich, dass sie mit ihnen an der Tafel säße. Aber sie hat keine Zeit, weil sie ihre neue Ausstellung vorbereiten muss, die in der kommenden Woche eröffnet wird. Bobby vermutet, dass sie trotzdem nicht gekommen wäre. Es ist gut, dass sie wieder miteinander sprechen. Mehr zu erwarten wäre momentan wahrscheinlich noch zu viel. Und trotzdem, ihre Abwesenheit ist spürbar, sowohl für Joseph als auch für Bobby. Mehr als alles andere wünscht sich Bobby jedoch, dass Gary mit ihnen am Tisch säße. Aber er ist sich natürlich bewusst darüber, dass seine Abwesenheit der eigentliche Grund für all das hier ist. So gesehen haben Bobby und Joseph eine Art der Erlösung in ihrer verrückten Unternehmung gefunden. Sie haben etwas wiedergefunden, das verloren war: die Freude am Leben und die Freude an all den Möglichkeiten, die selbiges immer noch bereithält. Ihnen ist klar geworden, dass Träume kein Privileg der Jüngeren sind. Das hier ist ihr Werk; entstanden, weil beide – zwar aus unterschiedlichen Gründen und mit unterschiedlichen Zielen – an dieser einen Fantasie festhalten.

Bobby ist langsam, aber stetig in den Merkwürdigkeiten des Lebens versunken: zerbrochen an der Tatsache, nicht mehr der sorglose Bursche von früher zu sein, gepeinigt von den unübersehbaren Symptomen der Vergänglichkeit. Die schmerzenden und knotigen Hände. Die Unfähigkeit, längere Strecken zu Fuß zu gehen, ohne das Gefühl zu haben, jeden Moment einen Schlaganfall zu erleiden. Dank der Vision, die er jetzt mit seinem Freund aus Kindertagen teilt, konnte er all diese negativen Gedanken in eine dunkle Ecke seines Unterbewusstseins verbannen. Sie werden wiederkehren, keine Frage, aber momentan ist er auf das Hier und Jetzt konzentriert. Trotz aller Vorbehalte, das weiß er, muss er all diesen Menschen – Joseph, Hammy, Laurie und auch Max Mojo – dafür danken, dass sein inneres Gleichgewicht wiederhergestellt ist.

Bei Joseph liegt der Fall anders: Er weiß, dass der Grund für seine Depression in einem übermäßig aktiven und sensiblen Geist zu suchen ist. Seine Angstgefühle und Panikattacken drücken sich nur in dunklen, verstörenden Gedankengängen aus, die ihn irgendwann zum Rückzug zwingen. Lange schon liegt er im Clinch mit einer Welt, in der Teilnahmslosigkeit, gut versteckt hinter einem gefakten Lächeln, der Standardmodus vieler Menschen zu sein scheint. Es fiel ihm lange Zeit schwer, sich mit der Gewissheit abzufinden, dass er eines Tages sterben würde. Als dann auf seine zunehmend schlaflosen Nächte nur noch Morgen voller Erschöpfung folgten, kam er irgendwann zu der Überzeugung, dass dieser Tag kurz bevorstand. Eine irrationale Reaktion, sicherlich, aber das menschliche Gehirn ist trotzig und stark und hat in Josephs Fall Möglichkeiten und Wege gefunden, um sich gegen die verschiedenen Medikamente durchzusetzen, die es eigentlich beruhigen sollten. Aber jetzt hat diese Ungewissheit in Bezug auf Länge oder Kürze des eigenen Lebens für neue Impulse gesorgt und einen Optimismus zutage gefördert, von dessen Existenz Joseph vorher gar nichts wusste. The Big Bang ist zu seinem Ein und Alles geworden. Würde ihn nach dem Konzert ein rascher Tod ereilen, so kommt es ihm vor, wäre er zufrieden mit dem Ergebnis seiner Mühen und erfüllt von dem Gefühl, es hätte sich gelohnt.

Und so stoßen sie an und trinken und denken an jene, die nicht bei ihnen sein können. Sie lassen auch den smaragdgrün gekleideten Reverend Doctor gewähren und hören sich das Gebet an, das er zu einem unsichtbaren Wesen hoch über ihren Köpfen spricht – demselben Wesen, das, glaubt man dem Reverend, geschworen hat, sie am folgenden Tag zu zermalmen. Als Max die leicht gedrückte Stimmung mit alten Kamellen aufzubessern versucht, lachen alle wieder. Es sind Storys über durchgemachte Nächte mit Berühmtheiten wie Jimmy Somerville, Pete Burns und den Girls von Bananarama – gespickt mit abfälligen Bemerkungen über sich selbst sowie alle anderen und zweifelsohne von verleumderischem Charakter. Bobby bemerkt, dass das Handy von Max vibriert. Ein Anruf von einer Person namens »CC«. Max ignoriert ihn und berichtet stattdessen von einer zügellosen Orgie mit den noch lebenden Mitgliedern der Sex Pistols und von nächtlichen Gelagen mit den Pogues und Nick Caves Bad Seeds, zu denen man sich nach der Sperrstunde in Camdener Pubs einschließen ließ. Irgendwann erzählt er auch die Geschichte von seiner Begegnung mit Bob Geldof bei den Aufnahmen der Band-Aid-Single und von dem Kopfstoß, den er Geldof bei diesem Treffen verpasste. Während die vorherigen Storys von

Max definitiv ausgeschmückt und übertrieben sind, ist die mit Geldof, das weiß Bobby sicher, genauso abgelaufen wie berichtet. Geldof hat den Hergang sogar in der Dokumentation über die Miraculous Vespas bestätigt. Grant Delgado, der damals bei den Aufnahmen der Band-Aid-Single mitwirkte, hört zum ersten Mal von diesem Vorfall. Die Geschichte, so wie Max sie jetzt aus seiner Perspektive schildert, verrät einiges über den Vespas-Manager und ist dermaßen voll von offensichtlicher Reue und Sehnsucht, dass Grant sich dabei ertappt, sein harsches Urteil über Max noch einmal überdenken zu wollen. Auch wenn Grant und Max einander nie so nahestanden wie Bobby und Joseph, hatten auch sie einmal eine besondere Verbindung miteinander. Sie waren befreundet, wenn auch für vergleichsweise kurze Zeit, und in den letzten zwei Wochen ist ein winziger Teil dessen, was ihre Verbindung einst so bedeutsam machte, wiederaufgetaucht. Dass »CC« während der Märchenstunde insgesamt fünf Mal versucht, Max zu erreichen, scheint nur Bobby mitzubekommen. Auch die Kurznachricht von »CC« an den Vespas-Manager – »Ruf mich an, Max. DRINGEND!!!« – bleibt unbeantwortet.

Obwohl es immer noch unzählige Dinge gibt, die schieflaufen könnten, freuen sich mittlerweile alle Anwesenden auf das Konzert. Einzige Ausnahme: Jimmy Stevenson. Als Bernadette, seine Krankenschwester, auf die Toilette geht, bittet sie Hammy, ein Auge auf Jimmy zu werfen. Bei ihrer Rückkehr findet sie den alten Mann in stark veränderter Sitzhaltung wieder: Sein Gesicht ist vollkommen in den vor ihm stehenden Teller mit Pie and Mash eingetaucht. Hammy verteidigt sich damit, dass er nur ganz kurz weggeschaut habe. Ein Krankentransport wird gerufen. Zum Glück braucht er nicht lange. Jimmy wird in den Wagen gehoben wie einer der alten

Marshall-Amps, die er früher selbst regelmäßig nach den Konzerten in seinen 1972er Campervan hievte. Ihm bleibe nicht mehr viel Zeit, erklärt Bernadette. Aber er habe unbedingt bei dem Dinner dabei sein wollen, um noch einmal bekannte Gesichter zu sehen.

Bobby und Joseph stehen draußen und schauen dem Krankenwagen nach. Beide bezweifeln, dass Jimmy überhaupt weiß, wo er ist. Gut möglich, dass er nicht mal eine klare Vorstellung davon hat, wer *er selbst* ist. Plötzlich macht sich eine Art Traurigkeit breit, während sie über die Würdelosigkeit von Jimmys Situation nachdenken: wie er so dahinvegetiert, von anderen herumgeschoben, gefüttert und gesäubert wird, ohne irgendetwas selbst machen zu können. Er hat nicht mehr lange, und sie wissen, dass sie ihn nicht wiedersehen werden. Jimmy war einmal ein enger Freund von Bobbys Vater Harry. Ein weiteres Band zur Vergangenheit, das bald schon für immer zerschnitten sein wird.

Im Saal wird ein Klassiker nach dem anderen aufgelegt. Grant und Maggie tanzen, der intensive Geruch von Marihuana hängt in der Luft.

Bobby und Joseph stehen weiter vor der Tür und unterhalten sich darüber, was sie in der kurzen Zeit alles erreicht haben. The Big Bang hat dafür gesorgt, dass Menschen auf der ganzen Welt die Geschichte von Gary Cassidy kennen – der Scots Guardsman, der im Falklandkrieg einem befreundeten Kameraden das Leben rettete, nur um bei seiner Rückkehr von den gehässigen Medien in der Heimat der Fahnenflucht bezichtigt zu werden. Mittlerweile haben die Tragödie der Familie Cassidy und Garys Kampf mit PTBS selbst eine Art von Krieg ausgelöst: einen Bieterkrieg zwischen mehreren Filmstudios. Wie es aussieht, hat Max recht mit seiner Ankündigung, dass das irrsinnig teure Event am Ende doch sehr viel mehr als nur seine Kosten einspielen wird.

»Alles in Ordnung bei euch?«, erklingt eine Stimme aus der Dunkelheit hinter der Mauer.

»Aye«, sagt Bobby.

»Ich heiße Stevie Dent und arbeite für die *Daily Mail.* Ich bin ein alter Kumpel von Max. Ist er auch hier?«

»Einen Moment bitte«, sagt Bobby, aber Joseph öffnet gutgläubig das Tor und lässt den Mann rein. Er fragt den Journalisten, ob er auf der Presseliste für das morgige Konzert stehe.

»Ähm ... aye, steh ich. Wie ich schon sagte, ich bin ein alter Kumpel von Max. Ich komme auch aus Crosshouse, hab sogar mal in einer Band mit ihm gespielt.«

Für einen Moment glaubt Joseph den Mann zu erkennen, und muss an die Massenprügelei im Saal der Henderson Church denken, als die Heatwave Disco in Form von Joseph Miller und dessen Aufpasser für den Abend, Malky McKay, die erste Inkarnation der Vespas bei ihrem Abschiedskonzert supportete. Damals war Max noch unter seinem richtigen Namen Dale Wishart bekannt und bekleidete die Rolle des Frontmanns und wenig begabten Sängers der Original-Vespas. Der fette Kerl mit der Glatze, der gerade vor Joseph steht, war bei besagtem Gig auch auf der Bühne und spielte Bass. Was für ein komischer Zufall.

Ein peitschender Knall zerschneidet die Luft. Dann knallt es noch zwei Mal in schneller Abfolge. Als hätte er eine Kugel abbekommen, sackt der Mann von der *Daily Mail* zusammen und landet auf dem Kiesboden. Es ist dunkel, und wegen der schlechten Beleuchtung vor dem Pfarrhaus kann Joseph nichts erkennen. *Verdammte Scheiße*, denkt Joseph, *jetzt müssen wir schon den zweiten Krankenwagen innerhalb von zwanzig Minuten rufen!*

»Was für ein genialer Schuss, hä?« Joseph dreht sich um und sieht Max mit einem Gewehr unter dem Arm auf sich zukommen.

»Was zum Henker ist hier los, Max? Hast du den Kerl etwa gerade erschossen?« Joseph ist fassungslos.

Hinter Max steht Bobby und macht einen überraschend entspannten Eindruck. *Scheiße, was geht hier eigentlich vor?*, schießt es Joseph durch den Kopf.

»Beruhig dich wieder, Joe Boxer. Das ist nur ein Luftgewehr, das Diabolos verschießt«, sagt Max. »Steh auf, du fette Sau!«, ranzt er den sich am Boden krümmenden Journalisten an und verpasst ihm einen Tritt in die Magengegend.

Steven Dent stöhnt. Erneut geht einer der Doc Martens von Max auf ihn nieder. Dieses Mal landet der Stiefel im Gesicht des Reporters.

»Scheiße, Max … jetzt komm mal wieder runter, Mann!«, schreit Joseph.

»Dieses hinterfotzige Schwein hat die Miraculous Vespas schon einmal gekillt. Noch mal wird ihm das nicht gelingen!« Max zieht den Spannhebel des Luftgewehrs nach hinten. »Früher hab ich mit diesem Wundergerät hier fetten Kühen in den Arsch geschossen. Ihr ahnt gar nicht, wie happy ich gerade bin, dass ich das Ding behalten habe.«

Steven Dent ist benommen und verwirrt. Ein Diabolo steckt in seiner Wange. Es ist nicht ganz klar, ob auch die anderen beiden Geschosse ihn getroffen haben. Zu fünft, Simon und Hairy Doug packen ebenfalls mit an, schleifen sie den Journalisten in den Saal und fesseln ihn dort mit Gaffer-Tape an einen Stuhl.

Grant, Maggie, der Reverend und sein Jünger haben sich zum Schlafen ins Pfarrhaus zurückgezogen. Donald, der

Tischler, hat sich kurz nach Jimmys Abtauchen in den Kartoffelbrei auf den Heimweg gemacht. Der Abend hatte einen für seinen Geschmack etwas arg surrealen Touch angenommen. Außerdem hatte er versprochen, bei Sonnenaufgang mit dem ersten Schiff der Mietsboot-Armada, die sich als Reaktion auf Hammys Facebook-Aufruf zusammengefunden hat, auf die Insel überzusetzen und nach der Bühne zu schauen.

Hammy ist etwas verwirrt über die jüngsten Entwicklungen und den nicht geladenen Gast.

»Dafür mach ich dich dieses Mal richtig fertig. Du bist erledigt, du durchgeknallter Bastard!«, krächzt Steven Dent, bevor ein breiter Streifen Gaffer-Tape seinen Mund verschließt.

»Weißte, was jetzt kommt? Diese tolle Szene aus *Reservoir Dogs*! Kennste doch, oder?«, sagt Max grinsend. »Los, holt mir ein Rasiermesser!«

Die weit aufgerissenen Augen über dem grauen Klebeband sind voller Panik.

»Ach, jetzt kack dir mal nicht gleich in die Hose, du Penner! Denkst du echt, ich geh in den Bau, nur um 'ner Schmeißfliege wie dir die Flügel ausreißen zu können?« Max dreht sich zu Bobby. »Dieser Lutscher hier hat mich mal als den hasserfülltesten Mann in ganz Großbritannien bezeichnet. Diesmal muss er sich 'ne bessere Schlagzeile einfallen lassen.«

Max holt mit dem Fuß aus, als würde er gegen den Stuhl treten wollen. Steven Dent lehnt sich zur Seite, um dem Tritt auszuweichen. Dabei kippt der Stuhl um, und der Gefesselte kracht auf den Boden, wo er den Rest der Nacht liegen bleiben wird.

KAPITEL 35

29. August 2015. The Big Bang, Ailsa Craig

Am nächsten Morgen merken die Gäste im Pfarrhaus von Crosshouse schnell, dass einer ihrer Mitstreiter fehlt. Max Mojo ist unauffindbar.

»Wo zum Henker ist Max?« wird schnell zum Mantra des angebrochenen Tages. Niemand weiß, wo er abgeblieben ist.

Bobby geht davon aus, dass er schon im Morgengrauen auf die Insel übergesetzt ist. Steven Dent ist ebenfalls verschwunden. Jemand muss ihn von dem Stuhl losgeschnitten haben.

Die offizielle Reihenfolge für die Überfahrt nach Ailsa Craig sah vor, dass zuerst Max, die Vespas und Hammy übersetzen würden. Da Hairy Doug Aufbau und Einrichtung von Ton- und Lichtanlage schon vorab erledigt hatte, sollte er erst später, zusammen mit den Soundtechnikern und Supportbands, nachfolgen. Jetzt ist Max allerdings wie vom Erdboden verschluckt, und so machen sich Hammy und Hairy Doug gleich auf den Weg, um das nächste verfügbare Boot zu besteigen.

Hammys Thalassophobie, seine starke und anhaltende Angst vor dem offenen Meer und vor Meeresreisen, meldet sich wieder. »Mein Magen krampft wie verrückt, da geht nichts mehr«, gesteht er Hairy Doug. Dann fügt er hinzu: »Dafür fühlt sich mein Enddarm an, als wären gleich alle Schleusen offen.«

Für die Sponsoren haben die Veranstalter ein eigenes Boot gemietet. Bobby und Joseph bleiben erst mal im Hafen von Troon zurück, um sich der Pressekonferenz zu stellen, und fahren später mit dem letzten der offiziellen Boote zur Insel. Die Idee mit der Waverley musste verworfen werden. Es war eine romantische und sicher auch ziemlich fotogene Option, mit einem Raddampfer zur Insel überzusetzen, aber die immensen Kosten und eine Reihe von praktischen Erwägungen haben den Veranstaltern einen Strich durch die Rechnung gemacht. Die Waverley ist ein Raddampfer der Class-V-Kategorie. Durch die schiere Größe des Schiffs und das Fehlen einer geeigneten Anlegestelle auf Ailsa Craig hätte die Waverley eine halbe Meile vor dem Ufer der Insel ankern müssen. Anfangs hatte sich Max durch diese Tatsache nicht verunsichern lassen. Im Gegenteil, er hatte den Bands versichert, dass man den Rest der Strecke auch mit den zwei Rettungsboten der Waverley bewältigen könne und es in den Medien ohnehin spektakulärer aussehe, das fünfhundert Zuschauer zählende Publikum auf diese Weise auf die Insel zu bringen. Die Besitzer des Schiffs, ein Unternehmen namens Waverley Excursions, waren anderer Meinung, sodass ein Plan B nötig wurde. Ein Aufruf über die sozialen Medien brachte die Lösung: Fast siebzig Privatboote unterschiedlicher Größen und Seetauglichkeitskategorien haben sich im Hafen von Troon eingefunden und sind bereit, Konzertbesucher auf die Insel zu transportieren. Max meinte, dass bei der Evakuierung von Dünkirchen im Zweiten Weltkrieg sogar Ruderboote zum Einsatz gekommen seien und man die Operation im Nachhinein trotzdem als erfolgreiches Seemanöver gefeiert habe. Warum sollte es also Einwände gegen einen ganz ähnlich organisierten Transport auf dem Seeweg geben, argumentierte er, zumal es um deutlich weniger Menschen und eine kürzere Distanz gehe? Einwände gibt es trotzdem, und nicht gerade wenige. Zahlreiche Umweltschützer, eine kleine Abteilung von Amnesty International, eine Splittergruppe, die sich für die Unabhängigkeit der Isle of Arran einsetzt ... sie alle versuchen, den Hafen von Troon, den verabredeten Treffpunkt von Konzertbesuchern und Bootseignern, zu blockieren. Für Troon hatte man sich entschieden, weil der örtliche Motorbootclub auf Hammys SOS-Postings in den sozialen Medien geantwortet und seine Hilfe angeboten hatte. Im Gegenzug sicherten die Konzertveranstalter dem Club eine stattliche Spende zu. Momentan patrouilliert die Küstenwache im Hafen, um dafür zu sorgen, dass die enge Zufahrt passierbar bleibt. Für die Überfahrt nach Ailsa Craig eignen sich Motorboote am besten: Sie sind schnell, wendig und können sich der Insel problemlos nähern (ganz im Gegensatz zu Yachten, deren Schwerter durch den felsigen Meeresgrund sehr wahrscheinlich Schaden nehmen würden). Zudem gibt es im Hafen ein großes Polizeiaufgebot, das momentan aber nicht mehr macht, als abzuwarten und Tee zu trinken. Hubschrauber starten und fliegen in Richtung der Insel. Mehrmals brummt ein Doppeldecker vorbei, der ein großes Banner mit der Aufschrift »Johannes 3,16« hinter sich herzieht. Bobby hat den Verdacht, dass es sich um das Werk von Eddie Sylvester handelt.

Kurz nach zwölf Uhr betreten Bobby und Joseph das für seinen herrlichen Ausblick auf den Hafen von Troon bekannte Scott's. Der Parkplatz ist gerammelt voll. Am Zufahrtstor haben sich Mitarbeiter verschiedener Security-Firmen aufgebaut und lassen nur Personen mit Gästepässen für das Konzert bzw. die Pressekonferenz oder mit goldenen Tickets durch. Josephs Betablocker schieben Doppelschichten. Er freut sich zwar weiterhin auf das Event, befürchtet aber hinter jeder größeren Welle eine Katastrophe. Boote könnten kentern, Menschen ertrinken. *Diese gottverdammten Angststörungen!*

Bobby und Joseph werden in den Wintergarten im ersten Stock des Restaurants geführt. Bis jetzt hat das Wetter mitgespielt, doch es ist nicht gesagt, dass es weiterhin so bleibt. Auf dem Wasser schillert das Licht der Sonne, während sich die Privatboote bereit machen, ihre Passagiere aufzunehmen. Bobby war in letzter Zeit öfter im Scott's, fast immer mit Lizzie, die nur wenige hundert Meter entfernt wohnt. Er hat ihr angeboten, mit ihm zum Konzert zu kommen. Sie hat jedoch abgelehnt. Es sei noch zu früh dafür; seine Gedanken sollten an diesem Tag lieber bei Gary und Hettie sein.

Sie sitzen mit dem Rücken zur Glasfront des Wintergartens. Vor ihnen ist ein rotes Band gespannt, das die mit Kameras, kleinen Aufnahmegeräten und Handys bewaffnete Journalistenmeute zurückhält. Die Pressekonferenz wird von einer jungen Frau moderiert. Bobby kennt sie. Sie arbeitet für STV, glaubt er zumindest. Als es losgeht, stellt sie sich als Abigail Smart vor.

Erste Frage: »Bobby, warum ist dieses Konzert so wichtig für Sie?«

Bobby lässt sich einen Moment lang Zeit und holt tief Luft. »Mit diesem Konzert wollen wir meines Bruders Gary gedenken, der vor ein paar Jahren gestorben ist. Er liebte Inseln, ganz besonders die kleine da hinten. Er hat im Falklandkrieg gekämpft und danach eine schwere Zeit durchgemacht. Unsere Idee war ganz einfach, ihm zu Ehren ein ganz besonderes Event auf die Beine zu stellen.«

»Bobby, wie viel Geld haben Sie als MC Bobcat verdient?«

»Ähm …« Bobby schaut hilfesuchend zu Abigail, die sich sogleich einschaltet.

»Tut mir leid, aber das ist im Zusammenhang mit The Big Bang vollkommen irrelevant.« Sie zeigt auf eine Journalistin. »Ja, bitte … Jenny.«

»Wessen Idee war es, die Miraculous Vespas wieder zusammenzubringen?«

»Ähm, also ich kannte Max ja noch von früher und habe in den Neunzigern an den Vespas-Remixen gearbeitet«, erklärt Bobby die Verbindung. »Als wir dann entschieden hatten, dieses Event zu organisieren, schlug er die Band vor. Ich würde also sagen, dass Max Mojo die treibende Kraft war.«

»Und wo ist er jetzt?«, will Jenny wissen.

»Wissen wir nicht so richtig«, sagt Bobby. Mit einem nervösen Lächeln schaut er zu Joseph, der nur mit den Schultern zuckt. »Nee, Spaß beiseite. Ich denke, er ist schon drüben auf der Insel. Der Mann ist ein Perfektionist und überlässt nichts dem Zufall.«

»Eine Frage für den *NME*, bitte: Haben Sie die Band schon gehört, Bobby? Es heißt, die Mitglieder würden nicht miteinander sprechen.«

»Dazu kann ich Ihnen versichern, dass diese Gerüchte falsch sind. Bei den Proben hat die Band fantastisch geklungen«, antwortet Bobby.

»Besteht die Möglichkeit, dass es neues Material von den Vespas geben wird?«

»Aye, auf jeden Fall. Es wurde bereits ein Deal für eine neue LP mit Island Records unterzeichnet«, antwortet Bobby und wünscht sich sogleich, den Mund gehalten zu haben. Er ist sich nicht sicher, ob Max schon mit irgendjemandem darüber gesprochen, geschweige denn, die Band über den Deal informiert hat. Das Raunen aus dem Journalistenpulk legt nahe, dass seine Offenbarung eine kleine Sensation ist. Sofort fühlt er sich noch schlechter.

»Wie schwierig war eigentlich die Organisation dieses Events? Ich bin vom *Daily Record* und möchte diese Frage gern an Joseph Miller richten.«

Joseph ist etwas verdutzt. Er wollte eigentlich, gerade bei der Publicity, *nicht* ins Rampenlicht treten. Seine selbstgewählte Rolle ist, und das war sie schon zu Zeiten von Heatwave Disco, eher die des Mannes im Hintergrund. In diesem Moment sind allerdings so viele Kameras auf ihn gerichtet, dass er keine Wahl hat.

»Ähm ... es war ziemlich schwierig.«

Joseph dämmert, dass er seine Antwort ein wenig ausführen muss, aber er weiß nicht so recht, womit er am besten anfängt. Soll er von den Kosten berichten, die sich mittlerweile auf mehrere Millionen belaufen? Oder von den komplexen zwischenmenschlichen Beziehungen der Beteiligten und ihren labilen Egos, die das Event noch gestern Abend hätten scheitern lassen können? Oder von seinen Sorgen bezüglich eines möglichen Wetterumschwungs und den damit einhergehenden Sicherheitsbedenken? Die letzten drei Nächte hat Joseph von einem zweiten Hurrikan »Bawbag« geträumt, der über die Irische See hinwegfegt und die Insel samt ihrer temporären Bevölkerung in den Fluten versinken lässt. Die orkanartigen Winde, die Schottland Ende 2011 heimsuchten und mit »Bawbag«, dem umgangssprachlichen schottischen Ausdruck für eine nervtötende Person, bezeichnet wurden, erreichten an der Westküste Geschwindigkeiten von bis zu einhundertsechzig Stundenkilometern. Ein Sturm von nur annähernd dieser Stärke würde Josephs muschelförmige Holzbühne mitsamt den darauf befindlichen Musikern schneller nach Oz katapultieren als Judy Garland. Max Mojo und die Vespas sind die eine Sache, aber daran schuld zu sein, dass Teenage Fanclub komplett und für immer im Meer versinken? Allein die Vorstellung ist unerträglich. Vor dem Hintergrund all dieser Aspekte und angesichts der Tatsache, dass die Frage von einem Reporter des *Daily Record* stammt, bemüht sich Joseph um eine kurze und positiv klingende Antwort.

»... aber wir haben ein großartiges Team. Keine Herausforderung, die die Jungs nicht bewältigen könnten!«

Die Kameralichter blenden, und so hat Bobby Schwierigkeiten, die Gesichter der Journalisten zu erkennen.

»Ja«, sagt Abigail und nickt einem Mann in dunklem Anzug zu, der gerade die Hand gehoben hat.

»Sind Sie Bobby Cassidy und Joseph Miller, die Geschäftsführer von Heatwave Promotions Ltd.?« Die Frage klingt im Kontext einer Pressekonferenz ungewöhnlich und formell. Die Journalisten drehen sich zum Fragesteller um.

»Aye, sind wir ... aber das steht ja auch draußen auf dem Schild, oder?«, sagt Bobby.

Der Anzugträger geht nach vorn, drei Männer folgen ihm.

»Dann verhafte ich Sie in Zusammenhang mit laufenden Ermittlungen wegen Betrug und Bestechung eines Stadtratsmitglieds. Sie haben das Recht zu schweigen. Wenn Sie jedoch bei der Befragung etwas verschweigen, worauf Sie sich bei der Verhandlung berufen wollen, könnte das Ihrer Verteidigung schaden. Alles, was Sie sagen, kann als Beweismittel verwendet werden.«

Ungläubiges Staunen erfüllt die Gesichter der Anwesenden. Jemand ruft: »Heilige Scheiße! Hast du das? Hector ... sag mir bitte, dass du das gerade aufnimmst!«

»Verstehen Sie, was ich sage?«, fragt der Anzugträger.

»Was zum Teufel soll das?«, beschwert sich Bobby. »Wir haben nichts getan!«

»Dann haben Sie ja auch nichts zu befürchten, Sir«, sagt der Mann.

Handschellen scheinen in dieser Situation zwar unnötig, kommen aber trotzdem zum Einsatz. Bobby stöhnt, als sich die Stahlspangen um seine sensiblen Handgelenke schließen. Josephs Gedanken rasen. Ist es möglich, dass Lucinda hinter dieser Sache steckt? Ist es eine Reaktion auf seine Unverfrorenheit, ihrer gemeinsamen Tochter die Gründe für seine Abwesenheit in ihrem Leben darzulegen?

Als sie die Holzstufen des Restaurants hinuntergehen, werden sie von Menschen umringt. Keiner weiß genau, was gerade passiert. Zu ihrer Linken sehen sie, wie sich die Konzertbesucher am Eingangstor zum Yachthafen versammeln. Sie haben eine ordentliche Schlange gebildet und sehen ganz und gar nicht so aus, wie Joseph es vermutet hatte. Er befürchtete einen Einfall von fünfhundert Jugendlichen, die gerade ihr erstes T in the Park-Festival hinter sich haben und jetzt sturzbetrunken, high, halluzinierend und auf Krawall gebürstet, sämtliche Bootsbesitzer beleidigen und womöglich bei der Überfahrt ins Wasser fallen. Aber nichts da. Die Leute am Eingang sehen aus wie er selbst: mittleres Alter, seriös, respektvoll. Menschen, die eine gute Zeit haben wollen, sicherlich, aber nicht um jeden Preis. Auf dem Weg zu den wartenden Zivilfahrzeugen der Polizei denkt Joseph darüber nach, wie sehr sich das Konzertpublikum im Laufe der Zeit verändert hat. Fünfzigjährige sehen sich Livebands an, Teenager bevorzugen DJs in Flugzeughangars oder Open-Air-Locations – Discjockeys, wohlgemerkt, die Platten anderer

Künstler abspielen und dafür fünfzigtausend Pfund pro Abend kassieren. Das Heatwave-Disco-Duo bekam bei seinem ersten Gig gerade mal dreißig Pfund, aus denen durch eine Reihe unvorhergesehener Ereignisse am Ende allerdings Schulden in Höhe von rund einhundert Pfund wurden.

»Vorsicht mit dem Kopf, Sir.« Joseph empfindet es als Ironie des Schicksals, dass ihm diese Gedanken ausgerechnet in dem Moment kommen, als er wegen Betrug und Bestechung verhaftet wird. Ein Schrei reißt ihn aus seiner Grübelei.

»Dad!«

Er dreht sich um.

Eine junge Frau mit blonden Haaren versucht sich durch den Menschenauflauf zu drängen. Sie winkt. Joseph ruft ihren Namen, aber der Wagen, auf dessen Rückbank er sitzt, hat sich bereits in Bewegung gesetzt.

* * *

»Eigentlich sollten sie schon längst hier sein!«, sagt Hammy zu Hairy Doug.

Das Wetter hat umgeschlagen: Der eben noch von Sonnenstrahlen durchflutete Himmel ist von bedrohlich wirkenden Wolken bedeckt. Hinter dem verdunkelten Visier seines Motorradhelms grinst Eddie Sylvester über beide Ohren. Voller Sorge schaut Hammy auf die See hinaus. Er ist auf der Bühne, da er laut Hairy Doug mit dem Rollstuhl am Strand vollkommen fehl am Platz wäre.

Die Mitglieder der drei Bands sind im winzigen Backstage-Bereich. Sie trinken Bier, unterhalten sich und kommen fabelhaft miteinander aus, was möglicherweise auch daran liegt, dass niemand einen brauchbaren Handyempfang hat. Grant

Delgado plaudert mit Raymond McGinley und ist um einiges lockerer geworden, nachdem dieser versichert hat, dass er sowohl Grants Roman als auch die Vespas-LP liebe, die seinen Ausführungen zufolge einen großen Einfluss auf *Grand Prix* hatte, das fünfte Album von Teenage Fanclub. Joe McAlinden ist in ein Gespräch mit Eddie Sylvester vertieft, der sogar das Visier seines Helms hochgeklappt hat und sein Bestes gibt, um Joe für seine Gemeinde zu rekrutieren. Maggie zeigt Norman Blake eine Kamera, die sie mitgebracht hat, um das Event aus ihrer Perspektive zu dokumentieren. Der *Rolling Stone* hat sie beauftragt und wird ihre Fotos später veröffentlichen.

Hammy sieht den Booten zu, wie sie an den Bojen am Ende der kleinen Anlegestelle wenden, als wären sie ambitionierte Teilnehmer des America's Cup, bei denen es um jede Sekunde geht. Es ist ihm unbegreiflich, dass es noch keine Havarien gegeben hat. Über ihnen kreisen mehrere Hubschrauber, und obwohl es noch später Nachmittag ist, kann man bereits die Scheinwerfer der Lichtshow sehen.

»Vielleicht legst du jetzt langsam die ersten Platten auf«, sagt Hairy Doug. In einer Stunde soll die Band von Joe McAlinden das Konzert eröffnen. Hammy kann es kaum fassen, dass weder Bobby und Joey noch Max *fuckin'* Mojo auf der Insel sind. Dafür ist der Großteil derer vor Ort, die sich eins der goldenen Tickets gesichert haben. Weiter oben am Strand haben sie ihre Zelte aufgebaut. Niemand weiß genau, wie hoch die Flut steigen wird, sodass die von Max engagierten Ordner die Besucher zur Vorsicht mahnen, was die Wahl des Platzes für ihre Zelte angeht. Es gibt eine Reihe von Cateringständen, im Grunde nur mit Plane überdachte Rankgerüste, deren leuchtende Sponsoren-Logos den im Schatten des Berges liegenden Strand in buntes Neonlicht tauchen. Es ist nicht gerade so, wie

Hammy es sich vorgestellt hat: Es ist eine ganze Ecke besser und seiner Meinung nach verdammt beeindruckend. Möglich, dass Max ein übergeschnappter Spinner ist, ein unentschuldigt fehlender noch dazu, aber er hat eine Show auf die Beine gestellt, wie nur wenige aus dem inneren Kreis des Big Bang es für möglich hielten. Versorgung, Transport, Genehmigungen – er scheint wirklich an alles gedacht zu haben.

* * *

»Kennen Sie einen Mann namens Cramond Crockett?«

»Nein, nie gehört. Wer ist das?«, fragt der ahnungslose Joseph. Er spürt das Puckern an der linken Seite seines Halses, spürt die wachsende Anspannung in seinem Körper. In den letzten Wochen hat er die Dosis der Betablocker eigenmächtig verdoppelt. Er weiß, dass das Gespräch aufgezeichnet wird.

In einem benachbarten, ebenfalls fensterlosen Raum werden ganz ähnliche Fragen gestellt. »Hat Stadtrat Cramond Crockett Zahlungen von Ihrem Unternehmen verlangt, um im Gegenzug Genehmigungen auszustellen?«

»Wie bitte?«, sagt Bobby. »Ich habe wirklich keine Ahnung, wovon Sie hier sprechen.«

Während draußen zahlreiche Reporter und Kameraleute auf dem Parkplatz warten, läuft drinnen, in der kleinen Polizeistation von Ayr, die Befragung der zwei Männer weiter. Keiner der Journalisten weiß genau, warum er überhaupt hier ist, aber es ist offensichtlich, dass gerade etwas Skandalöses vor sich geht.

Joseph vermutet, dass es irgendwie um den Luftgewehreinsatz vom Vorabend geht, aber da dieses Thema noch nicht angesprochen wurde, hütet er sich, den Vorfall von sich aus zu erwähnen. Bobby hingegen denkt an das Handy von Max, die verpassten Anrufe eines gewissen »CC«. Doch auch er schweigt, bis die Zusammenhänge klarer werden. Nach einer weiteren Salve von Fragen über den geheimnisvollen Stadtrat schaut Bobby irgendwann nach oben zu einem Apparat an der Decke, den er für eine Kamera hält.

»Ich würde jetzt gern mit einem Anwalt sprechen.«

Der Detective lacht über Bobbys Bitte.

»Schön und gut, aber der Rauchmelder da oben wird Ihnen dabei auch nicht weiterhelfen.«

Bobby fühlt sich wie ein Trottel.

»Passen Sie auf, Mr. Cassidy, Sie sind hier nicht bei CSI Ayrshire! Das hier ist lediglich eine Befragung. Wir haben Sie über Ihre diesbezüglichen Rechte und Pflichten informiert und wollen lediglich ein paar Antworten auf unsere Fragen. Wenn Sie die beantworten, können Sie auch bald schon wieder gehen.«

»Wie zum Henker soll ich Ihnen denn helfen, wenn ich noch nicht mal weiß, was wir getan haben sollen?!« Bobby bemüht sich zwar, nicht aggressiv zu klingen, hat aber nur mäßigen Erfolg. Er ist vollkommen von der Rolle und fragt sich, wie das Konzert wohl läuft oder ob es angesichts der Verhaftung seiner Organisatoren schon abgesagt wurde.

Der Detective seufzt. »Okay«, sagt er und setzt sich verkehrt herum auf den Stuhl, mit der Brust gegen die Rückenlehne, als wäre er beim Casting für die Rolle eines CIA-Ermittlers. »Wir haben Stadtrat Crockett verhaftet. Ihm wird vorgeworfen, über einen Zeitraum von fünf Jahren Bestechungsgelder angenommen zu haben, um im Gegenzug Genehmigungen für Pubs, Nachtclubs und zahlreiche Veranstaltungen auszustellen.

Insgesamt hat er gemeinsam mit anderen Mitgliedern des Stadtratsausschusses zur Vergabe dieser Genehmigungen über zweihunderttausend Pfund an illegalen Zahlungen kassiert.« Der Detective macht eine Pause. Er studiert Bobbys Gesicht, sucht nach verräterischen Veränderungen der Mimik, sieht aber nur den verwirrten Blick eines Kleinkindes, das überlegt, ob sich der Zauberwürfel lösen lässt, indem man in ihn hineinbeißt. »Das Unternehmen Heatwave Promotions Ltd., dessen Geschäftsführer Sie sind, Mr. Cassidy, hat Cramond Crockett fünfzehntausend Pfund gezahlt, um sich eine Genehmigung für das Event auf Ailsa Craig zu sichern.«

»Einen Scheiß haben wir gezahlt!«, platzt es aus einem aufrichtig empörten Bobby heraus.

»Doch, das haben Sie. Der Stadtrat hat es bereits gestanden. Und falls Sie sich das gerade fragen: Ja, die Genehmigung wurde bereits wieder entzogen«, sagt der Detective. »Wollen Sie mir immer noch erzählen, Sie seien unschuldig?«

»Ich erzähl's Ihnen nicht nur, ich bin auch unschuldig, verdammt!«, sagt Bobby. »Wo sind denn die Beweise? Außer den Storys eines zwielichtigen Stadtrats hab ich noch nichts gehört.«

»Nun ja ...« Der Detective grinst und schaut zu seinem Kollegen, der ebenfalls wissend lächelt. »Sie haben ihm einen Scheck ausgestellt!«

»Wie bitte? Jetzt hören Sie aber auf! Wir haben noch nicht mal ein Scheckbu..., also ... Moment mal. Welcher Name stand auf dem Scheck?«, fragt Bobby, der nun die Zusammenhänge zu erahnen glaubt.

»Der Scheck wurde von einem gewissen Hamish May unterzeichnet, einem der drei Geschäftsführer Ihres Unternehmens.«

»Heilige Scheiße!«, murmelt Bobby. »Dieser hinterfotzige Wichser!«

* * *

Hamish May hat sich hinter die Decks der Heatwave Disco bequemt, ist aber fest entschlossen, kein Mikrofon anzufassen. Die mit Schmerz verbundenen Erinnerungen sind die, die am längsten brauchen, bis sie verblassen. Trotz der unvorhergesehenen Umstände wirkt er relativ entspannt beim Auflegen. Er hat Bobby oft genug zugesehen, um zu wissen, dass die Angelegenheit im Grunde ziemlich simpel ist. Das Wichtigste ist, sein Publikum zu kennen. Los geht's mit einem Song von The Clash, der am Strand großen Jubel auslöst. Danach legt er mit bekannten Knallern nach. Happy Mondays, The Charlatans, Oasis – alles sichere Nummern, die bei den größtenteils nostalgischen Konzertbesuchern gut ankommen. Der Sound ist fantastisch. *Hairy Doug mag ein mürrischer alter Kauz sein*, denkt Hammy, *aber ich will verdammt sein, wenn dieser mürrische alte Kauz nicht immer noch sein Handwerk versteht.* Dann beginnt er zu experimentieren und wählt den nächsten Song allein auf Grundlage des Titels aus. Es wird »North American Scum« von einer Band namens LCD Soundsystem. Die Meute am Strand dreht kollektiv durch, einige von ihnen tanzen. Ein leichter Regen hat eingesetzt, aber es scheint sich niemand daran zu stören. Hammy spielt noch ein paar Songs, die allesamt sehr gut ankommen. Dann ist es Zeit für den Auftritt von Linden. Die Jungs checken noch einmal ihre Gitarren, dann tauchen die Scheinwerfer die Bühne in helles Licht. Als das Filmteam von Canal+ per hochgestreckten Daumen sein Okay gibt, geht die junge Band, gefolgt von ihrem Frontmann Joe McAlinden, auf Position. Joe trägt einen schweren grünen Parka mit Fellkapuze. Er wohnt ein Stück die Küste hoch in Argyll und weiß nur allzu gut, wie schnell das Wetter an der See umschlagen kann.

»Hallo Leute, wir sind Linden«, beginnt Joe. Die fünfhundert Auserwählten johlen und jubeln. »Verrückte Kiste, dieser Gig, oder?«, fügt er hinzu. »Wir haben euch ein paar Songs mitgebracht, aber bevor wir anfangen, möchte ich gern auf die Notausgänge hinweisen. Einer befindet sich auf der linken Seite des Strandes und führt geradewegs ins Meer. Der andere ist zu eurer rechten Seite: einfach den Berg hoch und in die dunklen Wälder laufen.« Joe schlägt die ersten Akkorde an.

»Los geht's mit einem neuen Song. Er heißt ›Rest and Be Thankful‹.«

Das Set von Linden ist perfekt. Der blonde Frontmann scheint durch und durch happy, auf dieser ungewöhnlichen Bühne stehen und Teil dieses Events sein zu können. Dass bei seinem Abgang die Wellen schon um einiges stärker gegen die Seitenwand der Bühne klatschen, scheint ihn nicht zu stören. Hammy grübelt, ob sich Joey bei seinen Entwürfen wohl genug Gedanken über die Flut und den stetig zunehmenden Seegang gemacht hat. Er schaut zu den Jungs von Teenage Fanclub rüber. Keiner von ihnen sieht aus, als hätte er die Surf-Skills von Patrick Swayze oder Keanu Reeves. Sie tragen Rollkragenpullover, verdammt!

* * *

Es ist neun Uhr abends in Großbritannien *und* auf Ailsa Craig. Trotz der irrsinnigen Forderung im spontan von Max Mojo verfassten Unabhängigkeitsmanifest, sich mit Ailsa Craig von der im Königreich geltenden Zeitzone abzukoppeln, wurde diese beibehalten – vorerst zumindest. Bobby und Joseph wurden mittlerweile aus der Ayr Police Station entlassen. Man hat ihnen einen Wagen gerufen, aber die beiden wissen nicht so recht, wohin sie dieser bringen soll. Das Konzert ist keine Option mehr. Selbst wenn sie noch einen Bootsbesitzer auftreiben, dem die Dunkelheit nichts ausmacht, sieht es ganz so aus, als würde sich das Wetter weiter verschlechtern. Bevor sie ankämen, wäre der Gig gelaufen. Nachdem sie dem Blitzlichtgewitter der Paparazzi entkommen sind, macht sich Bobby daran, seinem Freund und Geschäftspartner Joseph die komplexe Lage zu erklären.

»Max, der Wichser, hat uns gefickt … und zwar ohne Gleitcreme! Er war schon immer ein gerissener Bastard, falsch bis auf die Knochen. Wir hätten es wissen müssen. Der muss schon als Schlange aus dem Schoß seiner Mutter gekrochen sein.« Er speit die Worte förmlich aus.

»Was? Wie jetzt?« Es ist offensichtlich, dass Josephs Befragung weit weniger erleuchtend war als die von Bobby.

»Er hat die Einzelheiten für Heatwave Promotions zusammen mit seinem Buchhalter ausgetüftelt. Wir haben uns zurückgelehnt und den Arsch einfach machen lassen, anstatt ein Auge draufzuhaben. Es gibt drei offizielle Geschäftsführer …«

»Aye, weiß ich doch alles. Und?«

»… aber Max gehört nicht dazu!«

»Wie bitte?«

»Du, ich und Hammy sind die Geschäftsführer der Limited. Max ist laut den Papieren nur *nicht-exekutiver* Geschäftsführer, hat aber das Recht, Ausgaben für das Unternehmen zu tätigen.«

»Was? Und wie zum Henker hat er das angestellt?«

»Erinnerst du dich noch an den Abend, an dem er uns all diese Dokumente vorgelegt hat, die wir unterschreiben sollten?«

»Nicht so richtig«, sagt Joseph.

»Kein Wunder, da waren wir nämlich alle ziemlich knülle. Wir haben damals den Gesellschaftervertrag unterschrieben, und Max, die Schlange, hat Hammy eine Erklärung als Zeuge der Firmengründung unterzeichnen lassen. Wie's aussieht, war das keine Zeugenerklärung, sondern sein Gesellschaftervertrag. Hammy ist Geschäftsführer des Ladens und ahnt nicht mal was davon!«

»Meine Fresse ... was für ein Mistkerl!«

»Aye, Kumpel, sieht so aus, als hätte er uns mächtig in die Scheiße geritten.« Bobby saugt ein paarmal tief Luft durch aufeinandergepresste Zahnreihen. »Das Schlimmste kommt aber erst noch ... er hat die Kohle von den Sponsoren in ein anderes Unternehmen umgeleitet.«

»Fuck!«, stößt Joseph hervor. »Und wie sollen wir dann all die scheiß Rechnungen bezahlen?«

»Ich kann nur hoffen, dass er dafür eine Antwort parat hat! Wir haben schon genug mit dem Stadtrats-Desaster um die Ohren!«

»Und was machen wir, wenn er sich einfach verpisst hat?«

* * *

Der Regen ist stärker geworden, der Wind ebenfalls. Kleine Wellen klatschen gegen die Bühnenwand. Teenage Fanclub haben ein unglaubliches Set voll monumentaler Klassiker hingelegt, mit Grants Lieblingssong »Star Sign« als krönendem Abschluss.

Hammy hat sich wieder hinter die Plattenspieler begeben, ist aber mittlerweile reichlich nervös, da der zunehmende Seegang die Bühnenkonstruktion leicht schwanken lässt. Er musste bereits die Feststellbremsen seines Rollstuhls anziehen.

Dreißig Minuten gilt es zu füllen, dann kommen die Headliner. Grant Delgado ist betrunken, aber das hatte er vorab auch angekündigt: Anders könne er den Gig nicht durchziehen. Eddie Sylvester betet im Backstage-Bereich, Maggie hockt auf einem der zwei Dixi-Klos. Simon scheint am gelassensten von allen zu sein. »Eine Stunde, dann ist alles vorbei«, sagt er seinen Bandkollegen immer wieder.

Die beiden Supportacts stehen am Bühnenrand. Wo sollen sie auch sonst hin? Schließlich können sie die schwimmende Konstruktion sowieso nicht verlassen. Aber sie sind happy, denn Grant hat vorgeschlagen, als Zugabe mit allen Musikern »Maggie May« zu spielen. Hammy legt noch ein paar Scheiben auf – »She Cracked« von Jonathan Richman & The Modern Lovers, »No Fun« von den Stooges und Joy Divisions »Love Will Tear Us Apart« – alle in trommelfellschädigender Lautstärke. Das Publikum am Strand ist außer sich. Mittlerweile kommt auch die Lichtshow richtig zur Geltung: Während Stroboskopblitze über die Kronen und Täler der Wellen hinwegfegen, tanzen die grellen Suchscheinwerfer der durch den Nachthimmel fliegenden Hubschrauber auf der Wasseroberfläche. Fernsehteams, Polizei, Schaulustige – sie alle kreisen schon den ganzen Tag über der Insel, kommen und gehen, schwirren hartnäckig über die Köpfe der Konzertbesucher hinweg wie mutierte Rieseninsekten.

* * *

Während Grant Delgado mit wankendem Schritt seine Position auf der von Mal zu Mal stärker auf und ab wippenden Bühne einnimmt, stehen Bobby und Joseph auf ein paar nass-glitschigen Felsbrocken am Strand von Troon. Sie sind schlecht drauf, niedergeschlagen. Von ihrer Position aus können sie die Lichter am Strand von Ailsa Craig gut sehen. Nach wie vor scheint es, als könnte jemand wie Michael Phelphs die Insel mit ein paar raschen Schwimmzügen erreichen. So verlockend nah und doch so fern. Sie schweigen, sind beide sprachlos angesichts der Ereignisse in den letzten paar Stunden. Joseph stellt sich vor, wie Max drüben auf der Insel gerade feiert, und legt sich dabei in Gedanken die wütenden Worte zurecht, die er ihm an den Kopf knallen will. Auch Bobby vermutet, dass Max auf einer Insel ist – aber ganz gewiss nicht auf Ailsa Craig. Dann wandern seine Gedanken zu Gary und dem Ausgangspunkt für ihr verrücktes Vorhaben, und er stellt sich vor, wie sein Bruder wohl auf diesen geschichtsträchtigen Fuck-up reagiert hätte. Sehr wahrscheinlich hätte er sich schiefgelacht. Für einen Moment fühlt sich Bobby dadurch besser. Die Wellen spülen ein paar Fetzen neongelbes Papier auf die Felsbrocken vor ihnen. Es sind die Reste eines der von Hettie für das Festival entworfenen Plakate, auf denen auch ein paar Worte von Gary stehen – dem Mann, der Inseln liebte.

* * *

»Hi … ich bin Grant, und dieses Stück heißt ›The Wind‹.« Grant Delgado steht allein auf der Bühne und eröffnet das Set der Vespas mit einer wundervoll zerbrechlichen Coverversion von Cat Stevens. Grants ergreifende Stimme zieht das Publikum im Handumdrehen in seinen Bann. Hammy ist sich nicht ganz sicher, ob diese Soloeinlage komplett spontan und durch das sich weiter verschlechternde Wetter bedingt ist oder ein geplanter Teil des Sets war, den die Band nicht zusammen einstudieren konnte. Bei den Proben hat er das Stück zumindest nicht gehört. Grants Version klingt fantastisch. Als am Ende des Songs der Rest der Band auf die Bühne kommt, bricht am wind- und regengeplagten Strand frenetischer Jubel aus. Der Reverend Doctor mit seinem smaragdgrünen Integralhelm fällt auf die Knie und betet. Die Band wartet, bis er fertig ist, und legt dann mit »It's a Miracle« los. Die Menge geht sofort mit. Fast wirkt es, als wären die Vespas nie weg gewesen. Obwohl nur sehr wenige Menschen einen Livegig dieser Band erlebt haben, landete ihre Debüt-LP auf Platz siebenundachtzig der Allzeitbestenliste ebenjenes Magazins, für das Maggie an diesem Tag Fotos schießt. Überall leuchten Blitzlichter auf, am Strand, in der Luft, sogar im Backstage-Bereich. Alle wollen diesen Moment festhalten – ein Ereignis, und das wissen die Anwesenden nur zu gut, das es kein zweites Mal geben wird.

* * *

Bobby packt Joseph am Arm und zerrt ihn in Richtung von Lizzies Wohnung. Er hat Lizzie per SMS gefragt, ob sie vorbeikommen können. Mittlerweile regnet es stark, und durch ihr Wohnzimmerfenster können sie genauso gut zur Insel hinüberstarren. Somit gibt es zwar weiterhin eine Art visuelle Verbindung zu dem Event auf Ailsa Craig, aber der Zauber des Moments ist für beide verpufft.

* * *

Die Miraculous Vespas haben ihre komplette LP gespielt und dafür tosenden Beifall geerntet. Allein Hammy scheint besorgt über den zunehmenden Wind, der bereits so stark ist, dass die Lichttraverse über Grants Kopf deutlich sichtbar hin- und herschwingt. Grant weiß, dass es in dieser Situation sinnlos ist, in den Backstage-Bereich zu verschwinden, damit die Zuschauer eine Zugabe verlangen. Also ruft er die Musiker der anderen Bands auf die Bühne und kündigt »Maggie May« an. Er widmet den Song dem Mädchen, das ihn einst liebte, und der Frau, die sein Leben rettete. Als die ersten Akkorde aus den Amps rollen, muss Hammy unwillkürlich an den knochigen, von blassblauen Venen überzogenen Arsch von Bert Bole denken, wie er sich auf und ab bewegt, immer wieder auf und ab. So sehr er sich auch bemüht, er wird das Bild nicht mehr los.

Mitten in der gemeinschaftlich performten Coverversion des Rod-Stewart-Klassikers rüttelt plötzlich eine heftige Bö die Bühnenkonstruktion durch. Als daraufhin die Scheinwerfer ausfallen, geht ein Raunen durch die Menge am Strand. Es ist zwar nicht annähernd der apokalyptische Tsunami, den Eddie Sylvester seit Wochen vorhersagt, aber die Wellen, die mittlerweile gegen die muschelförmige Holzkonstruktion klatschen, sind mehr als amtlich. Die schwimmende Bühne zerrt von Mal zu Mal stärker an den Tauen. Anders als auf der Titanic spielt diese Band jedoch nicht weiter. Der Erste, der eine Rettungsweste anlegt und ins Wasser springt, ist Hairy Doug. Während Eddie Sylvester »Hallelujah! Es ist so weit!« schreit, schnappt Grant sich Maggie und zwei der orangefarbenen Lebensretter und löst den Selbstaufblas-Mechanismus der Westen aus. Simon Sylvester folgt ihnen nach, schafft es aber nicht, seinen ekstatischen Bruder mit sich ins Wasser zu ziehen. Die Jungs von Teenage Fanclub werfen sich, einem professionellen Synchronschwimmteam gleich, mit Kopfsprung in die Fluten. Nur Joe McAlinden zögert, hauptsächlich weil er seinen Fellkapuzen-Parka nicht opfern will. Irgendwann reißt er sich die Jacke doch vom Leib, wirft sie auf den durchnässten Bühnenboden und springt seiner Band hinterher in die dunkle, kalte See. Hammy, der noch hinter den Decks sitzt, wird schlagartig klar, dass er nun allein ist – aus den Augen, aus dem Sinn der anderen. Er hört die Lautsprecherdurchsagen, die das Publikum anweisen, am Strand zu bleiben. Aber es nützt nichts: Einige von ihnen haben sich bereits ins Wasser gestürzt, um den wild rudernden Musikern zu helfen. Canal+ lässt derweil die Kameras weiterlaufen und überträgt live.

* * *

»Scheiße, verdammt«, ruft Joseph aus. »Kommt her und schaut euch das an!« Bobby und Lizzie hasten durchs Wohnzimmer. The Big Bang ist in den Abendnachrichten. Live! Mit offenen Mündern sehen die drei zu, wie die Kraft des Wassers die von Joseph entworfene Bühnenkonstruktion von ihrer Verankerung losreißt und aufs Meer hinauszieht. Ein Scheinwerfer sucht die Bühne ab. Glücklicherweise scheint sie leer zu sein.

»Fuck … nein!«, ruft Bobby. »Da ist Hammy! Er ist immer noch auf dem scheiß Ding drauf!« Jetzt hat der Scheinwerfer Hammy erfasst. In seiner Panik ist er zum Bühnenrand gerollt und versucht sich durch wildes Armwinken bemerkbar zu machen. Eine Kamera zoomt näher heran: Sein Gesicht ist von Angst und Panik verzerrt. Bobby hat die Hände über den Mund gelegt, als würde er bereits ahnen, was als Nächstes passiert.

»Nein, Hammy, mach's nicht. Bitte, bitte, bleib auf der Bühne, Mann ... bleib auf der Bühne, du dummer Hund!«

Aber es ist zu spät. Hammy kann ihn natürlich nicht hören. Auch die Rufe derjenigen, die vor Ort sind und ihm per Lautsprecher ganz ähnliche Anweisungen geben, kommen nicht bei ihm an. Obwohl der Rettungshubschrauber, der schon den ganzen Tag über dem Event kreist, direkt über ihm steht und der am Ende des herabgelassenen Windenseils hängende Seenot-Helfer fast die Bühne erreicht hat, rollt Hammy mit seinem Stuhl über die Kante. Als wäre er ein Stagediver im Barrowland Ballroom, stürzt er mit vor sich ausgestreckten Armen ins Wasser. Und geht unter.

»Fuck. Was macht er da? Selbstmord im Fernsehen, oder was?«

»Ihm wird nichts passieren, Bobby«, versucht Lizzie ihren Ex zu beruhigen. »Schau doch nur, wie viele Leute da sind!«

Dann muss der Rettungshubschrauber plötzlich aufsteigen. Die Bühnenkonstruktion ist zur Seite gekippt, und ihr dadurch in die Höhe ragender Rand hat den Helfer getroffen. Er bewegt sich nicht mehr, scheint ausgeknockt. Reglos baumelt er am Seil.

»Und das ist alles live, liebe Zuschauer daheim! Wir bleiben vorerst bei diesen äußerst dramatischen Bildern aus Schottland«, sagt ITN-Moderator Tom Bradby und klingt dabei für Josephs Geschmack ein bisschen zu sensationsgeil. Es sieht so aus, als wäre Hammys Ende besiegelt. Vor vielen Jahren lag er einmal wegen Unterkühlung im Krankenhaus, weil man ihn ohnmächtig und gefesselt in ein Ruderboot verfrachtet und dieses in ebenjenes Gewässer hinausgeschoben hatte. Immer wieder berichtete er später davon, in dieser Nacht des Jahres 1982 für kurze Zeit das Reich der Lebenden verlassen zu haben. Jetzt macht es den Anschein, als würde sich die Irische See holen, was ihr damals entging. Sie hat nicht vergessen und nicht vergeben, dass Hammy vor Jahren einmal ihren Fluten entkommen war. Bobby ist untröstlich, und Joseph wird mit einem Mal bewusst, dass das Band zwischen Bobby und Hammy stärker ist als jenes, das einst zwischen ihm selbst und Bobby bestand.

Völlig unerwartet erfasst der Scheinwerferkegel des Hubschraubers eine Bewegung. Hell leuchtend sticht da etwas oder jemand aus dem trüben Wasser heraus. Es sieht aus wie eine von oben bis unten smaragdgrüne Meerjungfrau. Joseph glaubt, Geister zu sehen. *Ein Fabelwesen vielleicht, eine dieser Selkies, halb Mensch, halb Seehund? Oder Daryl Hannah in* Splash – Eine Jungfrau am Haken, *mit wallendem Haar und nackter Haut?* Bobby rüttelt ihn, reißt ihn aus der Umnachtung.

»Schau doch nur! Verdammte Axt, das ist Eddie! Unser durchgeschallerter Eddie rettet Hammy.«

Der Reverend Doctor hält Hammys Kopf über Wasser und zieht ihn langsam, aber sicher in Richtung Strand. Wie David Hasselhoff in *Baywatch* kämpft er sich mit einarmigen Schwimmbewegungen durch die rauen Wellen, während hinter ihm die muschelförmige Bühne weiter aufs Meer hinaustreibt. Der Seenot-Helfer ist jetzt wieder über ihnen, er scheint sich gefangen zu haben. Er schafft es, das Rettungsseil um Hammys Oberkörper zu legen, und kurz darauf werden sie von der Winde im Helikopter nach oben gezogen. Mit seinen wild unter ihm rotierenden Streichholzbeinen sieht Hammy aus wie eine triefend nasse Gliederpuppe, die nur noch an einem Faden hängt. Eddie Sylvester ist immer noch im Wasser, etwa fünfzig Meter vom Ufer entfernt. Zwei

Scheinwerfer folgen dem Helfer und Hammy auf ihrem Weg nach oben. Dann wird ein Lichtkegel wieder nach unten gerichtet, auf Eddie. Aber Eddie ist weg und der Glanz seines smaragdgrünen Jogginganzugs unter den Wellen verschwunden.

KAPITEL 36

September 2015

»Halte dich fern von denen, die deine Träume geringschätzen. So verhalten sich nur Kleingeister. Die wirklich Großen hingegen vermitteln dir das Gefühl, dass auch du selbst ein Großer werden kannst.«

– Mark Twain

Alle Anwesenden sind sich einig: Es war ein wunderbarer Trauergottesdienst. Sie haben lustige und ungewöhnliche Details aus seinem Leben erfahren, von seiner Herkunft und der engen Beziehung zu seiner Familie, insbesondere seiner Mutter. Es war die Huldigung eines unkonventionellen, aber in vollen Zügen gelebten Lebens, herzlich und Trost spendend. Nach mehreren Tagen mit regenreichem Frühherbstwetter – seit dem verhängnisvollen Abend des Big-Bang-Festivals hat es täglich geschüttet – scheint zur Beerdigung endlich mal die Sonne und kann mit ihren Strahlen zumindest ein wenig die Schmerzen der Zurückgebliebenen lindern. Die in der Gedenkkarte abgedruckten Worte von Mark Twain hallen in den Köpfen der Anwesenden nach. Sie passen zu dem Leben, dessen auf dieser Beerdigung gedacht wird, gelten aber auch für viele der Trauergäste. Als die Türen der Kapelle geöffnet werden, erklingen die melancholischen Lyrics seines Lieblingssongs:

»Sad, deserted shore, your fickle friends are leaving,
Ah, but then you know it's time for them to go.«

Zwei farbenprächtige Regenbögen weisen der langsam voranschreitenden Prozession und ihrer in festlichem Schwarz gekleideten Vorhut den Weg: erst ein Stück geradeaus, dann den steilen Berg hinauf und schließlich hinunter zum scheinbaren Ausgangspunkt der bunten Lichtbänder am Himmel. Die rollenden Hügel des pittoresken Friedhofs sind fußläufig gut erreichbar, aber Bobby und Joseph fahren Hammy zuliebe mit dem Auto. Sie parken und steigen langsam und mit ernsten Mienen aus dem Wagen. Bobby hilft Hammy in dessen neuen Rollstuhl, der sich noch ungewohnt für ihn anfühlt, steif und kantig. Bobby muss ihn schieben, aufgrund der Umgebung geht es nicht anders. Ausnahmsweise ist Hammy ganz glücklich darüber, von einer anderen Person abhängig zu sein.

»Aye, ein schöner Song. *Who knows where the time goes ...* tja, wer weiß das schon?«, sagt Joseph leise.

»Stimmt.«

Die Grabstätte befindet sich am Kamm eines Hügels.

»Ein feines Plätzchen«, sagt Hammy, führt aber nicht aus, für wen.

Alle drei wissen, dass es darum geht, zurückhaltend Respekt zu zeigen und in Würde Abschied zu nehmen. Bobby und Hammy gehören zu den Ersten, die am Grab ankommen, aber sie nähern sich erst, als der Rest der Trauergemeinde eintrifft. Bobby will nicht in der ersten Reihe oder dicht am Grab stehen. Es hat nichts mit den schändlichen Ereignissen zu tun, die sich beim letzten Mal abspielten, als er sich in einer derartigen Situation befand. Vielmehr will er Hettie unnötigen Stress ersparen, der ihr möglicherweise entsteht, wenn sie ihn in der ersten Reihe sieht.

Pete starb in der Nacht nach Eröffnung der Ausstellung, in der seine und Hetties gemeinsame Arbeiten gezeigt wurden. Fast war es, als hätte er gespürt, dass seine Zeit abgelaufen war; als hätten nur die Arbeit an diesen Werken und die emotionale Unterstützung für Hettie ihn so lange am Leben erhalten. Zum Ende hin schien sich sein Zustand zwar leicht zu verbessern, aber beide wussten, dass er bereits um einiges länger durchgehalten hatte, als es der Welt der Medizin zufolge möglich war. Während an der Seitenlinie alle ungläubig auf ihre Uhren starrten, erkämpfte er sich nicht nur eine Verlängerung, sondern auch noch eine Nachspielzeit. Als dann der endgültige Schlusspfiff kam, war es eine Erleichterung, vielleicht sogar für Pete selbst, wie man Hettie versicherte.

Hettie hatte Bobby gefragt, ob er sich vorstellen könne, zu den Sargträgern zu gehören, aber ihre Anfrage schien halbherzig. Bobby hatte das Gefühl – zu Unrecht, wie Joseph fand –, dass es unaufrichtig wäre, den Sarg eines Mannes zu Grabe zu tragen, den er kaum kannte und zu dessen Witwe, seiner Schwester, er eine nach wie vor fragile Beziehung unterhielt. Josephs Argument, dass Bobby es ja in erster Linie für Hettie und nicht für Pete tun würde, konnte ihn nicht überzeugen. Und so nimmt Joseph seinen Platz ein und greift nun Kordel Nummer fünf am Sarg des Verstorbenen. Josephs Beziehung zu Pete D'Olivera war eher schwierig, historisch belastet, wenn man so will. Ihn jetzt zu tragen, auf dieser allerletzten Meile, scheint eine gute Möglichkeit, zusammen mit dem Körper des zu Unrecht beneideten Mannes auch die negativen Gefühle der Vergangenheit zur Ruhe zu legen.

Bobbys Entscheidung wird akzeptiert. Hettie versteht ihren Bruder. Da ist kein böser Wille. Er fühlt sich ganz einfach unwohl bei derartigen Anlässen, zudem fehlt ihm das nötige Feingefühl. Es wäre absurd, wenn es in ihrer Beziehung keinen Raum gäbe, um dem jeweils anderen seine Makel nachzusehen.

Nach der Beisetzung trifft sich die kleine Trauergemeinde in einem idyllischen Pub am Ufer des nordwestlich von Glasgow gelegenen Loch Lomond. Der See war einer der Lieblingsorte von Pete: Hier hat er nachgedacht, gearbeitet und entspannt. Es ist ein kalter, aber auch wunderschön klarer Tag mit heiterem Himmel. Bobby, Joseph und Hammy sitzen draußen vor dem Pub. Hammy zündet sich eine Zigarette an. Aus der gelegentlichen Kippe in geselliger Runde ist wieder eine regelrechte Sucht geworden: Er raucht so viel wie zu Schulzeiten und begründet den Rückfall mit dem Stress, seiner zweiten Nahtoderfahrung durch Ertrinken. Bobby weiß, dass Esta Soler ihm bei einem Überraschungsbesuch im Krankenhaus sechs Stangen Zigaretten zugesteckt hat. Nachdem sie in den Nachrichten von seiner Rettung erfahren hatte, nutzte sie einen Besuch der Naranjas de Sangre in London – wo die Damen aus Spanien just am Big-Bang-Wochenende Zustand und Zukunft ihrer Geheimorganisation besprechen wollten – für einen Abstecher an Hammys Krankenbett. Sie blieb allerdings nur einen Tag.

»Die Dinger bringen dich ins Grab«, sagt Joseph.

»Na ja, irgendwer oder irgendwas muss es ja nun mal machen. Warum dann nicht der Marlboro-Mann?«

»Probier's doch mal mit E-Zigaretten. Damit kommst du auch vom Nikotin runter«, schlägt Bobby vor.

»Wie bitte? E-Zigaretten?«, sagt Hammy. »Vergiss es, Mann! Das sieht doch aus, als würde man an einer kleinen Flöte lutschen. In Westschottland gibt's Senge, wenn du damit auf der Straße gesehen wirst. Und da kann ein beinloser Ginger-Geezer in meinem Alter gut und gern drauf verzichten.«

»Haste auch wieder recht«, sagt Joseph.

Natürlich hat Hammy sich gefreut, Esta wiederzusehen. Mittlerweile ist er jedoch über sie hinweg. Es wird keine Phase voll Gram und Kummer geben. Dafür ist das Leben einfach zu kurz. Als Social-Media-Manager der Heatwave Promotions Ltd. hat Hammy einiges gelernt, unter anderem auch den Umgang mit Tinder. Er hat ein paarmal nach rechts gewischt und nun mehrere Eisen im Feuer. Dass der Text in seinem Profil auf seine Beteiligung an der Organisation von The Big Bang verweist, hat dabei sicherlich nicht geschadet.

»Wollt ihr vielleicht einen Drink?« Es ist Hettie. Die drei Männer sind so in ihr Gespräch vertieft, dass sie sie gar nicht bemerkt haben.

»Du setzt dich jetzt erst mal hin. *Ich* hole die Drinks«, sagt Joseph.

Sie insistiert kurz, gibt dann aber nach. Die Erschöpfung steht ihr ins Gesicht geschrieben: Tiefe Furchen rahmen Augen ein, die aussehen, als hätten sie monatelang keinen Schlaf gefunden.

»Vier Gin Tonic, richtig?«

Alle nicken.

»Alles in Ordnung bei dir, Hammy?«, fragt sie und nimmt sich eine Zigarette aus seiner Schachtel.

»Aye«, antwortet er. »Bin noch ein bisschen durch von den ganzen Interviews, aber ich schätze mal, die mussten sein.«

»Wie geht's Eddie?«, fragt sie.

»Eddie? Mann, der Knallkopf ist im siebten Himmel. Hat jetzt an die dreihundert Jünger, alle mindestens so durchgeschallert wie er selbst. Simon meint, die von Bibel-TV hätten ihm sogar eine eigene Fernsehsendung angeboten.«

Alle müssen lachen. Es klingt einfach zu irrsinnig.

»Hat sich auch einen neuen Slogan ausgedacht«, sagt Bobby. »*Die Welt steht vor dem Untergang ... aber fürchtet euch nicht, ich bin gekommen, um euch zu retten!*«

»Klingt fast wie: *Jesus rettet ... aber Dalglish drischt den Abpraller ins Netz!*«

Wieder müssen alle lachen.

»Wann ist eure Verhandlung?«, fragt Hettie.

»Weiß nicht so genau«, antwortet Bobby. »Und interessiert mich auch nicht mehr so richtig, da wir jetzt aus der Schusslinie sind.«

»Ich dachte, die hätten euch als Zeugen geladen?«, hakt sie nach.

»Aye, kann schon sein, dass wir noch aussagen müssen, aber mit dem Telefonmitschnitt, den Max gemacht hat, sind wir erst mal aus dem Schneider. Die Aufnahme ist hundertpro manipuliert, aber egal. Weiß der Henker, wie Max das hinbekommen hat. Der Mitschnitt hört sich an, als würde Crockett *uns* erpressen. Er hat schon zugegeben, dass das seine Stimme auf dem Band ist, aber er beharrt darauf, dass er die Wörter in anderer Reihenfolge gesagt hätte. Na ja, angesichts all der anderen Korruptionsverfahren, die gegen ihn laufen, sieht's für den Kerl richtig beschissen aus.«

»Und wo ist Max?«, fragt Hettie.

»Keine Ahnung«, sagt Hammy. »Ist wie Batman, der Typ.«

Seit dem Festivalabend sind zahlreiche Journalisten mit dem offensichtlichen Verschwinden von Max Mojo beschäftigt. Ein Reporter hat sich ganz besonders in den Fall verbissen: Steven Dent. Er behauptet, Max habe ihn angeschossen, verprügelt, mit Benzodiazepinen gefügig gemacht, in einen Untergrund-Sexclub verschleppt und dort nicht nur zu abartigen Sexualpraktiken mit drei bekannten Friedensrichtern und einer Abgeordneten des schottischen Parlaments gezwungen, sondern auch noch dabei gefilmt.

Da der Name Wishart auch nach dem Tod des Geldwäschers aus Crosshouse noch hohes Ansehen bei bestimmten Leuten genießt, war es für Max ein Leichtes, bei einigen von ihnen ein paar ganz spezielle Gefallen einzufordern. Handyvideos aus schmierigen Untergrund-Sexclubs zum Beispiel, die nun bei der *Daily Mail* gelandet sind und ganz klar zeigen, dass Steven Dent bei seinen Besuchen dort weder unter Drogen stand noch unter Zwang handelte. Als damals, nach dem ersten Ende der Vespas, gegen ihn ermittelt wurde, weil er sich am Telefon unter Angabe von falschen Namen Informationen für seine Zeitungsartikel erschlichen hatte, war er nur knapp einer Gefängnisstrafe entgangen. Wie es aussieht, hat ihm die Öffentlichkeit nie ganz verziehen und glaubt ihm auch jetzt nicht, da er wieder gegen Max Mojo schießt.

Grant und Maggie sind in die Staaten zurückgekehrt. Als nicht ganz freiwillige Co-Geschäftsführer der neu gegründeten Biscuit Tin Music Ltd. besitzen sie nun die Rechte am gesamten Backkatalog der Vespas und verwalten die lukrativen Sponsorendeals und Verträge, die Max eingefädelt hat. Zur Biscuit Tin Music Ltd. gibt es eine Tochtergesellschaft, die von Bobby und Joseph gemeinschaftlich geführte Big Bang

Leisure Ltd. Zudem sind die beiden Freunde auch nicht-exekutive Geschäftsführer des Mutterunternehmens. Das Hauptaugenmerk der vier liegt momentan darauf, die offenstehenden Rechnungen der am Big-Bang-Event Beteiligten zu begleichen. Grant hat zwar verlauten lassen, dass es ihm einzig und allein um die mit Max vereinbarte Gage für die Bandmitglieder gehe, aber Bobby zufolge führt er gerade Verhandlungen mit Island Records über eine neue Vespas-Platte und eine Reihe von Wiederveröffentlichungen, die Chris Blackwell nach einem Remastering mit neuer Verpackung unter die Leute bringen will. Grant mag Chris, sehr sogar, und er hat das Gefühl, dass die Band ihm komplett vertrauen kann. Max hingegen ist ein unkonventioneller Einzelgänger, der einerseits, so scheint es zumindest, die ganze Zeit über einen allumfassenden, wenn auch wenig aussichtsreichen Plan verfolgte, sie aber andererseits, das weiß Grant tief in seinem Inneren, ohne mit der Wimper zu zucken, verraten und verkauft hätte. Wäre die Sache mit Cramond Crockett nicht aufgegangen und hätten die Unternehmensbilanzen nicht belegt, dass eine Erpressung zu den großen Verlusten der Heatwave Promotions Ltd. beigetragen hatte, Max hätte sie im Regen stehen lassen. Und trotzdem: Er hat die Schäden repariert, die er vor all den Jahren verursacht hat. Gott allein weiß, wo er und seine ihm treu ergebene Mutter jetzt sein mögen. Maggie, Simon, Bobby, Joseph, Hammy und sogar Grant hoffen jedenfalls, dass er glücklich ist. Er hätte es verdient.

»Wie läuft's denn jetzt mit Jennifer?«, fragt Hettie. Sie ist sich bewusst, dass sie den Leuten schon den ganzen Vormittag über Löcher in den Bauch fragt, aber im letzten Monat scheint unheimlich viel passiert zu sein. Zudem hat sie es mit westschottischen Männern mittleren Alters zu tun, denen man für gewöhnlich jedes Wort aus der Nase ziehen muss.

»Aye, ganz gut, denk ich«, sagt Joseph halbherzig. »Ach, es braucht einfach seine Zeit. Sie ist sauer, wegen einer ganzen Reihe von Sachen. Fairerweise muss man sagen, dass das nicht nur mit mir, sondern auch mit ihrer Mutter zu tun hat.«

Hettie nickt, als würde sie verstehen.

»Wie es aussieht, verhält sich Lucy aber ganz anständig und versucht nicht etwa, Jennifer daran zu hindern, sich mit mir zu treffen.«

»Wäre ja auch noch schöner. Jennifer ist erwachsen«, sagt Hammy. »Da kann Lucy sowieso nichts machen!«

»Aye, ich weiß. Aber trotzdem: Macht eben alles ein bisschen einfacher, wenn sich die Mutter nicht so zickig anstellt«, meint Joseph. »Sie kommt demnächst runter und quartiert sich ein paar Tage hier im Pfarrhaus ein. Danach sehen wir weiter.«

»Wie bitte? Ihr haust immer noch in der alten Kirche?« Hettie lacht. »Klingt ja wie *Hardy Boys and Nancy Drew* ... auf Stütze!«

»Hey, ich hab zwar Anspruch auf Leistungen, aber das heißt ja nicht gleich, dass ... ach Scheiße, vergiss es!«, klagt Hammy.

»... oder ein tränenreiches Remake von *Last of the Summer Wine*!«, fügt Hettie hinzu.

»Wir kümmern uns einfach nur um das Gebäude, für Max und so. Er hat ein paar Ideen aufgeschrieben, wie man es umgestalten könnte: Museum, Tonstudio und Bar unter einem Dach!«, erklärt Bobby enthusiastisch.

Am späten Sonntagnachmittag, dem Tag nach The Big Bang, waren Bobby und Joseph zur Insel rübergefahren. Die

Aufräumarbeiten waren bereits in vollem Gange, aber die beiden Eventmanager standen angesichts der zu erwartenden Kosten nach wie vor unter Schock. Immerhin hatte man mittlerweile die Bühnenkonstruktion wieder zurück ans Ufer geschleppt, und wie es aussah, hatte das Publikum den Strand in einem überraschend guten Zustand hinterlassen und die großen Container zur Mülltrennung nahezu vorbildlich benutzt. Irgendwann waren dann die Motorboote zurückgekommen, um die Konzertbesucher abzuholen: Geduldig warteten sie vor der Insel, bis sie aufgerufen wurden, und fuhren dann langsam in Zweiergruppen an die kleine Anlegestelle heran. Die ganze Aktion lief so geordnet ab, wie es das immer noch wechselhafte Wetter erlaubte. Überraschenderweise kam keines der Boote zu Schaden.

Bobby und Joseph waren immer noch niedergeschlagen darüber, dass sie den Gig verpasst hatten, und nicht zuletzt deshalb zur Insel übergesetzt, um Max aufzuspüren und zur Rede zu stellen. Aber er war nie auf der Insel gewesen. Seit dem Festmahl am Vorabend des Konzerts hatte ihn niemand mehr gesehen. In den Wochen nach dem Event setzten Bobby und Joseph nach und nach die Puzzleteile zusammen und erhielten einen Überblick über das komplexe Manöver, das Max geplant und durchgeführt hatte. Parallel dazu diskutierten sie ihre Pläne für die Zukunft der Insel. Den schwierigsten Part hatten sie bereits erledigt: Ailsa Craig war auf der ganzen Welt bekannt. Nun mussten sie nur noch überlegen, wie sie davon profitieren konnten.

KAPITEL 37

Juni 2016. Ailsa Craig

Joseph tritt ein paar Schritte zurück und schirmt mit der flachen Hand seine Augen ab. Der Schriftzug sieht sehr cool aus. Es sind flache, ausgestanzte Buchstaben, ganz ähnlich wie beim New Yorker Guggenheim-Museum. Sie laufen einmal über die weiße Fassade des zweistöckigen Neubaus:

THE GARY CASSIDY HOTEL

Das Design passt perfekt zu dem nahe gelegenen Leuchtturm-Komplex. Es fehlen noch ein paar Kleinigkeiten, aber im Grunde steht alles für die Hoteleröffnung in zwei Wochen. Channel 4 wird dem Gebäude in *Grand Designs*, einer Dokuserie über außergewöhnliche Bauprojekte, eine ganze Folge widmen. Die Dreharbeiten sind bereits abgeschlossen. Obwohl beim Bau zahlreiche Probleme auftauchten – hauptsächlich ging es um die Instandhaltung während der Winterzeit –, steht das Hotel und kann sich vor Buchungsanfragen für die vier Monate, die es im Jahr geöffnet sein wird, kaum retten. Das Saisonende soll mit einem weiteren kostenlosen Konzert gefeiert werden, bei dem die Künstler abermals auf der muschelförmigen, mittlerweile dauerhaft an geeigneten Holzpfeilern verankerten Bühne auftreten werden. Unweit des Hotels steht eine Tischtennisplatte: eine Hommage an Josephs Dad, der ihm einst erzählt hatte, es habe früher sogar in Rothesay – Hauptstadt der Isle of Bute und windigster Ort im ganzen Land – eine Outdoor-Platte gegeben. Der Bau des Hotels hat zwar ein Vermögen gekostet, aber bislang sprudeln weiterhin die Einnahmen aus den Sponsorendeals. Bobby und Joseph sind der Meinung, dass diese Einnahmen gut investiert sind, und hoffen, dass Max, sollte er jemals zurückkehren, es ebenso sieht.

* * *

Grant Delgado ist mit seinem Filmprojekt beschäftigt: Nachdem er einen Teil der Finanzierung zugesagt hatte, machten sich Steve Buscemi (Regisseur) und James Franco (Hauptdarsteller) ans Werk. Auf Grundlage des bisher gedrehten Materials und angesichts der PR-Maschinerie der Produktionsfirma gehen Bracheninsider stark davon aus, dass der Streifen beim Sundance Film Festival in Utah im Januar 2017 den Grand Jury Prize gewinnen wird.

Maggie lehrt jetzt Fotografie. Das Paar lebt immer noch in Portland, Oregon. Johnny und Angie Marr sind ihre Nachbarn.

Simon Sylvester arbeitet weiterhin mit benachteiligten Jugendlichen in schottischen Haftanstalten und versucht sie über die Musik zu erreichen und zu motivieren. Mittlerweile wird er regelmäßig als Redner bei unterschiedlichen Konferenzen auf der ganzen Welt gebucht.

Reverend Doctor Edward Sylvester hat eine neue Kirche in Prestwick errichtet, die fünfhundert Gläubigen Platz bietet und regelmäßig voll bis unters Dach ist. Neben seiner Sendung im Tagesprogramm von Bibel-TV schreibt er eine wöchentliche Kolumne für die Lokalzeitung *Ayrshire Press*. Einst eine stadtbekannte Witzfigur, ist Eddie Sylvester nun ein smaragdgrün gewandeter Nationalheld.

Hairy Doug ist in den wohlverdienten Ruhestand gegangen. Ein Comeback ist ausgeschlossen.

Bobby und Lizzie sind wieder ein Paar. Bobby wohnt immer noch mit Hammy im Pfarrhaus und kümmert sich um das Biscuit-Tin-Imperium inklusive Club, Tonstudio und Museum, während Lizzie weiter in ihrer Wohnung in Troon lebt und ihr eigenes Reinigungsunternehmen betreibt. Es ist ein Arrangement, das für alle drei hervorragend funktioniert.

Joseph wohnt auf Ailsa Craig, wo er das Gary Cassidy Hotel leitet. Momentan ist nur eine Rumpfbelegschaft vor Ort, aber bald schon stehen Gespräche mit potenziellen Mitarbeitern an, die er für die Sommersaison einstellen will. Das Hotel verfügt über zehn Zimmer – alle für einen Aufenthalt voller Entspannung und Besinnlichkeit ausgelegt –, zudem über ein Spa und ein kleines Fitnessstudio. Die Big Bang Leisure Ltd. hat den Großteil der Insel der gemeinnützigen Naturschutzorganisation National Trust for Scotland überlassen und außerdem eine Reihe von Maßnahmen ergriffen, um den Schutz der Seevogelkolonie sowie ein harmonisches Miteinander von Natur und Mensch zu gewährleisten. Im Gegenzug haben sich die Umweltschützer mit dem einmal jährlich stattfindenden Konzert zum Saisonende einverstanden erklärt. Trotz einer entsprechenden Anfrage im schottischen Parlament in Holyrood bleibt Ailsa Craig Teil von Schottland … vorerst zumindest.

* * *

Joseph sieht, wie sich die kleine Barkasse langsam nähert. Vom ersten Sichtkontakt an dauert es noch fünfzehn Minuten, bis sie anlegt. Es sind zwei Personen an Bord. Normalerweise ist der alte Harvey allein unterwegs, wenn er Vorräte und Post auf die Insel bringt und auf dem Rückweg den Abfall und etwaige Nachrichten für Bobby mitnimmt. Der nicht existente Handyempfang auf der Insel war anfangs ein großes Problem, aber mittlerweile hat sich Joseph damit arrangiert. Die zweite Person an Bord ist eine Frau. Eine junge Frau. Sie hat blondes Haar, das sich im Wind bauscht. Er seufzt und wischt sich eine Träne aus dem Auge. Dann geht er den Anlegesteg entlang. Er kann noch nicht glauben, dass sie wirklich da ist. Sie meinte zwar, sie würde kommen, aber er hatte dem Versprechen nicht getraut.

»Hallo«, sagt er.

»Hi«, antwortet sie.

Als er ihr aus dem Boot hilft, ist er so vorsichtig, als wäre sie eine Ming-Vase. Sie umarmt ihn.

Dann tritt sie einen Schritt zurück und schaut ihn an.

»Na, wie sieht's aus? Gibt es hier vielleicht eine offene Stelle für eine Guest-Relations-Managerin?«

»Aye, schon möglich.«

Er nimmt ihre Taschen, sie reicht ihm verschiedene Postsendungen, die Harvey ihr gegeben hat. Zwischen den Briefen ist auch eine Postkarte mit dem Bild einer sonnenüberfluteten Sandinsel. Er dreht die Postkarte um. Sie wurde auf den Bahamas abgestempelt. Der Text darauf lautet:

»Für Bobby & Joey …

I lost track of my friends, I lost my kin. I cut them off as limbs.
I drove out over the flatland, hunting down you and him.

It's a wide open road, my friends.«
M. M.

Ende gut, alles gut … oder?

DER SOUNDTRACK:

»Thick As Thieves«
The Jam
(Written by Paul Weller)
Polydor Records, 1979

»Otis«
Durutti Column
(Written by Vini Reilly)
Factory Records, 1989

»We're All Going To Die«
Malcolm Middleton
(Written by Malcolm Middleton)
Full Time Hobby Records, 2007

»Love Letter«
Nick Cave and the Bad Seeds
(Written by Nick Cave)
Mute Records, 2002

»The Adventures of Robinson Crusoe«
The City of Prague Philharmonic Orchestra
(Titelmusik komponiert von Robert Mellin und Gian-Piero Reverberi)
1964

»Summer«
Calvin Harris
(Written by Calvin Harris)
Deconstruction Records, 2014

»Last Night a DJ Saved My Life«
Indeep
(Written by Michael Cleveland)
Sound of New York/Beckett Records, 1982

»(Are You Ready) Do The Bus Stop«
Fatback Band
(Written by Bill Curtis and Johnny Flippin)
Perception Records, 1975

»Me, Myself & I«
De La Soul
(Written by Clinton, Huston, Jolicouer, Mason, Mercer, Wynne)
Tommy Boy Records, 1989

»Dropping Bombs on the Whitehouse«
The Style Council
(Written by Paul Weller, Mick Talbot)
Polydor Records, 1984

»Bigmouth Strikes Again«
The Smiths
(Written by Morrissey and Marr)
Rough Trade Records, 1985

»Fine Time«
New Order
(Written by Gilbert, Hook, Morris, Sumner)
Factory Records, 1988

»Loaded«
Primal Scream
(Written by Gillespie, Innes, Young)
Creation Records, 1990

»Fools Gold«
The Stone Roses
(Written by Ian Brown and John Squire)
Silvertone Records, 1989

»La Ritournelle«
Sebastien Tellier
(Written by Sebastien Tellier)
Record Makers/Astralwerks, 2004

»(Love Is Like A) Heat Wave«
Martha and The Vandellas
(Written by Holland, Dozier, Holland)
Gordy Records, 1963

»Don't Look Back«
Bettye Swann
(Written by Robinson, White)
Money Records, 1968

»Ivo«
The Cocteau Twins
(Written by Fraser, Guthrie, Raymonde)
4AD Records, 1984

»Star Sign«
Teenage Fanclub
(Written by Gerard Love)
Creation Records, 1991

»Presidential Suite«
Super Furry Animals
(Written by Rhys, Bunford, Ciaran, Pryce, Ieuan)
Epic Records, 2001

»Too Much Too Young«
The Specials
(Written by Jerry Dammers)
2 Tone Records, 1980

»She Cracked«
Jonathan Richman & The Modern Lovers
(Written by Jonathan Richman)
Beserkley Records, 1976

»No Fun«
The Stooges
(Written by Pop, Asheton, Asheton, Alexander)
Elektra Records, 1969

»North American Scum«
LCD Soundsystem
(Written by James Murphy)
DFA Records, 2007

»The Wind«
Cat Stevens
(Written by Cat Stevens)
Island Records, 1971

»Maggie May«
Rod Stewart
(Written by Rod Stewart and Martin Quittenton)
Mercury Records, 1971

»Who Knows Where The Time Goes?«
Matthew Sweet & Susanna Hoffs
(Written by Sandy Denny)
Shout! Factory Records, 2006

»Wide Open Road«
The Triffids
(Written by David McComb)
Mushroom/Domino Records, 1986

»The First Picture« und
»It's A Miracle (Thank You)«
The Miraculous Vespas
(Written and performed by Robert Hodgens, and engineered by Chris Gordon at Three Hands Studio, Glasgow)
Anzuhören auf: http://orenda-books.co.uk/book/the-rise-&-fall-of-the-miraculous-vespas/

Dialog aus dem MGM-Film
»Ohne Furcht und Tadel«
Drehbuch: H.M. Walker
Hauptrollen: Stan Laurel und Oliver Hardy
Regie: Hal Roach
1930

DANKSAGUNG

Diese Trilogie, die mit *Schottendisco* begann, mit *Schottenrock* leicht vom Weg abkam und mit *Schotten dicht* hier nun ihr Ende findet, hätte ich ohne die Hilfe einiger wunderbarer Menschen nie zu Papier bringen können. Aus diesem Grund möchte ich abermals jenen danken, die ich bereits in den ersten beiden Teilen erwähnt habe, und zusätzlich folgenden Personen meinen Dank aussprechen: Markus Naegele, Thorsten Nagelschmidt, Irvine Welsh, Alan McCredie, West Camel, Johnny McKnight, Alastair Braidwood, Liam Rudden, Mark Callan, Joe McAlinden, Norman Blake, Teenage Fanclub, Nicola Meighan und Janice Forsyth … und natürlich Elaine, Nathan, Nadia, meiner Mum, meinen Schwestern und Karen Sullivan.

Musik ist ein grundlegender Bestandteil dieser Storys, und ich hoffe, dass ich mit der Auflistung der im Text erwähnten Songs den einen oder anderen dazu motivieren kann, sich mit Platten zu beschäftigen, die er bis dato noch nicht kannte, oder einfach die Großartigkeit altbekannter Scheiben wiederzuentdecken und sich daran zu erinnern, wie es sich anfühlte, als die Möglichkeiten endlos waren und die Welt nur darauf wartete, von uns erobert zu werden.

Bis zum nächsten Mal,

David